王充闾文学作品与研究（第一卷）

王充闾作品集锦（一）

王充闾文学研究中心 编
执行主编 王继鹏

北方联合出版传媒（集团）股份有限公司
春风文艺出版社
·沈阳·

图书在版编目（CIP）数据

王充闾文学作品与研究. 王充闾作品集锦. 一 / 王充闾文学研究中心等编. — 沈阳：春风文艺出版社，2022.8
ISBN 978-7-5313-6280-7

Ⅰ.①王… Ⅱ.①王… Ⅲ.①中国文学—当代文学—作品综合集 Ⅳ.① I217.2

中国版本图书馆 CIP 数据核字（2022）第 113851 号

北方联合出版传媒（集团）股份有限公司
春风文艺出版社出版发行
http://www.chunfengwenyi.com
沈阳市和平区十一纬路 25 号　邮编：110003
辽宁新华印务有限公司印刷

责任编辑：仪德明	助理编辑：余　丹
责任校对：赵丹彤	印制统筹：刘　成
封面设计：孙　伟	幅面尺寸：165mm × 235mm
字　　数：2400 千字	印　　张：156
版　　次：2022 年 8 月第 1 版	印　　次：2022 年 8 月第 1 次
书　　号：ISBN 978-7-5313-6280-7	定　　价：398.00 元（全六册）

版权专有　侵权必究　举报电话：024-23284391
如有质量问题，请拨打电话：024-23284384

编委会

主　任　王恩来

副主任　张　冰　雒学志　李秀文　戴　月

主　编　王继鹏

副主编　邢　瑜　隋林书

编　委　郭玉杰　李　阳　张金芝　孟秀敏

前　言

滚滚的辽河水奔腾不息，在这广袤而富饶的土地上，人文荟萃，名家辈出，王充闾先生就是其中杰出的一位。他在中国文学百花园中，以其丰硕的成果、突出的贡献、厚重的积淀、特有的风格，树立了一面旗帜，筑起了一座新的里程碑，为中国文学发展史增添了新的光彩。

王充闾先生生于1935年2月，中国当代著名作家、学者、诗人。六十多年来，他创作文学作品、学术著作《柳荫絮语》《人才诗话》《春宽梦窄》《一生爱好是天然》《面对历史的苍茫》《成功者的劫难》《龙墩上的悖论》《事是风云人是月》《成功的失败者：张学良传》《薲庐吟草》《逍遥游：庄子传》《国粹：人文传承书》《诗外文章：文学、历史、哲学的对话》《文脉：我们的心灵史》等七十余种，在国内外四十余家出版社出版八十余部作品，计一千五百余万字。1997年散文集《春宽梦窄》获国家首届"鲁迅文学奖"，2000年《一生爱好是天然》获全国首届"冰心散文奖"。2004年、2007年，连续两届被聘任为全国"鲁迅文学奖"散文杂文评奖委员会主任。曾有多篇散文作品入选高校、中学、小学语文课本和高考试题，散文集《北方乡梦》译成英文、阿拉伯文。2016年入选辽宁省"十位优秀老艺术家"，辽宁日报以《王充闾：永远在路上》为题，发布整版文章；同时，万卷出版公司出版二十卷本《充闾文集》。2019年北京大学出版社将《逍遥游：庄子传》《国粹：人文传承书》《文脉：我们的心灵史》重新整合出版，定名为王充闾"人文三部曲"，一时间风靡文苑，成为无数作家、读者仰之、追之、慕之的艺术精品。

——《逍遥游：庄子传》，知名学者评价："这是一部集大成的代表作，作者过去三十几年的成果全都可以略过，只要有这一部就可以垂之久远了。"

——《国粹：人文传承书》，2017年获"中国好书奖"。中宣部在中国好书颁奖大会的颁奖词："《国粹》既是一部中国传统人文史，也是一部中国人的心灵史。"

——《文脉：我们的心灵史》是新时代不可多得的文化巨著，是一部形象化的中国人的千年心灵史，也是一部中国人的人文精神史。

作为中国当代文坛上一颗璀璨的巨星，多年来，王充闾先生及其文学成就一直得到文学界、学术界的高度重视，海内名家纷纷著文评介，并有文学史家、知名教授对其作品设置专题进行研究，他的创作水准和学术地位得到国内外文学界公认。这足以证明王充闾先生在中国文坛的地位和分量。

《王充闾文学作品与研究》共分六卷。第一、二卷《王充闾作品集锦》是将王充闾先生发表在《人民日报》《光明日报》《解放日报》《文艺报》及香港《大公报》等近二百篇作品整理成集。第三卷《王充闾先生智语》是将王充闾先生部分作品中的智言妙语整理并编辑成集。第四卷《感悟充闾先生》是将热衷于王充闾文学研究的学者、作家、诗人撰写的回忆文章及学习体会整理成集。第五、六卷《王充闾作品评论集》收集整理了国内部分专家学者、文学理论研究者散发在各大报刊及各大网站上的部分评论文章，以飨读者。

王充闾文学研究中心编委会
2020年10月

目　录

《人民日报》篇

雅隆河，一首雄奇的史诗……………………………… 003

情满菊花岛……………………………………………… 006

三江恋…………………………………………………… 008

生命的承诺……………………………………………… 012

晓来谁染霜林醉………………………………………… 016

挽住芳菲………………………………………………… 019

中国读本………………………………………………… 022

中秋宴叙（走进西部）………………………………… 024

营川双璧………………………………………………… 027

二一九公园记…………………………………………… 031

寻访"大红袍"………………………………………… 034

希望与追求……………………………………………… 036

乡　音…………………………………………………… 039

妙香山纪游二十韵……………………………………… 043

乾坤清气得来难………………………………………… 045

望………………………………………………………… 049

石上精灵………………………………………………… 052

谈"文化赋值"………………………………………… 057

再谈"文化赋值"·· 059

一编简牍寄深情··· 062

情长在水西流··· 066

红叶晚萧萧·· 070

一篙如画苇间行··· 074

似曾相识的白云··· 077

小岗行吟··· 081

喧腾的辽河口··· 084

贤才国之宝·· 088

冰原上的盛事··· 091

眼前道路多经纬··· 094

转身后的华丽··· 097

民　　意··· 101

认知与审美"联姻"··· 104

继承借鉴与融合新机··· 106

前程向海··· 110

登　　高··· 114

走了老陶，烂了香蕉··· 118

要将宇宙看秭米（观天下）——庄子眼中的世界·················· 121

遗编一读想风标··· 128

《光明日报》篇

刻意求新··· 137

龙的联想	140
三个唐僧	142
秋游白洋淀	145
我的四代书橱	147
书中自有	150
从容品味	153
请君细问西流水	156
人过中年	160
妙境同臻	164
包容小疵	168
扬州旧事	171
意匠生风巧运斤	175
堂堂书阵百重关	178
"太白误我"	181
史笔从容写画师——读《华君武传》	184
"架桥者"言	188
成功的失败者	192
"各位领导……"	204
生生之谓易：《周易》的三重奥义	209
"无字书"中学问多	218
绿净不可唾	226
满眼生机转化钧：《周易》与中华民族文化精神	230
汉语断句琐谈	240

赏花时	248
与邻为善	252
唐僧玄奘的四种形象	258
两千年的守望	268
伊人宛在水中央	274
"见小曰明"——研读《老子》一得	279
罗丹与《巴尔扎克像》	284
漫话"读书得间"	289
"罗""目"之思	294
艺术的想象空间	299

《文艺报》篇

青天一缕霞	307
冰灯忆	312
祁连雪	316
黄　昏	321
一"网"情深	325
思想者的澎湃心声	331
文贵情真——《哭过长夜》读后	337
穿越时空的限隔	339
五里长桥横断浦	342
波澜独老成	346
自豪之外	351

鸳鸯赏罢觅金针——《西藏读本》读后 ……………………… 353

通俗传远创新动人——读《苏方桂文选》 ……………………… 358

益者三友 ……………………………………………………… 361

"尽信《书》则不如无《书》" ………………………………… 364

不一样的功业 ………………………………………………… 368

以文学形式传英雄不朽 ……………………………………… 372

增强对优秀传统文化的自觉与自信 ………………………… 375

写庄心得 ……………………………………………………… 379

忆昔倾谈鬓尚青——怀念袁阔成先生 ……………………… 384

执着书写时代与人民的伟大实践 …………………………… 395

小说式的真实传记——读《烽火少年行——林声传》 ………… 400

《人民日报》篇

雅隆河，一首雄奇的史诗

在祖国广袤的大地上，西藏具有特殊的魅力。它有独特的社会历史、民族风情，神奇瑰丽的自然环境和高原风光，随处都可以引发雄奇的想象和奋发的情思。

雅隆河，尽管在藏族古史和现代典籍中经常可以见到，但翻开任何地图册都难以寻觅，它实在太小了。从源头到注入雅鲁藏布江的河口，全长不过 60 多公里。上游只是潺潺一线，但终古长流，永不涸竭；中下游一带稍宽，也只有 10 米左右，有的地方甚至可以撑竿横越。它的出名，是因为这里孕育了藏民族的祖先，是古代吐蕃王朝的兴王故地，也是整个西藏文明历史的发源地。

雅隆河流域气候温和，土地肥沃，物产丰饶，牛羊遍野，农牧业十分发达，号称西藏的粮仓。这里的民族手工业有悠久的历史，氆氇、围裙、木碗、石锅、竹器、藏被、地毯等传统手工艺品，以造型奇特、富有民族特色，闻名遐迩。

这里的藏族同胞，勤劳勇敢，朴实纯真，能歌善舞，热情好客。他们把生活在民族历史文化的源头引为荣幸。在地处雅隆河河口的山南地区首府泽当镇，有西藏"四大神山"之一的贡布山。山腰间有三个"仙洞"，传说是西藏人类始祖居住的地方，至今保存完好，一年四季香火不绝。这一带诞生了藏族文字的创始人，产生过藏族第一部诗集、第一部藏戏，建筑了西藏第一座寺庙。在附近一个陡峭的山头上，有一座始建于公元前

228 年的碉楼式高层建筑，名叫雍布拉康，是第一代藏王修建的西藏第一座宫殿。里面的壁画描绘了出现第一代藏王、修建第一座宫殿、开垦第一块耕地的故事，十分逼真。

早在童年时代，我就从课本上了解到松赞干布这位西藏历史以至整个中华民族历史上的英雄人物，但是我并不知道他就出生在雅隆河谷。史书上称赞他"为人慷慨才雄""骁武绝人""多英略"，通达工艺、历算、武技及各种学问。他文武双全，先后兼并了毗邻诸部，建立了西藏第一个统一、强大的奴隶制的吐蕃王朝。他派遣大臣禄东赞去长安求婚，唐太宗许嫁文成公主，从此开创了汉藏民族友谊的先河。

在西藏，文成公主几乎与这位英王齐名。每到一处，都能听到人们对她的赞颂。据史书记载，文成公主入藏时，带来大批汉族各类工匠，各种菜蔬种子，以及医药、历算等书籍，从而有力地推进了西藏的经济技术、科学文化的发展。文成公主也十分喜爱雅隆河流域，认为这里土地平坦，花木繁茂，水碧山青，气候温润，景色与中原相似，遂定居于泽当。公主所带来的随从人员和工匠，向当地人民传授了平整土地、开挖畦沟、加筑田塍等耕作方法，以及安装水磨、造纸、缝纫等技术。至今这一带还流传着文成公主教授当地妇女刺绣、纺织的故事。

雅隆河流域神话传说浩如烟海，贯穿着整个历史长河，是这一带社会生活、风土人情、人文历史的多棱镜。人们胸中贮藏着许多奇幻的传说和迷人的故事，好似股股心泉在胸中流淌，随时都会喷涌而出。民主改革前，这里分布着许多大农奴主的庄园，广大农奴过着痛苦的生活。他们说，除了手中的敬神用的转经筒，全村找不到一种能够转动的轮盘；除了领主老爷抽打的鞭痕，全身几乎一无所有。在这种中世纪式的愚昧、地狱般的苦难生活中，人们只有把美好的愿望寄托在奇幻的神话传说中。

苦难岁月已经随着雅隆河的逝波卷入滔滔江海，一去不复返了。新世纪的朝曦终于以其灿烂的光华降临万里高原。恩格斯说："世界史是最伟大的诗人。"现在，在雅隆河流域，在整个西藏，随地可见这"最伟大的诗人"

的杰作。一首民歌对西藏1300余年的历史做了精辟的概括："文成公主来西藏，藏汉民族情谊长；金珠玛米来西藏，叛乱分子一扫光；社会主义来西藏，翻身农奴齐歌唱。"

《人民日报》1991年3月20日　第8版

情满菊花岛

菊花岛原名觉华岛，地处辽东湾，距兴城市 6.8 海里。兴城近年来已经名噪神州，有"第二个北戴河"之称。然而我对于菊花岛的了解，却远在兴城之前。50 年代初，我从报纸上看到一则捕获巨鲸的消息：这条鲸鱼巨大无比，人们用大扁担支撑着鲸鱼的嘴，然后钻进鲸鱼肚子里去刮油；鲸鱼卧在沙滩上，这边站着人，那边看不到。这件奇闻就发生在菊花岛。后来读明清史料，得知袁崇焕固守宁远（兴城），曾派参将姚抚民押解军粮屯储于菊花岛，由水师四大营守卫。当时努尔哈赤久攻宁远城不下，死伤惨重，在决计退兵之际，忽然发现菊花岛乃袁崇焕屯粮之地，遂派武格纳率八旗蒙古兵强攻。岛上无力抵抗，3 万人悉被屠杀，船只与粮食也尽成灰烬。袁崇焕叫苦不迭。正是这些奇闻、故事，使我对菊花岛产生了浓烈的兴趣。可是，直到 90 年代初才得偿踏上这座海岛的夙愿。

在我的想象中，菊花岛很小，而且石多地少，贫瘠荒凉。上去一看，才觉察到自己估计错了。原来这是一个具有相当规模的海岛乡，有 3800 人口、4000 多亩耕地，辖大小岛屿 4 个，总面积为 15 平方公里。岛上没有奇寒酷暑，春季多雨，夏季凉爽，秋暖霜迟，冬日温和。岛上有中小学，有少量工业与服务业，捕鱼业比较发达。早在辽代，僧人即在岛上凿井、修庙，至今尚有完好无损的石砌八角井以及龙宫寺、大悲阁的遗址。

沿环岛公路驰行，处处有碧海相伴，波光帆影，娱我情怀；游船三五，往来于市区与海岛之间。全岛坡势和缓，滩涂开阔，有的怪石嶙峋，黝黑如墨，有的平沙如砥，细浪堆银。岛上林木葱茏，空气清新，淡水资源丰富。一湾碧水隔断了红尘，很适合建筑高级别墅和度假村。

居民质朴好客，古道热肠。见我们的游船不易靠岸，便主动划来小艇摆渡。人们很少发生吵架斗殴，唯嗜酒如命。实行家庭联产承包责任制以来，岁岁丰收，家家衣食丰足。

陪同参观的同志告诉我们，这里拟向外商招标，建国际游乐城、修度假村。岛上要发展高科技、没有污染的工业，并广泛种植药用菊花，建立药材与蜂蜜生产基地。

看到外面社会秩序不怎么好，岛上有些老年人担心对外开放后会失去往日的安宁与淳厚的民风。市、县同志开导说，现在这种文明程度是在封闭状态下、低层次的物质生活水平上维持的。长期停留在耕田而食、凿井而饮的田园生活状态，是无法进入小康境域、赶上现代化的时代步伐的。而生产力的发展，对于新的道德观念、社会风尚的形成会起着重要的推动作用。正如马克思说的，"通过生产而发展和改造着自身，造成新的力量和新的观念，造成新的生活方式、新的需要和新的语言"。

午饭后，我们乘船来到另一个小岛——羊山岛。这里处于一种与世隔绝的状态。草深及腹，往年的黄草还未割除，今年的青草又蒙茸蓬起。由于腐殖土层极厚，地面软似毛毡。野花自开自落，白云闲去闲来。步履所及，不时惊起一双双苍凫的鸟。此时正值野鸭产卵季节。承主人告知，只要细心寻视，不出一个小时每人就能拾得几十枚鸟卵。这真是一个富有诱惑力的宣告。然而，我却有些迟疑却步了。地球是人类的家园，没有野鸟啁啾的家园，该是何等寂寥而单调啊！"劝君莫拾三春卵，待看凫雏掠地飞。"于是，立刻将眼光从草丛移向云空，因为很怕发现那一堆堆光洁诱人的鸟卵。同时惊喜地见到，同行十余人竟都是"妙手空空"，一无所获，心里感到十分踏实，十分快慰。

此刻，我觉得海岛上空天更青、云更蓝了，眼前浮现出野花烂漫、百鸟翻飞的动人景象，我欢快地跳了起来。

《人民日报》1993年5月21日　第8版

三江恋

　　人们习惯于把祖国的东北地区比喻为引吭高歌的雄鸡之首,那么,由松花江、黑龙江、乌苏里江三大水系冲积而成的三江平原,便是这只雄鸡丰满的颈部和奇突的头部,而素有"东北第一镇"之誉的抚远县乌苏镇,就恰是美丽的鸡冠。

　　这是一个神奇的所在。盛夏深夜两点多钟,祖国的其他地方都还在夜幕笼罩下酣然沉睡,而这个小镇已经遽然醒转过来。在东北方向天地交接之处,首先现出一条红色的亮带,顷刻,光芒四射,光华耀眼,紧接着一轮红日像顽童似的一蹦一蹦地向上跳动。记得那年也是这个季节,站在泰山日观峰上看日出,是4点30分,大家都以为是绝早了,可是比这里还晚了两个小时。此刻我才憬然领悟:怪不得小镇边防哨所的战士将"我们最先把太阳迎入祖国"十一个大字写在墙上。占据着如此优越的地理条件,谁能不充满自豪感呢!

　　登上高耸云天的望塔,凭栏远眺,但见奔腾北下的乌苏里江在这里与浩荡东流的黑龙江紧紧地拥抱在一起,浴着朝晖,闪着粼光,一同欢快地滚滚东奔,追赶那一轮红日。云水苍茫中,乌苏里江上驶过来两艘运载杂货的机船,一幅绝妙的清江晨泛图呈现在眼前。

　　面对着接天盖地的茫茫翠海,我张大着渴望的双眸,尽力在绿到天边的莽原上搜寻与辨识着豆畦、麦垄、稻海、粮原,但实践证明,这种努力是徒劳的。绿,这宇宙间最鲜活、最明朗的生命的原色,此刻涵盖了一切,模糊了一切。红日初临，碧空如洗，益发显得天色瓦蓝瓦蓝，以至于浮游的云朵轮廓异常清晰，宛如镶嵌在翠蓝的天幕上的白玉浮雕。一只雄鹰平展着双翅，悠闲地在碧空中滑翔。条条点点的清溪水泊，像白练，像明镜，静静地闪耀着光华。

凭高远望，一时忽发奇想：展现在眼前的分明是一把奇大无比的打开的折扇嘛，黑龙江和乌苏里江恰似两个扇骨，地平线相当于扇面的边缘，而脚下的乌苏镇正处在两个扇骨的中轴，这把大折扇上画满了浓绿、淡绿、翠绿、嫩绿的风景。这次在三江平原，才真正领略到望眼连天、极目千里的快感。此情此景，大约只有置身天空、海上尚可得其仿佛。

我这次寻访三江平原，只是涉足它的腹地，还有相当大的一部分地区被抛在视线之外，不免有遗珠之憾。但就是这些，已经使我梦绕神驰，流连忘返。这里土壤肥沃，水质优良，日照雨量充足，生态环境良好，交通方便，具备发展以绿色食品为主的生态农业和林、牧、渔业的优越条件。这里有成批的国家一类口岸，有内河深水良港和内陆地区借江出海，经鞑靼海峡直达太平洋沿岸诸国的黄金水道，有正在兴建的北起同江、南至三亚的纵贯全国的高等级公路。这里的"三花五罗"、鲟鳇、大马哈等特种鱼和雪兔、紫貂、丹顶鹤、白尾海雕等珍禽异兽久负盛誉。一种能够捕获天鹅的猛禽——海东青，自辽金时代即被列为贡品。三江平原条件优越，而人烟稀少，区内人口密度仅为全国平均数的 1/3。其发展潜力是无与伦比的。作为国家重要的商品粮基地和世界少有的没有充分开发的亚次处女地，三江平原不仅为人们提供了丰盛的物质产品，而且是北方理想的旅游胜地。无论是秀绝神州的花开叶落、鸟啭虫吟、牛羊咩咩、流水潺潺的莽原朔野，还是独具塞北特色的森林公园、狩猎场、滑雪场，以及赫哲族民俗村、博物馆，都以其无穷生趣吸引了中外游人。置身其间，仿佛投身母亲的怀抱，回到幼时的摇篮，顿觉远离尘俗，宠辱皆忘，神清气爽，返璞归真。纵有千般尘虑，万种忧思，也会涣然冰释。

三江平原是多民族的大家庭，有近四十个民族在这里生养蕃息，和睦相处。又是北方少数民族生存发展的摇篮，数千年来，他们在耕渔采猎中濡染着风习，开创了文明。统治中国北方达120年之久的女真族，就是从这里跨上了征鞍，创建了金国，最后跃马中原，灭辽蚀宋的。全国人数最少的民族之一赫哲族世代聚居此地，独具特色的博物馆向我们昭示了这个民族的世系源流、经济生活、文化礼仪、风土人情。这个民族富有爱国情怀和抗暴精神。承赫哲族聚居地街津口乡乡长告知，敌伪统治时期，惨遭日寇迫害，整个赫哲族只剩300多人，现已增长了10倍。从穿鱼皮，住地窨子，乘狗爬犁，以捕获大马哈鱼次数计算年岁，到包括衣食住行在内的整个生活方式现代化，从单一捕鱼到多种经营，他们说，我们是一步一层天。

值得大书特书的是，新中国成立后国家组织了一批批转业官兵、地方干部、科技人员和知识青年，进军北大荒，开发建设三江平原。这里不须费更多笔墨，只要听听沿途的建三江、换新天、红兴隆、大兴、创业、友谊、星火、前进这些农场的名字，就不难记起这支建设大军与万千拓荒者的煌煌盛绩。为开发建设北大荒，他们献了青春献终身，献了终身献子孙，在漠漠荒原上，撒播了知识、爱情、友谊、信念的种子。其中有欢乐的乐曲，也有沉重的悲歌，有憧憬，有思考，有忆念，有收获。三江平原是一种诱惑，一种挑战，一处献身的祭坛，更是一处建功立业的疆场。有些人已埋骨荒原，他们和同伴一起经历了昨天，却不再拥有明天。也有相当数量的佼佼者，从这里起步，跨上了科学、文艺的殿堂。他们带走了伴着冷雪清霜的残夜断想，带走了半是甜蜜半是凄苦的难忘的岁月，带走了对黑土地魂牵梦绕的苦恋；而把用血汗和青春的激情、理想的诗意书写的创业史，留给了江花边草，留给了粗犷的荒原，留给了子孙后代。

经过两代人40年的艰苦奋斗，在10万平方公里的黑土地上，发展了佳木斯、鹤岗、双鸭山、七台河等城市，建设了一批大农场、大工厂、大林场、大煤矿为主体的新兴经济区。于今，北大荒成了名副其实的北大仓。改革开放以来，三江平原更跨上了飞驰的骏马，并开始走向世界。

夜深了，昂首疾驰的南下列车载着我踏上归途。我依依不舍地望着车窗外的佳木斯的万家灯火，望着万籁无声的漫漫荒原，那绿色的晨风仿佛仍在心上吹拂，富含健脑提神的负离子的清新气息还存留在呼吸间。当下吟哦一首七绝："船歌高亢牧歌甜，碧草如茵接远天。我与三江期后约，流云逝水两茫然。"

《人民日报》1995年9月26日　第10版

生命的承诺

在春与夏交接的时刻,我披着一身的雾雨,投入了张家界的怀抱,践行了生命中的一个信约。因为我不止一次地听人说过,不到张家界,休谈自然美。我下决心要在有生之年实地验证一番这句话的准确程度。有些名山胜境,过蒙青盼,屡经品题,然而声名过实,留给人们的无非是失望,是怅惘;而芸芸众庶的旋风,潮水般的趋从与膜拜,更加剧了它们的俗浅。这自是胜地的悲哀。

号称"峰三千,水八百"的张家界,山川秀色极富个性魅力,般般美景都在我们的经验与想象之外。任谁身临其境,都会目眩神摇,惊叹大自然天工开物,鬼斧神工。说"身在画中游"绝无半点夸张,我就是把它当作一幅幅硕大无朋的泼墨的山水画来观赏的。当然,我更看重的还是它的神韵。清新、清丽、清静,称得上是三清化境,却又不是一个"清"字所能了得。

蛛丝断线般的细雨,飘飘洒洒,如雾如烟,给翠树青峦罩上一层梦幻似的景象。置身其间,有不知寄身何处、悠然意远之感。绿是阳春烟景、大块文章的底色,4月的林峦更是绿得鲜活、秀媚,诗意盎然。叶片在雨雾中生光发亮,原本就绿得醉人,此刻,那青青翠色更逼进人的心房里。一位同伴为他的奇异发现惊叫着:"大家看哪,我们的须眉鬓发怎么都是绿的?"另一位朋友郑而重之地补充一句:"我觉得,连你的欢声笑语都染上了一层新绿。"万绿丛中,这里那里,时而露出游人的一把把花蕾——

香蕈般的雨伞，衬着青枝翠叶，忽上忽下、忽左忽右地浮荡着，也称得上林中的一幅绝景。"一番过雨来幽径，无数新禽有喜声。"伴着林间的关关鸟语，清冽的山溪一路上弹奏着冰弦，流漾出几许清芬，又似带着淡淡的幽思和清怨，许是因为它眷恋这人间仙境，不愿趋附那攘攘尘寰吧。雨后的空气，清纯如酿，只要鼓动起双肺的小风箱，吐纳几口苤泽，就立刻觉得神清气爽。难怪美国著名作家梭罗要把瓦尔登湖畔的新鲜空气装进瓶子，卖给那些睡早觉的人了。

有些地方的山峦，往往隽美中透着几分矜持，又兼远哉遥遥，可望而不可即，不免有一种疏离感；而张家界的山总是凑在游人的眼前，像古人说的"即之也温"，显现出热切地渴望人知的恳挚，予人以亲切、温馨的愉悦。同时，游人也产生一种归属感，觉得自身已经成为它的组成部分，不禁从心底里认知"山川与予神遇而迹化"，油然漾出那句稼轩词："我见青山多妩媚，料青山见我应如是。情与貌，略相似。"徜徉于淡烟薄霭之中，和着风声林籁与大自然在同一旋律里脉动，脱却了种种俗嚣物欲，顿有潇洒出尘之感。宛如裸体的婴儿投入母亲的怀抱，充分体验到心魂的欢愉与自在。这也许正是庄子所营求的"乘美以游心"的销魂境界。

早就听说湘西地区少数民族青年男女热情、大方、爱美、喜欢唱歌，可惜由于下雨，失去了一睹风采的机会。正怅憾中，突然从前方隐约传来一串清脆的歌声，似天外飞来，悠扬悦耳。我们快步赶去，只见一块林间隙地上，两个苗族打扮的青年男女正在对歌，四周围着一些观光的游客。姑娘身着色彩艳丽的衫裤，袖口和裤脚都镶有别出心裁的刺绣，看去十分漂亮。歌喉自然是顶尖。原来，对歌并没有现成的歌词，都是即兴发挥，出口成章，而且合辙押韵。彼此情意流转，表情丰富，映衬出生命的充盈润泽，予人以真的启迪和美的享受。忽然，姑娘向观众扫了一眼，热情地招手请一位小伙子出来，然后用自编的歌儿，谑而不虐地同他调侃，有两句是："看你美貌不寻常，奈何含羞口不张？"越说小伙子越不好意思，竟绯红着脸一转身钻回人群中去了。

大家十分惬意，交口称赞这种颇具湘西特色的人文风景线，东道主听了自是高兴，但话语中仍流露着一种歉然："毕竟我们这里人文景观太少，显得文化氛围淡薄一些。"应该说，这也是实情。文化，作为社会的遗产，个体心理在历史银幕上的映像，是与自然存在的事物相对而言的。一般风景名胜区，总是历代文化积淀深厚，诗人、名士留下许多屐痕、墨痕的所在。灿烂的华夏文明几乎为每一处名山胜境都注了册，打上了深深的人文烙印。因之，我们在赏鉴自然风物时，实际上也是在读诗读史，从一个个景点走入历史的沧桑。而张家界恰恰缺少这一点。北魏著名地理学家郦道元足迹踏遍半个中国，写下了《水经注》，可惜他没有到过这里。徐霞客走的地方更多，却唯独漏掉了张家界。古代许多寄兴林泉、钟情山水的诗人，如谢灵运、李白、王维、孟浩然、陆游等，都和此地缘悭一面。这不能不说是一种遗憾。

往者已矣，但来者可追。今天，张家界的朋友们正在做补偿工作。比如，他们在著名景点黄狮寨的最高处修了一个六奇阁，凭栏远眺，可以纵览山、水、云、石、动物、植物之奇观，并请羊春秋教授撰联："名动全球到此真堪三击节，势拔五岳归来不用再看山。"隽景佳联，交相辉映。"但肯寻诗便有诗"，美是到处都有的，对于我们的眼睛，不是缺少美，而是缺少发现。我很欣赏他们的这番话："在几千年的秦风汉雨中，我们的祖先错过了太阳，今天，我们再不要错过月亮与星辰。要在我们的手里，把张家界的山水文化推上一个新的层次。"

是的，同一切资源一样，文化资源颇有待于开发。我从他们提供的资料中知道，传说这里有张良墓，据道光三年的县志记载，张良得黄石公授书后，从赤松子游，殁后安葬于此。听说张家界的得名即与此有关。据我所知，陕西留坝县有祭祀张良的留侯祠，门旁竖有"留侯辟谷处"的石碑，里面还有回云亭，取功成身退，返回云山之意。这也同样是传说。似可两说并存，因为不大可能也没有必要硬去辩一个真真伪伪。张家界还流传着当年秦始皇驱山填海，把赶山鞭留在这里，化为金鞭岩的神话。此外，还有惟妙惟肖、石相天成的"儒士藏书""天书宝匣"等景观，都引起了四方游客的浓厚兴趣。一时，我也发思古之幽情，即兴为上述两个石景题了三首七绝："祛老天书匿碧虚，山深未走始皇车。可怜不得长生术，难免沙丘伴鲍鱼！""秦火虽严却也疏，深山犹自有天书。当时若果张良见，肯向桥头纳履无？""千载攻书立险峰，今时犹见古儒生。凭虚欲问经纶策，地哑天聋唤不应。"我觉得，饱蘸历史的浓墨，在现实的风景线的画布上着意点染与挥洒，使自然景观烙上强烈的社会、人文印迹，可以把游观者带进悠悠不尽的历史时空里，从较深层面上增强对现实风物、自然景观的鉴赏力和审美感。

当然我也认为，即使没有任何社会人文景观，张家界也仍然有其独特的存在价值。那种原生状态、荒情野趣，未经人工雕饰的自然天籁，同样是美的极致，是"心物婚媾后所产生的宁馨儿"（朱光潜语）。问题的症结，是如何珍惜它，保护它，留下一方方天造地设的美的净土给子孙后代，这乃是世间最宝贵的物质财富与精神财富。道理很简单，自然创造是一次性的，既没有副本，又不能复制，而且，自然美是易碎品，一旦毁坏了就万难补偿。而审美又是人类社会所独有的现象，没有人的欣赏，任何自然美都无从谈起。于是就产生出一个悖论：发现了自然美，有时却意味着同它告别；欣赏的同时往往带来人为的践踏。就这个意义来说，张家界开发得晚，未始不是它的幸运。在我的印象中，张家界是目前所见到的管理得最好的风景区。可是，以后会怎么样呢？——我也表示了忧虑与担心。因为在其他很多地方，下述情况确实存在：人们向往于"诗意地居住"，但由于我们的行为并不那么"诗意"，"居住"的结果竟与初始的愿望相左。许多风景区都曾是最适合人类居住的地方，而一经住进，很快就变成不再适合人类居住的地方了。在临歧握别时，主人嘱咐我们放心，说："为保护好张家界的生态环境，我们已经做了生命的承诺。"

《人民日报》1996年9月14日　第7版

晓来谁染霜林醉

已是深秋，水瘦山寒，霜清露冷，一般是没有多少绮思艳意的了。可是，当面对丹枫满坞、绛雪千林、影醉夕阳、光炫远目的奇观丽景，又会觉得秋色撩人，不禁兴薄云霄，飘然神爽。你会带着哲人般的明悟，领略那烦嚣后的萧闲，清寂中的逸趣。作为秋的时令神，红叶包容了春的妖娆、夏的热烈，也承受了风刀霜剑的峻厉，好似糅合着绚烂与平淡、顺畅和蹉跌的七色人生，体现了一种成熟、厚重与超越，是生命的第二个青春。

也许正是为此，古往今来，才有那么多的诗文咏赞它，流传下来许多凄清、隽美的"红叶题诗"的佳话。"莫嫌秋老山容淡，山到秋深红更多"，幽怀独抱，寄慨遥深。"乌桕平生老染工，错将铁皂作猩红。小枫一夜偷天酒，却倩孤松掩醉容。"以瑰奇的想象，咏天然的谐趣。同是写醉叶、溪流，"清溪曲逐枫林转，红叶无风落满船"，诗中有画，看了觉得意静神闲；而"劳歌一曲解行舟，红叶青山水急流"，美则美矣，却令人有别绪苍凉之感。

健全的人生需要不断地发掘美、滋润美，而竞争激烈、变化急遽的现代社会生活，尤其不能离开审美的慰藉。人们已逐渐认识到，应该把技术的物质奇迹同生命的精神补偿统一起来，在更宽广的天地中展示我们民族的生命力。因此，每到九秋佳日，无论是北京的香山、南京的栖霞，还是杭州的西泠、长沙的岳麓，举凡观赏霜林醉叶的佳胜地，总是车似洪流，人如潮涌。这原本是趣味高洁的雅事，可惜由于人满为患，有时一番盛会过去，却加剧了生态的失衡，造成自然景观的人为践踏。

回过头来还说红叶。辽东山区有个宽甸，宽甸北部的天桥沟是个观赏红叶的好去处。就人文景观来说，较之前面列举的几处名山胜境，当然甘拜下尘；若论观赏红叶，天桥沟则毫无逊色。一曰壮美。整个景区面积达6万亩，真个是"万山红遍，层林尽染"。霜飞一夜，红透千林，赤叶灼灼，喷焰缀锦，确是最壮观最浓艳的秋色。二曰清幽。跨进山门，就闯入了红枫世界，顿觉高邈的天穹和弥望的林峦全被烈焰烘着了，只把一带寒光留给了喧腾的溪涧。红枫潭里，倒影摇红，上面是赤叶烧天，下面有红潮涌动，煞是迷人。偶尔有一两片醉叶翩翩落下，顺着回曲的山溪款款漂游，我们的神思似乎也随之悠然远引。山坳里稀稀落落地点缀了几户人家，襟山带水，掩映在红云绛雾之间，在静如太古的苍茫中，织结出一幅如烟如梦的桃源仙境。小村的名字，方志中没有记载，地图上也找不到，可是，那种超渺的意境，却似乎在宋元人的画卷里领略过。

过去观赏红叶，常常是驰车路上，望中确也是霜红满眼；可是当停车静睇时，却又往往不见了那种绚烂与辉煌，未免嗒然失望。原来，因为车速很快，入望的景色还没在视界中消失，前面的景色又重叠过来，我把这种反复重合的现象，杜撰为"虚幻的聚焦效应"。天桥沟不存在这个问题。漫山遍坞，塞谷堆崖，红叶触目皆是。无论是走着看还是坐下瞧，效果都不会发生变化。当然，最理想的还是拾级登临400米高的莲花峰。凭高四望，千林红树宛如火伞齐张，把暗壑晴峦都装点成了锦绣世界。在红雾弥漫中，独独凸现出俗称"四面佛"的四个石景：一个酷肖弥勒，一个状似菩萨，一个像孙悟空，一个像噘嘴扛耙的猪八戒。神工鬼斧，石相天成，看后令人拍掌叫绝。还有值得缀上一笔的，是"天桥沟"这个名字的来历。承一位同志告知：这里雨过天晴之后，常常出现一道桥般的彩虹，"桥身"架在南北两座山上，"桥背"顶着浩渺的青天，构成一种独特的景观。

说来也是一件憾事，这般"绝代佳人"，却幽藏深谷，无声无息地度过了无涯岁月。同行的一位政协委员说，怨只怨历代的诗人赋客足迹不到，所以，这里就没有留下《枫桥夜泊》《题西林壁》之类的千古名篇，也不见有《望岳》《登楼》的佳作。县委书记笑着接上了话茬儿："咱们这里虽然没有文豪光顾，却有过万古流芳的名将。"他指的是著名抗日英雄杨靖宇。1934年到1938年，杨靖宇率领东北人民革命军独立师和抗联一军转战东南满北部山区，曾以天桥沟为中心根据地，利用山深林密的有利地形条件，与日寇、伪军展开艰苦卓绝的斗争，并在山下的方家隈子，建立了东北早期的乡级红色政权——四平乡人民政府。新中国成立后，安东市政府在天桥沟树立了抗联遗址纪念碑。至今，深山里还保存着杨将军住过的岩洞——群众亲切地称之为"杨洞"，以及战士的密营和简易医院的遗迹。如果红树青山是一排排回音壁和录像机，当会录下60年前抗联战士伏击日军守备队的震耳枪声和少年营血战崔家大院的悲壮场面。这里现已成为爱国主义和革命传统教育的重要基地。古人有"景物因人成胜概"之说，于此进一步得到印证。

在天桥沟，听到一个引人深思的小插曲：前两年，林业局普查山林，两个青年职工历尽艰辛攀上一个峰峦，兴奋之余，自豪地说："我们是历史上第一个登上这座高峰的人。"话刚落音，转身瞥见一根已经锈蚀的步枪通条挂在一棵老树杈上。面对当年抗联战士的遗物，他们为自己对历史的无知而脸红了。

时间老人毕竟是峻厉无情的。一经流逝，便旧影无存，不问金戈铁马还是碧血黄沙，转瞬间都成了背景式的记忆。结果，在许多后人看来，这里似乎什么也没有发生过，从来就是一片乐土。殊不知，中原血沃，劲草方肥；没有先烈们"用骨肉碰钝了锋刃，血液浇灭了烟焰"，又怎会有今朝的红葩硕果！

"晓来谁染霜林醉？"此刻，带着古人的诘问，再看满山的红叶，我觉得对于400多年前抗倭名将戚继光的诗句"繁霜尽是心头血，洒向千峰秋叶丹"，加深了一层理解。

《人民日报》1996年12月3日　第12版

挽住芳菲

一台越野车把我们拉进了桓兴林海。片片槐杨，遮坡塞谷，负势竞上，繁枝密叶在空际摇荡着波涛。宿露犹凝，在晨曦映照下，叶片闪亮着辉光，不时地滴落下几颗珠玑。重重涧壑，大刀阔斧地裁剪着山骨。汽车沿着蜿蜒的林间小道吃力地向着一座叫"老秃顶子山"爬行着。随着地势渐高，丛林由阔叶变为针叶，气候也由炎炎盛夏转入凉爽的暮春。20华里长的盘山道上，上下左右，尽是鲜活鼓胀的浓荫、翠影。绿，是夏日郊原的底色，此刻，那盈盈翠色更逼近到游人的面庞上、心窝里。我想起石涛和尚的两句诗："不识年来梦，如何只近山。"许是山峦的淡远、宁静的体性在感染着我？其实，真正动人心魄的倒未必是那类声威赫赫的名山。同人一样，出了名的山屡经品题，最后往往是声华过实，为名所累；若再有众生焚香膜拜，镇日烟云缭绕，就更会加重它的俗浅。我最喜欢的是空山寂寂，微风习习，林峦似动不动，松涛若有若无，听到的只是自己脚步的回响，通体浸透着一番彻骨的宁静与灵澈。

八月的时令，犹如人当壮年，原是早已告别花季的时光。可是，登上顶峰之后，却见花团锦簇，灿若云霞，到处姹紫嫣红，蝶舞蜂忙。石竹花一般盛开在六月，可是，现在这里却开得红红火火。让人想起白居易《大林寺桃花》一诗的意境：时当孟夏，已是众芳零落、绿暗红稀的时节；诗人正在为芳菲过尽而懊恼和憾恨，不期上得山来，却见寺里桃花方始盛开。原来，春光并没有飘逝，而是转移到了这里。一种惊愕、喜悦之情溢满胸臆。

这时，像散了花的爆竹纸屑，随行的人们哗地撒放在浓密的鲜花碧草之中，伴着野鸟歌晴、群虫噪夏，跑着跳着，笑着叫着，放浪形骸，完全泯灭了年龄的界限，霎时回复到了少年时代。古人有言："嗜欲深者天机浅。"怡然自乐，忘怀得失，正是环境直接作用于心境的结果。在物欲喧杂的噪音中，是无法听得见智慧老人的叩门声的。

生活在诗之谷、画之廊里的人群，朝朝暮暮晤对着诗意的存在，固有的心灵美、艺术美被激活了。他们没有停留在对自然景观单纯欣赏的层面上，也不满足于山青一度草绿三春，而是设法实现自然美与生活的同化，实现美的生命的延续。这在桓仁，已有百余年的历史。县志记载，早在清末，多种美术创作活动即在民间开展，"谷泥人"的捏技、"辛画匠"的彩绘、"高师傅"的剪纸，遐迩闻名。新中国成立之后，特别是进入新的历史时期，群众发扬光大了优良的艺术传统，在积极发展摄影、绘画、剪纸、木刻艺术的同时，从事各种造型艺术，一些"艺术之家""版画之乡"陆续涌现，形成一个工艺美术的新兴产业。

下山之后，我们先后走访了八里甸和普乐堡镇，考察了龙江草编工艺品厂和东林木雕工艺品厂。这两户民营企业的产品，全都行销国外。他们利用松针草茎、碎木枯枝，做成各种鲜活灵动、神态可掬的工艺品，诸如圣诞老人、白雪公主、大棕熊、小白兔，卓别林式的怪客，碧眼红发的精灵，都成批结伙地漂洋过海，涌入了西欧、北美，成为孩子们心爱的伴侣。

这里的技术人员都是普通农民，并未接受过正规的艺术教育，可是，他们的创造力和对新生活、新知识的感受力却是惊人的。他们把东西方迥然各异的艺术风格、欣赏习惯大胆地加以融合，把现实主义与抽象画派的造型技巧统一起来。一些课题，有的专业人员也不易谈得十分清楚，可是，他们说起来却显得简单易懂。比如，他们说，现实主义画家画的人、物、山、水，都是能够具体命名的，都有特定的形象；而抽象派画的则是他们自己的感觉，反映的是一种思想情感、一种心理追求。

应他们的要求，我题写了一首五绝，作为观后感："万木寻机理，神工出匠心。花开荣四季，不必怯春深。"他们说，若讲"神工"，能够当得起的恐怕还得是那些"谷泥人""辛画匠"等老一辈艺人。"我们之所以成了一点气候，皆因赶上了改革开放的好时光。"

《人民日报》1999年11月5日　第11版

中国读本

在第七届精神文明建设"五个一工程"评选中，由苏叔阳撰著、辽宁教育出版社出版的《中国读本》荣获入选作品奖。该书着眼于实际需要，用通俗易懂的语言、生动活泼的笔法介绍了我们伟大祖国的历史和文化，唱响了一曲昂扬的祖国颂歌，是一部较好的爱国主义教材。

继承和发扬爱国主义传统，需要广泛深入地进行爱国主义教育。这种教育应该从青少年抓起。广大青少年应认真学习、了解祖国的历史，知道和熟悉我们的祖先曾经在这块土地上创造光辉灿烂的物质文明与精神文明，为人类文明进步做出过卓越贡献，并为之而无比自豪。《中国读本》就是一本比较适合对青少年进行爱国主义教育的教材。该书篇幅不长，内容却十分丰富。上下几千年，举凡政治、经济、军事、文化、民族、宗教、哲学、历史、地理、文艺以及宇宙观、伦理道德、生活方式等各方面均有论述；而且表现形式生动、灵活，语言清新、活泼，具有很强的可读性。

该书的一个显著特点是观点鲜明，内容准确，组织合理，实现了政治性与艺术性、科学性与形象性的较好结合。作者在选材方面颇具匠心，无论是综合性的概述，还是列举典型实例，都经过严格选择，精心梳理，总是选取那些最有代表性的数字、情况、事例，而且注意吸纳最新的学术研究成果。

突出思想文化内容，以一条爱国主义的红线把各方面的内容很好地连缀起来，是该书的另一个特点。在写作上，条分缕析、点面结合、分层递进的叙述方法给人以完整而清晰的认识，典型事例的穿插增强了文章的形象性、感染力，关键地方一些画龙点睛式的议论，要言不烦，点到为止，又给人留下想象的空间。用语朴实、准确，讲究分寸，有定论的下结论，否则，或用"据说""推测"，或提出问题留待读者思考，反映了作者科学、严谨的态度。

另外，在如何对待传统文化的问题上，该书也处理得较好。通篇注意正确认识传统文化与现代化、文化传统与时代精神的关系，妥善处理了"当下"与历史的对接，是一种真正的历史对话。但作者的宗旨并非简单地再现过去，而是通过对过去的叙述、阐释，揭示它对现在的影响和历史的内在意义。这样，既做到了与民族虚无主义者彻底划清界限，又防止陷入狭隘的民族主义。这种科学求实态度，是符合时代精神的。

《人民日报》1999年12月2日　第9版

中秋宴叙（走进西部）

宁夏之行，收获颇大。塞上的秋光明艳撩人。金黄的稻海敞开丰满的胸怀，静静地等待着收获；高远的云空瓦蓝瓦蓝的，阳光显得分外柔和、明亮；路旁，高高的白杨林轻摇着叶片，像是小儿女们在喁喁窃语。围绕着西夏学的探究，我考察了王陵、古塔、城垣、岩画，游览了贺兰山和河套、古渠，看了一些展览，翻检了有关文献。预期的目的已经达到。

离开银川时，正值中秋佳节，我以老朋友的身份，出席了自治区政府马启智主席专门设的午宴。

一见面，马主席就说："你对历史有兴趣，也有研究，我这里有一幅字奉送给你。这是西夏学的著名学者李范文先生的作品。"打开装帧精美的卷轴，赫然现出四个西夏文的擘窠大字，撇、捺、横、折兼备，笔画似曾相识，却一个也不认识。幸好下面缀有汉字释文，原是"高山景行"四字，典故出自《诗经·小雅》，三国时曹丕文章中有"高山景行，私所慕仰"的话。谢过了马主席，我告诉他，同李教授已经会过两次面了，亲聆雅教，受惠良多。

说着，宾主就入座了。宁夏素以酒多、酒美驰名内外，桌前摆放了几种，什么"昊都液""西夏酒"，名目不少，菜肴也十分丰盛，节日的气氛很浓。大家吃着唠着，沉浸在一种家庭式的融洽氛围里。

老朋友多年不见，自然有许多话要说。话题汗漫纵横，大到形势、任务，经济、文化，小至友朋问询、忆往追怀，但是，中心还都是围绕着祖国西部的开发和宁夏的社会人文的发展、建设。我说，我很欣赏作家张贤亮的一个看法。他在中国作协主席团会上讲到，过去西部地区落后，固然有着自然环境、经济条件的制约，但是，归根结底，还是人们的思想观念陈旧，人才缺乏所致。在这个问题上，人的因素同样起着决定性的作用。

这样，话题就从事业发展转到了西部地区如何发掘人才、留住人才、培养人才上。宾主正议论得起劲儿，马主席突然向在座的政府秘书长问道："李范文先生的住房条件改善了没有？——前两年我到他家去过。做研究工作需要有个安静的环境、舒适的条件。"秘书长说，李先生还是住在那套旧房里，100平方米左右，条件很一般。

省、区、市这一级的主要负责人，每天要处理的重大事项很多很多；能够比较熟悉这类从事古文字研究、与现实不怎么搭界的专家学者，也属难能可贵。我这么想，也就顺口说了出来。启智同志谦虚地解释说："李先生毕竟不是一般人物。"

这当然也是实情。

话说起来也就长了。公元11至13世纪，中国古老的党项民族在天苍苍、野茫茫的贺兰山麓，建立起与宋、辽、金鼎足而立的封建性民族国家政权。国号大夏，定都于兴庆府（今宁夏银川市），其疆域"东尽黄河，西界玉门，南接萧关，北控大漠"，因为地处祖国疆域的西北部，故史称西夏。在其立国的190年间，经济上充分发挥其固有的畜牧业优势，文化上与中原汉民族及其他少数民族相互吸收，密切交流，形成了既有共性又独具特色的西夏民族文化。公元1227年为蒙古军所灭，灿烂的文化受到摧残，典籍、文书留存得很少。后来官修正史，于宋、辽、金之外，独遗西夏。而西夏文字又结构复杂，难学难认，向有"天书""绝学"之称，从而使西夏王国的历史成为一道难解之谜。1972年初，周恩来总理视察中国历史博物馆，见到了西夏文文献，问道："现在有多少人懂西夏文？"当得知只有一两位老先生时，他语重心长地嘱托，一定要培养人学这种文字，决不能让它失传。

李先生的主要贡献也就在西夏史，特别是西夏文字的研究方面。此前，世界上尚未正式出版一部西夏文字典。李先生积 25 年之功，穷搜苦索，经过对西夏王陵 6 年的发掘与研究，对 3270 块残碑逐一进行考释，制作了 30000 多张近百公斤的卡片，积累了大量的原始资料，在编写出《西夏陵墓出土残碑粹编》等一批学术专著的基础上，编撰出一部 150 万字的《夏汉字典》，从字形、字音、字义和语法等方面，对 6000 个西夏文字做了全方位的诠释，并用汉、英两种文字释义，集古今中外研究西夏文字之大成。此外，还著有系统研究西夏语音、语法、词汇的《西夏语比较研究》《同音研究》和探讨宋代汉语西北方音的《宋代西北方音》等专著，为此，15 年前即荣获国家级有突出贡献的专家称号，享受国务院特殊津贴。在这些荣誉面前他并没有止步，而是拳拳眷注于攀登下一个新的峰巅——组织国内西夏学专家编写多卷本的《西夏通史》。

席间，我说："李先生的可贵之处，不仅在于他的这些卓著的成就，最令人感动的还是那种生死以之的执着追求和顽强拼搏的敬业精神。"李范文 50 年代末以民族语文专业研究生毕业于中央民族学院。出于对西夏学的挚爱，他放弃了留在北京的机会，毅然提出要到西夏王国的故地宁夏去从事研究工作。亲友不理解，妻子更是无法接受，一气之下，与他离了婚。而他本人这时还戴着"右派"帽子。

"这一代学人，历史是不会忘记的。"马主席深情地补充了一句。

这时，他才注意到，大家只顾说话了，酒、菜都没有下去多少，便热情地端起酒杯来和我对碰一下："来，老朋友！见一次面不容易，咱们把它干了！"半杯红葡萄酒进肚，顿觉热气喷发，我拣了几样菜大口地吃着。他却像突然想起什么事来，眼睛盯着秘书长，郑重地说："给李教授调房子，别忘了。"秘书长笑着说："放心，明天我就办。"

《人民日报》2000 年 10 月 14 日　第 8 版

营川双璧

大凡一个地区要在艺术或学术方面形成一种气候，一种氛围，一般都须具备下述条件：文化土层丰厚，人文积淀较深，而且有几位成就斐然的名流、学者，周围聚集着一大批钟情文化的积极分子。营口地区正是这样，除了有一支学养较为深厚且又热心诗艺的老中青文学队伍，还有两位被报刊誉为"营川双璧"的诗人、学者：一位是陈怀先生，他还是著名书法家，市民进组织负责人；另一位是豹隐城隅的吕公眉先生。两人都在学校任教，50年代都曾被错划为"右派分子"。在他们高张大旗之下，带动起周围一大批文学人才，一时云蒸霞蔚，颇为壮观。

记得是1984年3月上旬，一个天宇晴朗、东风劲吹的星期日，市里在体育场举行城乡风筝比赛。场上，几百只各式各样的风筝，漫天里飘浮着，吸引了成千上万观众的视线。一些热心的青少年跟在放风筝人的后面，欢呼着，雀跃着。我忽然发现，已经年届古稀的陈怀先生，也杂在人群里，随着风筝的上下飘浮，时而笑逐颜开，时而指指点点。我怕他过于劳累，便请他到看台上就座，休息休息。

先生个头不高，精神矍铄，黑红的脸膛，头发略显花白，两眼闪着熠熠的光。一身合体的西装更使他现出干练、潇洒的姿彩，只是头上那顶绒线编织的便帽，稍稍给人一种不甚谐调的感觉。他向在座各位颔首致意之后，便找个位置坐下，然后，很有礼貌地把帽子脱下来，拿在手里。我把一杯茶水送过去，笑着说："不有佳作，何伸雅怀？"他随口接上："如诗不成，罚依金谷酒数。"周围的人听我们俩在那里背诵李白的《春夜宴桃李园序》，轰然笑了起来。

当时，应营口日报副刊编辑约稿，我以《风筝比赛》为题，写了两首七律。其一云："的是今春乐事浓，花灯赏罢又牵龙。千般妙品争雄处，万丈晴空指顾中。兴逐云帆穷碧落，心随彩翼驾长风。只缘寄得腾飞志，翘首欢呼众意同。"先生看了，稍稍思索一番，立即把笔作和："遥天引上众情浓，谁辨真龙与叶龙？彩蝶似疑离梦境，霓裳宛欲下云中。红楼妙手传新谱，白雪新词送好风。忽忆金猴留幻影，异邦赤子此心同。"这一天，他显得特别兴奋，手之舞之足之蹈之，自己也说："真的返老还童了。"

先生喜欢外出游览，友朋遍于各地，尤其笃于夫妇、手足之情，家中子息、姻亲团聚，其乐也融融。诗集中每多亲友寄赠、唱和之作。他有一个四弟，羁身台北，80年代中期隔海飞鸿，内附七绝一首："卅年台海泪痕干，锦绣中华纸上看。何日干戈成玉帛，放怀一览旧河山。"先生看了喜极而泣，中夜起而填词，有"卅年梦，今宵月，兆团圆。寄我缠绵诗句，无限旧情牵：叮嘱冶山扫墓，祝愿干戈玉帛，放眼看河山。故里春常在，只待鹤飞还"之句。

一天早饭后，我在办公室刚刚坐下，就见陈先生一阵风似的闪了进来。满脸带着怒气，手也有些抖颤了，开口就叫："真是岂有此理！"原来，先生鉴于现在大多数年轻人字写得太差，主持开办了一所青少年业余书法艺术研习班，利用星期假日讲授书法知识，夙兴夜寐，风雪不辞，不收取任何费用，完全是尽义务。不料，个别家长却在一旁说风凉话："老陈头吃饱了撑的，'没有茄子找个灯泡提溜着'（当地俗语，意为多此一举，没事找事）。字写得再好，又有啥用！又填不饱肚子。"先生听到后，感到很伤心。

我便耐心地劝解说，讲这话的不是针对您，也不是针对书法本身，可能是担心孩子贻误学校课业。如果您真的就此解散了研习班，相信绝大多数家长都会哭着叫着挽留您的。这时，先生才在椅子上落座，并且端起茶杯来，猛劲地喝了一大口。我随手翻出新近买的一本《王右军书法精华》，请他过目。他一边翻看，一边随口吟出前人的名句："《黄庭》一卷无多字，换尽山阴道士鹅。"我说，是呀，既然王羲之的字能够换鹅，又怎么能说填不饱肚子呢！先生扑哧地笑了，一腔怒气已经释放得差不多了，便转过身子，甩手走开。

不久，我奉调到省上工作，先生与我们有诗文往来。后来，听说先生患了膀胱癌，在医院做了切除手术。趁新年回市探亲机会，前往问疾。床头执手，畅叙移时，临别依依，不料竟成永诀。后来听人告诉我，先生临终前曾写过一个条幅，是李商隐的两句诗："春蚕到死丝方尽，蜡炬成灰泪始干。"以之概括他的奋勉的一生，倒也贴切。

吕公眉先生同样是我最敬重的一位长者。他出生于1911年，长陈怀先生4岁。先生早年丧偶，未曾留下子息，孤身一人住在一间小平房里。平素渊涵雅淡，从来没见他有过愠色；很少外出交游，更不参加各种群众活动。在他的身旁，却聚集了一大批学者、诗人。他曾自豪地吟哦："老去幸余堪乐事，一时贤士尽从游。"

先生对我格外垂青，前后赠诗达20余首。情真意切，感人肺腑。1987年元宵节，我曾去盖州先生寓所拜望；4月中旬，先生以诗代柬，寄赠4首七绝。其一曰："风雪元宵一别离，清明又见柳依依。小桃欲落春犹浅，着意余寒莫减衣。"

公眉先生以散文见长，早在三四十年代就已远播文名，诗文登载在许多报刊上。工旧体诗，尤擅七绝，清新隽永，空灵俊逸，颇得唐人神韵，所谓"诗人之诗"是也。他早年写过一首《南归，车过白旗小站》的诗："客路风花过眼频，几曾回首触前尘。乡音渐熟家山近，小驿孤灯亦可人。"旧日乡关，尽管萧条零落，但眷恋之情依然溢于纸上。

去年一个夏日，承文友告知，通过辑佚、钩沉，公眉先生诗文集编辑工作已经完成，恰逢他的88岁"米寿"，希望我能写篇序言。却之不恭，我当即草成，寄了过去。

不料，序文寄出3天后，即接到吕老病逝的噩耗。呜呼，天忌才人，文章憎命，竟至"灵光"一老也不予存留，痛可言耶！

堪资自慰的是我幸能亲往致祭。这是盛夏最热的一天，灵前罗拜着十几位先生的男女弟子，一个个多已年届花甲，却都身着临时用白布缝制的孝服，长裙曳地，汗水夹着泪水，涔涔流在脸上，看了令人感动不已。他们说，先生生前孑然一身，死后，我们都来陪陪他，不让他有孤寂之感。

吕、陈二老，一冷对世情，一热衷时务，性格不同；作为诗人，他们的诗风也有明显的差异。但他们之间友情甚笃，相知相敬，诗酒唱酬，成为骚坛佳话。公眉老人赠陈怀先生诗："墨迹丹青造诣深，辰州风物说如今。文思不是闲辞赋，忧乐常关天下心。"陈怀先生奉答："故人相见未嫌迟，甘苦频看鬓上丝。犹忆辽滨佳句在，清新开府畅吟时。"诗中有人，呼之欲出。——他们各自为对方画了一幅惟妙惟肖的像，不愧是一对知心的诗友。

《人民日报》2000年12月23日　第7版

二一九公园记

每到一座城市，我并不怎么关心商店、餐厅、保龄球场、卡拉OK等服务、娱乐性设施的情况，却总要四处转悠一下，看看那里的公园、广场。这首先是因为我喜欢早晚散步，而大街上烟尘十丈，噪声聒耳，避之唯恐不及，当然最好是上公园、遛广场了。

我一向认为，对一座现代化的都市来说，公园的作用是其他任何建筑设施所难以替代的，除了流连风景、美化环境、供人赏心悦目之外，往往还具备着休憩所、排气筒、缓冲器之类的特殊功能。

从宏观的审美文化角度来看，人们之所以喜欢就地就近去公园闲步，同热心于外出旅游，历览名山大川一样，都可说是追求一种生命体验，都能发挥使人的生命获得充实与强化的效用，体现了人类生活不断求新求异和回归自然、亲近自然的发展趋向，都出自对生命、对生活、对艺术、对大自然的强烈而真挚的爱心。

整日陷于繁忙、紧张、惶遽、浮躁的现代人群，有谁不想在公余之暇，寻觅一个宁心息虑的处所，解脱片刻，暂得消闲呢！古人说："久卧者思起，久蛰者思启，久懑者思嚔。"人们在床上僵卧了一个晚上，有的是劳累了一整天，晨兴、傍晚，总愿意找个地方散散步，遛遛弯，舒展舒展筋骨，吸一些新鲜空气，改变一下单调的生活。

居家过日子，遇有某些不顺心的事情，或者遭遇挫折，受了委屈，发生变故，人们也总是像渴望投入母亲的怀抱那样，愿意投身于大自然，换换环境，调适一下心境，放眼湖光山色、花鸟虫鱼，怡情悦性，遣闷消愁。

老人们在家里感到孤独闷寂，想到园林里、广场上找个熟人聊聊天，拉拉呱，或者到大树下面的石桌旁杀一盘象棋，甩几圈扑克。情侣们则要找个僻静场所坐下来，情谈款叙，亲热亲热。一些顽童、淘小子，"也无烦恼也无愁"，跑到园林中，只是想经历一种梦幻式的自由和惊险的刺激。至于晴雨无阻，朝朝暮暮，成群结队，坚持锻炼的各种年龄段的广大人群，一向视公园、绿地为至宝，就更是"不可须臾离也"。

论环境条件，钢都鞍山不算太好，但这里的二一九公园却是独具风采，令人流连忘返。可以用八个字加以概括：城市山林，天然逸趣。就在这个到处高楼林立、车辆穿梭、人潮涌动、马达轰鸣的大都市里，居然有一个面积很大的公园楔进了市区，市民们走下楼梯，前行不远，就能够纵身投入绿树葱茏之中。里面自然不乏一般公园都有的秀丽的亭台桥榭，悦目的花木泉石，逗趣的动物，电动的飞机，但最具特色的还是清波荡漾、首尾相衔的群湖，蜿蜒如带、绿到天边的青山，白杨萧萧、松荫匝地的大片人工林，以及鸟鸣上下、绿染须眉、窈远幽深的林间小径。一切都呈现着那种浩浩洋洋、苍苍莽莽的大气和不事雕琢、不加修饰而整洁自见的本色天然。

由于它的面积十分阔大，气势雄浑、壮伟，就为人们游玩观赏提供了足够的"艺术空间"，进一境又有一境，走一程还有一程，绝无单调、重复、厌倦的感觉。可以游目骋怀，孤心远寄，扇动起遨游天外的想象翅膀；也可以静下心来，谛听着大自然的至美与和谐，或者从容思考全部感官接收到的万千信息。一种宁静、温馨的快感融进了整个生命和记忆，成为日后长期受用不尽、永远不会贬值的精神财富。深者得其深，浅者得其浅，不同层次的游人，都会从中获得自己所喜欢、所期望的情趣。

在公园迎门处，我无意间扫视了一下"简况介绍"，得知本园创建于1950年2月，这倒引发了我的一番感慨。其时，新中国成立只有4个多月，鞍山解放也不过两个年头，这个"二一九"正是城市解放的纪念日。当时，城区处处满目疮痍，道路坑洼不平，高炉四周杂草丛生，狐兔奔走，一片荒凉、破败景象。而鞍钢的恢复、重建，直接关系到人民江山的巩固和全国各项建设事业的发展。市政府面临着艰巨而繁重的组织生产、发展经济、改善人民生活的任务。可是，就在这百废待兴、千端待举的情况下，他们竟不失时机地想到要划定范围，留出绿地，在城区辟建一个大型公园，真是颇具战略眼光、富有远见卓识的举措。

不妨做个简单的对比。不要说新中国成立初期了，就是到了七八十年代，全国各地都有一些新的城市拔地而起，工厂、商厦、宾馆、饭店都是应有尽有，而且确属必要；只是有的城市却忽略了应该事先留出足够的隙地，为居民营建一些包括公园、广场在内的活动场所。待到有关领导逐渐懂得了市民在饱食暖衣之后，还向往着找个地方散散心，聊聊天，消遣、休憩一下，从而认识到了公园、广场的必要性，为时已晚——水泥森林、火柴盒式建筑鳞次栉比，把整个市区填塞得满满登登，早已找不出一方隙地，只能徒唤奈何，后悔莫及。

更有甚者，个别地区当政者目光如豆，见识短浅，在"房地产"热潮中，无视广大市民的需要，竟以高额价款卖掉一些本已狭小不堪、蚕食殆尽的园林腴地，去换取暂时的经济利益。

这种种作为，较之解放之初鞍山市领导的眼光、魄力，何啻云泥、霄壤之别。

《人民日报》2001年7月19日　第12版

寻访"大红袍"

传统戏曲里有一出"访白袍"的戏,表演的是唐朝大将尉迟恭寻访"白袍小将"薛仁贵的故事。我这里却讲寻访"大红袍"。"大红袍",原是武夷山岩茶中之佼佼者,素有"茶王"之誉。我们所要寻访的就是这种茶树。

几位文友此刻正行进在武夷山风景区的"九龙窠"里。溪涧潺潺,流淌在错错落落的鹅卵石上,一路上弹出淙淙的琴响。面对这种山川丽景,友人竟情不自禁地高声朗吟起来:"云麓烟峦知几层,一湾溪转一湾清。行人只在清湾里,尽日松声杂水声。"原来这是宋代"永嘉四灵"之一的徐玑的诗,他写的正是武夷山一带的景观——峰峦重叠,清溪曲折,水声松籁,不绝于耳。闽北风光宛然如画。

走着走着,看到一小片茶园,枝株茂密,叶片微呈红晕。几个人同时喊出:"看,这就是了。"谁知,错了:它是"大红袍"的老弟——"小红袍"。

又拐了一个弯,前面略显开阔,却不见了茶园,小石丘上独有茶亭翼然。在高山悬崖之间,由石块垒起的台座上,果然长着几株茂密的茶树,旁边还隐约可见镌刻在岩石上的"大红袍"三个字。由于山势高耸,距离较远,茶树的具体形态看不太清楚。东道主介绍说,这几棵"茶王"生长时间很长了,枝干弯弯曲曲,长满了苔藓,又浓又绿的叶片间夹杂着一簇簇的嫩芽,边缘上都呈紫红色。传说从前是靠训练猴子攀崖采摘,后来从旁边石罅里凿出一条缝隙,架上悬梯,茶工可以勉强上去,采摘之后,悬梯立即撤除,因为这是"国宝"啊。

相传古时候一个读书士子进京赶考,路过武夷山时病倒了,下山化缘的老方丈发现后,叫来两个小和尚把他抬到庙里。方丈见他面色苍白,体瘦腹胀,便泡上一壶好茶,扶持他饮下。士人见茶叶绿地红边,泡出的茶水黄中带红,如琥珀一样光亮,遂呷了几口,顿觉口角生津,芳香四溢。连续喝了几次,鼓胀全部消退,身体健康如常。谢过老方丈,他便赴京投考,竟得状元。不忘救命之恩,状元郎重返武夷山,在老方丈导引下,寻访这半山腰的神奇茶树。这天,他正跪在山下虔诚地焚香礼拜,忽然一阵风来,把猩红状元袍卷上了半空,不偏不倚,恰巧罩在"茶王"的枝头,宛如红云一片。"大红袍"遂由此得名。

说着,一行人已上到茶亭坐下。女老板提着水壶汲来了山泉,用硬炭升起了炉火,顷刻间壶中便冒起了热气。她左手端过一个古香古色的茶盘,上面摆放着比拳头稍大的紫砂壶和几个酒盅般大小的茶杯;右手托着一个贮存茶叶的锡罐。茶叶放进壶中,注入滚沸的水,并用开水将茶壶淋过。两分钟过后,便提壶在各个杯中先斟少许,然后再均匀地巡回斟遍,最后将剩下的少许茶水向各杯点斟。据说这里头有个名堂,头一次叫"关公巡城",第二回为"韩信点兵"。

天色向晚,同伴们向女老板致谢,说有幸在这里品尝到了"大红袍"这种人间至味。女老板却歉疚地摇摇头,说准备不周,十分抱歉,今天她这里只有"小红袍"。——当然,这也不是凡品。

不晓得这种"小红袍"与"大红袍"有没有亲缘关系,颇悔当时没有询问清楚。

《人民日报》2001年10月5日 第4版

希望与追求

悬念与追求会产生一种美的境界。有的美学家认为,哲学、艺术的真谛,都在于不断地追求真善美,而不是占有它们。实际上,美是不能被占有的。

18世纪德国著名思想家、文学家莱辛说过:"我重视寻求真理的过程,胜于重视真理本身。"爱因斯坦十分喜欢这句话,曾把它作为座右铭,意在从中汲取美感,寻求慰藉。在日常生活中,我们也有这样的体会。钓鱼兴趣很浓,但目的往往并不在于吃鱼,只是为了从持续的等待、期待、追求中,获得一种心理上的充实和满足,寻求健康、悠闲的情趣。

几年前,读过美国作家托马斯·沃尔夫的一篇小说,内容梗概是:

靠近小镇有一条铁路,每天下午两点多钟总有一列区间特别快车驶过。20多年来,每当这列火车开过来,司机总要拉响汽笛,这时,就有一个女人站在小屋后面向他挥手。开始时,她身旁依偎着一个小女孩,后来,女孩渐渐地长成了大姑娘,司机也繁霜染鬓,一天天地步入了老境。

他忠于职守,勇敢机智,多次在危急中紧急制动,使一些儿童、老人、流浪汉幸免于难。他感到,无论多么艰苦、劳累,只要一看见这座小屋和天天向他挥手的母女,就体验到一种从未有过的幸福与温馨。他曾在上千种光线、上百种异样天气中见过她们,以为自己已经完全了解她们,尽管未曾交过一言,但彼此已经心心相印,融为一体了。

他想,将来退休以后,一定要去寻访她们,坐在一起畅谈一番。这一天终于来到了,老司机卸了任。他第一次从这里踏上月台,怀着无限期待、无比幸福的心情,来到了母女俩居住的小镇。他走着走着,逐渐产生一种陌生感,涌现出困惑、茫然的心情。幸好,过去见过上万次的母女俩,此刻正站在路边,上下打量着他这个陌生人。母亲面容消瘦,神情冷漠,目光中反映出猜疑、惊恐和不信任的情绪。这一切,把他从她们的招手中所感受到的那种亲热劲儿、乡园感,驱逐得无影无踪。他试图解释几句,但看到两个女人呆滞、拘谨的神情,便默然离开了。他后悔此行勘破了那一场充满着希望与追求的美梦。

这篇哲理性很强的小说,会引发人们做多种联想。我所想到的是,充满希望的追求,往往比到达目的地更有吸引力,追求比占有更感到幸福。

有些人占有欲很强,但未必就能得到真正的幸福。世间能够得到手的东西毕竟有限,而占有欲却会无限地膨胀。以有限逐无限,必然经常处于失望、苦恼之中。正如宋代文学家苏轼所言:"物之所以能累人者,以吾有之也。""人之所欲无穷,而物之可以足吾欲者有尽。美丑之辨战乎中,而去取之择交乎前,则可乐者常少,而可悲者常多,是谓求祸而辞福。"

苏轼还说过:"君子可以寓意于物,而不可留意于物。寓意于物,虽微物足以为乐,虽尤物不足以为病;留意于物,虽微物足以为病,虽尤物不足以为乐。"所谓"寓意",就是借客观事物以寄托人们的思想感情,在这种情况下,人与物之间不会产生占有关系的欲念,人的精神摆脱了物与人之间的实际利害关系的束缚,处于自在自如状态;而"留意",则是出于自身利害关系所产生的对客观事物的占有欲望。

西方美学也很重视对这个问题的研究。他们把这种审美心理与个人功利观念之间的距离,称为"审美的心理距离"。

祈求人格完美的精神超越,是人类特有的崇高的审美追求。美感,不是功名利禄、饮食男女的物欲满足,而是个体精神上的充实与愉悦。尽管人的生命延续和美的追求离不开物质生产活动,但是,如果仅仅以世俗的功利欲望的占有为满足,那就无从获得精神上的愉悦,甚至使人沦为物的奴隶。

人生代代无穷已。社会发展，人类进步，都有赖于不断的追求。人类的精神世界，正是伴随着不断追求与探索而一步步地丰富、拓宽开来。幸福的实质就在于不断地追求。"哀莫大于心死。"人只要活着，就一天也不能没有追求和希望。难怪有人说，人生的道路是由一个个目标铺成的。目标，理想，追求，向往，这是催人上进的强大的内驱力，犹如大海的洪潮，万古如斯，一刻也不停息它那澎湃的律动。

我从小就很喜欢俄国作家柯罗连科的散文诗《灯光》，至今还能够背诵出来：

很久以前，一个秋天的昏暗的傍晚，我乘着小船在西伯利亚一条阴沉的河上漂流。忽然，在河的拐弯处，我看见前面昏黑的山影之下，有灯光在闪烁。很强，很亮，而且看上去非常近，似乎只消再划两三桨，路程就可以结束……我在墨水似的河上又漂流了很长时间，而灯光还是在前面……我现在经常回想起两岸山峦的阴影覆盖着的这条昏黑的河，回想起这飘忽的灯光。在这以前和以后，有许多灯光以其距离之近迷惑过不止我一个人。可是，生活还是在这阴沉的河岸之间漂流，而灯光还很遥远，还得使劲划桨……不过，在前面毕竟有着——灯光！

这首散文诗，以其优美的意境、形象的语言，描绘了一种永无穷尽的追求的美。它象征性地反映了人们对于美好未来的执着追求和坚定信念。看了令人深受鼓舞，同时也得到启迪：理想之光是迷人的，但不可能一蹴而就。在理想与现实之间还有一段似近实远的途程。要想到达目的地，就须驾上奋斗之舟，不懈地划桨。

《人民日报》2001年10月13日　第8版

乡　音

　　乡音，是人人都有的，而且，它很难改变。不管人生的旅途怎么走，飞黄腾达，还是穷困潦倒，也任凭你漂流到异域他乡什么地方，纵然昔日的惨绿少年变成了白头翁媪，可总有一样东西依然不改，那就是由声调、方言、语词习惯等成分构成的乡音。离散多年的儿时旧侣偶然遇合，一口独具地方特色的乡音，会在顷刻间打开你的记忆之门，引领你到灵魂的根部，返回早已飞逝的岁月。即使彼此并不相识，只要一缕浓重的乡音飘过耳际，也会迅速拉近心灵的距离，带来一阵惊喜，一种温馨，一丝感动。不是说"老乡见老乡，两眼泪汪汪"吗？

　　可是，从前对此我却未尝留心。离别家乡之后，南北东西，五方杂处，自己的乡音究竟有什么特色，似乎完全忽略了。忽然有一次，它突兀地显现出来，竟然使我惊异莫名。那是1993年4月，在沈阳参加东北大学恢复校名的纪念活动，见到了当年东大的代校长、现已定居美国加州的宁恩承老先生。接谈数语，他就已辨知我的故乡所在。他说："听口音，你和少帅是同乡。"我说，我们的老家现在都属盘锦。张将军的出生地，离我家不过十几公里，有一年桑林子乡办秧歌会，我还到那里去转过。宁老听了很动情，不禁感慨丛生，随口吟出两句诗来："河原大野高歌调，自别乡关久不闻。""高歌调"指的是我们家乡那种音韵圆润、调门高爽的"地秧歌"曲调。原来，老人祖籍辽中，离盘锦很近，所以也属同乡。他与少帅同庚，少帅兼任东北大学校长时，他被委任为秘书长，彼此交谊甚深，汉公到美国后更是常相过从。

老人当时很兴奋，讲了许多有关少帅办学的往事。除了为东北大学捐款两百万元，以重金从全国延聘来章士钊、梁漱溟、刘仙洲、梁思成、黄侃等著名专家、学者外，汉公主政东北期间，还以私资创办了几十所各种学校。宁老虽已93高龄，思维却依然敏捷。他从名片上看到我的名字里有个"闾"字，便联想到与我故乡著名景区医巫闾山有关。老人说，可惜这次时间太紧了，不然，真应该再游游闾山，重温旧梦，回去也好向汉公做个交代——汉公对医巫闾山有深厚的感情啊！汉公和于凤至生了三个儿子，分别取名闾珣、闾玗、闾琪，都以闾山美玉为名，语出《淮南子》："东方之美者有医毋闾之珣玗琪焉。"闾山东麓有张氏家庙，他父亲——"大帅"的墓园就在闾山南麓。

这一天，我们谈得十分投机，分手时宁老还叮嘱，日后如果到了旧金山，一定要和他打个招呼，届时可以联床夜话，樽酒论文。

事有凑巧，第二年7月我即有访美之行，第一站就是旧金山。电话刚刚过去，宁老就派车来接。他的客厅里悬挂着两幅国画：清代著名画家任伯年的山水人物真迹和当代京剧艺术家张君秋画的《桃红又是一年春》，对面还有一轴行书条幅，是一位美籍华裔的法书，写的是明人杨升庵所作、后来被用作《三国演义》开篇的那首《临江仙》词。记得那天的话题就是从"三国"说起的。宁老说，一个朝代给予人们的印象是否深刻，往往同当时事件的密集程度、有没有震撼人心的角色有直接关系。比如，三国纷争不过50多年，可是，人们却觉得无尽无休，热闹非凡，就因为英雄、奸雄辈出，各色人等应有尽有。同样，张氏父子的"连台好戏"，从1916年老帅被"袁大头"任命为盛武将军，管理奉天事务，到1936年少帅"临潼捉蒋"，也只有20年，可是，在人们心目中却成了一个说不尽的历史话题。听说有人写了《关东演义》，有好多本。我接上说，这是理所当然的，一个"西安事变"就足够中华民族说上千年，记怀万代。

我们此行的最后一站是夏威夷，知道张将军正在那里度假，出于对世纪老人的衷心景仰和无限思念。出于浓烈的乡情,席间,我们询及有没有可能见他一面。宁老说,思乡怀土,是他终生难以解开的情结。他曾多次对我说,最想见的是家乡那些老少爷们儿。同乡亲叙叙旧,应该说是他暮年一乐。但是,毕竟已经到了风烛残年,一点点的感情冲击也承受不起了,每当从电视上看到家乡的场景,他都会激动得通夜不眠,更不要说直接叙谈了。因此,"赵四"拼力阻止他同乡亲见面,甚至连有关资料都收藏起来,不使他见到。

看到我们失望的神情,老人突然问了一句:"你们在夏威夷能住几天?"我答说计划是三天。"时间也许还够用。"说着,宁老引我注目窗外,"汉公的寓所前面,也有这样的草坪,他早晨常常出来呼吸新鲜空气,说不定凑巧就会碰上;不然,你们在下面大声说话,楼上也能够听见——夏天窗户都是敞开的。你的乡音很重,就由你来唱主角,几个人大声嚷嚷,随便说些什么。估计不用多长时间,汉公就会把手杖伸出窗外,问是'什么人在外面吵吵?'你就可以回答:'我们是中国辽宁的,没事在这里转转。'他立刻就会问:'辽宁哪疙瘩的?'你就说是盘山高平街(高升镇旧称,'街'读音为gāi)的。他马上会说:'噢,我们是乡亲哩!'紧接着就会请你们上楼,唠唠家乡的嗑儿。"

我们顿时活跃起来,齐声称赞宁老定计高明。老人却若无其事地说:"吃饭,到外面吃饭,我来买单。"

带上宁老提供的张家住址,我们继续上路,我反复思考着会面时同将军谈些什么。首先,自然要说说家乡盘锦的巨大变化:20世纪70年代这里发现了大油田,产量占全国第3位,一个崭新的化工新城在"南大荒"崛起;在全省14个地级市中,它的人口最少,面积最小,GDP总值却占第4位,人说是"小丫扛大旗";过去的荒片子于今变成了稻海粮仓;苇田也有了新的发展,总面积位居世界第一;全国首批公布进入小康社会的36个城市,其中就有盘锦。我还要告诉他,医巫闾山翠秀依然,先人的庐墓已修葺一新,旧居门前那棵老柳树,虽已老态龙钟,风姿却不减当年,旁边的水井完好如初，屋后那棵百多年的老枣树，至今还是枝繁叶茂，果实累累。我要告诉张将军，家乡父老盼哪，盼哪，天天都盼望着他能回去看看。

10天后，我们取道旧金山，准备转乘飞机飞往夏威夷。行前，同宁老先生握别。老人说，前天同汉公通过电话，近日他稍感不适，晚间偶有微热，看来三五天内会见不了客人。失之交臂，自然是抱憾终天，但以将军的健康为重，又只能作罢。

回来以后，我给宁老写了一封信，深情感谢他的热诚接待，并附寄一张标有汉公故里和出生地的辽宁省图，还在上面题写了一首调寄《鹧鸪天》的词："风雨鸡鸣际世艰，西京义烈震宇寰。胸藏海岳居无地，卧似江河立是山。今古恨，几千般，功臣囚犯竟同兼！英雄晚岁伤情事，锦绣家乡纸上看。"请他在方便时候一并转致张将军。于今，将军已经驾鹤西去，归乡的夙愿终未得偿。呜呼，尚飨！

《人民日报》2002年7月25日　第12版

妙香山纪游二十韵

漫踏香山路，摇身入画图。
楼如金字塔，水似瘦西湖。
晴雨一时变，晨昏万态殊。
潭澄鱼漫泳，林密鸟频呼。
侧柏播香远，长松照影孤。
危桥连雾壑，险栈架云途。
飞瀑冲霄落，鸣泉涌地铺。
随行敲碎玉，夺路汇明湖。
我欲林间去，歌从岭上浮。
亭台围绿槛，童稚杂红姝。
舞影腾金浪，歌音荡碧芜。
攀岩诚不易，助兴岂能无！
石磴增还减，栏杆放又扶。
掌声如雷起，语障已烟除。
举臂风摇柳，开喉盘走珠。
朝歌夹汉语，孟姐伴车姑。
意有千钧重，情无半点疏。
有朋来自远，不乐复何如！

浩浩情无限，悠悠日半晡。

清溪牵别意，逝者如斯夫。

《人民日报》2002年11月21日　第12版

乾坤清气得来难

  城市用不着说了,即使是僻处山坳岭隅的溪谷、林峦,也都被无远弗届的现代文明登录、注册,烙上了开发的印记。于是,它们在面貌一新的同时,也便告别了固有的宁静,失去了昔日的清新,撕下亘古如兹的神秘面纱。然而,坐落在辽东山区腹地的抚顺县三块石森林公园,算是一个例外。

  这里地处边远的塞外,亘古以来,山深林密,渺无人烟。17世纪初,女真族的民族英雄努尔哈赤在新宾老城以十三副遗甲起兵,与戍守辽东边塞的明军坚持长期对抗,曾以此间为大后方,屯聚兵丁,储备粮草。抗日战争期间,东北抗联战士在这里打过游击,同日本侵略者周旋于深山林海之间,留下了地窨子、碾盘、烟囱等遗迹。30多年前,有十几户移民从山东迁来此地定居,这里才正式建起了屯落。这个小小的鸽子洞屯,算是三块石森林公园唯一的人烟所在。

  整个园区百余平方公里,分布着100多座山峰,5条溪流,森林覆盖率高达98%以上。伴随着征鸿南去的嘹亮嘶鸣,公园处处次第换上了冬装,披挂上层层银甲。除了虫吟鸟唱,溪水潺湲,平素也并不烦嚣的沟沟岔岔,此际就更是静谧无声了。一条蜿蜒起伏的山路,牵引着我们的车轮,迅疾地向幽谷林峦的深处驰去。雪的影像,勾摄了整个视界,竟是那样的洁白、干净,用"纤尘不染"四个字来形容,丝毫也没有夸张。

  映着雪影、灯光,稀稀落落的房舍,宛如圣诞老人深夜造访的小雪屋,又好似摆放在白色呢绒上面的几堆积木。在"农家客房"里,用过了全部是当地土产的"绿色晚餐",我就睡在烧得热气腾腾的暖炕上。那种感觉,仿佛是回归到半个世纪前的乡下老家,心头溢满了亲切、温馨,又夹杂着些许的生疏。一觉醒来,窗子已经泛白,鸡鸣喈喈,此伏彼起。

东方天边上现出一道鱼肚白,镰月渐渐地淡出了。群峰迷迷茫茫,恰如我们这些睡眼惺忪的游客,梦魂都还没有完全醒转过来。微明的空际映出参差的树影,淡淡地描绘出山峦起伏的轮廓。坐落于溪流中段的白龙潭瀑布,已经改换了夏日素练飘悬的袅娜身姿,幻化成一条通体僵硬的白龙,俯首冲下冰溪,蛰伏于高山峻岭之间。茂密的丛林中,每一束枝条都挂满了成堆连串的霜花雪饰,呈现出不是雾凇、胜似雾凇的奇异景观,冷眼一看,犹如一列俏丽的佳人,摇着满头翠玉,侍立在大路两旁,迎送着往来的过客。灌木丛中有鸟声啁啾,传送着黎明的捷报。毛色鲜亮的山雀毫不设防地在人前钻来窜去,一会儿飞落在枝头,弹下丝丝缕缕的雪片,一会儿窜到游人的脚窝窝,一边啄食雪粒,一边侧着小脑袋瞅你。这些可爱的小生命,似乎在遗传基因里,根本不存在遭遇过生命威胁的记忆。

我敢说,这里的雪域清景可以和过去到过的任何地方媲美。俄罗斯的贝加尔湖畔,一到冬天,便成了冰雪的世界。清新、净洁,自不待说,只是那里的积雪层实在太厚,人们难以走近,而且,四周过于空旷,有些像空中的云海,可望而不可即,未免有隔膜之感。我也很欣赏日本札幌市藻岩山的雪景,但终究嫌它游人太多,地方不够宏敞,只可纵目游观,而没有意念回旋的余地。三块石公园兼备二者之长,又避免了它们的短处。

通常人们喜欢说:"黄山天下奇,青城天下幽,峨眉天下秀,华山天下险。"说明任何一处景观都有它的个性、特色。那么,这座森林公园的个性、特色是什么呢?大家一致认为,"清"是它的灵魂。一路上,人们饱吸着清醉如酿的空气,交口称赞它的环境清洁,景物清幽,氛围清静;也有人称赞它"林谷双清""雪月双清",并且概括为"双清世界"。我很赞同这个"双清世界"的概括,只是觉得需要做点补充:它的内涵应该包括"外宇宙"和"内宇宙"双重意念。"外宇宙"涵盖了园区的大环境和整体氛围，而"内宇宙"就深入一层了，需要从精神层面上，从内心世界上，去感应，去悟解。

我们生活在城市楼房的森林里，且不说空气的污浊，噪声的骚扰，已经到了无处藏身的地步，单是世事的纷纭，竞争的奔逐，更是使人身心俱疲，穷于应付。像尼采所形容的，现代人总是行色匆匆地穿过闹市，手里拿着表思考，吃饭时眼睛盯着商业新闻，不复有闲暇沉思，愈来愈没有真正的内心生活。走进三块石森林公园，哪怕只有一天，一个晚上，仅做短暂的逗留，也会通过感官和心意，直接感触到一种清新的境界。置身林峦溪谷之间，把全副身心统统交付给大自然，放开胸臆，忘怀得失，就可以在这座"世外桃源"中找到精神的归宿，接受灵魂的净化，获得身心的宁帖。单从这一点来看，某些名山胜境、著名景区，由于人满为患，过分开发，也是难以比肩的。

说到这儿，人们也可能有些担心：别处的今天会不会成为这里的明天？

本来，审美是人类所独有的现象，没有人的欣赏，任何自然美都无从谈起；可是，过去的无数事例证明，发现了自然美，往往就意味着同它挥手告别；开发的同时总是带来人为的践踏。这是旅游事业发展中经常碰到的一个颇难化解的悖论。

近年来，由于受到外间"旅游热"的激发，当地政府也开始策划利用本地现有资源开辟旅游路线，接待游人，增加收入。说起这件事来，他们不无感叹，过去见事迟，反应慢，致使此间开发得过晚，让宝贵的资源空耗了无涯的岁月。其实，晚也有晚的好处，由于充分借鉴了外地无计划的开发、掠夺式的开发所造成的严重后果和惨痛的教训，因此，他们一上手便十分重视环境、资源的保护和生态建设，坚持可持续发展战略，走出一条发展"生态旅游"的路子。

所谓"生态旅游"，一是保护自然生态，维持天然形态，顺应自然，珍视自然，尽量减少景观的人工雕饰、人为设置。因为自然创造是一次性的，既没有副本，也不能复制，而且，自然美是易碎品，一旦毁坏了就难以补偿、重构。二是倡导对于自然美的欣赏。在他们看来，那种原生状态、荒情野趣，未经人工雕饰的自然天趣，同样是美的极致，是"心物婚媾后所产生的宁馨儿"（朱光潜语）。三是整个旅游的导向，是认识自然，回归自然，热爱自然。为保留这天造地设的一方净土——人世间最宝贵的物质财富与精神财富，绝不发掠夺财，造子孙孽。

我们徜徉在清景如画的山路上。这里离公园的入口处已经不远了，主人指着右侧一片壁立的石崖说："我们想在这里搞一块（整个公园只此一块）摩崖石刻，起到一点昭示作用，只是没有想出合适的词儿来。你们作家肚子里墨水多，请你帮助想一个。"我想了想，说，不妨用一个现成的诗句："乾坤清气得来难。"大家觉得不错，既概括了公园的特色，把握住了它的灵魂，也能提醒游人，告诫开发、建设者，应该珍惜这美妙的景观。我说，但有一点应该注意，一定要请字写得好的书法家来题写，因为它是艺术，具有永久的观赏价值。实在找不到，宁可用印刷体来翻刻，也别由谁随便划拉。

《人民日报》2003年2月18日　第15版

望

写下了这个"望"字，我的眼前立刻浮现出熊岳城的望儿山。高耸的山头上，矗立着一座砖塔，远远看去，酷似一位饱经风霜的老妈妈站在那里。干吗？在远望着她的久出未归的儿子。"朝朝鹄立彩云间，石化千秋望子还。"清代诗人魏燮均路过此地时，曾写诗咏叹："山下行人去不返，山上顽石心不转。天涯客须早还乡，莫使倚闾肠空断。"说起来挺痛心的。于是，我想起了我的母亲。

在我外出的时候，我的母亲便站在门前的大沙岗上，也是这样遥遥地目送着我，送出去好远好远，直到见不着踪影了；当计算到我可能归来的日子，我的母亲又是站在沙岗上，遥遥地瞩望着，双目迎合，直到确确实实搜索不到我的踪影，才怅怅而归。十几年如一日。

记得我第一次出行，是在考取了县城中学之后。出了大门，父亲走在前面伴送，我跟在后面，一步一回头，走出去很远很远，还看见母亲站在高高的沙岗上望着我。一路走着，一路默诵着清代诗人黄景仁的《别老母》诗："搴帏别母河梁去，白发愁看泪眼枯。惨惨柴门风雪夜，此时有子不如无。"我走了之后，母亲把我平素喜欢吃的东西，从春节时腌在酱缸里的咸猪肉，端午节挂在房檐下的粽子，到七八月的桃杏、甜瓜，都细心保留下来。有一年，园子里结了个特大的香瓜，母亲说要留给我，一天到晚看守着，不许任何人动，直到熟透了，落了蒂，最后烂得拿不起来。

盼哪，盼哪，盼了20多年，总算有了团聚的一天。但是，我还是经常外出，母亲便站在窗前,遥遥地望着,望着。渐渐地,老人家的眼睛看不清东西了,可是耳朵却异常灵敏,隔着很远,就能够辨识我的脚步声。只要告诉她哪天返回,母亲便会在这一天,挂着拐杖,从早到晚站在门里面,等着听到我的动静好顺手开门。直到把我迎进屋里,这时,老人家便再也支撑不住了,全身像瘫痪了一样,半躺在床铺上。

母亲去世的前一年,我奉调到省城工作,这是和家人团聚几年之后又一次远离家门。老人家当时身体已经很衰弱了,打心眼里不情愿我走,但是,她知道我是"公家人",身不由己,最后还是忍痛放行了。告别时,久久地拉着我的手不放,一再地嘱咐:"往后是见一次少一次了。只要能抽出身,就回来看我一眼。"听了,我的心都有些发颤,唰地眼泪就流了下来。后来听妻子说,我走后还不到一个星期,母亲就问小孙女:"你爸爸已经走了一两个月了,怎么还不回来看看?"

每当听到《烛光里的妈妈》,我总是想,母亲所体现的正是一种红烛精神。为了子女,她不惜把自己的一切都化作烛光,直到燃尽最后一滴蜡泪。她慷慨无私,心甘情愿地承受任何劳苦,不为名不为利,也不需要任何报偿,唯一的希望就是年迈之后,孩子们不要把她遗忘了。她对个人生活的要求十分简单,什么锦衣玉食、华堂广厦,对她来说,并没有实际价值;她只是渴望着、想望着、盼望着、期望着有机会多和儿孙们在一起谈谈心,唠唠家常,以排遣晚年难耐的无边寂寞。

无分贵贱贫富,应该说,这是十分廉价、极易达到的要求。可是,十有八九,我们做儿女的却没能给予满足。我就是这样。那时节,整天都在奔波忙碌之中,没有足够地理解母亲的心思、重视母亲的真正需要,对于母亲晚年的孤寂情怀缺乏感同身受的体验,没能抽出时间多回家看看,忽略了要和老母亲聊聊天,更谈不到给予终身含辛茹苦的母亲以生命的补偿了。结果,老人家经常陷于一种莫名的寂闷之中。这种寂闷,在思念中发酵,在期待中膨胀,在失望中弥漫。

22 年过去了,有时看到桌上的电话,心里就一阵阵地觉着难过。现在,即使远在千里万里之外，只要拨个电话，就可以随便同家人欢谈。可是，那时家里却没有这个条件。记得到省城工作后，赶上过端午节，我想到应该给老母亲捎个话，问候问候，告诉她我一切都好，不要挂念。于是，就往我原来所在的机关拨个电话，请为转告。听说，老母亲欣慰之余，又不无遗憾地对那位传话的同志说，她实在走动不了啦，不然，一定跟他到机关去，在电话里听听我的声音，亲自和我交谈几句。

在漫长的岁月里，老人家为儿女们的升腾，一步步搭设台阶，架桥铺路。可是，路就桥成之日，恰是儿女放飞之时，最后，只剩她一个人"茕茕孑立，形影相吊"了。"树欲静而风不止，子欲养而亲不待。"这是古人的憾事。现在，我也正是如此，总是因为同母亲交流得太少而抱憾终天。

《人民日报》2003年6月8日　第7版

石上精灵

> 岁月咭群生，片石存灵迹。
> 对此慨晨夕，沧桑现眼底。
>
> ——题记

这是一块形成于1.2亿年前的古生物化石。定格在画面上的，不是普通标本似的呆板的生物形骸，而是一幅生意盎然的"鱼趣图"：十来条狼鳍鱼悠闲自在地洄游着，摇晃着尾巴，扇动着臀鳍，有的鱼贯而行，有的正在嘴对嘴地唼喋……

想象当时的生物世界，大约是这样的：连绵起伏的辽西丘陵地带，气候温和，雨量丰沛，到处覆盖着葱葱郁郁的森林，银杏、苍松、翠柏高耸云天，苏铁和蕨类植物随处可见。湖泊星罗棋布，"河水清且涟漪"，古鳕鱼、北票鲟、狼鳍鱼、弓鳍鱼上下浮游着；青蛙在池沼边跳进跳出。茂密的草丛间，怪模怪样的鹦鹉嘴龙、拖着一条尾巴的蝾螈爬行着。空中不时掠过飞鸟的身影，而蜻蜓、蜜蜂、蜉蝣则在散发着草香的原上闹闹营营，上下翻飞。

厄运突然降临。伴随着一阵阵撼天震地的隆隆巨响，呼啦啦，地裂石飞，岩浆喷溢，烈焰腾空，灼烫的尘灰弥漫了苍空大野，白昼变得混混沌沌，如同昏暗的夜晚。惊恐的鸟群本能地飞向湖泊上空，但是，很快就被火山喷发所产生的大量二氧化碳和一些有毒气体所窒息，扑腾了几下，就像残枝败叶一般纷纷地落下，同水中的鱼类一道，统统被埋葬在熔岩和火山灰里。

一场远古的浩劫，一场天崩地坼的毁灭性灾难，就这样，以其雷霆万钧、无可抗拒的威力，把那些鲜活灵动的生命牢牢地封存于地下。它们是不幸的牺牲品，它们的瞬息灭绝，展示了生存的无奈、生命的悲哀。

当然，从一定意义上说，这种突如其来的毁灭，也未始不是一次"涅槃"。这些狼鳍鱼有幸在亿万斯年之后，作为这场亘古奇观的直接见证者，以一种再生精灵的姿态，撩开岁月的纱帷，带着远古的气息，重新展现在世人面前。而其他鱼类，不是死于"弱肉强食"的生物间的实力拼争，就是在酷寒暴暑、气温骤变的自然灾祸中淘汰，或者在狂风怒浪的袭击下触礁殒命，或者因老病衰残而奄奄待毙，最后肚皮翻白，归于朽腐、化作泥沙。

这些狼鳍鱼以一种永恒形态保存下来，恰如海德格尔所说，是"向死的存在"。这是一种特殊情况下的永生，这种永生是以死亡的形式展现的。在这里，死是生的一种存在方式，死亡被纳入生命之中，成为生命最辉煌的完成。它们用一种雕塑般的造型，把生命的短暂与恒久、脆弱与顽强、有常与无常、存在与虚无，展现得格外分明。

石上精灵会诉说。这种诉说，无言却又雄辩，邃密倒也直观。面对这些鱼化石，绞尽脑汁地穷思苦索，以求揭橥地质构成、气候变迁、生物演变的奥秘，那是研究生命进化史的科学家们的事情；而我们这些普通人，则乐得凭着兴趣，追踪石上精灵的脚步，穿越时空的隧道，来翻检远古劫余的影集，左猜右猜、里猜外猜那些说不清道不明的生命谜团。

沧海桑田，水枯陆现，从前，据说只有麻姑那样的仙人才能亲见，现在，我们这些凡夫俗子，居然可以透过一方古生物化石，借助于联翩的浮想，饱餐眼底的沧桑。不能不说，这是一种幸会，一种机缘。

古生物化石是一扇回望远哉遥遥的太古世界的窗户，它帮助人们透过"存在"的现象，去把握已经逝去的本质——虚无。它也是一部历时性的线型史书，是对远古生物生灭流转过程的忠实载录。面对这一片灵石，无异于展读一部再现我们这个地球的云谲波诡的史诗，叩问亿万年前奇突、神秘的岁月。它使人记起了英国诗人布莱克的名诗："一颗沙里看出一个世界／一朵野花里现出一个天堂／把无限放在你手掌上／永恒在一刹那里收藏。"

即便是文化繁荣、科技昌明、智能高扬的现代，人们的思维能力还是有限的，以致面对外部的世界，仍然感到存在着广大的盲区和空白。大自然中的每一部分，虫鱼草木，飞潜动植，都有其存在的价值，都有思想有精神，都能引领我们到深邃、生动的神奇境域中去，也都蕴藏着独特的魅力和奥秘，使我们不断地发出《天问》式的无穷无尽的设问：

自从远古以来，五六亿年间，在世界范围内，曾发生过六次大规模的生物灭绝，最近的一次发生在6500万年前。为什么每隔一个时期就要发生这种生命的骤变？难道真的如古罗马哲人西塞罗所言："一切事物自然都给予一个界限"？那么，这种"物盛则衰，时极而转"的机制，究竟操纵在谁手里？能不能说，这种生物灭绝，总有一天，也会发生在人类身上？

为什么在每一次生命骤变、生物灭绝的同时，又常常存在着部分生物的孑遗，并伴随着新的生命的大爆发，最后形成更加繁盛的生物群落呢？银杏、水杉、桫椤和熊猫等有"活化石"之称的动植物，凭借什么能够历尽劫波而存活至今？它们的特殊的适应力表现在哪些方面？

为什么每一次灭绝的，往往都是盛极一时的、在生物链中最强大的物种，像恐龙、猛犸象、剑齿虎等等？而那些柔弱无比的蚯蚓、蝗虫或者更低等的动物反而能够存活下来？

还有一个耐人寻味的现象：人对客观世界的认识总是从中间开始，而后再向两极延伸，为什么？其中的奥秘何在？比如，我们知道这片狼鳍鱼化石形成于中生代，在它的前面还有很多代，在它的后面永远不能穷尽，至少是到现在的1.2亿年。还比如，人出生后，最先认识的是眼前的事物，逐渐地晓得外面还有山川、草木、海洋，直至地球、太阳系、银河系，不断地向无限大扩展；同时还向超微处延伸，细胞、分子、质子、介子。

从古至今，人类关于客观世界的探究，一刻也没有止息过。但是，我觉得最重要的还是古希腊哲学家苏格拉底所提出的："认识你自己。"在一系列的设问中，恐怕首要的还是：大自然所加于人类的灾难，为什么日益频繁，日趋厉害？换句话说，我们要不要反思一番：人类过分迷信自身的威力，以致无情地掠夺自然、糟蹋环境，带来了怎样的后果？

我们的地球母亲，已经有46亿年的高寿了，她诞生了10多亿年之后，开始有生命形成，而人类的出现，大约只是二三百万年前的事。人和一切生物都是自然的创造物，自然则是人类诗意的居所。在直立之前，人类和所有动物共同匍匐在漫长的进化之路上，依靠周围世界提供必要的物质与精神资源，生存繁衍，原本没有资格以霸主自居，摆"龙头老大"。可惜，后来逐渐地淡忘了这个最基础的事实，以致无限度地自我膨胀，声威所及，生态环境遭受到惨重的破坏，制造出重重叠叠的灾难。"天作孽，犹可违；自作孽，不可活。"种种苦头，人类自身算是吃尽了。

在整个人生之旅中，时间与生命同义。与古生物化石1亿多年的生命史相比较，真是觉得人生所能把握的时间实在是过于短暂了。古人曾经慨叹："朝菌不知晦朔，蟪蛄不知春秋。"又说："寄蜉蝣于天地，渺沧海之一粟。"朝生暮死的蜉蝣也好，活过了初一到不了十五的朝菌也好，比起历经过无数次的晦朔轮回、春秋代谢的人类来说，生命的久暂不成比例。可是，难道人类的生命就真的那么长吗？恐怕也不见得。《圣经》上说，亚当130岁时生了儿子塞特，以后又活了800岁；塞特在807岁时还生儿育女，前后活了912岁；塞特的儿子以挪士活了905岁。这些都是神话。普通人能活上100岁，就被称为"人瑞"。其实，这也不过是这片狼鳍鱼化石的一百二十万分之一。真个是："叹吾生之须臾，羡宇宙之无穷。"

在生命流程中，时间涵盖了一切，任何事物都无法逃逸于时间。现代交通工具、现代通信网络可以缩短以至抹杀空间的距离，却无法把时间拉近，就在键盘上敲着这几个字的时候，时间不知又走出多远。一切生命，包括"万物之灵"的人群，都是作为具象的时间，作为时间的物质对应物而存在的。他们始终都在苍茫的时空里游荡。只有当他们偶然重叠在同一坐标上，才会感到对方是真实的存在。

对于时间的思考，是人类生命体验、灵魂跃升的一束投影。

《人民日报》2003年8月25日　第12版

谈"文化赋值"

文化的影响力是人们谈论较多的话题。往大里说，一个国家和民族没有文化优势，就不可能拥有未来。在综合国力竞争中，文化影响力、民族凝聚力是至关重要的软件。在日常经济活动中，文化既表现为动力、资源，又体现为一种推进器、润滑剂。文化直接影响着企业、产品的生命力。有了"文化赋值"，物质产品就会在市场上增强竞争力。

所谓"文化赋值"，就是赋予某一事物（包括物质产品）以文化价值，以提高它的知名度、生命力、竞争力和影响力。比如，同样是白酒，加上"孔府"二字，就具有了文化内涵，提高了使用价值和竞争力。有一年，我在新疆吐鲁番看到一种叫作"馕"的面食（类似面包，但要大得多），开始并没想买，后来听当地朋友说，当年唐僧取经时携带的就是这种东西，因为它可以保存很长时间。这样一来，就大大提高了我的兴趣，一下子买了5个，想让亲友们开开眼界。再如，节日消费往往与"文化赋值"有直接关系，中秋节吃月饼，春节买鞭炮，正月十五买元宵，实例不一而足。

其实，商品本身就蕴含着文化，消费本身也是一种文化。人们消费商品，本质上也是在消费文化，是文化这只无形的手在拉动你去消费，支配着你的消费观念。近年来一个引人注目的现象，就是一些企业纷纷恢复老字号、老品牌，目的都是打文化牌。因为老字号、老品牌传承了历史，有着厚重的文化积淀，可以弥补企业文化上的欠缺。所以，在研究产品销售时，要考虑如何把产品所蕴含的文化销售出去。精明的企业家应该懂得文化经营，通俗地说就是善于"卖"文化，它能够创造出令人意想不到的社会效益和经济效益。这就要求企业家具有广博的知识，对各地的民风民俗、历史掌故、消费心理、时代风尚了如指掌，做好"文化赋值"的文章。

有没有"文化赋值"的观念，是否具备这种文化自觉，是大不一样的。具有创造性思维的人，一般都注意在适应与改变人们的生活方式上下力气，如"麦当劳""方便面"等快餐的风行就是由于它们顺应了现代生活节奏。从文化的高度来看待自己的产品，把产品创新提高到文化创新的高度去认识，企业才能立于不败之地。在这个方面，我国的一些中小企业存在着明显不足，这与企业家的人文素质和文化经营能力低、创造性不强有着密切关系。

名人效应是"文化赋值"的重要组成部分。参观沈阳故宫，大概没有谁会特别注意后妃住过的清宁宫、麟趾宫，更不要说僻处一隅的永福宫了。可是，当解说员告诉你，永福宫是庄妃的寝宫、顺治皇帝就出生在这里时，你一定会兴趣盎然地过去瞧瞧。这就是名人效应。当然，名人效应远不止反映在扩大知名度、提供旅游资源方面。现在，到处都在讲文化强省、文化强市，其实这是一项并不见得比提高经济增长率容易多少的艰巨任务，有许多实实在在的工作要做，包括投放大量的资金搞好硬件建设，而最重要的还是吸引人才，没有足够的高素质的人才，何谈文化建设。在这方面，有一个最易见效的措施，就是注意发挥名人的作用。一个省也好，一个地区也好，没有多少文化名人，没有多少知名的政治家、企业家、科学家、教育家、学问家、艺术家，而只有一应俱全的文化部门和许多文化官员，是绝对成不了文化强省、文化强市的。清华大学20世纪30年代的校长梅贻琦说过一句著名的话："所谓大学者，非谓有大楼之谓也，有大师之谓也。"文化方面的事不但要由内行来主持，而且要由内行中的知名人士来牵头。没有大名人，也得找个小名人来主政，否则难以服众。

总之，"文化赋值"前景广阔、潜力巨大。

《人民日报》2003年11月11日 第12版

再谈"文化赋值"

　　事物有了文化内涵,就有了较高的知名度、生命力和影响力。在市场经济条件下,这意味着不尽的财富。因此,许多企业、地方开始注意打文化牌,发挥名人效应。古代也懂得争名人。诸葛亮的故乡在山东,这没有什么可争的,于是人们便在他的隐居地上做文章,襄阳人说隆中在襄阳,南阳人说卧龙岗在南阳,争得不亦乐乎。汉高祖刘邦有个宠姬叫戚夫人,儿子是赵王如意。子以母贵,刘邦想废掉太子刘盈,立如意为太子。刘盈的母亲吕后着急了,便找张良出主意。张良说,这件事不能靠口舌言语来争取,解决问题得靠"商山四皓"——隐居在商山的四个白胡子老头。刘邦曾费尽心机,想请四老来辅政,但由于他总是侮辱人,四老不理他。不过刘邦对四老还是异常敬重的。张良告诉吕后,要让太子备上安车驷马,不惜重金财帛,恭恭敬敬地邀请四位老人出山,把他们奉为上宾,经常与他们交往、议事,并且要让皇上能看到这种场景。太子遵命而行,四老果然来了,和太子结为忘年挚友。一个偶然机会,刘邦发现了此事,大感惊异。交谈中,四位老人争相叙说太子的贤能。于是,刘邦打消了更换太子的念头。

　　如果说,文化品牌、文化标识、名人效应等等属于"文化赋值"的浅层次的话,那么,深层次的"文化赋值"应该体现在把人类的文化成果尽可能地渗透、融合到各种事物的内质中去,使人们在日常工作和生活中随时随地能品味到文化的蕴意,饱享文化的滋养。在城市建设中,"文化赋值"体现得最为明显。城市的灵魂是物化背后的文化生命。城市如果缺乏人文特色,就会失去魅力和光彩。明代学者文震亨提出,好的建筑环境,应该让人进入"三忘"境界:居之者忘老,寓之者忘归,游之者忘倦。达到这种境界,要做的工作很多。单就城市雕塑来说,其文化蕴意体现在记录历史、反映传统、陶冶情操、审美享受和象征城市文明、弘扬城市精神等诸多方面。任何真正具有艺术价值的城市雕塑一旦形成,便会作为民族文化的永久性物化形态存在下去。而且,由于城市雕塑代表着一个民族在不同历史时期的价值观念和审美探索,体现着超越物质生活的精神追求,是对生活方式最佳标准的艺术表达,因而具有文化开拓的意义。城市雕塑的心理调适功能尤其不能忽视。人类在城市化过程中,一方面得以创造和享受城市的物质文明,物质生活的质量大大提高;另一方面,现代城市生活中所产生的种种矛盾,又使人的精神生活出现了新的困扰。这就有赖于公共政策的调适,其中公共艺术包括城市雕塑、公共绿地等,都会起到良好的缓解作用。

再以汽车发展为例。从新世纪开始,中国进入家庭轿车时代的步伐明显加快,因此亟须针对可能出现的价值观冲突,从文化角度来研究汽车的发展策略。从汽车会带来巨大经济效益、促进经济发展的角度看,无疑会主张加快发展;而站在环保立场上,站在崇尚人文价值的角度,则会持不同态度。其实,两方面所坚持的都有道理,相辅相成,不可偏废,因而不是谁是谁非、留此去彼的问题,而是如何兼顾、如何整合的问题,使之更趋合理,也就是实现经济价值可持续化、生态价值现实化、人文价值理性化,从而更有利于经济社会的发展。在这方面,长春一汽比较自觉,他们提出人、车、社会和谐发展的价值观,其突出特征就是以关爱人和社会为导向,把员工、用户、产品、环境、社会等要素之间的互动结合起来:一是崇尚人本,追求人与人的和谐;二是体现绿色追求,实现低消耗、低排放、无车祸,创造人与社会、人与环境的和谐;三是对社会承诺的追求,承担关爱社会、造福人类的责任。三方面价值观应如何整合,这是一个十分复杂的问题,应由专门机构去研讨，我在这里想说的是，人们应该从"文化赋值"的角度，找出现时生产、营销的策略，以便在市场竞争中形成独特优势。

《人民日报》2003年12月1日　第9版

一编简牍寄深情

袁鹰新著《抚简怀人》(湖北人民出版社出版)一到手,我就立即展读,读着读着就再也放不下了。自晨徂夕,跟随着作者,"凭窗遐想,历历往事依稀;抚简摩挲,恍见故人风致"。一任感情的潮水放纵奔流,心情在不断地发生着变化,时而重似沉铅,时而轻松快活,时而热血喷涌,时而发出会心的微笑,始终沉浸在读书的快感里。

这是一本体例别致的优秀散文作品。40多篇文章中穿插进去70多封书简,由于寄信人都是闻名遐迩的作家、诗人、学者,有一些还是著名的革命家、思想家、社会活动家,因而简牍中时时闪现着思想的光辉、人格的亮色,传递着一种高格调的文化气息。

书札是散文的一种形式,具有情感真实、趣味隽永、挥洒自如的特征。作为友朋间交流思想的工具和交际的手段,作为一种应用文体,比起一般散文,书札更富个人特色,显现出功能的实用性和对象的特定性。由于它旨在叩击对方心弦,属于"心声之献酬"(《文心雕龙·书记》),因而发自肺腑,吐露衷肠,务求"形我心之所欲言",而无须粉饰做作。诚如鲁迅先生所言,"从作家的日记或尺牍上,往往能得到比看他的作品更其明晰的意见,也就是他自己的简洁的注释",它"究竟较近于真实"。应该说,书信的价值主要在这里。

本书的妙处是,既注意发扬书简的这些优势,又不止于单纯的客观引述,而是在一个明确的主题下面,按照作者的思路走向,通过引述某公的有关信札来作自己的文章。文中夹叙夹议，抒怀寄兴，纵横自如，其感染力、说服力自非一般散文所可比并。

所引信札，大都比较简约，短的二三百字，长者也不过是千字文。但内容极其广泛，或通信息，或议诗文，感怀时事，评点文坛，其称名也小，而所见者大。不仅烛照20世纪后半叶的社会、人生、文化、思想的精微，而且，通过信件本身，通过作家提供的一些背景资料、生活细节，具见寄简者的两间正气、人格风范、悲欣际遇、风雨诗心。读者可以从中洞见其高尚的情操和深沉的社会责任感。他们时刻挂怀国家民族的命运，人民群众的疾苦，关心青少年一代的健康成长；他们对于文学事业予以特殊的关注，希望报刊上能多发表一些贴近老百姓的喜怒哀乐，有血有肉、有真情实感的作品，摒弃那些矫揉造作、浮夸虚饰的文章，主张抒真情、说实话，把自己的灵魂赤裸裸地呈献给读者。

书中引述了许多意蕴深长的覃思隽语，诸如：

眼睛只看上边、不看下边的人，耳朵只喜欢听好话、不喜欢听批评的人，常常只想到自己、不想到别人的人，他们面前的可能的危险是：让"独自"思考顶替了独立思考。教条主义是独立思考的敌人，它的另一个敌人便是个人崇拜。——沈雁冰

岗位与事业是两码事。离开岗位可能有失落感，但卸下担子，可以多一点时间读书写作，也似乎可以说是"焉知非福"，坦然处之，静观世态，亦乐事也。——夏衍

回忆（夏）公有名言："愿听逆耳之言，不做违心之论。"……在上者如果愿听逆耳之言，则可望在下者不做违心之论。所谓"违心"者，违反事实，违反民心，违反良心，可畏也。——赵朴初

信札中也常有一些深沉的体验和倾心的恳谈，像夏衍老人致宋振庭信中谈到的："解放之前和明摆着的反动派作战，目标比较明确，可是一旦

形势发生突变,书生作吏,成了当权派,问题就复杂了。"可说语重情长,至为亲切、实在。

书中还有这样一件小事。1957年李大钊殉难30周年,陈毅元帅发表6首五言绝句,有句云:"人民柴市节,浩气贯长虹。"用文天祥在燕京殉难典故。发表后,收到读者来信,指出文天祥就义处并非柴市,而是在今安定门内交道口以南府学胡同地方。陈毅同志接到后,当即亲笔给人民日报写信,说"他们这一指正是对的。除专函向他们致谢意外,并请你处将此信登更正栏"。面对如此坦荡胸怀和谦逊气质,想到现今文坛上发生的种种纠葛,不禁感慨系之。

袁鹰同志是当代著名散文家,长期投身于报纸文艺编辑工作,有机会亲历文坛上重大事件和接触众多文化名人。近年来,其以深邃的思想、饱满的激情、丰厚的学养和娴雅的文笔,写出了《秋风背影》《灯下白头人》《九九思念》等多部忆旧怀人的脍炙人口的散文。他曾沉痛地写道:"一代又一代人,年年岁岁,常与秋风秋雨为伴。10年浩劫,他们如火中凤凰,寻觅到大彻大悟的境界。"这,实际上也是夫子自道。当他"一次次凝眸遥望那些在飒飒秋风中渐渐远去的背影,也一次次地激起心底阵阵波澜,引落行行清泪",不禁黯然设问:"一个时代真的随着世纪转换而结束了吗?"结论是:"冷静下来,又未敢完全同意。"

这里至关重要的是,要留下时代的记忆和历史的书写。当年,鲁迅先生曾痛心于中国民众的麻木与健忘。而这种令人沉思、令人深省、令人警戒的记忆与书写,正是抵制遗忘、疗救麻木的一种有效的途径。夏衍老人在世时曾倡导要多写那些对民族对社会、对革命做出过各种贡献,而长期以来又鲜为人知的人士。他多次说自己是幸存者,为故人作画像正是幸存者不容推卸的责任。本书也正是为此而做出可贵的努力。

当然,这种个人化的历史书写,不同于完整的回忆录,更不要说系统的报刊史、艺文史、思想史和一般意义上的社会风云录了;充其量只能算作历史的侧影、剪影或者背影。但它却是形象化的,活生生的,有血有肉的,实实在在的，是古代史学家班固和刘知几所说的"实录"。而真实是历史和文学的生命。我想，这部作品的真正价值也就在这里。

《人民日报》2004年4月18日　第8版

情长在水西流

那个有才无运的倒霉蛋儿李后主，长期住在金陵，后来国破被俘沦落到了汴梁，出门所见尽都是大江东去，黄水西来。因此，在他的心目中，江河都是滚滚东流的。这种观念已经形成了思维定式，写成诗词，自然就会反复咏叹："恰似一江春水向东流""自是人生长恨水长东"。

其实，世间万事万物，情况都是异常复杂的，河流也是这样。比如，我要写的这条双台子河，它就不是流向东方，而是悠悠西下。倒是东坡先生有些辩证法，他偏要说："谁道人生无再少？门前流水尚能西！休将白发唱黄鸡。"事物的复杂性表现在各个方面。还说江河，人们的观念是，它们的形成总是年深日久的，用一句老话说："粤自盘古，肇始洪荒。"对于绝大多数的江河来说，这种看法反映了规律性的认识。但是，也不能绝对化，有的河流就很年轻。还以这条双台子河为例，它的出现，就只有100多年。而它的源头，或者说是上游——辽河，倒是实实在在已经阅世亿万斯年了。

也许有人会诘问：难道一条河流竟可以和它的源头分开来表述吗？一般的当然不能，但是，双台子河却可以，而且必须如此。这就是它的迥异寻常之处。

原来，早在汉、唐以前，辽河在现今的海城市营城子一带入海，后来，年复一年，淤沙越积越多，河流被迫改道，入海处转到了现在的营口市区。明清以来，下游流量过大，水患频仍，田禾漫没，庐舍为墟。为了减轻盘山、台安、海城一带的洪涝灾害，当地名流、清末举人刘春烺集中民众意愿，上书清廷，进言献策，提出了"开浚双台子河，分流导水"的建议。获得批准以后，经过附近四县两万余民工的一年苦战，于1897年7月工程告竣。从此，神州大地上便出现了一条滔滔西下的新的河流。

原来的辽河于盘山、台安两县交界的六间房村实现了分流：一股照旧南流，途中纳浑河、太子河水，走营口故道；一股入双台子河，途中接收绕阳河水，西流入海。为了进一步开发盘锦垦区，扩大这里的水稻种植面积，1958年4月，辽宁省政府决策，在六间房处将辽河拦腰截断，使下游的浑河、太子河成为独立水系（俗称"大辽河"）；而辽河本身的水全部纳入了双台子河。这样，双台子河也就成了名副其实的辽河。

如果说，黄河、长江是我们整个中华民族的"母亲河"，那么，双台子河则是盘锦大地的"生命水"，同时也是盘山百岁沧桑的直接见证人。无论是20世纪上半叶风雨如晦，长夜难明，特别是十四载国土沦亡，人民当牛做马的血泪生涯，还是雄鸡唱白天下，红旗飘展南荒，直至近20多年思想解放、体制改革带来经济繁荣、生活富裕的如歌岁月，双台子河都是和生于斯、长于斯的盘山人民朝夕相伴、苦乐同享、荣辱与共的。

它的个性是鲜明的。有时，还不脱其来自内蒙古草原和吉林山区的固有的雄豪粗犷的习性，暴怒癫狂，豕突狼奔，每到七八月间，总要施威肆虐一番，滔天的浊浪裹挟着树木、禾稼，颇有苍空欲破、大坝难容之势。但是，斯文恬静，进退雍容，乃其常态。夏日黄昏，悠徐曼缓的清流，水波不兴，像慈祥的母亲那样，一任人们在它的怀抱中浮沉戏耍。笑闹间，突然一阵机声轧轧，抬眼望去，一列长龙般的拖船正满载着货物穿波剪水而来。当然，最令人赏心惬意的，还是细雨中一蓑一笠，擎竿垂钓，月夜里，手持火把，沿着长堤去寻访那些无肠公子。

河水清且涟漪，它映照过我童年时代逃荒、避难的凄苦愁颜，也浮现出我迎接解放、欢呼共和国诞生的纯情笑靥。在它的身边，我度过了永生难忘的充满诗的激情的中学时代。三五月明之夜，行将分手的前夕，毕业班的同学们围坐在河边的沙滩上，畅谈着瑰玮的抱负和闪光的理想。清清的河水在皎洁的月华辉映下，波光潋滟，好似万条金蛇凌波腾舞。月色是清新的，晚风是清新的，年轻人的心灵也是清新的。那时的中学生，眼界不宽，头脑简单，思辨能力较弱，对问题的认识未免单纯、肤浅；但是，那种充满激情，健康向上，富于理想追求的精神状态，还是值得忆念的。

我生也晚，没有机缘参与"百万雄师过大江"的人间壮举，可是，作为一员民工，却有幸跻身于8000壮士的行列，投入"导辽入双"的截流激战。时届清明，水寒风劲，人们奋战在激流中，连续三天三夜未曾合眼。四十几年过去了，那春夜斩辽河，战天斗地的场景，还时常在眼前浮现。

今天，在改革开放和现代化建设的洪潮中，伴随着位居全国第三的辽河油田的采掘、开发，一座新兴的现代化的石油化工城市正在双台子河边巍然崛起，市区内外密布着一大批石油化工企业，四围井架如林，钻塔耸天。秋风起处，芦荡飞雪，稻海铺金。我漫步在金色的大地上，一时诗兴勃发，随手写下了三首七绝："亲城一霎起南荒，钻塔如林插碧苍。千顷芦花九月雪，秋光胜处是家乡。""淡霭轻风不碍晴，长河如带伴车行。黄云盖野蛙吹歇，稻浪无声诗有声。""长杨夹岸矗天高，巨舸凌波不待潮。百厂机声喧晓夜，轰鸣如听广陵涛。"

双台子河畔有着独特的自然景观。河口地处辽河三角洲的中心地带，这里有面积居世界首位的大苇田。夏季，一望无垠的绿野中点缀着大大小小的亮色水洼，恰似万千明镜陈列在绿到天边的碧毯上。秋天，遍野金黄，把整个辽河口装点得金碧辉煌。在国家级自然保护区里，栖息着200多种野生动物。碧苇丛中，黑嘴鸥与丹顶鹤嘹唳和鸣，回旋上下。水鸟欢歌，鱼虾嬉戏，汇成一派天然野趣。秋风起处，在宽达千米、绵延百里的海滩上，铺展开望眼无边的由野生植物构成的"红地毯"，其间点染着临风摇曳的丛丛翠苇——万红丛中几点绿，也称得上是天下奇观。

屈指算来，从60年代之初我离开双台子河，到这次重游旧地，已经40年了。就是说，这期间，双台子河又经历了28000次的潮起潮落，而河上的盈盈素月也将要圆过500回了。在我来说，500度的月圆月缺也好，28000次的潮起潮落也好，双台子河无时无刻不荡漾在眼前，萦回于脑际，枕边清梦婆娑，耳畔涛声依旧。

　　像许多游子归来一样，我也是怀着一种"近乡情怯"的心态，漫步河干，凝视那悠悠的河水，深情地察看着两岸郊原的千般变化。尽管自己已经由少而壮，由壮而老，但面对着那一处处"背影巷""回声谷"，好像又唤回了滔滔远逝的双台河水，重新回到了青少年时代，于是，已经化作温馨记忆的当日同学少年秋宵欢聚的景象，像放映旧时影片那样，蓦然在脑际浮现。眼前的一切，竟是那么亲切，那么熟悉，却又平添几分陌生之感。正是：百年世事留鸿迹，待挽西流问短长。

《人民日报》2004年6月16日　第8版

红叶晚萧萧

秋深时节，我又一次来到了辽东著名风景区天桥沟。一进山门，就感到弥望的金色秋光醉人心魄，仿佛置身于金碧交辉的仰光佛刹之中，整个身心笼罩在一种圣洁、肃穆的氛围里。此刻，夕阳的猩唇刚好吻合在天际的峰峦上，一炉晚霞的赤焰喷射着万缕金光，为远处的丛林勾画出参差错落的剪影。山岭上，沟壑边，径路旁，枫之夭夭，其叶灼灼。穿行其间，觉得头上浮荡着红云，全身披上了霞彩，一时竟分不清是醉叶的烽燧点燃了高耸的云天，还是黄昏夕照映红了千林万树。

我禁不住激情的飞越，热烈地赞美着这秋山红叶的人间佳景。而陪同我闲步的风景区总管王成德，倒是见惯不惊，表现得十分平静。他眯缝着细眼睛，随意附和着："是哩，是哩。"当然，那种得意的心境还是可以感受到的。由颇堪入画的现实美景，我又想到了长期在这里定居、朝夕寝馈其间的摄影家韩忠老人。前面就是他的住所，几间石头砌就的小平房，坐落在向阳山坡上。窗前那株老人手植的丹枫，红叶翩翩，临风摇曳；房门两侧，大丽花娇娆地绽出硕大的花朵；一畦白菜、萝卜展开青翠的嫩叶，等待着主人采摘。我看天色还没黑下来，便提议进屋去看看老人。还没等我的话落音，成德就陡然震动一下，声调里有些呜咽："别去啦，老人过世了。"

过世了？这简直像一声晴天霹雳，震得我半响说不出话来。虽然他已80多岁高龄，但身体一向健朗，没听说患过什么病啊。成德告诉我，那天上午，老人还曾登上莲花峰，拍摄了四山的红叶。夜间，心脏病突然发作，没有抢救过来。这几天，他就像丢了魂儿似的，茶饭无心，闭上眼睛就做噩梦。

"可惜呀，可惜呀，太可惜了！"成德心情沉重地说，"天桥沟风景区能有今天，韩老是功不可没的。"

"真是万万没有想到。我晚来了一步，没能和老人见上一面，也是很遗憾的。"我接上说。霎时，脑际便浮现出他那稳健的身影——高大的身材，背部有些微驼，肩头总是挎着一架带有长镜头的照相机，手里还拿着一副三脚架；一头蓬松、粗糙的灰白乱发，一圈唇髭和布满下颏的花白胡须，配上红润的脸膛和几块褐色的老人斑，苍老中充溢着一种粗犷、豪壮之气。山间简单而平静的生活，再加上艺术家所特有的专注，使他养成一副安详、平和的心态，丝毫不现峻急的神色和衰飒的情态。

老人原在辽宁电影制片厂工作，离休之后，1983年偶尔到此间旅游，便被这四时迭变的旖旎风光迷住了，此后，每年几次都从沈阳赶到这里来拍片。到了1995年，他索性在天桥沟安了家，揽明月入怀，与山灵为伴，在"红叶晚萧萧"中登临啸傲，欢度晚年。为着记录天桥沟壮美的丰姿，也为了向外地游人介绍此间的秀美风光，老人把生命的最后20年奉献给了这片山山水水。一年四季，阴雨晦明，天天都在山林里游转，在各种光线下，从各个角度，拍摄风景照片数千幅。

10年前，正是他拍摄的一组风光照片把我吸引到天桥沟来的。接触的时间多了，我们渐渐地成了忘年交，坐在一起，谈文学，谈艺术，交流对开发、建设天桥沟的看法，共同语言很多。我每次来天桥沟，他都陪伴着四处游观，带着浓郁的感情为我讲说各个景点的特点，描形拟态，如数家珍。使我每来一次，都会有新的感悟，新的发现。

他曾在一篇文章里写道："我的照相机是我的眼睛，是爱的显像仪，是我生命的组成部分。在多半个世纪里，她陪伴着我走南闯北，无数次登临祖国的名山大川，记录下数不清的美景。然而，在这些倾注全部爱心的作品中，我更垂青于辽宁天桥沟的景色。那层峦叠嶂、怪石嶙峋，古木纵横、曲水潺潺，朝晖夕阴、气象万千的种种奇观，不啻鬼斧神工，使我的心灵的窗子倏然敞开了。"

老人以摄影艺术为生命的存在方式，此外，不知其他，不问其他。风景区领导曾经建议他到外地举办摄影作品展览，然后，通过市场运作，使其广为流传，并增加一些收入。因为宣传天桥沟，办展览，老人答应了；但拿照片卖钱，他不表赞同，说："艺术是我心目中的圣女，并非谋生的手段。"

韩忠老人对艺术的"之死靡它"的执着追求和献身天桥沟的忘我精神，使我想到了国外的一位令人敬仰的老人。为了破解秘鲁的"纳斯卡线条"这一神秘的文化疑团，德国女学者玛利亚·雷彻，放弃了繁华的都市生活和优裕的教学职业，只身来到南美洲这片荒无人烟的沙漠里，以全副身心投入解读"纳斯卡线条"、保护"纳斯卡线条"的神圣事业之中。她终身未嫁，在这里一住就是60年，直到1998年以95岁高龄去世。人们说：她是为"纳斯卡线条"而存活的。

她的生活简单而充实，素食粗衣，住在一间当地民众提供的土坯房里，每天早早起来，戴上一顶草帽，背上那架老式的照相机，骑着一辆破旧的自行车，在纳斯卡地区往复默默地勘查，拍摄地图，清理地面，探明、修复了上万条线条和各种动植物、人形、几何形图像。为了不致因为修路、旅游造成人为的破坏，她走遍了秘鲁全境，奔波、游说，耗尽了心血。随着年龄一年年增大，她的身体也渐渐衰弱了，但还坚持实地测查。后来完全走不动了，还请助手背着她到处游转。就这样，她把整个生命都献给了"纳斯卡线条"，最后完成一部学术著作：《沙漠的神秘》。她用所得稿费雇了四个警卫人员，日夜守望着这片浩渺的荒漠。当地的民众和政府特别尊重和敬佩她，称她为纳斯卡的保护神，在她生前，就为她塑造了一尊雕像。

岁月蚀损了他们的肉身，但留下了美丽的灵魂和不朽的精神。他们都是普通至极的人，却都活得有声有色，有光有热，放射出生命的七彩火花。

天桥沟风景区已经决定把韩忠老人的住宅辟为永久性的纪念馆，展出他的摄影作品；并在旁边的山坡上修建他的墓地。把这作为一处景点供游人缅怀、凭吊。生前，韩忠老人用照相机为天桥沟留下了珍贵的艺术精品；死后，他的高贵品格和感人的劳绩，还将如丹枫红叶，为他的第二故乡点燃一炬光辉的火把，朗照着万千游人的心扉。

《人民日报》2005年11月26日　第8版

一篙如画苇间行

"一篙如画苇间行，双鹤翔空别有情。醉眼浑疑天在水，白云苍葭共波清。"这是我在扎龙湿地口占的即景诗。

依据心理美学体验，风景的魅力，未必全都存在于最终的实际所见。为南为北，为雨为晴，原可略而不计，要紧处在于产生强烈观赏欲望的那一刻初始的冲动与雀跃。我这次出行就带有几分预期的向往与覃思遐想——说来也怪，近日做梦老是离不开环境保护方面的事由。

我的梦同近日看了新闻媒体关于国内以至世界各地自然灾害频仍的报道有关。报载，淫雨连宵，市区一处居民楼顿成泽国。街坊的大爷大妈，争先告诉记者，从前住宅区后面有一片很大的池塘，一年到头，大张狮子口，不管下多大的雨，它都能一口吞下；三伏天四面风凉，绿树遮阴，真是一道风景。现在，房地产开发商把它填平了，为了楼高气爽，还垫得高出地面许多。这样，可就应了"以邻为壑"那句老话。由是我联想到，怪不得人们那么看重湿地——这"地球之肾"，无论是草原、沼泽，还是渠塘、湖泊，它们的效应可不能轻忽啊！

惦记着这方面的事，这次来黑龙江，行囊甫解，便告诉友人，我想看看扎龙的湿地。头一站是大庆市，我倍加关切地问询东道主：这硕大无朋的湿地，对于保证油田不受水灾侵袭，该是发挥着独特的作用吧？东道主连连点头，说："自然，自然。"顿了一顿，又告诉我："湿地是自然界最富生物多样性的生态景观，它的生态系统服务功能多种多样：包括提供农、牧、副、渔等物质产品，调控洪涝、干旱和土地退化以及降解污染物质，保障土壤形成与养分循环，都直接关系到人类的生存、发展。"说着说着，语调渐渐变得沉重了，"过去我们习惯讲，要为明天着想，为后代负责。这当然是对的。不过，现实的危机，形势的严峻，已经不是未来或者下一代的事了，我们自身每天都在承受着大自然的严厉惩罚。"这番话出自第一线工作者之口，看得出他们对于生态资源的破坏所造成的无可挽回的灾难与损失，有着切肤之痛。

我们到了杜尔伯特蒙古族自治县。几场大雨过后，原本乍干乍湿、草瘦苇枯的大片沼泽地，眼下已经是绿浪接天、烟水茫茫了。我到过三江平原，面对着接天弥望的茫茫翠海，张大渴望的双眸，我的精神曾为之久久地昂奋，极度地震撼。而扎龙湿地同它比较起来，就其博大来说，可说毫无逊色。除了绿到天边的芦荡、草场、沼泽，整个视界中绝无一块冈峦、一片荒漠。该是上帝的园丁事先为它们量好了身段吧，苇丛平整得像剪齐了的绿毯。绿野间到处闪亮着一条条碧水清溪，脉管似的蜿蜒着，呈现出北方罕见的江湖满地、绿波荡漾的景观。

一点思想准备也没有，就是说，没待《水浒传》中的朱贵于水亭之上弯弓搭箭，那翠廊般的苇丛里便突然间撑出了一只竹筏，一杆长篙穿波点水，悠悠地把它送到了我们面前。竹筏由 20 根茶杯口粗细的毛竹编就，首端微微翘起，十分坚实、精致。东道主笑着说，可别小看这个竹筏，它的来路可不近哩，还有几只，都是在武夷山定做的。大家不禁"哟"了一声。湿地上到处充溢着生命。草丛间，出游从容的野生鱼，历历可数。"嘎——嘎——叽"，"嘎——嘎——叽"，芦荡里的水鸟鸣声不绝于耳。中学时代，读过陀思妥耶夫斯基的处女作《穷人》，那时涉世未深，对于陀氏的深刻的人道主义思想，以及对社会上的不公平不平等的抗议，缺乏应有的理解；可是，活跃在作家笔下的生趣盎然的自然世界，却令我历久不忘——空气是那样的清澈，那样的宁静，不论是一只受惊的小鸟拍着翅膀飞起来，还是一根芦苇让微风吹响，或是一条游鱼在水中拍溅，全都可以听见。还有契诃夫在小说《草原上》所描写的场景，也像刀镌斧削一般刻印在脑海里：草地里升起一片快活的鸣虫的叫声，吹哨声，搔爬声……总之，草原的低音、中音、高音，混合成一曲连续的乐章。在那里默想往事，有些忧郁悲伤，却感到很舒服、很痛快。几十年后，这种种情境似乎又重现在眼前。

　　这里是丹顶鹤的故乡，跨国飞翔的白头鹤迁徙种群，每年都要在此停歇一段时间，休整并补给营养。此刻，那边正有两只白鹤扑扇着翅膀从湿地上腾起，衬着绿水青芦的苍翠，两片雪白的隽影悠然远逝。极目苍空，仿佛觉得脑际的幽思妙绪也随之被带往天边，从而对于刘禹锡《秋词》中的"晴空一鹤排云上，便引诗情到碧霄"的诗句，有了实际的理解。

　　东晋的简文帝缺乏"济世大略"，做皇帝不怎么够格儿，可是，对于游观、审美，却颇有研究。他有一段著名的论述，大意是：令人领悟、使人动心之处不一定都在很远的地方，你们看眼前这葱葱郁郁的长林和鲜活流动的清溪，就自然会联想到濠梁、濮水，产生一种闲适、恬淡的思绪，觉得那些飞鸟、走兽、鸣禽、游鱼，都是要主动地前来与人亲近。这番话的核心，是"会心处不必在远"。不过，世俗的眼光恰恰与此相左，人们总是认为，熟悉的地方没有风景。

　　扎龙湿地，似乎至今尚未引起许多作家、艺术家足够的关注。美国著名作家梭罗在他的代表作《瓦尔登湖》中，记述了他栖身大自然、与青山绿水相伴、返璞归真的诗意般的生活。在他的优美细腻的生花妙笔之下，瓦尔登湖、沙湖、鹅湖、白湖，连同康科德河，或烟波浩渺，或小巧玲珑，或清波如鉴，或凄美迷离，或被描绘成国王皇冠上的宝石，甚至以希腊神话中的伊卡洛斯来刻画其勇敢、高华的丰神，从而载入了文学的史册。真是湖塘有幸！

　　我们也会有自己的梭罗的，我深信。

《人民日报》2006年9月12日　第15版

似曾相识的白云

看云做梦、临水高吟的青涩岁月，在我已经是远哉遥遥的了。可是，面对这蓝天、碧水、绿树、白云，却还是那么动情，那么狂喜，无边的兴奋中每每夹杂着几分亲切，几分慰藉。——许是因为在这座北方的特大都市里，这一切，确实都睽违已久了。

省城自然不乏堪资骄傲与自豪之处。每逢我到祖国各地参观、学习，尤其是在一些工厂、矿山和建设基地，经常能够听到这样的话语："此间的技术设备、技师和工人，许多都来自你们那里。我们发展到今天，是和沈阳老大哥的无私支援分不开的。"这是事实，并非出于客套。经过几代人的艰辛创业，沈阳，这座有着光荣传统的英雄城市，数十年间，一直被誉为"共和国的装备部""祖国工业化的摇篮"，曾经以先后创造出上百项的"全国工业第一"而称雄华夏。作为关外一座历史文化名城，她已有两千三百年的历史，一朝龙兴地，两代帝王都，三项世界文化遗产，更使她闻名遐迩。

但这只是一个方面。足迹所至，我也不时地听到关于她的大气污染、环境脏乱，以及"傻大黑粗"等议论。20世纪80年代末，在拉萨的国宾馆，一位外地的朋友对我说："我来这里已经十天了，白色衬衣一直都是干干净净；若是在你们沈阳……"我知道下面要说什么，脸，唰地红了。当然，这也是事实，并非出自偏见。那时的沈阳，特别是铁西工业区，烟囱林立，乌龙滚滚，空中的云，地上的人，连同稀疏的树木、错落的楼群，到处都是一色灰蒙蒙的。

山性使人塞，水性使人通。世界城市文明史，普遍验证了"因水而兴"的发展规律。沈水为浑河支流，水北曰阳，沈阳由此而得名。当日清太祖努尔哈赤力排众议，迁都于此，即着眼于它的战略地位与资源、交通方面的优势，水上通航是一重要因素。可是，曾几何时，浑河便逐渐变得滩多水浅直至断流，而且遭到重度污染，蓬蒿没胫，浊气熏蒸。在整个地球由于狂采、超伐、滥垦、乱钻而弄得千疮百孔之际，这条链接历史与现实、城市与乡村的"生命之水"，同样陷入了生存的困境。

90年代，随着体制转轨、社会转型的不断深入，传统体制的弊端在这座国有企业高度集中的工业城市暴露得尤为充分。铁西老工业区承受着巨大阵痛，95%企业亏损，绝大多数工厂停产半停产，30万产业工人中有13万下岗，因而得名"全国最大的工人度假村"；北二马路成为"亏损一条街""下岗一条街""破产一条街"；企业负债沉重，职工脸上布满生存的焦虑。沈阳，这个"共和国的长子"，呈现出典型的所谓东北现象。

一项重大战略决策，作为政治哲学智慧的体现，总会迸发出难以意料的神奇效能。党中央、国务院振兴东北老工业基地的部署，为这座极具代表性的传统工业城市注入了强劲的生机与活力。"雄关漫道真如铁，而今迈步从头越。"为了实现凤凰涅槃，浴火重生，沈阳连续闯过了产权制度改革、巨额资金筹措、投资环境改善三道关口。国有企业密集的铁西老工业区，被认为是斩关夺隘中难以逾越、难于化解的"泰山石"。市里不失时机地将它与毗邻的张士经济技术开发区合署办公，进行企业搬迁、淘汰重组，"腾笼换鸟"，土地置换。新区作为先进装备制造业聚集区，如虎添翼，加速腾飞；而老区则以现代商贸生活区的新姿，靠着改善软硬环境，获取土地级差收益，争得竞争优势，赢来发展速度，从而破解了"钱从哪里来""人往哪里去"的难题。还是那条因着"破产""亏损"出了名的北二马路，汽车贸易产业带建成后，每平方米地价腾身翻了四番，税收由不足700万元猛增到亿元以上。铁西区由世界重度污染的城区，一变而为模范生态区、最佳宜居区和繁华商贸区。作为老工业基地脱胎换骨的一个现代神话，一个饱含时代意义的实体性符号，被载入了新世纪的史册。

现在，沈西工业走廊正与东部汽车及旅游产业区比翼齐飞，而沈北新区和浑南高新技术产业区则双峰并峙，各放异彩。振兴的深刻内涵，在于经济发展成果更多地体现在民生上。他们一手抓改革发展，一手抓环境建设，把关注民生、改善人民生活作为振兴发展的根本目的。社会保障体系基本建立，居民逐步告别了久居棚户、平房的历史。伴随着市区普遍实行集中供热，推行清洁能源，成功利用地源热泵技术，原先随处可见的5000多根直矗云霄的烟囱，80%已经完成了历史使命，轰然倒地。年度大气优良天数达到320天。久违了的蓝天白云，重现于城市上空。

云的灵动，水的滋润，树的蓬勃，向来都是相依相傍的。现在，浑河城市段和市区内南北两条运河已经实现通航，盛京八景之一——"浑河晚渡"重现世人面前。往日蚊蝇成阵的臭水沟卫工明渠，改造成清波荡漾的人工河，成为人们工余闲步的滨水长廊。沈城人民重新燃起临河而居的"亲水情结"。浑河两岸42公里长的大型绿化带已经形成，庭院绿化区与街头绿地星罗棋布，城市建成区绿化覆盖率提高到44.4%，从而跻身于全国"绿化城市""环保模范城市"之列。

和谐乃众美之源。空气清新，环境整洁，居住条件改观，增进了人与自然关系的和谐。街衢间、广场上、公园里，晨兴、傍晚，人流如织，过去愁眉深锁、心事重重的情态为之一扫。人们注重讲究情趣、追求乐趣了，在获得视觉冲击的同时，逐渐沉浸于某种文化情调或高雅的审美心态之中。在铁西区，"人物馆""铸造博物馆""工人村生活馆""劳模大道"等文化景观，成为最吸引人的去处。人们抚今追昔，体察改革开放所带来的发展变化，珍藏一份难忘的记忆；而通过展现当代沈阳人的振兴实绩，又可以感受历史的进行时，领略物质生产与社会变革的紧张、粗犷、新奇与博大。

似曾相识的白云——这翻天覆地的宏大叙事的实证细节，还是旧时模样，而城市已经换了新颜。兴感之余，率成绝句："水碧天青展画图，荫荫夏木影扶疏。白云缥缈当头见，为问今朝识我无？"

《人民日报》2007年9月22日　第8版

小岗行吟

坐在您的对面,我神情专注地端详着您——小岗村当年的带路人。

饱经沧桑的面孔呈现紫糖色,上面爬满了皱纹,头发也已经花白了,眉眼间透露着慈祥、宁静、成熟,一副风霜历尽、波澜不惊的神态,酷似北方大地上一株红熟了的高粱。

看着,想着,我已经完全沉浸在过往的岁月里,以致当有人介绍您的名字时,我并没有听清楚是"严俊昌""严宏昌",还是"关友江"。其实,这也许并不那么重要,反正都是当年领头搞起"大包干",为此而甘冒巨大政治风险,以致"按红手印""赌咒发誓",拼上身家性命的扛旗人,都是小岗人的优秀代表。

尽管从您的面容上根本看不出史书上所谓"习武好乱,意气逼人,雄心易逞"的凤阳人的特征,但我还是满怀敬意地称呼您和您的伙伴为勇辟新途、甘冒风险、敢于造反的勇士。您听了,质朴地笑着摇了摇头,说:"哪里是什么勇士?造反更谈不到,不过是饿肚子逼出来的。"这倒是一语中的。"穷则思变,要干,要革命",可说是中国农民2000年来的永恒主题。当然,您和您的同伴们是坚定而自信的。当时,你们曾理直气壮地说给前来干预的上级工作组:"我们身为农民,交售了粮食,对国家有贡献,就是光荣的。难道年年吃返销粮倒反而光荣了?"

当我把目光投向窗前笔直的友谊大道,投向那些新楼、路灯、葡萄架、蘑菇棚,并为到处都在掀起建设新农村的热浪而备感兴奋时,您的神情却显得凝重起来，甚至有些惶然。与那些终老荒村的闭塞村民不同，您的眼界十分开阔，因而清醒地意识到，作为"全国十大名村"之一，小岗村同一些闯在前面的先进村相比，近些年的脚步毕竟还是缓慢了。

这天，您的话语不多，最能引起大家注意的是这句掷地有声的话："一转眼，大包干过去30年了。我看，纪念改革的最好形式，就是继续深化改革。"是的，列宁就曾说过："庆祝伟大革命的纪念日，最好的办法是把注意力集中在还没有完成的革命任务上。"为此，他特别提醒人们要关注新事物。在这方面，您和小岗人是自觉的，敏感的。

你们现在十分注重研究外部世界的新事物。自知文化低、底子薄，便有意识地把子女送到外面去学习；积极鼓励外出打工见过世面的青年回村创业；同时，从高等院校引进大批科技人才。只是去年一年，3个"大学生创业园"就吸引了来自全国各地的33名大学生，带动本村农民培植良种葡萄、双孢蘑菇，发展现代农业和旅游观光业，创办科技事业。科技——这第一生产力的发展，又带来了变革生产关系与经营方式的需求，于是，你们又适时地提出：打破旧体制、建立新体制，重新踏上集体合作之路，向着全面建设小康新农村的宏伟目标迈进。

如果说，30年前的敢为天下先，靠的是勇气；那么，30年后的今天，与时俱进，变革图新，靠的就是智慧了。我从您的飞扬的目光中，正是看到了小岗人朴素的智慧。

短文草就，意犹未尽，率成《小岗行吟》10首：

丝丝翠柳弄清柔，油路清溪傍小楼。
直恐老来诗兴减，淡烟疏雨下濠州。

东风伴我帝乡行，村鼓田歌别有情。
风片雨丝芳草路，菜花黄里过清明。

小岗行吟

开路旌旗据上方，冲篱破锁谱新章。
朱皇跃马成何事，花鼓从头说凤阳。

德被生民首重农，家家鼓腹乐年丰。
敢拼性命开生路，拓展阳关一径通。

漫道年华水样流，丰功早已著千秋。
一从小岗燃星火，烈炬燎原耀九州。

卅载风烟似电驰，荒村古陌展新姿。
精描巧绘鹅溪锦，改革原来是画师！

迢遥应恨我来迟，十八先锋鬓有丝。
江北江南春正好，老梧待发凤凰枝。

创业科研重担挑，青衿学子志冲霄。
葡萄香菌连天架，荡我诗心涌巨潮。

万事由来重肇端，至今艳说大包干。
盘空鹰隼无停翼，制胜重攀百尺竿。

秋菊春兰各擅长，求新通变费端详。
风云坛坫无常主，小岗村前路正长。

《人民日报》2008年5月19日　第16版

喧腾的辽河口

由浑河、太子河汇流而成的大辽河，是见过世面的。她所流经的区域，富饶、绚丽，多彩多姿。她的身旁飞溅着钢花，奔流着铁水，闪现着采油机、掘进器、金谷、红粱的隽影；而那一连串的大都会、古战场，则是流变中永驻心版的风景。流变是她的本性，一从别却深山，掉头西去，就未曾停歇过掀波舞浪，跳跃喧腾，只是临近了终点站辽东湾，方始恬静下来，平铺开双臂，舒展着腰肢，以扇形姿势宁静地投身于大海。宛如七彩人生，不论是"少年心事当拿云"，还是"壮岁旌旗拥万夫"，临近晚景凋年，总会放缓脚步，以平和的心性、开阔的襟怀，回归大地母亲的怀抱。

在盘锦市的福德汇大酒店，看到一组清代末年的老照片，其中辽河口的旧影，令我怆怀良久：晚霞散射着一片凌乱的光辉，几艘木帆船穿行在浩渺烟波之上，四围像太古一样荒凉与寂寥。诚然，这里也曾有过汽笛轰鸣的喧嚣，有过百舸争流的热场，那是在20世纪前半叶，帝国主义列强竞相掠夺东北三省地上地下的丰富资源，一时，舳舻相接，多如过江之鲫。尔后，辽河三角洲便进入了沉寂期，这和同是冲积平原的珠江三角洲、长江三角形，恰成鲜明的对照；即使与隔岸遥遥相对的营口沿海经济区相比，近20年来，也暂时落后了一截，以致辽宁实施"五点一线"沿海发展战略之初，盘锦竟未能纳入其中。作为故乡人，我也感到有些难堪——明明是六市沿海，可是，重点发展区域只有五点。这自然有以致其然的道理，因为这一侧的大辽河口当时还只是一片荒滩嘛！

本事都是逼出来的。人，正是由于不能像飞鸟那样凌空展翼，才有了飞机的发明。"五点一线"的缺席，使一向赌胜争强、不肯甘居人后的盘锦人，遽然警醒，奋起直追，迅速转换压力为动力，坚定了开发建设辽滨经济区的决心。他们以当年垦殖南大荒，勒令荒原铺锦、大地献油的豪迈气魄和创业精神，硬是要在东起辽滨乡、西抵二界沟，长达20多公里的空旷的滩涂上，建设起一座包括船舶生产配套区、临港工业区与综合服务区、商贸居住区的辽滨新城。总面积为110平方公里，其中退海荒滩57平方公里，另一半土地，要通过填海，从潮水中索取。

盘锦是个"万宝囊"，几乎要啥有啥，地上有渔盐稻苇之利，地下有丰富的油气资源，唯一短缺的是石头、沙砾等建筑材料。移山填海办不到，那就只有拦潮筑坝，从海水里挖出泥土，这面填海造地，那面加深水域。

产业发展的重点，是海洋装备制造和石油化工中下游产品，要发展高新技术产业、物流业为主的临港产业。市委、市政府提出，用10到15年时间，建成一座以产业为支撑、以生态宜居城区为辅助的滨海新城；要为产业基地打造理想的软环境，使产业依托城区，城区支撑产业。首要一条是环境保护，污水"零排放"是项目审批的先决条件。随着事业的突飞猛进，外来资金、项目的大量进入，建设规划也在不断地调整。起步伊始，新区仅为20多平方公里，从沙盘上看出，现在的规模已扩展到五倍。

盘锦人素以胆子大、有闯劲、耽于企盼、擅长想象著称，即使在家徒四壁、啼饥号寒之际，他们的头脑里也没断过求富求荣的奇思妙想。这里根本没有山，可是，偏偏称作"盘山"；本来最为贫瘠、荒凉，号称"辽宁南大荒"，可是，许多地名却都和"富裕""繁荣"挂上了钩。围绕着我的故乡，西面有黄金坨、兴隆村，东面有富家庄、钱坨子、高升镇，南面有黄金带、兴隆台，北面有大仓屯、得胜碑。至于给孩子起名，诸如"张有财""赵福贵""李满仓"等随处可见。当然，在旧时代，这一切祈望不过是甜蜜蜜的空想。"黄金带"捧给乡亲的只有稀稀落落的碱蓬棵和密密麻麻的黄芨菜；"富家庄"灶冷仓空，人们世代逃荒在外；"兴隆村"

野行十里无人烟，阒寂、萧条极了。

改革开放中的神州大地，确有太多太多的宏图胜业，远远超出世人的经验与想象。我的乡亲即便再富于想象，也绝对想不到黑土地上能喷出石油，大海滩涂上会像"神仙点化"那样突然崛起一座新城。

于今，宏伟的蓝图正逐步地成为现实。两年半时间里，纵横交错的公路网已经形成，入驻项目 81 个，招商引资达 300 亿元。其中，宏冠船业有限公司、辽河石油勘探局海洋装备制造总厂等 13 个投资项目，实现当年开工、当年投产。整个经济区已正式纳入"五点一线"沿海重点发展区域。

"烟雨轻舟"，原是昔日的辽河一景：蒙蒙细雨中，透过苍苍蒹葭，经常能够看到一些钓鱼捕蟹的舴艋舟随波上下，使人顿起"纵一苇之所如，凌万顷之茫然"的潇洒出尘之想。现在，映入眼帘的却是另外一番景象：三艘几层楼高、长达数十米的红色庞然大物，屹立波涛之上。是往来营口港的运输船队吗？非也，它们是上述两家船业公司为挪威和新加坡制造的超万吨成品油轮。船厂的老总自豪地告诉我们，订货单已经排到了 2010 年，总量达 32 艘，油轮之外，还与德国、伊朗分别签订了化学品巨轮和海上钻井平台。

驱车而东，我们又来到了吊车耸立、构件山积、烟尘迷漫、喧声四起的桥梁工地。建设中的跨辽河口大桥，高 45 米，长 4.4 公里，为东北地区最大的双塔双索面斜拉桥。2010 年建成后，辽滨新区与营口沿海产业基地连成一线，对于推进环渤海经济带发展，带动、协调沿海与内陆经济联动，促进港口产业带的形成，将发挥重要作用。

一样的鸥白苇绿，一样的岸阔潮平，辽河口风物犹然，涛声依旧；而人世间已发生了天翻地覆的变化。面对种种恢宏壮丽、婀娜多姿的现实景观，歌之咏之，无疑是必要的。不过，我想，如果有机缘目睹其当年旧貌，特别是能在创造奇迹的"进行时"，亲炙建设者的感人情怀与千辛万苦，则会在赞美之余，永存心灵的震撼，获得一种灵魂的滋养与抚慰，进而悟出一番形而上的哲理：所谓创造，也就是无中生有；而人的创造力是永无穷尽的。这种遗貌而取神的心理，正应了《庄子》中的那句话："非爱其形也，爱使其形者也。"

《人民日报》2008年8月28日　第8版

贤才国之宝

20年前，第一次来苏州就知道这是个人才荟萃的地方。作为"状元、进士之乡"，中国历史上共出了591名状元，苏州占了50个；106800名进士中，苏州有1500多人。现当代，又可称为"院士之乡"，中国科学院、工程院的院士中，苏州籍的近百位，像贝聿铭、王淦昌、吴健雄、张光斗、王大珩、钱伟长、李政道等等，都是苏州人氏。

在惊赞、钦佩的同时，有个强烈的感受与启发：一个地方，一个时代，一个社会，究竟什么是最可宝贵的？素有"地上天堂"美誉的苏州，要论经济发展，社会进步，文化、科学、教育，旅游资源，风景名胜，都足以"跷起拇指"，丰富谈资。可是，在当地领导成员、机关干部心目中，最足以夸耀于世的，还是人才。一般地说，出于职业的习惯，接待部门往往注重于游览、观光的去处，以及文物古迹、知名特产，这在苏州是最具优势的，即使放到全国的大背景下，也可以说数一数二；而且，这位处长也了解我们的身份，此行并非专一地考察人才工作，而是着眼于全市的经济社会发展。可是，他向远道客人推介的，却首先是当地的人才资源。这种不经意的闲谈，恰恰反映出他们"以人为本""所宝唯贤"的价值取向和眼光、素质，着实启人心智，发人深思。

《国语·楚语》记载，楚国大夫王孙圉到晋国访问，晋定公设宴招待，由赵简子出面作陪。为了彰显其地位与身份，赵简子故意弄得身上的佩玉叮咚作响，以引起客人的注目，同时也炫耀本国的富有。席间，他问王孙圉：

"楚国的佩玉白珩还在吗？它作为宝物有多长时间了？"显然，在这位讲究奢华、看重享受的重臣眼里，只有宝玉才是至高无上的。王孙圉的答复却是："我们未尝以此为宝啊。"就是说，在楚国人心目中，白珩是算不上什么宝物的。这种劈头作势、截断众流的回复，确是有些出人意料。既然白珩未足为宝，那么，楚国究竟还有没有宝物呀？有的。接着，他就举出两位长于外交与内政的贤才：一位是观射父，他精于撰著训导，娴熟外交事务，善于同各国诸侯打交道，辅佐国君不辱使命；另一位是左史倚相，通晓先王的训典，能够陈述各种事物，朝夕把成败利钝的经验献予国君，使他无忘先王之霸业，并能取悦神明，顺应规律，使国家不致招致怨怼。

无独有偶。同楚、晋两位大夫论国宝相对应，史书上还有齐国和魏国两位君王相聚而论国宝的故事。《资治通鉴·周纪》记载：齐威王和魏惠王在郊外会猎。魏惠王问："齐国也有宝贝吗？"齐威王说："没有。"魏惠王说："我的国家虽小，尚且有直径一寸的珍珠十枚，能够照车前后各十二辆。像齐国这样的大国，怎么会没有宝贝呢？"齐威王说："我所认为的宝贝，和您的不一样。我的臣子中有个檀子，派他把守南城，楚人就不敢寇边进犯，泗水上的十二诸侯都纷纷前来朝觐；还有个臣子名叫盼子，委任他镇守高唐，赵国人就不敢东下黄河捕鱼；我的官吏中有个叫黔夫的，派他守护徐州，则燕人祭北门，赵人面对西门祭祀求福，迁徙过来要求居住于齐国的有七千多家；我的臣子种首，差遣他防备盗贼，就会做到道不拾遗。这四个臣子的声威，能够照耀千里，岂止十二辆马车呢！"魏惠王听了，脸上露出惭愧的神色。

本来，作为一国之君，在外交场合会谈，应该胸有全局，"务其大者"；而魏惠王竟然像个乡下的土财主，同人家比起珠宝来了，真是井底之蛙不足以言天宇之大。齐威王的这一课，上得实在是好。两相比较，胸襟与眼界之差，不啻霄壤。

同样，苏州的接待处长也给我们一行上了一课。当时我就联想到：如果做个"换位思考"，由我们出面接待苏州的客人，那该会是怎样的情境呢？

热情周到，这是毫无二致的；而且，也会同样诚恳地问候客人是否来过此地。只是在介绍情况时，一定会主要着眼于物产，什么"我们这里是煤都、钢都啊""盘锦大米、辽南苹果、黄海刺参，可是我们的特产呀"。大概没有谁会想到我们这里出过什么人才。

  诚然，同地处江南的苏州相比，我们应该承认，人才资源是比较匮乏的。但是，古人有言："十室之邑，必有忠信。""十步之内，必有芳草。"出色的人物可说到处都有。何况，"尺有所短，寸有所长"，人才总是相对而言，没有这一类，还有那一类，无非是等级有差。之所以见物不见人，主要还是观念上的差异。其实，推介物产也并非不必要，王孙圉在讲过两位贤才之后，接下来就列举了楚国丰富的物产，一连说了十二种，说明楚国确是物华天宝。但是，大前提是必须拥有贤才，"有人斯有土，有土斯有财"。以人为本，所宝唯贤，此乃千秋不易之理。

《人民日报》2008年11月29日　第8版

冰原上的盛事

夕阳恬静地悬浮在昏黄的天际，看上去颇似一面铜锣。仿佛听得喤地响了一声，这一天的冬捕会战，便在查干湖的万顷冰原上暂告收场了。它使人联想起古代战场上的"鸣金收兵"。

无疑，这是一个盛大而欢腾的节日，而我更倾向于把它看作一出货真价实的野台大戏，唯一的理由是它彰显了典型的劳动艺术，而且带有规范化的程式。在冰原的大舞台上，全副毛皮装束、英风飒飒的渔夫们是戏剧的主角，身旁两千米长的拉网便成了道具，而数以万计的游人则是名副其实的观众。现在，无论是演员、道具还是观众，连同上千台的车辆，已经潮水般地退去了；寒光四射的冰面上，只留下无数个下网的冰窟，当然，最显眼也最令人心旌振奋的，还是那盐堆、柴垛一般的捕获品，那光鲜鲜的几万公斤鲜鱼。

散场，一般地说，总是带有一种感伤的意味，古人说的"游人去后无歌鼓，白水青山生晚寒""日暮笙歌收拾去，万株杨柳属流莺"，就是显例。可是，这种冰原盛事的收场，留给游人的却是猎获的丰厚，心灵的充实，是洋溢于身心耳目的欢乐，是同开场一样"鲜花着锦，烈火烹油"般的振奋，是原汁原味、饱蕴着民族风情的传统文化意象，是沉甸甸的记忆。

这种冬捕活动，源于史前，盛于辽、金时代，复活于当下。不仅民俗观念、祭拜仪式，就连它的采捕手段、捕鱼工具、操作规程，也都是沿袭了原始的风习，各种传统的民族文化精神在冬捕活动中得到了系统的传承。

这是一种东方古老文化的复苏与再现，人们置身其间，有一种回归传统的奇异感觉，仿佛亲炙原色的远古人类生存状态的遗存，体验到现代人久违了的生产、生活情趣。

冰原盛事的序幕，是基于"万物有灵"观念的原始而神秘的"祭湖""醒网"仪式。闷声闷气的法号响彻冷冽的晴空；披着紫色袈裟的妙因寺的喇嘛咏诵着经文，祈祷湖神保佑渔民的富庶安康和水下精灵的永续繁衍。手擎皮鼓不停地敲打着的萨满舞者刚刚过去，戴着鹿、牛、鹰、虎等原始图腾面具、跳着查玛舞的又结队登场。"网啊，该醒醒啦，到了大显身手的时日啦，走吧，我们一起出发！""醒网"仪式过后，头戴披肩帽、身着蒙古长袍的德高望重、经验丰富的"渔把头"，为整装待发的渔夫们酹酒壮行。四面观者人山人海，也都一道尽情地倾洒着喷薄的狂热和忘我的虔诚，被一种神秘、静寂、苍凉的氛围带进了宗教的情境。

作为原始渔猎部落的孑遗，查干淖尔渔民生就了一副钢筋铁骨和抗寒蹈险的性格。当太阳被冻得发出奶黄的光泽，千里冰原作天青色，大雪罩满茫茫草野的时候，他们便成群结伙地集结在"渔把头"的身旁，策划着一年一度的冰下捕鱼活动。回到家里，一边哼唱着"有心想把大湖离，舍不得一碗干饭一碗鱼"的旧日民谣，一边翻腾着衣柜，找出老羊皮袄和狗皮帽子，备足土作坊烧制的"二锅头"，一种抑制不住的期待与守望燃烧在胸膛里。

开创新的前程，自应由衷地赞美；然而，保护我们所由来的固有传统包括文化形态、生存方式，不使它随风而逝，同样也不容忽视。人们的习惯是"待到无时想有时"。一种事物，常常是在它永远消失之时，才会追怀它、珍视它。查干淖尔的蒙古族兄弟，对于传统的尊重是感人的，他们在满腔热忱地接受现代化所赐予的科技成果的同时，把已经融入生命的那种原生态的古老渔猎文化，视为灵性之根、民生之源、族群之魂，视为人类久远的生存智慧，一代代地传承下来。

冬季捕鱼仍然保持着固有的集体劳作方式。所有的捕鱼工具都是传统的，那长长的拖网，笔直的带网杆，用于摆动和矫正冰下拖网运行的扭矛，锋利而沉重的凿冰镩，还有那运载沉重网具的大马车，都属于原生态。尤其是用马匹来转动绞盘以拖拉冰下大网的"马轮"，大概在其他地方早已绝迹了。渔民们，也包括当地政府官员，未必熟悉古代先哲"数罟（细眼的网）不入洿池"和"鼋鼍鱼鳖鳅鳝孕别之时，网罟毒药不入泽，不夭其生，不绝其长"（捕获以时）的规则，但他们凭借智慧的祖先传授下来的符合"可持续发展"的经验，严格控制网孔，坚持每年集中冬捕一个月，保证鱼类充分繁殖，不搞"竭泽而渔"；湖区禁止上工业项目，绝对制止环境污染，全力打造生态、绿色品牌。

查干湖坐落于吉林松原前郭尔罗斯蒙古族自治县。这里历史悠久，蒙、满、汉等多民族和睦共处，渔猎、游牧、农耕多元文化融合。看似荒凉、静寂，却到处张扬着迷人的风致和特殊的文化魅力，随便走进一个地方，就会有民族艺术瑰宝展现在眼前；无分男女老少，都热情奔放，能歌善舞，他们俭于物质，而丰于自然，富于诗性。令我感触尤深的是，当下城乡伴随着大规模的资源开发和高强度的人为干预，经济与文化、物质与精神的矛盾日益加剧，人们远离自然、告别传统，生命正逐渐失去光泽，心灵中充满现代性的焦虑。反映在生活中，所凭借的机械愈多，同自然的接触就愈少，诗意的存在也就愈益稀薄。而查干湖冬捕的醒眼之处，正在于它仍然保持着对自然、生灵的敬畏，体现出素朴而神秘的东方古老文化中人与自然的和谐性，引发出人们对于大自然、原生态的基本价值的遥远而温馨的记忆。

这里是一个完全感性的世界，声音和色彩的世界，欢声笑语、歌鼓喧阗的世界。这种劳动中歌舞、丰收时庆祝的美学意义，是在浩大的时空中，通过一个个劳动者的体温与脉搏展现了自古迄今的无穷的生命活力。这里多的是粗犷而真实的历史遗存，无须借助于深邃、高超的理念，也用不着附加什么猎奇的视角和矫情的浪漫。表面上看，这荒寒的角落，似乎是被诗意与哲学遗忘了，其实质却蕴含着真正意义上的灵魂回归与生命还乡，攒集了太多的心理文化和哲学命题。

《人民日报》2009年2月2日　第16版

眼前道路多经纬

京沈高速公路从我故乡的身后穿过。每当路过这里，我都要临窗瞩目，有时还要停下来，扫视周遭的一切。当年那一条条凸凹不平的泥泞路已经为平整的柏油路所取代，从房舍到环境，村庄面貌一新。"曾岁月之几何，而乡园不可复识矣！"

百感交集间，我想起了三年前过世的一位族兄。1956年，他在邻乡一所小学担任教导主任。这天早饭后，外面大雨如注，学童们一个个"泥孩"似的踅进了院子。我那位族兄一向口无遮拦，面对这种场景，就和教研室的几位老师议论："省报上刊登一幅《多情的雨衣》漫画：一对身着雨衣的青年男女，雨中亲密交谈，不料两件雨衣粘在一起，竟至无法扯开。漫画家应该有个续篇，名为《多情的泥土》，画一外来串亲的男子，雨天在泥路上穿行，举步维艰，整洁的鞋袜还有裤腿儿，深陷泥淖之中难于自拔，最后只好统统甩掉，穿着裤衩逃出。"为着这个"有趣的"设想，一年后，族兄被抓了辫子，划为"右派"，罪名是：恶毒攻击社会主义，丑化新农村。

其实，他所说的尽管有点夸张，但道路泥泞不堪的情景，在地处辽河下游淤积平原的盘锦，当时确是随处可见。东北人都知道，牛皮制作的乌拉，本是数九寒冬农民或者猎人踏雪出行的鞋具，一以防寒，一以穿行雪路时不致脱落，因有皮条牢牢地绑在双脚上。可是，在我们那里，赶上淫雨连绵的夏秋季节，有的却用它权充雨鞋。再者，地名往往反映当地的自然特征，你看，这里叫"鸭子场""莲花泡""沟坎子"之类的村落，比比皆是。

随着社会主义新农村的发展、建设，特别是进入新的历史时期以来，故乡的道路逐渐改观。有的把路基抬高，两旁修了渗水渠，栽上了成排的树；有的填充了砂石、矿渣；后来又普遍铺设了柏油路面。路上的运载工具，扁担挑换成了手推车、畜力车，换上了"小手扶""三轮卡"，换上了拖拉机、农用汽车。从前，乡村僻塞，"道阻且长"，有的年岁大的人不懂得柑橘要剥皮吃；现在，通过空运，台湾、海南岛、东南亚的多种时新水果下树两三天，这里就可以尝鲜。

驾着改革开放的风帆，故乡盘锦奔驰在飞跃发展的大道上。机械化、良种化、水网化，使"南大荒"变成了"南大仓"，世世代代丰衣足食的梦想已经成为现实。全国第三大油田的开发，更为此间的跨越式发展提供了坚实基础。丰收之路从地上延伸到地下。万古沉寂的荒原上，钻塔如林，机声喧响，一批特大型现代新兴工业企业平地崛起，使盘锦这头"新生的小老虎"，在经济发展、财税收入方面跻身先进之林，成为全国13个率先进入小康的地区之一。

近年来，看到一些资源型城市纷纷濒临困境，盘锦人产生了强烈的危机感。他们清醒地认识到，如果不能及早推进经济转型，改变一元主导的产业格局，因油而腾飞，也会因油而竭蹶。眼界拓宽、思路开阔之后，观念也随之发生根本性的变化。一是由单纯地享用资源、固守资源转换为抓紧开发接续产业，凭借现有资源优势努力使生产要素向高端跨越。经过几年努力，目前新兴产业支撑能力已明显增强，以石油化工、装备制造、新型材料、农副产品精深加工为代表的产业体系初步形成，非油气采掘业的经济比重已占一半左右。二是由单独盯住生产企业转换为积极发展现代服务业、公用事业、社会事业，实现全方位的开放，公用设施向广大农村延伸；农业园区与工业园区齐头并进，培育绿色基地，发展设施农业；依托优越的自然环境和独特的湿地资源，建设"湿地休闲之都"。三是由招商引资扩展为招才引智，使拔尖人才、留学回国人员向新兴产业靠拢。辽滨小镇原本一个渔村，居然成为省重点船舶制造基地之一，构建产业集群化、区域协调化、资源集约化的新型产业体系，靠的是什么？就是人才集聚效应。

西方一位哲人说过，谁接近了海洋，谁就接近了财富。一个民族只关注脚下，是不会拥有未来的。盘锦人的气魄很大，现在，一座以船舶组装、油品、散杂货和集装箱运输为主，计划年吞吐量近亿吨的盘锦新港正在兴建之中。与此同时，他们又在河海交汇处着手建设一座功能完善、生态宜居、富有时代感的新型水城，总面积为110平方公里，设计由德国一家城市设计院和国内一所大学完成。

这天，沐浴着湿润、清爽的海风，我和建设总指挥漫步在刚刚铺就的滨海大道上。放眼四望，到处都是一片紧张、繁忙的施工景象。左手边，造船工地上巍峨的船体、高高的吊车，伴着电焊迸发出来的耀眼闪光，掩映着正在施工中的连接盘锦与营口两市的辽滨大桥一座座厚重的桥墩，再远处，掘土机、推土机在往复进退地平整工地。向右边望去，茫茫的海域蜿蜒着一道填海长堤，运输石料的自卸卡车一辆接着一辆往来穿梭，宛如一条巨大的自动传送带，石砌长堤随之而不断地向前延伸。堤堰外有两类船舶作业——运输巨轮满载着石料隆隆驶来；而笨重的大型挖泥船，正通过长长的管道向外喷吐滚滚的泥沙，成片的土地渐渐地露出了水面。

总指挥面对金光闪烁的海面，如数家珍地指给我看：水城主体部分由三个岛屿组成。那里是金融商贸区，其中最具特色的是总部的设置，过去我们只注重引进项目、建设厂房，其实，大本营更为重要，那是最后财税结算的所在，现在已有广东与温州的100多家总部预签了合同，未来将有400余家入驻；那里是教育科研基地，包括综合性大学和一系列设施齐全的高新产业孵化基地、现代化职业培训基地；那里是原生态体验区；那里是文化娱乐区；那里是水乡住宅区……

《人民日报》2009年7月15日 第20版

转身后的华丽

长春是一座文化型城市。这一概念，早在半个世纪前就已经在我的心目中形成了。那时，我在辽西的一所中学就读，班主任老师毕业于东北师大，而且可能就出生在长春市，不然，她怎么会对这座城市那么一往情深呢！

课堂上下，班主任老师一个经常性的话题，是新中国成立后的长春星月交辉，"济济多士"。那时，此间号称拥有三大"文化重镇"：东北师范大学、东北人民大学（吉林大学前身）和长春电影制片厂。她如数家珍地列举出长长一大串学者、作家、文学家的名单：成仿吾、吕振羽、匡亚明、于省吾、金景芳、张松如、杨公骥、穆木天、逯钦立、蒋锡金……至于有"新中国电影的摇篮"之称的长影，同样是集聚了各路精英，诸如白杨、张平、秦怡、陈强、谢添、于洋、项堃、方化等，人们都耳熟能详，而且，还向全国各地输送了郭振清、向隽殊、田华、张良、梁音、王晓棠、王心刚等一大批优秀的电影人才。人存事兴，文以人传。在这些名字后面，连挂着一系列学术著作和受人喜爱的影片。

正是这些骄人的成果，使长春市成了我在北京之外最为向往的地方。

尔后的50年间，我有幸多次身临其境，并曾同那里的文学界、艺术界、教育界的师友们深入交谈。"别来沧海事，语罢暮天钟"。岁月奄忽，时移世异，听到的议论当然是林林总总，言人人殊。我多么想把这些亲历亲闻的实际感受同当年的"亲老师"（年少时对班主任的昵称）做一番交流啊，可惜，她已经辞世多年了！

如何看待长春市的文化大势？大别之可以归纳为三种意见，有人用三句现成的话来概括：一是"昨夜星光灿烂"；一是"文采风流异昔时"；一是"江山代有才人出，各领风骚数十年"。

在当下这个明星鼎沸、大师寂寥的时代，无论就某一地区还是就全国来说，确是不大可能再出现 20 世纪上半叶那样的泰斗云集、名流辈出的局面了。从这个意义上说，"星光灿烂"属于昨夜，或曰"风光不再"，不可谓缺乏根据、没有道理。但也应该阐明，这种说法只能限于"这个意义"；如果从文化的广义来考究，此论恐怕就不无偏颇了。看来，还是后两种说法较为客观、全面。不同时代有不同的文化风景，原是不可厚此薄彼、以偏概全的。

新时期的文化，具有传统向现代转型、精英朝大众扩展、固守与开放兼容的过渡性特征。由于人们生活条件各异，社会角色不同，文化素质、心理需求、审美理想、感知方式方面的差异，对文化的需求与欣赏已由过去的单一型、固定化向复杂化、多元化、动态化转换，其特点是主体性、选择性、创新性强。这里有一个典型事例：交谈中，有位老先生激赏程派京剧传统剧目《梅妃》的艺术韵味，他津津乐道当日著名鉴赏家、高等"戏迷"张伯驹如何推崇此剧，认为完全可以和梅派的《贵妃醉酒》相媲美。说着说着，他就情不自禁地哼唱起梅妃的四句"西皮散板"："柳叶双眉久不描，残妆和泪污红绡。长门自是无梳洗，何必珍珠慰寂寥。"可是，更多的观众包括外地前来采风的作家朋友，却更愿意到和平大戏院或东北风剧场，观看同样表现女性幽怨情怀的"二人转"《回杯记》，他们为剧中人王兰英的泼辣而直白的唱词所倾倒："王二姐，把嘴噘，二哥你不该赶考把奴撇。状元纱帽有啥用？拆了它，不够二妹我做双鞋！"显然，那些"转星"的互动方式、澎湃激情、逗趣姿态，以及对于音乐、舞蹈、摇滚等当代艺术的吸纳，尤其是他们的超拔的嗓音、身段功夫和搞笑的本领，与时代脉搏紧相联结的即兴创造，增添了更加浓烈的现代艺术的魅力。此之谓"萝卜青菜，各有所爱"，或曰"文无第一，因人而异"。你说哪个更超绝、更美妙？似乎是难分轩轾的。

都市人渴望通过多姿多彩的文化生活缓解满负荷的压力、松弛紧绷着的心境。正是考虑到这一点，市里有关部门举办了五光十色、"万花筒"般的文化娱乐活动。除了长达70多天，涵盖文化民俗、体育健身、休闲娱乐、乡村旅游等上百项内容的消夏节，还有多种节庆、会展、赛事、演出，举凡冰雪节、电影节、采摘节、农博会、冬运会、汽车博览会、垂钓争霸赛、利丁越野赛、自行车山地赛、长跑接力赛，应有尽有，难以一一计数。而且，随着文化事业的飞速发展、人们眼界的拓宽，受众的审美观念、鉴赏能力也在不断增强，更加讲求艺术品位，往往在饱游饫看之余融入必要的研索与反思。他们逐步培养起欣赏高品位、高层次的世界名画、名曲、名剧等高雅艺术的情趣。长春世界雕塑公园人流潮涌的状况就充分证明了这一点。此间汇聚了五大洲170多个国家顶尖级雕塑师的精品力作，并拥有500余件有"非洲神奇"之誉的马孔德木雕作品。那些涵盖了现今全球各种艺术流派、风格，以青铜、生铁、玻璃钢、木、石为载体的瑰奇伟丽的形象，通过或抽象或写实或传统或现代的不同手法，鸣奏出友谊、和平、春天多声部的凝固交响乐，以其地老天荒般的静默，在这座庄严的艺术殿堂里，张扬着具有共同价值的文化精神魅力。

还有许多年轻人，渴望新潮，刻意地追逐神奇，这样，长影世纪城便成为他们的首选之地。那旁逸斜出的魔方、参差峭立的圆管、蜿蜒的翼龙、敛翅的雄鹰，令人目不暇接；而当面对4D影院的动感穹幕电影、激光电影、巨幕电影、水幕电影，乘坐太空探险的航空飞船纵览宇宙奇观时，更会在惊悚、震撼之余，饱谙一番充满神秘感的狂喜。

那么，狂欢过，兴奋过，刺激过之后，又将如何调节神经与体力的饱和、疲累状态呢？市内自有消闲、散心的去处，城东方圆100多平方公里"水木清华"的净月潭旅游开发区，正在张开双臂迎候着。绿是这里的生命基调，翠海茫茫，不知何处是岸，它饱蕴着生机，充满了灵性。那盈盈碧水、飒飒松风、关关鸟语、唧唧虫吟，令人生发出一种像裸体的婴孩扑入母亲的怀抱，重葆童真，宠辱皆忘，挣脱小我牢笼，返回精神家园，与清新的自然融为一体的惬意感觉。难怪梭罗要说，通过亲近自然，"每一个午后，我都能找得到这样的乐趣"。"一个新景观便是一种新的心情，你所看到的任何景物，都显现出某种和谐"。

原来，环境文化是一种大视野，是人类对于环境危机进行反思的产物，也寄寓着人们融入自然的美好愿景的憧憬。环境反映了文化的积淀，而文化也在慢慢地影响环境。人与环境的交流，既可以创造环境文化，反过来，环境又对人的理念产生实际影响——整天生活在洁净幽雅环境中的人们，时日既久，其言谈举止、个性修为、精神状态以及生活习惯，都会发生积极的变化。为此，长春市民对大自然的特殊恩赐充溢着感激之情，而当政者保护生态环境的高度自觉，也受到了市民应有的赞许。

最后回答两个问题：

如何看待长春市的文化大势？我想借用"华丽的转身"这个时髦用语来说明：此间的文化已经成功地实现转型，正呈现出转身后的华丽。

笔者的文化选择是什么？相对于纵情娱乐，我要呼唤读书；相对于广场文化，我更欣赏经典；精英应与大众互补，华丽最好能和典雅兼容。为此，对于远逝了的当日名家云集、星月交辉的文化场景，我还是满怀着眷恋之情的。

《人民日报》2009年8月26日　第20版

民　意

　　难怪离开丹东多年对她仍怀有深厚的感情，应该说，这里确实很美。邻江傍海，气候宜人，风光绮丽。站在元宝山的半山腰，瞭望整个市区，只见万绿丛中，楼群错落，街衢起伏，雪白的云朵与斑驳的树影上下辉映，你会情不自禁地吟出青莲居士"江城如画里"的诗句。过去我觉得美中不足的，是偌大一个市区只有市中心一座锦江山公园，而鳞次栉比的民居绵延十余公里，两头都够不上。近两年随着城市的飞速扩展，市里斥资两个多亿，作为"民心工程"，在东西两面的元宝山和帽盔山各开辟一处公园，还改建扩建了一些街心广场，至于沿江公园就更有情趣、更具特点了。这样，广大民众早晚就有个健身的去处，星期天、节假日，一家人也有了休闲、游乐的场所。

　　那天，天刚亮，我便跟随着缕缕行行、挤挤撞撞、涵盖各种年龄段的人群，涌进了锦江山公园。那么多人，倏忽间便消失在曲折山径、茂密丛林之中，只听得见这里那里不时地传出一阵阵笑语歌声。我见池塘旁有一位老者在独自一人踢着毽子，便凑上前去，与他一边踢着，一边搭话。我说，游人可真多啊！他说，还没到时候呢，半个时辰以后，你再看，山门内外，整个黑压压一片，这边是太极拳、迪斯科、健身操，那边吹拉弹唱，晚上的人更多，称得上"江城一景"。

　　我随口赞叹："丹东市民有体育锻炼的好习惯。"老者说，不光是习惯，也有那份畅快的心情。如果不是安居乐业，市场供应、社会保障跟不上，公共秩序乱糟糟，就学、就业没保证，随处都有后顾之忧，人们的心还能这么盛吗？心盛，也还因为心顺。群众一看这些"民心工程"都是给自己谋福利的，便都热心支持，自觉参与。接着，他就讲了几件具体事：建设元宝山公园，涉及民宅动迁，三位大娘主动出面，共同做一位大娘的工作，结果顺利达成了动迁协议。还有，这些工程建设，事先都广泛听取民众意见。元宝山公园牌楼，这个标志性建筑就是按照公众的想法设计的。这个锦江山公园，里面一堵墙有倒塌危险，市民建议城建部门应及时加以处置，结果，第二天上山一看，墙已经被拆除了。

过去咱们常说："政声人去后，民意恳谈时。"普通民众的闲谈，确实可以为采风者提供准确信息，有助于把握一个地方政声、民意的脉搏。

现在，媒体上常有"举全市之力"的说法。我想过："全市之力"怎么"举"？大概诀窍在于把全体民众的积极性调动起来，这首先有赖于群众的信任与支持。市里同志介绍，去年以来，他们开展了"献策丹东"的活动，发动当地各界人士、广大民众出主意、想办法，也邀请在外工作的丹东籍人士和曾在这里工作、生活过的外乡人，为丹东的跨越式发展出谋划策。听说一些建言已经列入政府规划。有一位王先生在外地谋生，一直挂念着家乡的发展。这次，他主动联系在银星雨有限公司担任董事长的朋友，动员他到这里投资；市里有关部门获知这一信息后，立即派人前去洽谈。现在这个企业已经入驻丹东，投资两亿元发展LED产业。还有省知识产权局的一位副局长，离开家乡多年了，接到"献策"邀请函之后，便发过来一份"万言"方策，就丹东经济发展思路与定位、培育具有自主知识产权的核心产业和竞争力等诸多方面提出建议，使市领导很受启发。

至于市民，参与这项活动就更是积极主动了。一位从港务局退休多年的程老伯，闻讯后，立即把关于发展丹东水上客轮运输业的建议书，递交给有关负责同志。他说："我早就想提这个建议了，可我既不是人大代表，也不是政协委员，找不到沟通的渠道；到信访局吧，我又不是自己有困难要上访，所以就一直搁置着。现在终于找到机会了。"这次献策活动，无疑为民众与领导机关搭建起一座交流互动、疏通思想、增进了解的便捷桥梁，起到了集民智、聚民心的作用。

机关从事这项工作的人员也深受感动。他们发现，献策者没有为个人的事前来的，大家有个共同目标，就是"让丹东快点发展起来"。在这种精神感召下，他们白天接待献策群众，晚上整理有关信息，双休日也要来加班、值班，尽管辛苦忙碌一些，可是每个人都感到从未有过的兴奋。此之谓：民众出智慧，干部受教育，政府得实惠。

当然，要得民心，政府必须主动给群众解决问题，不能"剃头挑子，一头热乎"。一位住在青年湖旁边的朋友告诉我，买房子当时是奔着"清波荡漾"来的，可谁知，楼房起来了，这里却成了死水一洼，户主纷纷大呼上当。政府知民情、解民意，经过治理，死水变成了活水，这样，老百姓就高兴了。为了倾听市民意见，帮助老百姓排忧解难，市、局两级领导走进电台直播间，直接和市民对话，听取民众的批评意见，回答各种疑难问题。从而增进了民众对政府的了解，看到那些"吃公粮"的干部每天都在想着群众，市民情绪顺畅了，信心增强了，街头巷尾，牢骚、埋怨的声音减少了。

看来，稳定是工作的结果，前提是顺民意，得民心。你说，是不是这码事？

《人民日报》2009年9月19日　第8版

认知与审美"联姻"

日前，作家王秀杰推出新作《千秋灵鹤》，这是一部研究鹤造型艺术的专著。作者分别从鹤的传说、典故、纹样、雕刻、陶瓷、织绣印染、书法、绘画、剪纸、摄影等15种类别，对鹤的造型艺术进行归类整理，可以说是鹤的造型艺术大全。其中既可见不同时代鹤造型艺术的特点，也可寻得鹤文化艺术的发展流变。

王秀杰抓住了环保的主题，然后以"鹤"为载体一路写下去，这种选择是一种获得，她选择了这方面，放弃了很多东西。这部书体现了作者对真、善、美的追求，以及对家乡的热爱，她找到了一个象征性的文化符号——鹤，然后把自己全部的爱和情感都倾注其中。

这部书显示出作者驾驭、整合庞大资料库的能力，一种对素材的选择、整理、排序的才能。把庞大的资料收集起来，仅仅是技术的层面，如何通过整合材料体现艺术匠心和审美情操，进而升华为深刻的思想，这是一种能力。这本书体现了作者这方面的才能。

这部书是集文学艺术与学术于一体的成功尝试。它可以被归到学术著作类，但是它又有艺术的形式，还有文学的内涵。因为作为文学艺术来看，特别是文学，价值在于对于社会、人生、人性的揭示的深度和广度。这部作品深度、广度都体现得比较充分，从古到今，从中到外，各个艺术门类几乎都涉及了，而且体现了认知上的价值。

从学术的角度看，一本书的价值应体现在它提供了前人、时人所没有提供的新的东西，具有新的认识、新的理念、新的观点、新的资讯，就是说，一部艺术史应能提供那些"第一个"（独创性）和"唯一性"（独特性）的东西。这部作品关于鹤的研究，有一定的独创性和独特性，是前人没有做过的。

  从价值来看，包含了认知和审美双重作用。从认知上讲，体现了五个方面内容：人与自然的关系问题，鹤在世人心中的地位，爱鹤的缘由，鹤的题材在造型艺术中的反映，鹤这个文化符号为文学艺术拓展了经济内涵。从审美上讲，王秀杰以自己的学术实践，抗拒消费社会给人带来的审美缺失和麻木，她的工作是一种构建审美文化记忆的工作，她的追求是重建高雅审美文化的追求。

《人民日报》2009年10月6日　第4版

继承借鉴与融合新机

最近看到一篇关于如何改进新闻写作的文章，文中提出要"向文学借鉴白描的功夫，以求文章的朴素平实""向文学借鉴锤字炼句的功夫，以求文章的干净准确""向文学借鉴修辞方法，以求文章生动活泼"，深以为是。其实，何止新闻一途，最该向外借鉴的恐怕还是文学本身。早在70多年前，鲁迅先生就曾明确地指出："采用外国的良规，加以发挥，使我们的作品更加丰满是一条路；择取中国的遗产，融合新机，使将来的作品别开生面也是一条路。"先生是就艺术而言，但无疑对于文学同样具有重要的指导作用。

当前，文学正从文化生活中的中心地位向边缘滑落，而伴随着商业化、时尚化的无情侵蚀，文学的消费性、娱乐性也日益凸显出来。许多作品缺乏审美意蕴的深度追求，只是烦琐、无聊、浅层次的欲望展现，以追踪时尚为乐趣，以逼真展现原生态、琐碎描绘日常生活为特征，使作品沦为表象化、平面化的精神符号；而且，文采匮乏，粗制滥造，完全不讲究谋篇布局，结构紊乱，语言质地很差，古汉语凝练、丰富、雅致的特色荡然无存。人们经常寓目的却是，学养不足就拼命煽情，或者满篇洋腔洋调，拉洋旗作虎皮。这类劣质化、泡沫化的"快餐文学"，不可能参与文化积累，也不具备传承属性。为了疗治这种"文学无文"的弊病，我觉得有必要借鉴一些古代文学的辞采与章法。

"言之无文，行而不远。"孔子的这句话是有着强烈的针对性的。不难看出，古代思想、学问的传承与阐扬，确实有赖于辞达意畅、文采斐然的文字。我们固然不能把文学的成功简单地归结于文华辞采；但是，如果"言之无文"，那么这部作品就不可能流传广远，则是确凿无疑的。文学作品尤其是散文，是以审美语言建构起来的意义世界。文学语言与认知性、逻辑性的语言不同，不是知识、理性的堆砌，而是意境的生发，它要有比、兴，要形成文学境界和美感性质，往往是象征性的，而不是征实的。古人有言："文征实而难巧"。这使人联想到清代文学理论家叶燮在《原诗》中所说的"幽渺以为理，想象以为事，惝恍以为情"。这里讲的无非是辞章文采。

文学语言往往是象征性的。它的功能不是要证明什么，也不是直接叙述，而是要通过情怀上的感染，给人以审美的愉悦。它是情感的氤氲、意象的生发，需要营造一种意象、一种意境，使人能从中感受到、体验到，从而获得美的享受。古人作文讲究声韵、气脉，提倡"耳治胜于目治"，强调要有敏锐的语感，以达到"声入心通"。六朝人吟诗作赋，尤其重视声韵之美，《世说新语》载："孙兴公作《天台赋》成，以示范荣期，云：'卿试掷地，要作金石声。'"唐宋诸大家一般也都重视文章的声音之美，读起来朗朗上口，句式长短适度，声调抑扬铿锵。这一主张，得到了现代学人的认同。叶圣陶先生就曾强调，对于现代的美文，应该重视"美读"——"就是把作者的情感在读的时候传达出来，激昂处还他个激昂，委婉处还他个委婉""不但了解了作者说些什么，而且与作者的心灵相感通了，无论兴味方面或是受用方面都有莫大的收获"。

"圣人立象以尽意。"明人李贽论述艺术创造时，有"画、化"之说。画，就是要有形象；而化，则是能把客观的物象化作心灵的东西，反过来再把这种心象转化成诗性文字。也就是要"使情成体"。作家、诗人通过形象的选择、提炼与重新组合来表现自己的内心世界。它是主观意念与外界物象猝然撞击的产物，往往表现为一种瞬间出现的情结。与此相切近，英国著名诗人、文学评论家艾略特说，诗人不应该直接表白自己的观念、思想和情感，而应该把思想知觉化，借用具体的事物曲折地表达，让抽象的变成具体的；读者在阅读时，再把描写客观事物的意象，视觉的、听觉的、触觉的、味觉的，一一对应诗人的思想和情感。

《论语》原本是讲述道理的，但它却不是板着面孔，枯燥地进行说教。《先进》篇载：孔子与子路、冉有、公西华坐在一起谈心，曾点在旁边悠闲地鼓瑟。孔子便问他："点，尔何如？"曾点听了，便用弹瑟的手指在弦上一拢，铿然一声，把瑟放下，站了起来答道："莫（暮）春者，春服既成，冠者五六人，童子六七人，浴乎沂，风乎舞雩，咏而归。"夫子喟然叹曰："吾与点也！"这里有场景，有形象，有哲思，有诗情画意。

文学创作的艺术性展现，天地十分广阔，可以融合进去象征、隐喻、虚拟、通感，以至意识流等多种手法，有的是驱遣意象，因情造境，有的是从遣词造句、文字结构方面下功夫。写人叙事，离不开人物形象的刻画，有的还要通过细节揭示人的内心活动，状写人性深处的东西。被鲁迅先生奉为"史家之绝唱，无韵之《离骚》"的《史记》，作为古代传记散文的典范，就具有这个长处。古人十分强调文学作品的个性化与独创性，不光要有共通的审美意义和功能，每个作家还须有其自身独具的特点。清代诗人张问陶有句云："诗中无我不如删"。袁枚说："有人无我，是傀儡也。"明代公安派的主将袁中郎非常欣赏其弟小修的诗，说他"大都独抒性灵，不拘格套，非从自己胸臆流出，不肯下笔"。

《古文观止》中有一篇众所熟知的抒情短文——《春夜宴桃李园序》，通篇不到120字。作者李白以其清新隽雅的诗性语言描述了他与诸弟春夜聚会于桃李芳园饮酒赋诗的情景。文章十分讲究章法，层次分明，句无虚设。一入手，作者就纵览宇宙，俯仰古今，抒写在空间广阔无垠、时间飞速流逝的背景下，人生有限，莫失片刻良机的怀抱。接着，次第点出会芳园、赏美景、叙天伦、伸雅怀、乐觞咏的设宴本衷。在神采飞扬、兴高采烈的气氛中，作者不忘美诸弟之才，惭自家之拙，显现出古人豁达、谦抑的风致。精读全文，仿佛走进古人诗酒风流的聚会场所，饱享高雅的精神盛宴，感受潇洒出尘的幽怀逸趣，获得一种美的享受；进而领略作者对生命、对生活、对友情、对自然的珍爱，体会其乐观开朗的生活态度；欣赏并学习那种以简驭繁、挥洒自如的高超的写作手法。

平庸寡淡、缺乏文采现象的产生，固然同文体泛化、文学队伍泛化有一定关系，什么都称文学作品，谁都可以出书，以致鱼龙混杂，良莠不齐；但更直接的原因是粗制滥造，率尔操觚。这已经成为现时文坛上的通弊。文学作品需要锤炼，需要沉淀。现在是没有初稿的时代，不管是否成熟，码完了字就送出去发表，甚至连再看一遍的耐心也没有。过去作家写文章，轻易不肯示人，所谓"良工不示人以朴"。随园老人说得更形象："爱好由来下笔难，一诗千改始心安，阿婆还似初笄女，头未梳成不许看。"古人是"吟安一个字，捻断数茎须"；现在，对于文学还有那样敬畏、痴情、执着的人吗？

《人民日报》2010年7月9日　第24版

前程向海

历史离不开记忆与叙述。一个地区、一座城市,像历史人物一样,有其独特的个性、鲜活的情貌,而且,刻录着时代的履痕。就承载历史记忆的功能来说,瞬时存真的图像,明显地优于声音,也胜过文字。

现在,摆在我面前的是两帧颇富对照意味的珍贵照片:

一张,很陈旧,很古老。发黄的纸面上,一艘满载着鸦片(当时称为"洋药")的英国商船,正乘着满潮沿辽河口驶入太古码头。

事情应该追溯到一个半世纪之前。根据屈辱的中英《天津条约》,牛庄成为对外通商口岸。1861年5月,营口代替牛庄被迫开埠——这在东北地区是唯一的。此后,西方列强蜂拥而入,纷纷在此间设领事馆、办洋行、建教堂、修码头。他们强行攫取了海关权、领事裁判权,使营口沦为西方殖民者在中国东北倾销商品、掠夺资源的海上门户。经过这里转输,白山黑水间的大豆、棉花、药材、煤炭源源运出;而棉布、燃油、火柴、玻璃等工业制品则潮水般涌入。进口商品中七成以上是毒品鸦片。从营口开埠到1911年,50年间,输入鸦片总量竟达2260吨。不仅大量白银外流,挤垮了民族工商业,而且,严重摧残了东北人民的健康。

屈指算来,营口开埠已经整整150年了。150年,在绵延无尽的时间长河中不过是瞬息、刹那,而对于这座因开埠而现身、依港口以发展的海滨城市来说,却几乎涵盖了全部历史。

另一张是彩色照片,拍摄于2009年10月23日。它记录了辽宁船舶工业园为英国埃格利地亚航运公司制造的"阿纳帕"号巨型货轮在辽河口顺利下水的场景。船身长 190 米，载重量为 5.7 万吨，出口创汇额 3365 万美元。

时间永是流逝，街市万象更新；而辽河口，白浪滔天，涛声依旧。耐人寻味的是，这两艘分别出现于 19 世纪和 21 世纪的英国商船，竟然在同一港湾里，负载着不同使命，相背而行——那艘鸦片商船从远洋驶来，还将溯辽河而上深入东北内地；而这艘巨型货轮则将驶向远洋，最后抵达英伦三岛。作为这座港口城市盛衰荣辱的直接见证和新闻载体，两帧照片以其深邃的政治内涵和文化价值，分别留存了旧日血泪斑斑的惨痛记忆，展现出一座城市以至整个国家和平崛起的动人景象。

这种强烈的对比，同样反映在市区里。沿着辽河南岸，蜿蜒着一条被誉为中国北方"百年商埠露天博物馆"的老街，两旁各式各样的近现代建筑，鳞次栉比。其中最引人注目的是英国、法国、瑞典、挪威、荷兰、美国、俄国、日本、丹麦、德国这 10 个国家先后建立的领事馆，建筑风格各具特色，素有"万国式"之谐称。时至今日，这些历尽沧桑的老建筑仍然有 30 余座保存下来。往昔的市井风华，已经退出历史舞台，拉上了帷幕；今天若要实际感受一番它的前尘梦影，这些旧街衢、老建筑当能提供一种视角、一个窗口。

对于曾在这座海滨城市度过青壮年时代的我来说，最引为自豪、无比兴奋的还是跨越式发展的鲅鱼圈新区。这里，依托横空出世的营口新港，连续 10 年保持 30% 以上的增长速度，以一座现代化、生态化新城和改革开放的窗口、龙头，成为全市一张亮丽的名片。

营口港位于辽东半岛中部，负山面海，扼南北交通要冲，可是，千百年间，却一直处于孤寂荒凉状态。可贵的是，民风刚健、质朴，想象力发达，开放意识很强。当地流传着八仙在此渡海的神话传说，仙人岛因而得名。他们赋予一座孤山上的砖塔以鲜活的生命，联想为慈母登高望儿的感人形象；还把一个圆顶山丘称作"馒头山"，说是"天为笼盖地为锅，柴在深山水在河。万里烟云皆紫气，谁家蒸此大馍馍？"气魄可谓大矣。当然，若是同新时代建设者相比，那还要逊色得多。

时代的强弓等待着年轻的臂力；彩绘现代化的宏伟蓝图，需要的正是元气淋漓的大手笔。营口港人硬是在海陬荒滩上，一空依傍地建造出一个跻身全国十大港口之列、与50多个国家和地区的140多个港口通航的北方大港。现在，年吞吐量已经达到两亿多吨，按照开放之初老港20万吨吞吐量来计算，整整增长了1000倍。

营口港人很清楚：吞吐量并非存折上的数字，每年的基数都是从零开始。这里只有记忆而没有积累。如果要说有，那累积的只是轮番加剧的挑战。何况，港口的实际品位并非仅是一个年度吞吐量的显示，它应该蕴含着整个港口建设、管理、经营的水平；而且，这种竞争也不单是港口之间的拼搏，很大程度上体现着港口所依托的城市之间的较量。

港口，是营口市命运攸关、兴衰所系的最大资产。像东部发达地区许多沿海城市一样，营口也是同港口、同水运联系得至为紧密的。如果说，内河航运是营口对外开放"史前时期"的摇篮；那么，深水海港则是这座现代化城市"羽化登仙"的宝葫芦。诚如船王包玉刚所言："深水港好比一家大银行。"建设现代化大型港口，构筑国际化物流平台，直接带动了临港经济的飞跃发展和"以港兴市"战略目标的实现。六年前，随着20万吨矿石码头建成启用，投资300亿的鞍钢新厂率先入驻；至今，在港口五公里半径内，已经集聚了430多家占据举足轻重地位的冶金、热电、化工、船舶等大型企业。

"前程向海"，这是他们践行变沿河发展为沿海发展战略的象征性话语。现在，北起老城区、南到仙人岛，中间包括营口高新区、沿海产业基地、北海新经济区、鲅鱼圈国家级开发区，1600平方公里的沿海经济带已经形成。

回眸30年开发、开放的进程，可以用"点、线、面"来概括市区的经济社会发展脉络：改革开放伊始，建设临港的国家级开发区，取得点上突破；尔后，向海发展，抓住"五点一线"的发展机遇，快速建设沿海经济带；现在，借助沈阳中部城市群以及港口、高速公路、铁路和机场的辐射优势，面向整个东北腹地和内蒙古东部地区。其实，这个发展趋势，早在 20 世纪 90 年代，联合国开发计划署考察团就已经预见到了，他们认为营口 10 至 15 年内，可望"成为东北地区一个人才荟萃、经济繁荣的科技都会"。不出所料，现在，营口市继沈阳、大连、鞍山之后，经济总量已位列全省第四，工业增速稳居第一，进入了历史上发展势头最强、速度最快的"快车道"。

凭借地处辽宁沿海经济带和沈阳经济区两大国家战略发展区域唯一叠合点的独特优势，营口的决策者和建设者们在高新区创建了渤海科技城，以期打造沿海连接内地的智能核心、培训高级技师、展示高新科技成果，形成新型材料、节能环保、文化创意、现代服务的产业集群。高新区负责人说，要在这科研的末端、产业化的前端，请进高端人才、高新项目在此"下蛋"，与产业对接，或者"孵化"新兴产业。

发展势头最为强劲的是沿海产业基地，宛如海堤外面滚滚滔滔的洪潮激浪。当然，也可以掉过来说，滚滚滔滔的洪潮激浪，正簇拥着一个紧张而有序的沸腾世界。在度过开埠 150 周年纪念日的今天，营口，正以全新的姿态现身在世人面前。

《人民日报》2011年4月9日　第8版

登 高

前人登高远望，并留下诗文名篇的不外三种情况：一种是诗人骚客，选胜登临，抒怀寄慨，往往以意境深沉、内涵宏富见长；一种是名臣贤相，心怀社稷，志存黎庶，以胸怀博大、寄情高远著称；还有一种情况，失意、失位的皇帝，抚今追昔，惆怅伤怀。

看得出来，登高确是人们展示胸襟、抒写怀抱的一种便捷的凭借。当然，它的意义还不止于此。《荀子·劝学》篇说过："吾尝跂而望矣，不如登高之博见也。"就是说，登高，除了展示胸襟怀抱，还有助于开阔视野、转换视角、全面认知外部客观世界。关于这种作用，我在这次章古台之行中有了切身体会。

夏初时节，我迎着初升的朝阳，登上了高达4层的章古台防火瞭望塔。凭栏四望，所见尽是葱葱郁郁、莽莽苍苍的松涛林海。那种感觉，同当年我在伊春五营登上37米高的瞭望塔时所看到的红松林景区的气象有些相似。

当然，需要说明的是，人家那里是莽莽松原、滔滔林海的小兴安岭，而章古台，几十年前，还是清一色的瀚海黄沙啊！"章古台"系由蒙古语音转换而来，意为"苍耳甸子"。说来也有千余年的历史了，辽代时，曾经是贵族的狩猎之地；清初在此设置养息牧场，为关外三大牧场之一。据《清文献通考》记载："长林丰草，游牧成群，凡马驼牛羊之孳息者，岁以千万计。"可是，到了近代，随着生态被严重破坏，沙漠南移，章古台绿意完全消失，遍地尽是漫漫的沙丘。此间地处号称"八百里瀚海"的科尔沁沙地的南缘。一年中速度每秒30米的狂风，要刮240多次。风沙就像一条黄色的孽龙，横空飞舞，吞噬农田、牧场，埋没房屋、道路。有的人家一夜工夫，大门和窗户全部被堵塞了；狂风起处，天昏地暗，外出的人无法认出回家的路径。风沙肆虐，席卷着辽宁、吉林、内蒙古几十个县旗的35万平方公里的土地。

"从沙丘到林海，这部变迁史前后不过60年，可是，其生动感人之处，却抵得上一部儿女英雄传。"那天，陪同我攀登高塔的一位退休林业技师这样对我说。

20世纪50年代初，国家派出科技人员在章古台进行固沙造林试验，从此，打响了治沙的第一个战役。站在沙地森林公园，我们最先想到的就是它的缔造者——固沙造林的英雄们！遥想当年，这些文弱的知识分子，行进在这片无垠的荒漠上。春天，名副其实的"风刀"，裹挟着沙石颗粒，片刻不停地抽打着脸颊；夏天，那些沙窝窝，在50摄氏度以上高温的炙烤下，成了一口口咕嘟咕嘟冒着热气的大蒸锅；寒冬地冻，要提取样土必须刨到一两米的深度。今日的翻腾绿浪，全是靠着那些老林工、老技师抛洒青春血汗换取来的。

1952年，章古台固沙研究所宣告成立，首任所长是从义县调来的一位县长，他叫刘斌，是一位抗日时期参加工作的老干部。他在开创基业过程中，有三大突出贡献：一是招揽贤才，慧眼识珠，身边聚集了一大批科技英才。二是自己甘做这些英才的坚强后盾。面对那些试验中的失败者，他丝毫不加责备，反而热情地鼓励他们"再试再干"，从而使科技人员愈挫愈勇。三是当好合格的"后勤部长"。困难时期，他带领大家开荒种地，拾粪改土，亲自把收获的辣椒、茄子、黄瓜、豆角，一挑挑送给各家和食堂。对生病的职工、家属，他多年如一日，殷勤探望，关怀备至。他以鬓边的华发染绿了沙丘，最后，像吐尽了丝的春蚕、流干了泪的红烛——倒下了。职工们按照他的遗嘱，将他埋葬在沙丘。1978年，他曾光荣地出席全国科学大会，受到国家奖励；1988年，省林业厅授予他"大漠苍松"的金匾。他的事迹写入了《彰武史话》；电视连续剧《大漠风流》中的主人公，就是以他为原型拍摄的。

另一位出色的开拓创业者，是老工程师韩树棠。他是到这里来工作的第一位技术人员。那年他已经54岁了。他连续多年探索种草植树、治理沙丘的方法。经过多次失败，多次试验，终于创造了"迎风栽锦鸡儿，落沙栽黄柳，丘顶种胡枝，丘腹差巴嘎，丘脚紫穗槐"的灌木固沙系列成果；尔后，又开始了向绿化造林进军。退休后，他已经到遥远的子女处居住，但心里还记挂着章古台。他一次次地回来探望。直到85岁高龄，还撰写了《绿化沙荒与生产》的论文，寄到章古台研究所。

章古台以大量种植樟子松，获得了闻名于世的防沙治沙的惊人成效，为"三北"地区创造了极其显著的生态效益、经济效益和社会效益。但是，从20世纪80年代末开始，第一代樟子松示范林出现了明显的生长衰退现象，并有向全省蔓延之势。如何破解这个难题，成了章古台林业科技人员的头等大事。研究发现，其成因主要不在树种本身，而是人为因素造成的：过度开采地下水，使地下水位下降；病虫害防治疏漏；成林树种过于单一和密度过大等。

1990年，负责收购樟子松种球的固沙所工程师张树杰，发现一位农民所卖的种子颗粒大于普通樟子松子，就特意地找到他，询问种子的来源。那位农民告诉他种子是从四合城林场的一棵松树上采到的。多年的工作经验，使张树杰对此加倍重视，他立刻专程赶到四合城林场，并找到了那棵松树。所里针对这一发现，展开了相关育种研究，然而种子繁育出来的二代松树却不够稳定，于是将攻关方向转向嫁接。攻关试验由高级工程师黎承湘主持，经过多次的失败、试验、再失败、再试验，一个新的抗病、抗旱、抗虫、抗风水平都远优于樟子松的新树种诞生了，他们将之命名为"彰武松"；紧接着，就在固沙所成功繁育了300多亩成林。

这个新的树种，是由赤松和油松天然杂交形成的，油松是章古台当地的固有树种，而赤松则是科研人员从黑龙江地区引进的抗沙树种。如果没有科研人员为之"联姻结缔"，二者几乎没有相遇的可能；即便是两类树种直接接触了，杂交成功的概率也仅有万分之一。

2007年，彰武松通过了省级林木品种审定。与樟子松相比，它更具有速生性、抗旱性、抗寒性和耐盐碱性，特别是无明显病虫害，不感染对樟子松造成严重危害的松枯梢病。其综合生产指标比樟子松高20%。彰武松亲本鉴定及繁育技术，获得了中国第二届沙产业博览会十大优质产品和实用技术奖。

离开章古台之前，我再次登上了4层防火瞭望塔。这次陪同我观看的，是所里一位年轻的技术负责人。当听到我盛赞他们所取得的骄人业绩时，他说，面对着前人所留下的业绩，一方面增添了无穷力量——这是催发我们上进、引领我们前行的明灯；但是同时，也深深感到身上担子的沉重。说着，他指引我举目北望，依稀地看到科尔沁沙地黄沙漫天，像一头伺机入侵的黄色巨兽，时刻在向这里张牙舞爪。而章古台仿佛是一颗绿色的宝石，镶嵌在通体金黄的茫茫沙海之中。他说："每当我们觉得成绩可观了，心安理得了，所里便带领员工们登高眺望。应该说，只要你面对科尔沁沙地，哪怕只是一望，就再也骄矜不起来了。立刻会感到担子沉重，任重道远。"

真的，登高，能为我们提供一个更加开阔、更加宏远的视角。

《人民日报》2012年11月21日　第24版

走了老陶，烂了香蕉

这一筐香蕉，是云南省文联一位文友特意带过来送给老陶的，可是，电话挂了个遍，老陶却杳无踪影，最后找到了我。我是满口答应，代为转交。因为我知道，岁尾年初，老陶是绝对不会外出的——他有脱不开身的"急务"。

所谓急务，就是专门书写贺年卡。他练得一手秀洁端丽的小楷书法，每年一到这时候，市政府以及所属部门，就会找他用毛笔书写贺卡。什么事都讲究"规格"，贺卡自然也不例外：层次最高的是由领导（或秘书）提供词语，书家恭楷缮写，着意题好上下款；次一等的，印刷体的现成拜年话，上下款毛笔填写；一般的由办公人员在普通贺卡上代领导签名或盖个印章；等而下之的，领导名也不签，只在信封外面写上收信人。老陶干的活，属于前两种。由于找他的部门多、领导多，对象远及海外，上达京师，因而数量也多得惊人。

说来，贺年卡的时兴，起码也有20年了；近年更趋红火，"跑部""上省"的激增，对港澳台以及对外发的贺卡也呈翻番之势。可别小瞧这张纸片，有它在前面引路，再见面话题就有了。为此，市内竟有几家公司挂牌，专门承揽印制、书写业务，俨然成为一个竞争激烈的行业。这里有个机制——各单位的一把手收贺卡自然最多；而在那些主管人、财、物、证的部门，分管领导必须尽先送到，但同为副职，漏了谁也不好；还有掌握实权的业务处室。这就形成了一个链条。

在本市，生意最好的是妹夫在政府办当副主任的老范。除了包揽写字，他还经营贺卡印制，可谓左右逢源。2009年冒了个新高，印制了上百万张，销售一空。听说有个街道办事处被摊派2000张，使了吃奶的劲，也只发出160多张，剩下的就都堆放在扫雪工具仓库里。可是，事有不测，老范竟在一个小事上砸了锅。原来，这年正逢己丑。"范书法家"以为，现在时兴繁体字，那么，"己丑"不是应该写成"己醜"吗？特别是寄往港澳台的，若是用简化字，岂不"掉价儿"！于是，这年凡是由他书写的，包括那些寄给高级领导和重要人士的，都一律写成了"己醜年"。发出之前，没有谁提出疑义。大约过了一个星期，澳门一位客商打来电话予以指谬。这才引起了领导的重视，让办公室工作人员分别用10台电话，一一向收信人纠正、道歉。绝大多数都回答说："没注意呀！"因为人家根本没把贺卡当回事，成百上千的，有的甚至没有启封，就扔进垃圾桶了。

这也提醒我们，发放那些东西纯粹是形式主义。由于缺乏真情实感，所以也没人看，凭空浪费公款，浪费纸张（须知，那些特制贺卡，都是高档竹、木浆纸呀），浪费人力，可谓劳民伤财。这种"走形式"的做法，其实古已有之。见诸宋人笔记的：京城过年，有一士人不想每家每户亲自拜访，便想出一个偷懒主意，自己先写好祝福卡片，然后吩咐仆人每到一被访之家，便在那家门口放上一张，随手敲门，却不等门开，赶快溜走，意在让主人以为他亲自来拜访过。后来，这种作伪行径还是被人拆穿了。

由于出了纰漏，致使范家丢了生意；这样，我的文友老陶便颖脱囊中，崭露头角。政府办主任亲自接见，向他部署了任务，说："此事关乎发展大局，我们不差钱。一定要高端、气派、上档次，纸张要高档，印制要精良，字体要秀美。"名曰彰显本地形象，实为联络领导感情，此乃花公家钱办私人事之范例也。可在老陶听来，却如纶音佛旨一般，立即着手研究改进贺卡样式，加大标准尺寸，扩展咖啡、墨绿、深紫、猩红等色彩模式。纸片型之外，又增加了立体型、烫金型、绸缎型，最高品位的每张可值六七十元。"功夫不负苦心人"，连续三年，赚了个钵满盆满。由于任务完成得出色，春节过后，政府及所属有关部门的办公室主任，还联席宴请一番，也算是名利双收。

可是，今年生意却暗淡了。老陶在家一直等到了12月中旬，仍然门庭冷落。而他的风湿症又发作了，整天是胯骨酸、膝盖痛，夜间无法入睡。于是，就领着老伴到熊岳温泉洗汤去了。他一走了事，只是那一筐香蕉，眼看着变黑霉烂，又叫我如何处置？

《人民日报》2013年12月30日　第24版

要将宇宙看稊米（观天下）
——庄子眼中的世界

  庄子的思想是丰富复杂的。今天我们读庄子，是要读他站在极高视角，洞察人生问题的睿智；读他破除种种遮蔽，坦然面对本心的勇敢；读他不为物拘，肆意放飞精神的潇洒。所谓有不为才能有所为，放得下才能拿得起，明白了正反相因、长短相形，拥有了超越视角、旷达心境，将有助于我们破除无谓的烦恼，抓住有限的人生，做一些有益于社会、有益于人民的事情。

——编 者

一

  1918年，新民学会会员罗章龙赴日本留学，他的朋友、时年25岁的毛泽东题诗赠别，有句云：

君行吾为发浩歌，
鲲鹏击浪从兹始。
…………
丈夫何事足萦怀，
要将宇宙看稊米。
沧海横流安足虑，

> 世事纷纭从君理。
> 管却自家身与心，
> 胸中日月常新美。

　　诗中祝愿远行人能像鲲鹏一样，"水击三千里，抟扶摇而上者九万里"，成就一番经天纬地的事业；同时，劝慰他胸中要日月常新，视宇宙如微末无比的稊米，从而忘怀得失，不以"沧海横流、世事纷纭"为虑。这里用了取义于《庄子》的"鲲鹏"与"太仓稊米"两个典故。此前，唐人白居易也曾为诗："临高始见人寰小，对远方知色界空。回首却归朝市去，一稊米落太仓中。"

　　这里其实有个眼界、视野与视角、视点的问题。《庄子·秋水》篇说，秋水时至，百川灌河，泾流之大，两岸和沙洲间一片苍茫，远远望去，分不清牛马。于是，黄河之神河伯欣然自喜，以为天下之美尽在于己。顺流而东行，至于北海，却看不到水的尽头，这时，河伯才改变了原先得意的脸色，面对北海之神若感叹地说：现在，我总算目睹了你的难以穷尽的广大。我若是不到你这里来就糟了，将永远遭到有道之士的耻笑。北海若说：井蛙不可以谈海，因为它受到空间拘束；夏虫不可以语冰，因为它受到时间限制；浅薄之士不可以同他论道，因为他受到礼俗的束缚。现在你出乎河流，观于大海，终于认识到自己的鄙陋，这才可以同你谈谈大道理。这段对话说明了，眼界越开阔，视野便越扩展，那么，所见到的客观事物的范围，便会越加宽广了；随着视点、视角的变化，客观对象也会随之而发生变化，人们的认识也会有新的领悟、新的提高。

二

　　所谓大道理，指的是庄子借北海若之口所谈的，从不同视角看事物，会得出不同结论。

——"以道观之,物无贵贱。"

在庄子看来,客观上有两种境界:物的境界是有形的,任何人都举目可见、触手可及,这样,就能够计量、可以权衡,从而必然产生层次高下、形体大小、数额多少的比较;道的境界则异于是,它并非实体,因而是无形的,隐蔽在物的境界的背后,属于本源性的存在。在道的境界里,一切比较、计算都泯除了,事态与物性是齐一的。

道,公正客观,无党无偏、无私无蔽。如同孔子所说:"天无私覆,地无私载,日月无私照。"在道的视界里,纷纷万物、芸芸众生,都是一体平等、没有差别的。人也好,物也好,"以道观之",一切等级、畛域都泯除了。一个大前提,是立足点高。犹如坐飞机,起飞之际,俯视地面,举凡村落、屋舍、河川、林峦,高低大小,历历分明;但当达到一定高度之后,再向下俯视,就会发现种种差别尽皆模糊,以至统统不见了。以道观天下,能摆脱重重束缚,采取新的视角,破除井蛙式的"拘墟之见",换上一种全新的思维方式。

——"以物观之,自贵而相贱。"

从一人一物看来,都把自身看得高贵、不可或缺,而把他人他物看成委琐、卑贱、可有可无。这种视角,亦即前面所说的物的境界中的视角,是浅层次的、外在的。由于取径甚低,不能不受到种种私见、偏见、成见的遮蔽,所以,观察事物、认识问题,必然缺乏应有的客观态度。比如"文人相轻",这是常见的典型例证。依曹丕说法,文人相轻,一是因为"善于自见",各以所长,相轻所短;一是因为"暗于自见,谓己为贤"。钱锺书先生评论说,"善于自见"即"暗于自见"或"不自见之患";"善自见"而矜"所长",与"暗自见"而夸"己贤",事不矛盾,只是说法不同。其结果都是以己所长,轻人所短。

——"以俗观之,贵贱不在己。"

世俗的立场,是缺乏定见,随人俯仰。《庄子·在宥》篇讲:世俗之人,都喜欢别人与自己相同,而厌恶别人与自己不同。其实,也可以反过来说:

世俗之人，都习惯于自己与众人相同，而没有勇气特立独行，独树一帜，标新立异。结果是，众人说贵，自己也跟着说贵，众人说贱，自己也跟着说贱。还有一种情况，就是世俗之人经常通过周围人们的反映来认知自己，以致凡事都须看别人的眼色，毫无主见。庄子提出"举世而誉之而不加劝，举世而非之而不加沮"，世俗之人所缺乏的，正是这样一种自信力与心理定力。

——"以差观之，因其所大而大之，则万物莫不大；因其所小而小之，则万物莫不小；知天地之为稊米也，知毫末之为丘山也，则差数睹矣。"

这里说的是，万物的大小、差异都是相对的。关键在于当相互比较时，选取什么角度。从等差上看来，顺着万物大的一面而认为它是大的，那就没有一物不是大的了；顺着万物小的一面而认为它是小的，那就没有一物不是小的了。明白了天地如同一粒小米的道理，明白了毫毛如同一座山丘的道理，就可以看出万物等差的情形了。

——"以功（用）观之，因其所有而有之，则万物莫不有；因其所无而无之，则万物莫不无；知东西之相反，而不可以相无，则功分定矣。"

这里说的是，有用与无用属于价值判断。凡是价值判断，都取决于主观视角，就是说，最后的结论都是相对的，而没有一个纯客观的标准。而有用与无用，既相互对立，又相互依存。庄子讲，脚下方寸之地，供人驻足就够了，周围的土地并无实用价值；但是，如果把周围的土地全都挖掉，那方寸之地还能用吗？同样，东、西、大、小、上、下、多、少，既彼此对立，又互为依存。所以说："知东西之相反，而不可以相无"。

——"以趣（取向）观之，因其所然而然之，则万物莫不然；因其所非而非之，则万物莫不非。"

取向、取舍，也属于价值判断范畴，因而也是相对的，都依主观视角的改变而改变。这里体现了庄子的相对主义。庄子认为，一切事物都是辩证的、相对的，依主观视角而决定；万事万物，时刻都在变化，盈虚消长，周而复始。因此，面对着出处进退、辞受取舍，应该顺时应变，一切本于自然，与道相通、相契。

三

哲学研索本身，就有一个视角或曰立足点的选择问题，视角与立足点不同，阐释出来的道理就判然有异。有人谈到，塞万提斯笔下的堂吉诃德这个艺术形象，你如果从"目的论"的视角去看他，觉得十分荒诞；可是，若用"过程论"的视角去看他，又会觉得他很了不起；假如用世故的眼光去看他，觉得简直是个疯子，实在不可理喻；而用小孩子的眼光去看他，会觉得非常有趣，竟然是个天真的赤子。

庄子的视角，博大开阔，既不拘囿于人类，更不拘囿于自我，而是推及宇宙、自然。"天地与我并生，而万物与我为一。""以道观之"，世间许多认识都会随之变化，不要说各种社会事物、文化现象，就连自然界也是如此。比如，我们通常说的益鸟、害鸟、益虫、害虫，什么东西有营养，什么东西对身体有害处，这些都是基于人类主观意志的认识；就自然来说，从天道来说，各种生物的生存价值都应该是平等的，不存在此高彼低、此益彼害、此是彼非的差别。一切事物，"物固有所然，物固有所可；无物不然，无物不可"。正是基于道的立场，庄子建立了他的"齐物"思想，从而获致了一种超拔境界与恢宏气象。宇宙千般，人间万象，在庄子的视线内，物我限界一体泯除，时空阻滞化为乌有，大小不拘，久暂无碍，通天入地，变幻无穷。

把相对意义绝对化的一个典型事例，是人对自身以及人与自然的认识。地球已有46亿年的高寿了，在她诞生10多亿年之后，才有生命形成，而人类的出现大约只是二三百万年前的事。人和一切生物都是自然的创造物，自然则是人类诗意的居所。人类和所有的动物一样，依靠周围世界提供必要的物质与精神资源，生存繁衍，发展进化，原本没有资格以霸主自居，摆什么"龙头老大"，可是，后来人类逐渐地把这个最基础的事实、最浅显的道理淡忘了，结果无限制地自我膨胀，恣意攫取，声威所及，生态环境遭到惨重破坏，制造出重重叠叠的环境灾难——这种种苦头，人类自身今天算是尝到了。

庄子生活于战国乱世。作为艰难时世的产物，《庄子》所探究的中心课题，是如何在乱世中养性全生，摆脱困境，其中饱蕴着一代哲人对其所遭遇的种种痛苦的独特体验。这样，每逢灾祸频仍的时日，那些处于"倒悬"之境的士子，穷途失意的文人，或者虽曾春风得意、后来却屡经磨难而豁然醒悟的"过来人"，几度沧桑历遍，世事从头数来，他们都会想起《庄子》中那些警策的教示，祈望从中获取灵魂的安慰、心理的平衡，寻找解脱的路径。因而有人说，《庄子》是失意者的《圣经》，它告诉人们，可以从另一种视角看待问题。曾任北京大学校长的蒋梦麟先生就有言："中国人在得意的时候是儒家，在失意的时候是道家。道家这种'以退为退''顺应自然'的态度，曾减轻了中国人在失意时的苦恼，给他们带来了不少苦中之乐。"

四

人在本质上是有限存在，不仅受着空间、时间的拘缚和种种社会环境、传统观念的约束，而且，很难摆脱名缰利锁的诱惑、折磨，以及嫉妒、猜疑、贪婪、骄纵、恨怨、攀比等种种心灵毒素的侵蚀，这样，精神就难免会出现种种愁烦、般般痛苦。前贤指出，庄子齐物的思想与超越的视角、旷达的心态，为后世的读书士子提供了一服醒心丹与解毒剂。

庄子认为，事物都是相对的，一定条件下的失去，从另一面来看却是获得。"自其异者视之，肝胆楚越也；自其同者视之，万物皆一也。"这种发展的、开放的思维方式，有助于防止、避免认识上的绝对化，为"拿得起、放得下"提供一种开阔、多元、超拔的认知视角。世俗间的种种计较、种种纷争，只要一置入庄子的价值系统和"以道观之"的宏大视角之中，纵不涣然冰释、云散烟消，也会感到淡然、释然，不足介意了。

《逍遥游》篇以"八千岁为春、八千岁为秋"的上古大椿为喻，慨叹人生短暂。经过这么一比较，就会觉得那些俗世纷争、人间龃龉、蝇头微利、蜗角虚名，真是连"泰山一毫芒"也谈不上了，闹腾个什么劲头？真该抓住有限的时间，干些有意义的事！特别是记取庄子"人生天地之间，若白驹过隙，忽然而已""此身非吾有也"的警世恒言，确实有助于人们看清世事，变得清醒一些、聪明一些，从而自觉地戒贪贿、厌奢华，少往身上套枷锁。

一个人活得累，小部分原因是为生存，大部分原因是为攀比。庄子说："无知无能者，固人之所不免也"。任何人都无法全知全能，任何人的作用都是有限度的，没有理由无限度地期求，无限度地追逐，无限度地攀比。这种人生的有限性，构成了知足、知止的内在根据。有鉴及此，就可以在现实物质生活中"多做减法，少做加法"；对于不属于自己的东西，能够自觉地摒弃，而不是贪得无厌。以此来观照客观事物，处置人生课题，就会摆脱种种烦恼，除掉无谓纠缠，免去般般计较。

《人民日报》2014年4月17日 第24版

遗编一读想风标

宋代杰出的政治家、改革家、文学家王安石写过一首题为《孟子》的怀古诗："沉魄浮魂不可招，遗编一读想风标。何妨举世嫌迂阔，故有斯人慰寂寥。"

对于孟子，王安石是拳拳服膺、衷心景仰的。只是，"往事越千年"，斯人早已成了"沉魄浮魂"，只能遥望其风范、标格于遗编了。"迂阔"，是"迂远而阔于事情"的概括，意为远离实际，不合时用。"何妨"二字，道尽了孟子（也包括诗人自己）雄豪自信、傲岸不群、孤芳自赏的气概与"虽千万人，吾往矣"的坚定意志。诗人引孟子为知音与同道，最后以沉郁之言作结：毕竟还有这位前贤往哲的嘉言懿行，足堪慰我寂寥。

"风标"一词为全篇诗眼，那么，孟子又有怎样的风标呢？

一

孟子政治抱负远大，十分自负，个性很强，他曾经放言："如欲平治天下，当今之世，舍我其谁也？"门人公孙丑拿他与管仲、晏婴相比，孟子却大不以为然。在另外的场合，孟子曾说：齐王如果用我，何止是齐国人民可以安享太平，"天下之民举安"。时人景春提到魏国的纵横家公孙衍、张仪，说他们是真正的大丈夫："一怒而诸侯惧，安居而天下熄（兵戈止息）。"孟子却加以否认，并斥之为"妾妇之道"。

在君王、权贵面前，孟子很讲究自己的身份，不肯屈身俯就，趋炎附势。一天，齐国的大夫景丑问他：《礼》云，臣子听到君主召唤，应该立即动身，不能等待驾好车子再走，你本来准备上朝，一听说齐王召唤，反而不去了，这于礼不合吧？孟子回答：大有作为的君主，一定有他不能召唤的大臣，遇有需要请教、商量的事，应该亲自前去，以彰显其尊德敬贤之诚，否则，不足与有为也。

孟子性格傲悍，激越率直，刚正不阿。齐国大夫公行子家里办丧事，右师（齐之贵臣，六卿之长）王驩往吊，一进门，就有人趋前跟他说话，入座后，也有人跑到他的座位旁边热情攀谈。孟子当时也在场，他们原本相识，却"独不与驩言"。右师不悦，怪他有意简慢。孟子听后表示：《礼》云"朝廷不历位而相与言，不逾阶而相揖也"，自己是依礼而行。也是在齐国，齐王馈赠百镒上好的黄金，孟子拒绝接受。弟子陈臻不解，他答曰：这笔钱送得没有理由，没有理由送钱，等于贿赂，哪里有君子可以拿钱收买的呢？

二

孟子这样做，不只是维护一己的身份与尊严，而是代表着"士"这一阶层的群体自觉。当代学者牟钟鉴认为，孟子最大的贡献，是确立士人的独立性格，提升了他们的社会地位，也升华了士人的精神境界，为中国知识分子立身处世确立了一种较高的标准。在这一点上，孟子的影响似乎比先师孔子更大一些。

春秋战国时期，群雄竞起，为实现富强、完成霸业，不仅凭恃武力，还迫切需求智力的支撑，所谓"三寸之舌，强于百万之师；一人之辩，重于九鼎之宝"。这样，诸侯之间便竞相"养士"，为士人的活跃与发展提供了强大推动力，士人纷至沓来。士本身并不具备施政的权势，若要推行一己之主张，就必须取得君王的信任和倚重；而这种获得，却往往是以思想独立性、心灵自由度的丧失为代价的。许多士人为自身富贵，不惜出卖人格，"无礼义而唯权势之嗜"（荀子语）。孟子适时而有针对性地倡导并坚守了一种以仁义为旨归的士君子文化——所谓士君子，也就是士阶层中那类重气节、讲道德、有志向的人。

孟子要求士人，"穷不失义，达不离道"；当生命与道义不可兼得的时候，要"舍生而取义"，以成就自己完美的人格。在中国几千年的文明史上，为了社会进步、民族振兴而"成仁取义"的志士仁人，灿若群星，他们的思想都不同程度地受到了孟子的影响。

论及士人的独立品格，在封建时代，首要的是如何看待与处理君臣关系。孟子强调"道尊于势""德重于位"，明君必须"贵德而尊士"。他不留情面地公开批评列国君主，反对"愚忠"，认为忠君是有条件的："君之视臣如手足，则臣视君如腹心；君之视臣如犬马，则臣视君如国人；君之视臣如土芥，则臣视君如寇仇。"君主有大过失则劝谏，反复劝谏而不听，就应该废除。他曾明确声言："说大人，则藐之。"游说诸侯，要藐视他，不要在乎他们高高在上的样子。

这些言论、主张，招致历代封建卫道者的口诛笔伐，刺孟、非孟、疑孟、删孟迭出，有的竟列出17条罪状。宋代政治家司马光批评孟子，首要一项便是"不知君臣大义"。而最厉害的还是明朝开国皇帝朱元璋，他说："此老"要是活在今天，难免会遭受酷刑。他特意昭告天下：孟子的不少言论"非臣子所宜言"，遂删节《孟子》原文85条；并明令将孟子逐出文庙，罢其配享。

孟子由坚守士人独立品格，进而发展为"民本"思想，为儒学理论树起了一面鲜明的旗帜——"政在得民"："乐民之乐者，民亦乐其乐；忧民之忧者，民亦忧其忧。乐以天下，忧以天下，然而不王者，未之有也！"牟钟鉴在《从孔子到孟子》一文中指出：在早期儒家代表人物中，没有哪一位比孟子更重视民众的社会作用和历史地位。孟子提出了一个超越同时代人的口号："民为贵，社稷次之，君为轻。"这个口号一经提出，便震动社会，响彻了2000多年，成为批判君主专制的有力武器。

三

孟子十分重视心性修养、价值守护与精神砥砺，体现了士这一群体的主体自觉。

一是"养气"。宋代理学家程颐有言："孟子有功于圣门，不可胜言。""仲尼只说一个志，孟子便说许多养气出来。只此二字，其功甚多。"孟子名言"吾善养吾浩然之气"，传颂千古。这里的"气"，特指一种精神气概、心理素质，是由强烈的道德所生发出的精神力量。它的形成，有赖于遵循正义，长期积累，而不是只靠突击性的正义行动就可奏效，更不能揠苗助长。

浩然之气就是人间正气，它是集优秀的心性修养、良好的心理素质于一体的人格理想、道德情操和精神境界。南宋杰出的民族英雄文天祥的《正气歌》，把爱国主义精神发扬到极致，可说是孟子"浩然之气"的最佳诠释。诗中列举了12位古人的伟烈丰功，显现浩然正气所发挥的巨大威力："是气所磅礴，凛烈万古存。当其贯日月，生死安足论！"

二是"尚志"。孟子反复强调"从其大体"——"养其小者为小人，养其大者为大人""无以小害大，无以贱害贵"。又说："养心莫善于寡欲。"按照朱熹《集注》的解释："贱而小者，口腹也；贵而大者，心志也。"大体，指道德修养、高尚人格；小体，指声色货利、物质追求。他把追逐仁义还是利欲看作是区分君子、小人的标志。当年子贡在谈到老师孔子的学问时，曾有"贤者识其大者，不贤者识其小者"之说，当与此同义。宋代理学家陆九渊，总是教人"先立乎其大"。结果有人讥讽他：除了"先立乎其大"一句，全无其他伎俩。他听了不以为忤，反而说：这个人真了解我。

三是"反求诸己"。孟子传承、发展孔子关于自省的圣训，进而强调：出了问题，要从自身查找原因。他说："行有不得者，皆反求诸己。""仁者如射,射者正己而后发;发而不中,不怨胜己者,反求诸己而已矣。"又指出,"反身而诚,乐莫大焉"。

四是经历艰苦磨炼。孟子指出:"故天将降大任于斯人也,必先苦其心志,劳其筋骨,饿其体肤,空乏其身,行拂乱其所为,所以动心忍性,曾益其所不能。"他特别强调忧患意识与危机感。"生于忧患而死于安乐"是他的名言。他认为人的德行、聪明、道术、才智,往往来自危险的处境,亦即种种灾患,"其操心也危,其虑患也深",方能通晓事理,练达人情。

四

孟子很看重士君子的社会责任。他形象地提出:士君子住在"仁"这个天下最广大的住宅里,站在"礼"这个最正确的位置上,走在"义"这条最光明正大的道路上。得志之时,偕同百姓循着大道前行;不得志时,也独自坚守自己的原则。穷则独善其身,达则兼济天下。

为了推行自己的政见,建立理想型社会,孟子终其一生,宣扬教化,尚志笃行。学成之后,先是在邹国授徒讲学;大约到了40岁,才开始其政治生涯,此后20余年间,游齐,入宋,过薛,归邹,至鲁,入滕,游梁,为卿于齐,最后归邹。其间,他曾会见过齐威王、宋康王、滕文公、邹穆公、鲁平公、梁惠王、梁襄王、齐宣王等多位君主。尽管不乏热情的款待、风光的出行(最盛之时,"后车数十乘,从者数百人");每至一国,也曾积极建言、热情论辩、肆意批评,但其政见、主张终竟未得施行;最后只好黯然归隐,长期致力于教育与著述。这一经历,与先师孔子相似,但二者相较,还是孔子的际遇稍好一点。孔子毕竟出任过中都宰、司空、大司寇,还曾代理过相职;而孟子只当过短期的客卿,空有壮志宏图,未曾得偿于百一,说来也是很可悲的。

孟子同孔子一样,也是垂范后世、德润千秋的成功者。已故著名哲学家金岳霖先生说过:"一位杰出的儒家哲人,即便不在生前,至少在他死后,是无冕之王，或者是一位无任所大臣，因为是他陶铸了时代精神，使社会生活在不同程度上得到维系。"在讲学、著述中，孟子总结前代与当世治乱兴亡的规律，在如何对待人民这一根本性问题上，提出了"民贵君轻""保民而王"等以仁政与民本为核心的富有民主性精华的思想，首倡心性之学，确立士人独立品格，发展了孔子的思想、学说，为后世留下了宝贵的精神财富。

关于孟子思想的当代价值，哲学家陈来曾评价：在孟子那里，仁爱不仅仅是个人的道德，也是社会的价值。他把原来孔子重点放在个人道德、修身这方面的仁，扩大到整个社会。在社会的层次上来讲仁爱，这个就是仁政，就变成了治国理政的一个根本法则，变成一个社会的价值。也就是说，孟子思想对于我们涵养社会主义核心价值观，仍有其直接的、有益的启发价值。

《人民日报》2016年3月31日 第24版

《光明日报》篇

刻意求新

明代诗人谢榛写了一首咏牡丹诗：

    花神默默展春残，
    京洛名家识面难。
    国色从来有人妒，
    莫教红袖倚阑干。

牡丹向有国色天香之誉。这里，诗人用拟人化手法以倾城国色来形容牡丹。咏赞名花，实则慨叹人才难得而易遭谗妒。借题发挥，寄怀深远，诗是写得很好的。但是，后来作者发现唐人羊士谔诗中有"莫教长袖倚阑干"之句，认为与之雷同，便把它从自己的诗集中删去了。

羊士谔的诗也是一首七绝：

    红衣落尽暗香残，
    叶上秋光白露寒。
    越女含情已无限，
    莫教长袖倚阑干。

两首诗，一写春末牡丹，一写秋日荷花；一首是从"国色易遭人妒"

的角度来讲"莫倚阑干",而另一首则是从红销翠减景象容易触动越女情怀方面考虑去写"莫倚阑干"。境界有别,立意各异,原无蹈袭之嫌。但是,艺术的生命力在于独创,"须教自我胸中出,切忌随人脚后行"(宋戴复古诗)。于是,谢榛断然删除了己作。

类似情况,前代多有。据南宋徐度写的《却扫编》记载:一天,刘贡父去拜访王安石,正赶上主人吃饭,由小吏安排暂到书房坐候。贡父见砚池下压着一份草稿,顺手翻看,原来是一篇谈论兵法的文章。贡父记忆力极强,读罢,又放回原处。他考虑到自己是以下属身份求见的,径入书房不合礼仪,便退到厅堂下的厢房里等候。待王安石吃完饭走下厅来,才又邀请贡父到书房里说座。两人交谈很久之后,安石问道:"你近来可曾写些文章?"贡父有意开个玩笑,便说:"写了一篇《兵论》,草稿尚未全部完成。"安石询问他所论述的内容,贡父就把所见安石原稿中的观点作为自己的见解加以回答。安石不知内情,待客人走后,便取出原稿,撕个粉碎。原来王安石平时发表议论,为了出人意表,总愿意有些创见。所以,当发现自己作品竟与他人的暗合,便认为没有存留的价值了。

《三国演义》第六十回写张松反难杨修,有这样一段描写:

修曰:"公居边隅,安知丞相大才乎?吾试令公观之。"呼左右于箧中取书一卷,以示张松。松观其题曰:《孟德新书》。从头至尾,看了一遍,共一十三篇,皆用兵之要法。松看毕,问曰:"公以此为何书耶?"修曰:"此是丞相酌古准今,仿《孙子十三篇》而作。公欺丞相无才,此堪以传后世否?"松大笑曰:"此书吾蜀中三尺小童,亦能暗诵,何为新书?……公如不信,吾试诵之。"遂将《孟德新书》从头至尾朗诵一遍,并无一字差错。

杨修把上述情况禀告曹操,曹操说:"莫非古人与我暗合否?"令扯碎其书烧之。清人毛宗岗在其"夹评"中写道:"不是曹操蹈袭他人文,却是曹操之文被张松蹈袭去了。"从这里也可以看出古人耻于依傍、刻意求新的思想。当然,孟德烧书一节未必实有其事,很可能是明人罗贯中受《却扫编》影响悬拟的。

古今中外,人们都把艺术的独创性看得至关重要。晋代文学家陆机在《文赋》中说:"虽杼轴于予怀,怵他人之我先。""谢朝华于已披,启夕秀于未振。"英国诗人雪莱也说过:"我不敢妄图与我们当代最伟大的诗人们比高下。可是我也不愿追随任何前人的足迹。凡是他人独创性的语言风格或诗歌手法,我一概避免模仿,因为我认为我自己的作品纵使一文不值,毕竟是我自己的作品。"

模仿、蹈袭,当然比独创要容易得多。但模仿、蹈袭绝不是艺术,它只能使人倒胃口。

艺术如此,科学也不例外。创造是科学的需要。一部科学技术史,就是一部发明创造史。如果停止了创造,科学就停止了发展,社会也就停止了进步。世界上没有一个人因为模仿他人而成为伟大的科学家、艺术家的。俄国著名思想家别林斯基说过:"独创性不是为天才可有可无的东西,而是天才必要的属性,是区别天才和单纯的才能或才赋的界限。""人才,永远是精神的创造力量的化身,生活的新的报知者。"所以,培养创新意识是促进人才成长的重要标志。要想成才,必须进行创造性的劳动,走别人没有走过的路,解决别人没有解决的问题。

《光明日报》1987年2月8日　第4版

龙的联想

龙是我国文化史上的千古之谜。我生也晚，没有赶上"真龙天子"坐龙庭的年月，但龙还是见过的，从画片和古建筑上，从元宵节灯会上。那是集鳄首、鹿角、蛇身、鱼鳞、鹰脚于一身的张牙舞爪的怪物。等到看得懂《西游记》了，那与袁守诚打赌、违犯天条、惨遭斩首的泾河老龙，那跋扈鹰愁陡涧、吞掉唐僧坐骑的孽龙形象，便时时浮现在眼前。但也觉得纳闷：自称奉天承运的九五之尊怎么和龙联系在了一起——高兴了叫"龙颜大悦"，翘辫子了叫"龙驭宾天"？"龙之为灵昭昭也"，可是，神通广大、威严无比的神龙怎么竟被降龙罗汉收进钵盂，化作几寸长的蚯蚓？

后来，脑子中充实了一些历史知识，才知道龙起源于原始氏族社会的图腾崇拜，是远古先民想象中的一种象征美好生活的祥瑞动物。考古学、宗教学、民族学的研究证明，龙的崇拜大体上与仰韶文化、龙山文化同步发展，迨至原始社会行将解体时，在夏部落达到了高峰。尔后，作为一种共同的观念和意识形态，龙成了中华民族的象征，因此有"龙的传人"之说。这是有"文献足征"的：我们的老祖先伏羲先生、女娲小姐就是人首蛇身的神龙；汉代文物中的伏羲、女娲交尾图，正是"龙的传人"的形象说明。据著名考古学家苏秉琦考证，中国文化有两个重要区系：一为源于渭河流域的仰韶文化，一为源于大凌河流域的红山文化。而龙正是红山文化的典型标志。作为辽宁人，我更分外感到亲切。

但是，这还只是一个方面；今天我要谈龙，还在于它在改革开放和现代化建设中可以提供一些有益的启示。

我首先想到了"龙马精神"。你看那神龙张口昂头,掀爪摆尾,雄豪矫健,吐雾兴云,升腾于碧空之间,翻跃在沧溟之上。"龙腾虎跃""生龙活虎",具有无限的生机、活力,反映出中华民族昂首奋进的雄姿俊彩。唐人诗句:"四朝忧国鬓如丝,龙马精神海鹤姿。"我们五千年的文明古国,不正是需要这种自强不息的忧患意识和奋斗精神吗?

据古籍记载:河津龙门两岸峭壁对峙,黄河流经至此,水势湍急。每岁季春,有无数鲤鱼自海及诸川竞来赴之,溯流而上。跃过龙门乃化为龙,未能登者,曝鳃门下望而兴叹,或触破头额,败退而回。这使我联想到,在当前国际国内市场激烈竞争的形势下,我们的企业为了立足不败之地,跻身先进之林,必须奋力拼搏,深化改革,增强活力,革新技术、设备,改善经营管理,提高劳动生产率和产品质量,不断增强竞争能力,"乘云而成龙",否则就只有"曝鳃点额",咨嗟兴叹了。

当然,若要化鱼为龙,还必须有足够的胆识和勇气。"叶公好龙"的故事,人们早已耳熟能详了。近翻旧书,见《纬略》中有这样一则轶事:

郑獬未贵时,病疲困甚。梦至一处,若宫阙,有吏迎谒。郑曰:"吾病烦热,思凉浴以清肌肤。"吏遂导至一室,有小方池,水光潋滟,以手测之,清泠可爱。郑坐其上,引水沃身。俄顷,两臂皆生白鳞,顾水中影,头上角出。公遽惊走。吏曰:"惜乎,公不入玉龙池!入当大贵。然得沾洒已幸矣。公是白龙翁,虽贵不至一品。"梦觉,大汗而愈。郑后登第,乃戏为诗云:"文闱数战夺先锋,变化须知自古同。霹雳一声从地起,到头元是白云翁。"

在改革开放中,新事物层出不穷,要承担一定的风险。如果只是喊而不做,或实行中稍有蹉跌,即像叶、郑二公那样,"失其魂魄,五色无主",那还有什么开拓、创新之可言呢!

《光明日报》1988年1月24日 第4版

三个唐僧

关于唐僧玄奘，我的脑海中有三种迥然不同的形象。

幼年读《西游记》，唐僧留给我的印象是不好的。他不仅软弱怯懦，在困难面前动辄惊慌流泪，而且昏庸迂腐，耳软心活，常常误信谗言，敌我不辨，所谓"人妖颠倒是非淆，对敌慈悲对友刁"。每当看到他残忍地处罚为取经事业做出卓越贡献的孙悟空，我都扼腕不平，遏制不住心头的愤慨。

后来得知《西游记》中唐僧的原型是唐代高僧玄奘，阅览史籍，省识了唐僧的真面目，知道过去实在是错怪了他。他13岁出家，游学各地，深感佛教理论分歧，经典不全，而且疑伪杂陈，于是，矢志去天竺取经求法，"乘危远迈，杖策孤征"，历时17年，跋涉5万里，亲历110余国，终于克服了重重险阻，带回650多部经典和许多果菜种子，为发展我国同南亚诸国的友好往来和文化交流做出了杰出贡献。他是一位世界性的历史人物，是举世公认的杰出的翻译家、旅行家和宗教哲学理论家。鲁迅先生赞颂中国的"脊梁"，其中"舍命求法"的人物，即包括他在内。

至于唐僧的第三种印象，却是最近才得到的。去年年底，我沿着古代"丝绸之路"的中路访问新疆时，意外地听到许多富有传奇色彩、把唐僧神化了的传说。比如，横直吐鲁番盆地东北部，有一座长百余公里、宽十余公里的呈赭红色的山峦，这就是闻名遐迩的火焰山。关于它，《西游记》里讲，"有八百里火焰，四周寸草不生，若进得山，就是铜脑盖、铁身躯也要化成汁哩！"唐僧师徒来到山下无法穿过，便由孙悟空三借芭蕉扇，连扇49扇，断绝火根，永不再发，取经队伍才得以继续西行。可是，当地的传说却是这样的：若论唐僧的法术，原可以顺利通过，无须在此耽搁时间。但唐僧一向以仁爱惠民为本，当他看到这里烈焰蒸腾，上无飞鸟，下无草木，人民生活极端困苦，便动了恻隐之心。于是，智擒牛魔王，取得纯阳宝扇，一扇熄火，二扇生风，三扇甘霖普降，从此这一带才广种棉花瓜果，人民赖以养生。至今，当地维吾尔族同胞还指认火焰山胜金口旁的峭石为唐僧当年的"拴马桩"，并热情地带领我们看了葡萄沟断崖上的"牛魔王洞"，和高昌古城中的唐僧讲经台。

说到葡萄沟，这里也有一个传说：唐僧西天取经归来，路过已经熄灭多年的火焰山，把从域外带回来的葡萄种子交给当地7位贤人，并点地出泉，穿岩造井，传授葡萄栽植技术。经过当地人民世世代代的辛勤劳动，这一带成为世界闻名的"葡萄之乡"。但《史记》载明，早在西汉年间张骞通西域时，这里即已普遍栽植葡萄，而且传入内地，"离宫别观旁尽种葡萄、苜蓿极望"。当地人民将这些善举一概归美于玄奘，反映出他们对这位高僧的深情敬爱，并寄托他们追求幸福生活、征服自然、战胜邪恶的理想。

那么，《西游记》的作者吴承恩出于何种考虑，偏要背离历史真实，改变唐僧的形象呢？

原来，《西游记》虽然采用的是传统题材，却是时代的产物。吴承恩生活在明代封建统治阶级荒淫腐朽、政治黑暗、世风衰颓、社会矛盾十分尖锐的时期，当时资本主义生产关系的萌芽已开始出现。由于他感受到某些市民思想意识和与封建制度相矛盾的新的时代气息，又兼他屡踬科场，怀才不遇，因而对当时的社会现实深为不满。这是他在这部小说中塑造一个勇于反抗专制压迫，富有斗争精神的英雄形象的思想基础。而宋元以来一些民间创作又在这方面为他提供了直接的鉴证。如刊印于南宋时的说经话本《大唐三藏取经诗话》中即出现了神通广大的猴行者形象，并已取代唐僧成为故事中的主角。他还借鉴了猴精无支祁（大禹治水时收服的水神，后被镇锁于淮阴龟山脚下）的神话传说，"移其神变奋迅之状于孙悟空"（鲁迅语）。这样，一个蔑视皇权和等级制度，积极乐观，勇敢无畏，具有鲜明的反封建的叛逆思想和斗争精神的神话英雄形象就活跃在作者笔下了。

　　作者在艺术构思方面的考虑，也是改变唐僧形象的一个重要因素。正如人民文学出版社《西游记》卷首前言所指出的，如果按照史籍记载据实写来，充其量只是一部高僧传；反之，如果"摆脱真人真事的束缚，把故事的主人公让给孙悟空这个神话英雄人物"，或可以"通过神话幻想的艺术形象来表现更加广阔的现实内容，表达对于丑恶的社会现实的揭露和批判"。

　　当然，唐僧的三种形象，无论是史籍记载下的圣者，民间传说中的神灵，还是神话小说里的庸人，作为一种观念形态，在各自的领域中都是有其存在价值的。

《光明日报》1988年8月14日　第4版

秋游白洋淀

一

沧波一棹镜中行,秋水蒹葭忆"雁翎"。
万顷芦花十月雪,绵绵诗绪绕群英。

二

剪水穿云倍有情,寻诗问史访芦城。
英风侠气依稀认,苇阵森森列甲兵。

三

芦荡荷塘纪战程,弯弓射日任纵横。
重编水泊英豪传,第一风流写"雁翎"。

四

轻寒细雨荡秋舲,冲破芦烟宿雁惊。
欲剪湖光留画本,不知身在画中行。

五

宝淀风华久擅名,苍苍涵汇古今情。
莫嗟此地无车马,双桨凌波似燕轻。

六

湖影涵青展画屏,丛荷万柄映空明。
轮蹄不到红尘远,一枕烟波梦也清。

一九九一年十月于北京

《光明日报》1991年11月19日　第3版

我的四代书橱

古有惠施"腹载五车",边韶"腹便便,五经笥"的佳话。《明史·文苑传》记载:周玄"尝挟书千卷,止高棅家,读十年,辞去,尽弃其书,曰:'在吾腹笥矣。'"腹笥繁富,自是令人艳羡,但其人终属奇才异禀,而平凡如吾辈大概是无法企及的。因此,自幼便渴望有个专门藏书的书橱。这个愿望,在60年代初终于实现了。书橱样式,即在当时也谈不上新颖,但十分宽大、坚固。抬将过来,居然有二三同道称羡不已。他们帮我把20年来积聚起来的书籍一一细心地存放进去。其中,新中国成立后出版的新书居多,也有我在童蒙时期读过的"四书五经"《纲鉴易知录》《昭明文选》等旧书数十种。

"书卷多情似故人。"它们原来挤压在几个木箱里,随我出故里、入县城、进都市,历尽流离转徙之苦。于今,看到这些"故人"终于有了安身立命之所,心中颇觉畅然,甚至有一种"向平愿了"之感。当时书价低廉,但薪俸也少,去掉必要的开支,已经所剩无几。每当走进书店,总是贪馋地望着琳琅满架的新书不想移步,无奈阮囊羞涩,只能咽下唾涎,空饱一番眼福,无异于"过屠门而大嚼"。尽管如此,几年过去,书橱里竟也座无虚席。工余归来,即使再累再乏,只要启开橱门,浏览一番书卷,顿觉神怡目爽,倦意全消。

不料胜景不常,"文革"浩劫到了,"破四旧"的狂飙席卷全城。自忖橱中书籍十之八九当在横扫之列。为了安全渡过劫波,只好将它们再度塞回木箱，放置床下。尽管有些过意不去，但形势所逼，也只好屈尊了。转眼间3年过去，我从劳动锻炼的工厂归来。进门第一件事便是从床下拉出木箱，拂去蛛网尘灰，将书籍重新摆上书橱。"故友"重逢，恍如梦寐，相对唏嘘久之。

70年代后期，大批新书出版，许多旧版书也陆续重印。冷落已久的书店，又是熙熙攘攘，门庭若市了。我呢，由于10年间物资匮乏，开销不大，手头略有些许积蓄。这样，几乎每次从书店出来，都要带回几本新书。加之，在"天南海北"工作的朋友，知我嗜书如命，也纷纷为我代购。床头、桌下，卷帙山积，一时竟书满为患。于是，我添置了两个新的书橱，是为第二代。

80年代中期，散文集《柳荫絮语》出版后，我开始了随笔集《人才诗话》的创作。当时做了两方面的准备：一是购置与借阅几百种历代诗词别、总群集，从中选出300余首写人才问题有关的诗词；二是搜集、研读各种人才学论著以及古今中外关于人才问题的故实、轶闻、佳话。在此基础上，兼顾人才诗的内容与人才现象、人才思想、选才制度、成才规律等各方面课题，拟定近百个题目，边准备，边构思，边创作，以文学的形式、史论的笔法，把情与理、诗与史熔于一炉，每月可得五六篇。其中有些篇章，曾在《人民日报》（海外版）"望海楼随笔"专栏中刊载过。这部书的写作，使我有机会研究了大量诗文典籍，也积聚了相当数量的书籍。为此，我又新置了两个书橱，是为第三代。

进入90年代，新书出得更多，但书价之高昂，令人瞠目结舌。这期间，虽然我又出版了两本散文集、一本旧体诗词，但稿费无多。好在"天无绝人之路"，因工作之便，可定期收到省内各出版社的样书。日积月累，数量也颇为可观。我还利用业余时间从事美学与清前史的研究，相应地置备一些有关这两方面的学术著作。适应这些方面的需要，我添置两个高与梁齐、装上有机玻璃拉门与铝材滑道的现代化书橱。后来居上，这第四代可称是佼佼者了。

多年来，书籍随进随放，见缝插针，有些杂乱无章。最近，我运用宏观调控手段，对它们进行一次综合治理，实行分类陈放。藏书中，以散文与诗词为多，我让它们进驻第四代书橱；史书与理论、学术著作，由第三代书橱安置；第二代书橱中，一个用于存放诗歌、散文以外的文学著作，一个用于存放各类社会科学杂著，三教九流，百家诸子。与上述几代书橱相比，制作于60年代的第一代书橱，未免有些寒酸、陈旧，有的朋友劝我改作他用，另置新橱，我却敝帚自珍，割舍不得。算来，它已经与我同甘共苦30年了，伴我由青春年少到绿鬓消磨，渐入老境，彼此结下了深厚的情谊。"贫贱之交不可忘"，我为它派了特殊用场，专门陈放各地文友签名、惠赠的书籍，现已超过200种了。

　　四代书橱，比肩而立，占去了我的卧室与客厅的半壁江山，使原本就不宽敞的居室显得更为褊狭。但环诸琳琅，确也蔚为壮观。纵然谈不上桂馥兰馨，书香盈室，但"四壁图书中有我"，毕竟不失雅人深致。尽可以志得意满，顾盼自雄，说上一句："文夫拥书万卷，何假南面百城！"清夜无眠，念及众多古圣先贤、硕学鸿儒、骚人墨客，各以其佳文名著，竞技闲庭，顿觉蓬荜生辉，萧斋增色。陶彭泽当年不为五斗米折腰，而今却伫立橱中，静候主人光顾；而开创了中国大写意派，"病奇于人，人奇于诗"的徐文长，也居然俯首降心，屈己以待。惭愧的是，橱中只有少部分书我曾匆匆过眼，大概不及十之三四，余则连点头之识也谈不到。我当在有生之年，焚膏继晷，夕惕朝乾，加倍地黾勉向学，以不负诸贤的青睐。

《光明日报》1994年8月29日　第5版

书中自有……

我写过一首题为《读书纪感》的七绝："学海深探为得珠，清宵苦读一灯孤。书中果有颜如玉，我问山妻妒也无？""颜如玉"云云，戏言耳；书中自有千般教益、万种乐趣，却是千真万确的。我读过的书很多，深受启迪的也不只下列三种，但这一部诗稿、一本小说、一册散文选集，确曾给我颇多的教益。

《剑南诗稿》

南宋著名诗人陆游的《剑南诗稿》，是我十分喜爱的一部书。60余年写下的9000多首诗篇中，洋溢着作者的爱国激情，反映了人民的疾苦，记述了祖国的壮丽河山以及各地的风土人情，大都可读可诵，可圈可点。过去我们熟知他是一位豪情似火、壮怀激烈的爱国诗人，那战斗号角般的诗行，铸就了一个热血丹心、钢肠铁骨的英迈形象，但这只是一个侧面，当然是主要的方面；他的胸中还饱蕴着似水柔情和绵绵的愁绪，因而常常从另一角度抒写其丰富的感情世界，这方面同样是绚丽多彩、千古卓绝的。只有把这似乎对应着的两个方面联系起来考究，才能看到一个有血有肉的完整的诗翁形象。

《简·爱》

早在中学时代，我就喜欢读这部小说，因为它为我们塑造了一个新型的女性形象。她不同于西欧一般作品中娇媚、骄矜的贵族小姐，而是一个倔强的、个性鲜明、感情炽烈的平民女子。她敢于反对当时英国男女不平等的潮流，反对以财产的多寡和门第的高下作为婚姻的基础和决定人们的社会地位。作品在广阔的背景下，反映了19世纪英国下层小资产阶级妇女所遭受到的社会压迫，描绘了她们争取平等、自由、独立的理想和品格。这部作品在50年代，对我们这些青年特别是女青年，起到了振聋发聩的震动作用。我以为，它在今天仍然有着很好的认识价值与审美价值，对于一般女性在商品经济大潮中如何保持应有的尊严和发扬自立、自强精神，会有直接的启迪作用。

《鬼 雨》

台湾著名诗人余光中，同时又是一位独具特色的散文大家。从作家的大量散文作品特别是散文选本《鬼雨》中，可以看出，他的创新实践获得了巨大的成功，称得上独具一格，另辟蹊径。他的语言文字富有弹性，机巧自然，充满活力。他善于运用诗文典故知识，以拓展散文的时空境界；同时，注意改造与借用古文句法、欧化句法，对文言、欧语、口语兼容并包，使句式更为活泼、新颖。加上平仄的讲究，双声叠韵的应用、同音异字的转换，使散文极具音乐之美。看似平常的事典，经过他锦心妙手的改造，立刻使人耳目一新。在代表作《听听那冷雨》中，作家通过多姿多彩的文笔，传达出丰富的情致、意蕴和神髓。以重重叠叠、绵绵密密、**丝丝缕缕**、参差错落的语句，为我们绘就一幅云气氤氲、雨意迷离、潮潮湿湿、飘飘忽忽的烟雨图。几条飞舞飘洒的线条，便给读者以丰富的想象余地，令人心旷神怡，既乐且羡。

（原载《书摘》1994年11期，本刊有删节。）

《光明日报》1994年12月9日　第5版

从容品味

辞典上说，从容，是一种举动，一种举止状态、行为方式，其实，也是一种心境，一种心态，在很大程度上反映着一个人的境遇、情致和襟怀、修养。处于紧张、波动、喧嚣、浮躁的现代生活旋涡中的人们，很不容易做到悠闲舒缓，沉静安详，静观默察，细心玩味，也很少有这样的机会。

近日在北京饭店参加国际《红楼梦》学术研讨会，友人邀我到对面一家老店去吃羊肉泡馍。不经意间获得了一次从容品味的机会。原来，为了能饱吸汤汁，甘软适口，那特制的白面馍馍要食客自己一点一点地掰开，以细碎、匀整为佳，这就要耗上一段时间。我们便卸却尘樊，脱略形骸，以悠闲的心态，从容操作，款诉衷肠，从七情八苦说到多彩人生，昵昵尔汝语，娓娓话桑麻。尽管并没有跳出"三界"，远离人海，但因心境宁帖，有一种重返自然、回归乡园的感觉，也就达到陶渊明所说的"心远地自偏"了。

我们还把视线扫向窗外车如流水、人似潮奔的都市风景线，类似江浙人说的"看野眼"。发现在交叉路口的红灯下面，不同走向的人群的心理状态表现了明显的差异；而同一去向的行人，神态也各式各样，有的舒徐，有的急迫，有的躁动不宁，有的沉静娴雅，你可以尽情地从中猜测他们的身份、阅历、文化水准，甚至想象背后隐藏着的情节、故事。过去，每天都和街上的人流打交道，却从来没有仔细地观察过哪一个面孔，感知的只是一片模糊，一色朦胧，一条由车尘轮迹、衣香鬓影织成的前不见头后不见尾的流水线。此刻才注意到，原来这里竟是时装的荟萃，发型的博览，妙曼的或臃肿的身段的大汇展。单是这一点，也尽可以供人们从容品味了。我们就这样聊着天，观着景，欣赏着，品鉴着，直到一大碗泡馍煮好了，端上来，再全部填进了肚子。人生有味是清欢。羊肉泡馍是甘美的，那种悠闲的心态，散漫的清谈，无拘无束的身心的放松，更是令人历久难忘。

在北京，晨兴闲步，我喜欢沿着幽深静谧的胡同踽踽独行。这里滤除了尘嚣，充溢着宁馨，残留着经过历史风雨汰洗的斑驳的色彩，是一幅幅萧疏淡雅的风情画。这一条条迂回曲折，仿佛没有尽头的古城路，到处都昭示着岁月的悠长，世事的沧桑。似乎每一条窄巷里都沉淀着感人的故事，荡逸着凄清的韵味，展现着古城的意蕴与魅力。在这些现代的乌衣巷里，每户人家都有各自的沉浮录、兴衰史。通过从容品味，可以在软尘十丈中独得一份清新，在震耳聒噪中保持几分恬淡。这本身就是一种惬意的享受。

我常常感到，人们外出旅游总是过于匆忙，过于迫促，仿佛只要看完所有的景点，跑遍全城的胜迹，就算达到了目的，完成了任务。不肯按迹寻踪，叩问一个究竟，更谈不到沉潜涵泳，婉转低回，从中捕捉一些灵感，实现某些妙悟了。只是习惯于遇到一个景观，就按动快门，咔嚓咔嚓，再遇到一个景观，还是按动快门，咔嚓咔嚓，于是大功告成，把一大沓照片带回了事。

特别是现今交通发达，出游方便，到处都以汽车、游艇代步，纵然不像孙悟空那样，翻一个筋斗云就越过十万八千里，也总是云烟缥缈，过眼匆匆，来不及细细赏玩，从容品味。实在有负于那些名园胜地，美景奇观。人们常常揶揄《儒林外史》中的马二先生，嗤笑他不懂得从容品鉴西湖的烟柳画桥、情山媚水，"三秋桂子，十里荷花"，只是匆匆地过雷峰塔，进净慈寺，穿六桥，上吴山，看红男绿女，吃美味佳肴。实际上，有时我们自己也不免当了一回现代的"马二先生"。本来，自然风物、人文景观是不同于一般商品的。商品的特点是消耗，是占有，价值在于实用，买到手了就算了事；而自然、人文景观的价值在于欣赏，可以久存、共享，耐人反复寻味，只是咔嚓咔嚓，浮光掠影，是无济于事的。

人们来去匆匆，常常是为了奔赴一个又一个遥远的目标。不能设想，一个人在生活中没有目标、理想、追求，因为人生的道路原本是由目标铺成的。但这并不等于说，过程可有可无，无关紧要。德国著名文学家莱辛甚至说："我重视寻求真理的过程，甚过重视真理本身。"爱因斯坦把这句话作为终身的座右铭，从中汲取美感，寻求慰藉。人们都有这样的体会：钓鱼的乐趣，并不体现于最后的吃鱼，它是在持续的等待、观察、期望、追求中，获得心理上的充实、满足，体验情致上的悠闲、恬适。如果放弃了从容品味，过程自然枯燥不堪，目的也就化为乌有了。

本来，广涉博览，从容品味，是人类应当充分享用的一份"特权"。自从开始直立行走，人类就拓宽了视野，调整了视角，既能俯瞰大地，统察品类之盛，又可流眄天穹，仰观宇宙之大。这是其他生物所不具备的。而且，这种"万物之灵"的每双眼睛都面对着两个世界，即围绕着视觉而构筑起来的知觉体系，属于现象世界，和围绕着记忆而凝结起来的经验体系，属于本体世界。一为感觉，一为想象；一为设景，一为达情。双方面结合起来，才有创造，才有艺术，才有诗文。这里，怕的是反应迟钝，感情粗糙，来不得一点浮躁，一点惶遽，一点造作。需要的是沉潜涵泳，从容品味，全身心地浸淫其间，使主体与客体，眼前光景与心中的经验与回忆，交织成一种形象，或者一种感悟。

天涯遍地皆芳草，何处楼台无月明。美是到处都有的。对于我们的眼睛，不是缺少美，而是缺少发现。关键是培养一个易感的心境和悠闲的心态，多一些从容，少一些栖皇，多一些安详，少一些喧嚣，多一些沉思，少一些浮躁。

《光明日报》1997年9月6日　第6版

请君细问西流水

李煜久居金陵,后来沦落汴京,所见为大江东去,黄水西来,因此在他的心目中,江河都是滚滚东流的,发为词翰,便反复咏叹"恰似一江春水向东流""自是人生长恨水长东"。其实,情况并非常是这样。比如,我写到的这条双台子河,它就不是东流,而是西去。倒是东坡先生有些辩证法,他偏要说:"谁道人生无再少?门前流水尚能西。"

世间万事万物总是异常复杂的。还说江河,人们总体观念是,它们的形成是"粤自盘古,肇始洪荒"。应该说绝大多数如此,但也不能绝对化。比如,我述及的这条双台子河,它的出现,就只有 100 年,今年刚好"寿登期颐"。而它的源头,或者说是上游——辽河,确确实实已经亿万年了。

有人马上就会诘问:难道一条河竟可以和它的源头分开表述吗?一般的当然不能,但双台子河却必须如此。这就是它的迥异寻常之处。原来,汉、唐以前,辽河在海城营城子附近入海,后来淤沙渐积,河流改道,入海处转为现今的营口。其时,下游流量过大,水患频仍,江河横溢,庐舍为墟。为减轻洪涝灾害,清末台安举人刘春烺集中民众意愿,上书清廷,提议新开双台子河分流导水。获准后,经附近四县 20000 余民工一年苦战,于 1897 年 7 月工程告竣。从此,神州大地上出现了一条新河。辽河于六间房处实现了分流:一股照旧南流,途中纳浑河、太子河水,走营口故道;一股入双台子河,途中接收绕阳河水,西流入海。1958 年 4 月,辽宁省政府决策，在六间房处将辽河拦腰截断，使下游的浑河、太子河成为独立水系，辽河水尽归双台子河，为进一步开发盘锦水稻生产提供足够的水利资源。

百年来，随着双台子河的面世，盘锦大地水害渐轻，荒原广辟，辽河三角洲成为最具发展潜力的一方沃土。但是，在最初的 20 年间，由于帝国主义势力的介入，围绕着双台子河开闭的斗争，一直在激烈地进行着。1864 年营口开港后，英、俄、日、美等 8 个国家在那里相继设立了领事馆，开设了许多洋商行，通过营口港掠走辽河沿岸以至整个东北地区的大量财富、资源。辽河分流与双台子河的开浚，显然于其航运不利，资源掠夺受到一定影响。于是，帝国主义势力勾结营口商会，呼吁堵塞双台子河、振兴营口航运。清政府派"南路观察使"前来盘山，以"地势低洼，不便设制"相威胁，意欲通过撤县解散地方团体，减除民众对堵河的阻力。全县人民拼死奋争，终使这项图谋未获实现。帝国主义势力一计未成，又施二计，用工 20000 人，历时 2 年，在双台子河流经的二道桥子与辽河流经的夹信子之间新开一条 20 多公里长的运河，以减杀双台子河的水势，增大辽河流量；尔后又由英商醵资，在二道桥子新开河口西侧，修筑一道切断双台子河的混凝土大闸——群众称之为"马克顿闸"。

如果说，黄河、长江是我们整个中华民族的"母亲河"，那么，双台子河则是盘山近 100 年历史的直接见证者。无论是本世纪上半叶风雨如晦，长夜难明，特别是 14 载国土沦亡，人民当牛做马的血泪生涯，还是雄鸡唱白天下，红旗飘展南荒，直至近 20 年思想解放、体制改革带来经济繁荣、生活富裕的如歌岁月，双台子河都和生于斯、长于斯的盘山人民朝夕相伴，苦乐同享，荣辱与共。它的个性是鲜明的，虽然有时也暴怒癫狂，每到七八月间，总要施威肆虐一番，滔天的浊浪裹挟着树木、禾稼，豕突狼奔，颇有苍空欲破、大坝难容之势；但斯文恬静乃其常态。悠徐曼缓，水波不兴，像慈祥的母亲那样，一任人们在它的怀中浮沉戏耍；细雨中，一蓑一笠，垂竿钓鱼，月夜里，手持火把，循堤照蟹。

河水清且涟漪，它映照过我童年时代逃荒、避难的凄苦愁颜，也浮现出我迎接解放、欢呼共和国诞生的纯情笑靥。在它的身边，我度过了永生难忘的充满诗的激情的中学时代。三五月明之夜，行将分手的前夕，同学们围坐在河边的沙滩上，畅谈未来的理想。清清的河水在皎洁的月华辉映下，波光潋滟，好似有万条金蛇凌波腾舞。月色是清新的，晚风是清新的，人的心灵也是清新的。那时的中学生，眼界不宽，思辨的能力较弱，对问题的认识也显得单纯、肤浅；但是，那种充满激情，健康向上，富于理想追求的精神状态，还是很值得忆念的。我没有机缘参与"百万雄师过大江"的人间壮举，可是作为一员民工，却有幸跻身于八千壮士的行列，投入"导辽入双"的截流激战。时届清明，水寒风劲，人们奋战在激流中，连续三天三夜未曾合眼。40年过去了，那春夜斩辽河，战天斗地的场景，至今还时常在眼前浮现。

今天，在改革开放和现代化建设的洪潮中，伴随着全国第三大油田的采掘、开发，一座新兴的现代化的石油化工城市正在双台子河边巍然崛起，市区内外密布着一大批石油化工企业，四围井架如林，钻塔耸天。秋风起处，芦荡飞雪，稻海铺金。河口的国家级自然保护区里，栖息着二百多种野生动物，碧苇丛中，黑嘴鸥与丹顶鹤上下合鸣，水鸟格磔，鱼虾嬉戏，汇成一派天然野趣。在宽达千米、绵延百里的海滩上，铺展开茫茫无际的由野生植物装点成的"红地毯"，这里那里点缀着临风摇曳的几丛翠苇，堪称天下奇观。

屈指算来，我离开双台子河边已经整整35年了。就是说，这期间，双台子河又经历了25000多次潮起潮落，而河上的盈盈素月也已圆过420回了。在我来说，420度月圆月缺也好，25000次潮起潮落也好，双台子河无时不萦绕心中，梦里依稀，涛声似旧。每番归去，我都怀着一种近乡情怯的心态，漫步河干，凝视那悠悠的河水，放眼四望，深情地察看着周遭的千般变化。一切都是那么亲切，那么熟悉，却又平添几分陌生与疏离之感。百年世事留鸿迹，待挽西流问短长。但是，如同无法扳起渤海唤回滔滔远逝的双台子河水一样，谁也不能重新回到自己的青少年时代。面对着那一处处"背影巷""回声谷",尽管当日同学少年欢聚的景象依然在脑际浮现,却只能化作温馨的记忆,而无法在河边重演了。

《光明日报》1998年1月2日　第4版

人过中年

何为"人过中年"？进入老年之谓也。

域外的诗翁耆宿心态如何，知之甚少；反正中国旧时的文人上了一定年纪之后，是常常把"老"作为热门话题的。我印象最深的，一是南宋的陆游，一是清代的袁枚。当然，他们的格调不同。陆游是"老骥伏枥，志在千里；烈士暮年，壮心不已"，用他自己的话说，属于"老不能闲真自苦"的类型，因而不时地咏叹"志士凄凉闲处老""骨朽成尘志未休"。梁启超赞之以"亘古男儿一放翁"，非虚誉也。而袁枚谈老，却是常常以诙谐出之。比如他写老态："作字灯前点画粗，登楼渐渐要人扶。残牙好似聊城将，独守空城队已无。"还有一首《夜坐》："斗鼠窥梁蝙蝠惊，衰年犹是读书声。可怜忘却双眸暗，只说年来烛不明。"都是充满情趣的，否则就不成其为性灵派了。他们或庄或谐，作为寿登耄耋之翁，确都充分具备谈老的资格，不像杜甫、苏轼，张口"野老"，闭口"老夫"，其时不过40上下，拿今日的眼光看，还都处于青年。韩愈也曾说："吾年未四十，而视茫茫，而发苍苍，而齿牙动摇。"当然，他这里说的属于实情。大抵文人失意者居多，又兼心神劳损，未老先衰，而期待与想望无穷，一旦与现实发生冲突，便不免感慨兴怀，叹老嗟卑，是完全可以理解的。

人们一般谈老，主要是就年岁而言。古籍《文献通考》上说，晋朝以66岁为老，隋朝以60岁为老，唐朝以55岁为老，到后来甚至以年过40为老。似此每况愈下，说不清楚是什么原因。有的论者认为，上古之人清心寡欲，与世无争，环境清洁，生活简素，许多人的寿命是长过今人的。并引据古籍为证，神农在位 120 年，黄帝、少昊都在位 100 年，帝喾、帝尧、帝舜分别享年 105 岁、118 岁、110 岁。最后得出结论，说杜甫所言"人生七十古来稀"，是不确的。这里说的都是生理年龄。其实，专就年龄而论，情况差异也很大。正如古人所云："松柏之姿，隆冬转茂；蒲柳之姿，望秋而落。"如果按照所谓"心理年龄"来讲，那就更有云泥之别了。孔夫子曾自许："其为人也，发愤忘食，乐以忘忧，不知老之将至云尔。"陈古渔则说："老似名山到始知。"身老，首先源于心老。一个人精神状态好，可以延缓衰老；而精神颓废，意志消沉，则必然导致未老先衰。

有一句俗语：人过中年万事休。孔老夫子自己奉行"不知老之将至""知其不可而为之"的人生哲学，反过来却也说："四十五十而无闻焉，斯亦不足畏也矣。"殊不知，大器晚成也是一种规律，神童毕竟是少见的。中年过后仍然大有可为，甚至可以说，有些事业恰是刚刚开始。这里一个核心问题，是如何充分利用这无限宝贵却又十分有限的时间。

无限的期求与有限的生涯，这是摆在人类面前任何人也无法回避的悲剧性命运。中国古代的哲人庄子曾经企望达到一种"大知"境界。但他分明知道，这种"大知"目标的实现，绝非个体生命所能完成，只能寄托在薪尽火传的生命发展史中。他有一句名言："吾生也有涯，而知也无涯。以有涯随无涯，殆已！"人生是一次单程之旅，对生命的有限性和不可重复性的领悟，原是人生的一大苦楚。这应包括在佛禅提出的"人生八苦"之中，它当属于"求不得"的范围。由于时间是与人的生命过程紧相联结的，一切作为都要在这个串系事件的链条中进行，所以，古往今来，人们对于时间问题总是特别敏感，倍加关注的。古人说："恨不得挂长绳于青天，系此西飞之白日。"还幻想有一位鲁阳公挥戈退日，使将落的夕阳回升 90 里。随着年龄的增长，人们这种珍惜时间的情结也越来越深重。然而时间是个怪物，你越是珍惜它，它便越是在你面前疾驰而过。尤其是过了中年，"岁月疾于下坂轮"。米兰·昆德拉说得很形象：一个人的一生有如人类的历史，最初是静止般的缓慢状态，然后渐渐加快速度。50岁是岁月开始加速的时日。

在与时间老人的博弈中，从来都没有赢家。人们唯一的选择是抓紧"当下"这一段或长或短的时间。清代诗人孙啸壑有一首七绝："有灯相对好吟诗，准拟今宵睡更迟。不道兴长油已没，从今打点未干时！""从今打点未干时"，这是过来人的沉痛的顿悟之言。过去已化云烟，再不能为我所用；将来尚未来到，也无法供人驱使；唯有现在，真正属于自己。与其哀叹青春早逝，流光不驻，不如从现在做起，珍惜这仍在不断遗失的分分秒秒。"东隅已逝，桑榆非晚"，"失晨之鸡，思补更鸣"。当然，我这里只是说，人过中年应该充分利用有限的光阴做些该做的事，绝不意味着老年人还要异想天开，贪求无厌，不知止足。"及其老也，血气既衰，戒之在得。"孔老夫子的意思是，人到年老了，气血已经衰弱，便要警诫自己，切莫贪求无厌，这是从实际出发的剀切之言。

有些年轻人见到一些上了年纪的人，仍然分秒必争，寸阴是竞，觉得不能理解。这正如百万富翁体味不到穷光蛋"阮囊羞涩"的困境一样。世间许多宝贵的东西，拥有它的时候，人们往往并不知道珍惜，甚至忽视它的存在；只有失去了，才会感到它的可贵，懂得它的价值。也有好心的朋友引用清人项莲生的话"不为无益之事，何以遣有涯之生？"加以规劝与研诘。我的答复是，如果这里指的是辛勤劳作之余的必要调解与消遣，那就不能称为"无益"。可是，项氏讲的"无益之事"，指的是填词，这原是一句反语。前人评他的《忆云词》"荡气回肠，一波三折"，"殆欲前无古人。"哪里真是无益！而且，他在短暂的38年生命历程中，一直惜时如金，未曾有一刻闲抛虚掷过。"华年浑似流水，还怕啼鹃催老"，这凄苦的辞章道出了他的奋发不已的心声。

人们的理想、追求差异很大，同样，趣味、快活之类的体验，也往往是"如鱼饮水，冷暖自知"，他人难为轩轾，更无法整齐划一。有些老年人把含饴弄孙、庭前笑聚视为暮年极乐；也有许多老年人或投身方城之战，或湖畔垂竿，或进出舞场，或终日坐在电视机前。我则异于是，总想找个清静地方，排除各种干扰，澄心凝思来做学问、搞创作，把这看作余生最大的乐趣。总觉得，过去肩承重任，夙夜在公，无暇旁骛；现因年龄关系，工作担子相对减轻了，正可"华发回头认本根"，作"遂初之赋"，实现多年的夙愿。因此，每天除去把"三餐一梦"和一两个钟头的散步作为必保项目之外，有时参加一些必要的公务活动和朋友交往，或去高校讲课、外出考察，其余时间全部用于读书、创作。

我不懂得"百无聊赖""优哉游哉"是一种什么滋味，每天都过得百倍地充实，"忙"是生活的主调。书籍越积越多，苦于没有时间细读；走了许多国家，足迹遍布九州，随手记下许多随感，苦于没有时间加工整理成文章；各地报刊约稿信雪片飞来，欠下了无数笔文债；许多优秀影视作品，朋友们再三推荐，却抽不出时间去看；长函、短简箧满桌盈，未能作复的为数不少。前人说："不好诣人贪客过，惯迟作答爱书来。"四项我能对上三项，唯有"贪客过"做不到，因为舍不得这点时间。朋友们也都理解，有要紧事必须找我，总是说，知道你忙，只打搅5分钟。我散步总是踽踽独行，并非生性孤独，只是为了便于创作思考，有时还听新闻广播。甚至睡前洗脚，双足插进水盆中，两手也要捧着书卷浏览，友人戏称之为"立体交叉工程"。

5年前大病一场，几乎和死神接了吻。那时想的是，一切一切，都没有时间、没有条件做了，死逼无奈，只好同缪斯女神斩断情缘。——也好，撒手尘寰，一了百了。不料，重新拥有了健康之后，全然忘记了当日的决绝，竟然痴情眷恋，一迷至此！看来是不可救药了。

《光明日报》1998年6月11日 第7版

妙境同臻

　　1923年8月的一晚，在夕阳已去，皎月方来的时候，朱自清与俞平伯，这两位现代散文领域的名家，坐在同一只"七板子"小船上畅游了秦淮河。回去后，他们同以《桨声灯影里的秦淮河》为题，各自写了一篇散文，尔后，又刊登在次年1月25日出版的同一期《东方杂志》上，成为现代散文史上的一桩佳话。

　　这两篇传世的散文，写的是同一时间、同一场景、同一见闻；可是，在艺术风格上却各具特色。有的文学评论家说，同是细腻的描写，缠绵的情致，俞先生的细腻而委婉，缠绵里满蕴着温煦浓郁的氛围；朱先生的则是细腻而深秀，缠绵里多含有眷恋悱恻的气息。如果用作者自己的话来形容，俞先生的可说是"朦胧之中似乎胎孕着一个如花的笑"；而朱先生的"仿佛远处高楼上渺茫的歌声"。

　　就内容来看，他们所感知、所记述的，或抒诗怀，或重"主心主物的哲思"，也有明显的差异。朱先生偏重自然景物的描写，在他的眼中，那是"疏疏的林，淡淡的月，衬着蓝蔚的天，颇像荒江野渡光景"，"岸上原有三株两株的垂杨树，淡淡的影子，在水里摇曳着。它们那柔细的枝条浴着月光，就像一支支美人的臂膊，交互地缠着，挽着；又像是月儿披着的发"。而俞先生则着力于心境的刻画，而且，带着禅意与哲思，他写道："又早是夕阳西下，河上妆成一抹胭脂的薄媚。是被青溪的姊妹们所熏染的吗？还是匀得她们脸上的残脂呢？寂寂的河水，随双桨打它，终是没言语。""犹未下弦，一丸鹅蛋似的月，被纤柔的云丝们簇拥上了一碧的遥天，冉冉地行来，冷冷地照着秦淮。我们已打桨而徐归了。归途的感念，这一个黄昏里，心和境的交萦互染，其繁密殊超我们的言说。""但我们终究是眩晕在它离合的神光之下的。我们没法使人信它是有，我们不信它是没有。勉强哲学地说，这或近于佛家的所谓'空'，既不当鲁莽说它是'无'，也不能径直说它是'有'"。

朦胧、缥缈，各有千秋，美韵、诗情，同臻妙境，使得这两篇名文长传后世，润泽着我们的文学园地。

应该说，这种同时同地以同一题材写作同题散文的现象，在文学史上是极为鲜见的。有时，某一景观尽管激发了作家、诗人的创作情趣，但当他们发现已经有人提笔在先，而且很难超越，便再不肯去蹈袭前人，步其后尘。最有名的事例，便是当年李白来到黄鹤楼上，登临远目，兴会淋漓，本想把笔题诗，无奈崔颢已经写了一首格调高远的七律，他便不再动笔了，说："眼前有景道不得，崔颢题诗在上头。"

这件事反映了古人严肃的创作态度和虚怀若谷的精神。其实，以李白之高才妙笔，如果再写一首，也未必就逊色多少，说不定还会大大超过崔诗。客观事物有无限的丰富性，哪一个作家也不可能穷形尽相，独占了风光。正如有的作家所说：人和人的眼睛是不同的。每个人的瞳仁，实际上是长在自己的心灵上。他们只能看见各自心灵所给予他们的那个界限之内的东西。鲁迅先生就说过，想从一个题目限制了作家，其实是不能够的。

世上并没有纯客观的形象，艺术生命是作家、艺术家所赋予的。题材意义的开掘有着广阔的余地，表现对象的选择性更是无限的。在审美鉴赏与创作过程中，一方面是客观对象所展示的自在空间，一方面是人以自身经验与想象力构建的主体空间，或者说是心灵化的世界，它们为主体与对象的结合，提供了多种多样的可能性。

就一定意义上说，作家对客体的揭示，常常是一种主观的选择，一种人各不同的个性化反映。通过观察，作家捕捉到了各种信息素材，而后对这些信息素材进行有选择性的反馈处理，即把作家自身的情感、愿望、理想乃至气质、襟怀，外射到被观察的对象客体上面，提炼出符合创作意图的东西。——这也就是美学上所说的"审美意向的给予过程"。决定性的因素，是创作主体的"内在尺度"，是"如何把内在尺度运用到对象上去"（马克思语）。

前提是如何观察。高尔基讲过这样一个故事：他和安德烈耶夫、蒲宁三个人在意大利的那不勒斯下饭馆，当场进行了一项比赛——对进来的一个食客，各给三分钟时间进行观察和分析。高尔基观察后说道：他是一个脸色苍白的人，身上穿的是灰色西服，他有一双细长而发红的手。安德烈耶夫没有抓住什么特色，甚至连西服的颜色都没有看出来。然而，蒲宁却有一双非常锐利的眼睛。三分钟时间里，他不仅注意到这个人结的是一条满是小花点的领带，还发现他的脖子上有个小瘊子，他的小指头的指甲也有些不正常，最后分析，此人可能是个骗子。高尔基问他何以得出这一结论，蒲宁说讲不清楚。事后，他们向饭馆的堂倌问询此人的情况，堂倌说，这个人经常出现在那不勒斯的街头，名声很不好。

看来，观察的难处在于要去发现附着在感性信息上的属于心灵特征的东西；观察的功力往往表现为一种超越感官的综合性。

至于如何把观察到的信息素材表现出来，孕育出新的"宁馨儿"，就更是因人而异了。既然创作不仅仅是生活的反映，同时也是作家自我的表现，作品中总是活脱脱地昭示着创作主体的感受能力、反映方式以及情感深处的丝丝脉动，充分展现着作家的意志、情感、欲望、要求等主体性特征，既然说，把握特殊性乃是艺术的生命所在，那么，读者就完全有理由要求，文学作品必须具有独创性。

关于创作，茅盾先生有过精辟的阐释："冠之以'创'字，就包含'灵机独运，不落前人窠臼'的意思。"由此可见，独创性乃是文学创作的题中应有之义。在散文名篇《桨声灯影里的秦淮河》中，两位作者都各自体现出了创作主体的匠心巧运，戛戛独造，丝毫没有雷同、因袭之感，每篇读过都令人耳目一新，不禁拍案叫绝。

前几天，参加评选"好新闻"活动，新闻界的一位"老总"谈到，同文学作品一样，新闻作品也有一个如何开拓视界，独具只眼，发挥创造性的问题。我说，有些消息、通讯，不单是选材方面缺乏深入挖掘，用语上也习惯于因袭、模仿，给人一种简单、粗糙、雷同的感觉。一句流行歌词，一个小说、电视剧的题目，常常滥用起来没完，有些词语更是不断重复，诸如"来个惊喜""再铸辉煌""讨个说法""浮出水面"……还有"什么什么现象""什么什么情结""什么什么误区"，可说触目皆是。我们确实应该认真研读一下《桨声灯影里的秦淮河》这两篇同题散文，以便从中受到一些启发，汲取有益的养分。

其实，要说雷同、因袭，文艺作品的问题可能更突出一些，因此，有关别开生面、独辟蹊径的要求，首先应对文艺界提出来。但是，这位"老总"十分虚心，不仅接受了我的建议，还极力怂恿我把它写成文章。这就是本文产生的背景。

《光明日报》2000年7月27日　B3版

包容小疵

美国著名作家霍桑的短篇小说《胎记》，写一位有高超智慧和幻想力的科学家爱尔默，娶了一个美貌如花的妻子乔治娜，灯前对坐，"娇花"悦眼，自是欢愉不尽，但他却总觉得有一桩心事耿耿不能去怀。原来，乔治娜左颊上长了一个特殊的嫣红斑痕——胎记，尽管很小，但在这位惯于追求完美境界的科学家看来，总是破坏了美的魅力。他煞费苦心，想把妻子的可爱面颊改善得十全十美，毫无瑕疵。他曾研究出一种除斑的外用药剂，涂在妻子脸部的胎记上，但未能奏效。于是，又使用一种内服的强效药液，帮助妻子除治小小的斑痕。这种药的效果果然显著，胎记正逐渐变淡、褪色；可是，随着胎记的最后一丝红晕从面颊上消失，那个堪称"十全十美"的绝代佳人的最后一口气，也散入青冥，化为乌有了。

我国南宋时代的诗人戴复古写过一首《寄兴》诗，通过一个妻子向丈夫表明心迹的形式巧妙地陈述了一番哲理。诗很简洁，只有20个字："黄金无足色，白璧有微瑕。求人不求备，妾愿老君家。"大意是说：世上金无足赤，玉有微瑕。只要对我这个妻子不求全责备，吹毛索瘢，我就愿意在夫君家里忠诚地过一辈子。显然这是一首寄怀深远的寓意诗，核心是讲识才、用才之道，对象是执掌铨衡的人。这里的"君家"乃一语双关，表面上是指夫家，实际上讲的是君王之家。旧时的士子奉行的都是"学成文武艺，货与帝王家"的致身尧舜以经国济民之道。

这位戴老先生生在800多年前，除了作几首诗之外，没听说他还有什么奇才异能。不过，单就掌握辩证思维这一点来说，实在要比那位现代的科学家爱尔默高明一些。

古代的哲人墨子有一句名言："甘瓜苦蒂，天下物无全美。"人才也不例外。世上本无完人，因此，应该善用人之所长而勿苛责其短。果能如此，则大批人才就会为知己者竭诚效力。其实，人才的范围十分广泛，多层次、多方面，正如我们常说的，"三百六十行，行行出状元"，绝不是仅指少数的天才人物。才与非才，是相对应、相比较而言的。

什么是人才？无非是指那些在某一范围内，某个方面显示了比较突出的才能，做出了优异贡献的人，所谓"闻道有先后，术业有专攻"。即使是奇才、伟人，也不可能是无所不知、无所不能的，世上更没有完美无缺的超人。人要完人，才要全才，是识才、用才问题上形而上学思想的反映，是脱离实际的主观唯心主义。

既然世上并无完人，我们在使用人才时就应善用其长，而不要苛责其短。20世纪30年代末，陈云同志任中央组织部部长时，有一篇著名的演说，里面提到用人之道的12个字：一曰"了解人"，要全面、历史地看人。指出，天下没有一个人是毫无长处、毫无缺点的，也没有一个人是毫无短处、毫无优点的。所以，在革命队伍里，无一人不可用。二曰"气量大"，只要有一技之长，就要用，只有这样，才能成大事业。三曰"用得好"，上下互相信任，使下级敢讲话，敢做事，这样，就能使每一个人都肯负责，都很积极努力。四曰"爱护人"，热情关怀，多方面帮助，郑重、谨慎、实事求是地处理人的问题。

我国几千年的历史，有着极为丰富的人才思想的宝藏，留下了许多关于识才、用才方面的正确认识与经验。古代哲学家子思在谈到善用人才问题时说："夫圣人之官人，犹匠之用木也。取其所长，弃其所短，故杞梓连抱而有数尺之朽，良工不弃。"

清代诗人吴世涵在一首《杂诗》中，溯古鉴今，纵谈历代得失，阐述用才不可求全责备的道理："士生三代后，才质多所偏，用之在节取，责备焉能全？汉代杂王霸，高论常舍旃，有才即见录，牧隶皆能贤；宋人拘绳尺，往往多苛烦，事功罕所见，豪杰每弃捐。全才固难得，举错有微权，容物道在广，收效途宜宽。责人必贤圣，固哉难与言！"前四句泛说世无全才，因此，用人不能求全责备；中间八句，将汉代与宋代做对比，说明放宽尺度，广纳人才与拘绳墨、少事功、弃贤才的不同效果；最后六句得出结论：要成就大事业，必须有容才之量。

　　为了求得毫无瑕疵，爱尔默因小失大，白白断送了娇妻的性命。执一方之政者，如果在识才用才方面也是这样吹毛索瘢，连一点点"小疵"也不能包容，其结果又将如何呢？有的人才学者指出，若是一个领导者喜欢求全责备，百般挑剔，那么，在他的周围，恐怕必不可免地要充斥一些平庸之辈。这个道理很简单，犹如世上罕有无瑕之玉，而尽多无瑕之石，见瑕而弃玉，最后得到的只能是一些无瑕之石。

《光明日报》2000年11月23日　B3版

扬州旧事

在扬州宽阔的石塔路的中心，矗立着一座千年石塔。从前，这里还有一座僧院，名叫惠昭寺，亦称木兰寺。如今寺院已经荡然无存，可是，一段与寺院有关的文坛轶话，却从唐代一直流传到现在。

王播年轻时，家贫无所依，寄食扬州惠昭寺，靠那里的和尚供养。每当听到吃饭的钟声响了，他便溜到寺院饭堂，跟和尚一道用饭。日子长了，和尚们有点讨厌他。有一次，故意先吃后敲钟，让他扑了个空。

这对王播的刺激是很大的，于是，怫然离开了惠昭寺。后来，他中了贞元年间的进士，当了盐铁转运使，不久又出任淮南节度使，开府扬州。惠昭寺的和尚们得知这个消息，心情很是紧张，为了讨好这位大员，特地将他当年题在壁上、尘封已久的诗，用碧纱笼罩起来，以示尊重。王播回到扬州，重游木兰旧院，发现这种情事，不禁感慨万端，便提笔写了《题惠昭寺木兰院》绝句两首：

三十年前此院游，木兰花发院新修。
而今再到经行处，树老无花僧白头。

上堂已了各西东，惭愧阇黎饭后钟。
三十年来尘扑面，如今始得碧纱笼。

诗中谈到，阇黎（阇黎，和尚）饭后敲钟，使他十分难堪，一气之下，断然出走，忽忽 30 年过去了，一切都发生了很大的变化。"尘扑面""碧纱笼"，说的是诗，实际上正是写人，道尽了世态炎凉、人世沧桑之感。

我以为，对于和尚们当日表现出的厌烦情绪，包括"饭后敲钟"这类不甚友善的做法，无须苛责。一个大活人，自己不长进，肩不担担，手不提篮，整天凑在一群僧人堆里跟着混饭吃，难怪人们下眼瞧他。相反，如果辩证地看，这种冷遇，对于王播发愤成才还有一定的促进作用。"本事是逼出来的。"刺激，未始不是一种有效的推动力。

问题倒是在于，王播的诗才当日必然已经显露，可是，却没有任何人予以重视，对壁上的题诗大概也没有谁肯去看上一眼。这当然不是因为诗无足观，只是由于作者门第寒微、地位卑下而已。

要成事，必须先有名位，这在中外古今是一体皆然的。有了名位，一切事情都好办，"名人效应"随处可见；与此相对应，"无名小卒"则窒碍重重，所谓"最难名世白衣诗"，说的正是这种情况。清代著名文人、"扬州八怪"之一郑板桥，刻过一方朱文印章，印文是"二十年前旧板桥"。原来，他年轻时虽然在诗、书、画方面已有很深的造诣，但是，因为没有名气和地位，作品无人问津。20 年后，中了进士，声名大振，时人竞相索求，门庭若市。他在感慨之余，刻了这方印章来讽喻世情，针砭时弊。

王播所经历的正是这种情况。在他没有成名、及第之前，其才情无法得到社会的承认；及至有了名望，有了地位，什么关爱啊，推崇啊，奉承啊，全都应声而至。从前"尘扑面"，今日"碧纱笼"。诗，还是旧日的诗，人也是"前度刘郎"，可是，随着地位的变化，立刻就"身价百倍"了。

写到这里，我忽然想起了发生在扬州的另一桩文坛逸事：

北宋的晏殊，当过一朝宰相，又是一位出色的词家和著名诗人。在他当政时期，引用了一大批贤能的人，像范仲淹、韩琦、欧阳修等都出自他的门下。他有一次游览扬州的大明寺，发现壁上题诗很多，便让随从给他一一诵读，但"戒其勿言爵里、姓名"，就是说，只看诗作水平，而不以门第、名位论其高下，直到遇到了佳作，才询问作者的情况，结果，发现了诗才出众的王淇。当即请他来衙署会见，并招待饮食，然后，把他由县主簿提拔为开封府推事，直至两浙、淮南转运使。这种做法，一时传为美谈。

还有一层感慨。我觉得，那些和尚既然已经怠慢了那位"嘴巴抹石灰"的食客，也就罢了；当这位"王大官僚"开府扬州时，有什么必要非要用碧纱笼诗，故意讨好呢？如果说"饭后敲钟"还可以略迹原情的话，那么这种"碧纱笼诗"的举动，就有些俗不可耐，令人作呕了。假如起苏季子于地下，让他问上一句："何前倨而后卑也？"他们该如何作答呀？

在新、旧唐书中，王播都有传。他入仕多年，官运倒也亨通，只是官声却很糟糕。史称播"嗜权利""重赋取"。为淮南节度使时，"南方旱歉，人相食，播掊敛不少衰，民皆怨之"。看来，是一个不大不小的贪官。不过，平心而论，在处理"惠昭寺僧"这件事上还算说得过去，除了写下两首诗发了一番感慨之外，没听说他对这种"睚眦之怨"采取了报复行动。

当然，对王播的做法，也有人很不以为然。比如宋代著名文学家、诗人苏东坡，就曾写过一首题为《石塔寺》的诗，对王播进行了尖锐的批评：

饥眼眩东西，诗肠忘早晏。
虽知灯是火，不悟钟非饭。
山僧异漂母，但可供一莞。
胡为二十年，记忆作此讪！
斋厨养若人，无益只遗患。
乃知饭后钟，阇黎盖具眼。

诗的大意是说，当日王播，只顾闷头作诗，弄得目眩头昏，忘记了时间的早晚，错过了饭时。山僧缺乏向韩信施舍饭食的漂母那样的识度，弄出了饭后敲钟的"恶作剧",但这种举动,却也是堪可供人莞尔一笑的。对于这样一件区区小事,身为"节度使"大员的王播,20年后又何必重提呢!看来,这个人真不怎么样,那些和尚,你别说,还真是挺有眼光哩。

东坡居士喜欢作翻案文字,录此,或可有助于增添情趣,扩展思路。

《光明日报》2001年12月5日　B2版

意匠生风巧运斤

久矣夫，不见有人强调文章的作法了！因此，当读到季羡林先生的文章，他所说"写散文同写别的文章体裁一样，也要经过充分构思，精心安排，对全篇结构布局，要仔细考虑，要有逻辑性，有层次；对遣词造句，也要认真推敲，不能苟且下笔"时，真不啻空谷足音。

季老是在为著名散文作家卞毓方的《长歌当啸》一书所写序言中说这番话的。他说，对于散文创作，大体上有两种态度，一种认为，散文重点在一个"散"字上，愿意怎么写就怎么写，无拘无束，松松散散，信笔所之，这可称之为松散派；与之相对立的，就是上面那种主张，季老名之为经营派，说他自己属于这一派，并把卞氏引为同调。

只要认真读过《长歌当啸》中的文章，就会觉得季老的判断是很准确的。书中20篇散文，写的都是著名人物，而且，绝大多数属于20世纪最有影响力的思想文化名流。由于作者不仅注意展示历史帷幕后面的真实情景，以崭新的视角予每一传主以崭新的解读；而且颇为讲究章法，无论是在谋篇布局、檃括情理、条贯统序，以至熔裁章句上，都具见匠心独运、惨淡经营的功力，因此，基本上可以说，篇篇格局一新。

《煌煌上庠》主要是写北大校长蔡元培奉行"思想自由，兼容并包"的八字方针，悉心延揽人才，不数年间即把一个旧营垒下的老牌学府改建成新思想、新道德、新文化运动的策源地。全文共分5节，开头两章写蔡元培，第三章篇幅最长，按照历史顺序着力写了陈独秀、胡适、李大钊和鲁迅，第四章写了梁漱溟和毛泽东，最后一章概括地写出一批新锐人物和旧派学者。看后，觉得像古典小说《三国》《水浒》那样，一个个主要人物次第登场，层次分明，井然有序，而且，有如红线穿珠，互相紧密联络，脉络十分清晰。

《凝望那道横眉》《梦灭浮槎》《沧桑诗魂》和《思想者的第三种造型》，分别写了鲁迅、胡适、郭沫若、马寅初，都是大师一级人物。每篇每人的写法迥然不同，在取材方面，不是面面俱足，而是画龙点睛，抓住特点。有的剪取一幅最鲜明的肖像，有的突出特定的时间空间，有的只写生平的一个侧面，有的写出一生中最闪光的一页。

这些文章的笔势，也像《文心雕龙》中所讲的，都是"乘利而为势"的。就好像弩机一发，箭即笔直射出；而溪涧曲折，则必然是流湍回旋；气势疾徐不一，翕张有致。但总体来说，大笔淋漓，气势奔放，是卞氏散文的突出特点。从前读梁启超的《少年中国说》，觉得其文势如雷鸣电吼，猖狂恣睢，叱咤风云，震骇心魄。这当然是不易达到的大境界，看得出卞氏着意于此，似乎有的散文也庶几近之。

细究这种蓬勃气势的由来，我以为，根本上在于内容充实，思致深邃，论证遒劲有力。理直才能气壮，神完方可势足。卞氏散文的内容一般都涉及重大的课题，而且，敢于主动接触敏感的话题。即以写鲁迅的《凝望那道横眉》为例，文章长达一万余言，中心不过谈论两个方面的内容，一是鲁迅和他的论敌的是非，二是关于毛泽东对鲁迅的态度。应该说，这是只要论及鲁迅就不可能回避的话题，自然也是读者最为关心的。作者洋洋洒洒地一路写来，让人拿起来就再也不能放手，只到读完才舒出一口长气。书中有的篇章个别论述，也许你并不首肯，但是，确确实实反映了作者的创见，自成一家之言。

作者充分发挥其长期从事新闻工作，见多识广、接触面宽的独特优势，行文中善于穿插一些鲜为人知的新的资料、新的见闻，令人耳目一新。既忠实于历史本来面貌，又颇富浪漫色彩。整体来看，文章运笔比较活泼，取材新颖，但内容、态度却都颇为谨严，不仅言之成理，而且持之有故，不去信口开河，随意涂抹。这也是当今文化大散文创作中，原本应该坚持却又不是每位作家都做得很好的。

《光明日报》2002年1月16日　B2版

堂堂书阵百重关

现代是作者与读者相互寻找、相互选择的时代。正是通过阅读活动，读者的视域与作者的视域，当下的视域与历史的视域，实现了对接与融合，从而为彼此的理解和沟通提供了条件。王尔德有一句名言："作品一半是作者写的，一半是读者写的。"作品面世后，就变成公众的了，既为作者所有，也为读者所有；而读者总是在自己所处的特定社会环境、现实语境中接触作品的，不可能与作者的意图尽合榫卯，完全一致。

真正的艺术出于个性独特的感受和体验，具有广阔的阐释论域和待发之覆。有人谈到堂吉诃德这个艺术形象，用目的论的眼光看他，觉得十分荒诞；用过程论的眼光看他，觉得他很伟大；用世故的眼光看他，觉得他是疯子；用少年儿童的眼光看他，觉得他和自己差不多，是个天真的赤子。因为在阅读与鉴赏过程中，所展现的空间并不是单一的，这里有阅读对象（即作品）所展示的自在空间，同时还有由读者自身经验与想象构成的主体空间。主客体空间的差异，导致了视角不同，认识悬殊，赏析的多样性。当然，就读者来说，读书本身也是一种自我发现，是在唤醒自己本已存在但还处于沉睡状态的思想意识。

艺术的魅力在于用艺术手段燃起人们探索未知领域的欲求。布莱希特在谈到"叙述性戏剧"与传统戏剧的区别时说，后者的观念把剧中人处理成不变的，让他们落在特定的性格框架里，以便于观众识别与认知，而他的"叙述性戏剧"则主张人是变化的，并且在不断变化着，因此不热衷于为他们裁定种种框范，包括性格框范在内，而把他们当成未知数。

一切能够产生重大影响的作品，都应能产生心灵震撼、心理共鸣和内在思考。无论是写作还是阅读，善于思索至关重要。鲁迅说过，没有悲哀和思索的地方，就没有文学。有人提倡作家学者化，实际上，更应倡导作家成为思想者，因为学者未必就是思想者。思想的自觉，是学者最高的自觉。有些书的作者很聪明，有才气，文章也流光溢彩，可就是思想含量不足，精神内涵空虚，读过之后获益无多。同样，作为读者也应该善于思索。读书应该善于提问题，找话题，要有强烈的"问题意识"，处于一种鲜明的研究状态。我曾写过一首七绝，描绘读书犯险历难的情态："缒幽探险苦般般，夜半劳思入睡艰。设问存疑挥战帜，堂堂书阵百重关。"

长时期以来，人们将读书、学习的基点定在掌握知识上，"知识就是力量"成为公认的真理。知识当然重要，但更值得珍视的，是人生智慧、哲学感悟。信息、知识与智慧，三者处于不同的层次。信息好比是矿砂，是表层的事物、事实、认识的总和，可供人们据以分析与参考。知识是人们把大量的事实、认识的矿粉投入熔炉之后，提炼与组合而成的可供使用的材料。大部分知识都是专门知识，是关于某一领域、某一科目、某一程序、某种思想方法、价值准则等方面的认识。而智慧则是生命体验、哲学感悟基础上的升华，是知识的灵魂。知识关乎事物，充其量只是学问；而智慧关乎人生，它落脚于指引生活方向、人生道路，是能够把知识、感受转化为创造性的一种特殊能力。

马克思曾经把哲学形象化，比喻为"迎接黎明的高卢雄鸡"，意思是哲学是武装头脑的，是精神武器，是在前面指导人生的。黑格尔则说，哲学是反思的科学，是事后的思索，因此，他把哲学喻为"黄昏时起飞的猫头鹰"。两位大师讲的都是关乎智慧、关乎人生的。古希腊的哲人把哲学说成是爱智慧。智慧是哲学的生活化、实际化。

在读书、思考中，悟性是至关重要的，但有了知识不一定就能具备悟性。知识只有化作对生命的一种观照能力时，它才能变成智慧。因此，智慧总是与内在生命感悟和创造性思维有关，知识则未必。我国记录哈雷彗星出现过31次，起自春秋时的公元前613年，迄于清末1910年，2000余年从未间断，这可以称作"世界的唯一"。但是，记是记了，却没有人对它进行思索、研究，不知道这出现了31次的彗星竟然是同一个。到了公元1875年，英国天文学家哈雷在没有掌握这份天文记录的情况下，只是依照牛顿的引力定律，计算出了彗星的轨道，预测出它出现的周期——每隔76年回归到太阳身边一次。可见，信息、知识重要，而运用知识、从知识出发使之成为智慧，比知识本身更为重要。古希腊哲人赫拉克利特说："博学不能使人智慧。"关键在于能否使知识、学问由死变活。

思考重在找到一个准确的、独特的视角。其实，哲学研索本身就是一种视角的选择，视角不同，阐释出来的道理也随之而异。——著名学者李泽厚如是说。视角和眼光是联系在一起的。爱因斯坦看人看世界，用的是宇宙的眼光，因而能够跳出"人为中心"这个成见，得出人不过是宇宙中的一粒埃尘——没有骄傲的理由的结论。我们的地球母亲已经有46亿年了，而人类的出现，大约只是二三百万年前的事。人类要生存繁衍，要获取必要的物质与精神资源，丝毫也离不开周围的环境。可惜，后来这个最基础的事实被人遗忘了，结果无限制地自我膨胀，声威所及，生态环境遭受到惨重的破坏，制造出重重灾难。我们应该通过思考，牢牢地记取这一教训。

光明网2007年8月16日

"太白误我"

因为不会喝酒，不知遭遇过多少次尴尬的局面：有时不得不弯下身子当众"逊谢"，抱拳作揖；有时瞪着眼睛说假话，以"患某某病，医嘱禁酒"为托词；有时只好中道逃席，偷偷溜走；有时甚至因言语过激，开罪于热心劝酒的友人。

记得多年前应邀到兄弟省参加会议，东道主盛情款待，不仅珍馐美味罗列桌前，还摆上了各种佳酿。我以"素不善饮"为辞，却遭到揶揄："你还号称诗人呢！太白斗酒诗百篇，哪有诗人不会喝酒的！"于是，硬逼着我吞下两杯。大概因为不胜酒量，我头脑一发热，竟口不择言："对于请来的客人，你们起码应该懂得尊重，讲点礼貌。"虽然过后我为自己的过激言语后悔，但在当时，确是吐露了心声，真真切切地觉得他们既不够朋友，又不讲文明。

俗谚说："肚子疼埋怨灶王爷。"我在悔憾之余，竟暗暗地埋怨起千载之上的李太白。我心想，都是你老先生惹下的祸患！没来由偏偏要贪杯嗜酒，"三百六十日，日日醉如泥"。你手还不闲着，又要写诗，"斗酒诗百篇"的佳话，可叫后世的文人跟着遭罪了。特别是太白诗翁关于醉饮的诗文，更给那些好酒贪杯者以强有力的支撑，如："天若不爱酒，酒星不在天。地若不爱酒，地应无酒泉。天地既爱酒，爱酒不愧天。已闻清比圣，复道浊如贤。贤圣既已饮，何必求神仙！三杯通大道，一斗合自然。但得酒中趣，勿为醒者传。"诗仙加酒仙，这么一鼓吹，影响就大了。

上溯到古代，酒杯之中往往掺和着政治。《战国策》记载："仪狄作酒而美，进之禹，禹饮而甘之，遂疏仪狄而绝旨酒。曰，后世必有以酒亡其国者。"而有意思的是周公，据《尚书·酒诰》，周公发布禁酒令，对周人要求很严，如有违犯者严惩不贷，而对异己的殷人则不禁酒，从这里可以看出他的用心。从嗜饮者角度看，也是情况各异。像晋人多言饮酒，有至于沉醉者，其本意未必在于酒。托于酣醉，以粗远世故，全身避祸者，所在多有。即以"酒圣"李太白而言，他的醉饮也存在着多种客观因素。晚清诗人丘逢甲在《题太白醉酒图》中曾做如下解释："天宝年间万事非，禄山在外内杨妃。先生沉醉宁无意？愁看胡尘入帝畿。"

至于现当代就更不必说了，有些人把酒场当作战场，"酒平"看作水平，视能喝酒为拥有公关能力，不是有"白酒也出生产力"的说法吗？到了项目审批、贷款发放、合同签订等关键时刻，免不了要托人、求情，套近乎、拉关系、挖门子，打通关隘，扫除障碍。"情城易破酒为兵"嘛！

贪杯过甚者，动辄"一口闷"、三杯连饮、五杯见底；逢年过节，友朋欢聚，更是要在醉醺醺中度过。有的人自己喝还不解渴，非要频频劝酒，制造出种种由头，举凡同乡、同龄、同姓、同学、同一性别、同一级别、同一职务的，都成了共同畅饮干杯的理由。为了推动饮酒作乐，有人还颇为荒唐地造作一些有害"舆论"，什么"宁伤身体，不伤友情"啦，甚至毫无根据地说"白酒能治糖尿病、心脏病"，等等，实在是误人，欺世。

其实，对于酗酒的危害，古人就已讲得明明白白。西晋时期，葛洪在一篇《酒诫》中说道："夫酒醴之近味，生病之毒物。无毫分之细益，有丘山之巨损。君子以之败德，小人以之速罪。耽之惑之，鲜不及祸。"这可说是一篇系统的讨酒檄文。饮酒过量，必然造成人的思维、知觉、情感、行为失去控制，忘乎所以，产生种种失常现象。如同古籍《清异录》中所说的："性昏志乱，胆胀身狂。平日不敢为者为之，平日不容为者为之。言腾烟焰，事堕阱机，是岂圣人贤人乎？"至于酗酒危害健康，历代典籍中更是连篇累牍。战国时的名医扁鹊有言："久饮酒者，溃髓蒸筋，伤神损寿。"东晋大诗人陶潜到了晚年,结合自身的教训,沉痛地说:"后代呆笨,盖缘于杯中物贻害。"

　　所幸的是,如今人们已逐渐认识到了酗酒的危害。近日在一个县参加活动,我欣喜地发现那里的人们对酗酒深恶痛绝,他们说,酗酒败坏党风、民风,腐蚀干部,这是有目共睹的;而许多乡镇干部(大都年纪很轻)因喝酒过多,不同程度地患上了各种疾病。所以,过去那种"傻乎乎"地"感情深,一口闷"的现象,在那里已经很少见了,劝酒之风也大为收敛。善哉,善哉!

《光明日报》2009年6月26日　第10版

史笔从容写画师
——读《华君武传》

华君武先生是德高望重、深受广大读者爱戴的漫画大家。20世纪90年代初，他到沈阳来，我有幸陪同他观看了两场足球赛。渐渐熟识了之后，在餐桌上，大家唠起了他的漫画。我告诉华先生：我是他的"铁杆粉丝"，逢画必看，一幅不漏。留下印象最深的是那些内部讽刺画，大多刊发在《光明日报·东风》副刊上。《科学分工》——两个人吹笛子，一个人按眼儿，一个人吹；《误人青春——送给离题万里的发言》；《曹雪芹提抗议》。还有一幅是讽刺戒烟的，一个人把烟斗从楼上扔下去，立刻就后悔了，飞快地跑到楼下，又把烟斗接住了。"构思太巧妙了，亏您想得出来。"先生笑说，这是依据延安时期的一个真人实事，只不过为了增强效果，把山下改成了楼下。

今年六月份，听到华老撒手尘寰的噩耗，悲痛之余，酝酿写一篇悼念的文字。恰好这时接到友人王毅人先生的《华君武传》——由传主直接授权的第一部翔实记录这位著名漫画家、美术活动家的人生历程和艺术创作道路的传记，遂日夕捧读，聊寄哀思。毅人先生是一位资深的新闻工作者，也是一位学养深厚、兴趣广泛、文笔老到的散文作家。这部传记文风质朴，语言精练，写法上却很别致，有一些可说是开创性的尝试。

鉴于传主是一位艺术名家，以创作漫画为终身职守，因而，在整部传记中，作者始终抓住漫画这条主线。不是泛泛地写他的青少年生活，而是凸显其艺术成长之路的社会文化环境；作者写无锡、杭州、上海，都着眼于与漫画息息相关的人和事，意在反映传主初识漫画、喜爱漫画并终身以之的奋斗历程。作者以艰苦的战争环境和诸多重大历史事件为背景，描述传主的艺术生涯、创作实践，及其同美术界人士的相濡以沫、友情交往。传记为我们提供了大量珍贵的信息，包括各种重要的艺术、学术活动，以及许许多多有趣的掌故、逸闻。

华君武先生一贯强调画品与人品的统一，他的整个一生都是把作画与立人结合在一起的。因而，传记作者在描写漫画家的成长过程中，采取双线并进、交相映衬的手法。一条线记述了画家技艺上发展进步的历程，另一条线反映了他的思想境界、精神风貌、胸襟怀抱、价值取向，二者交融互渗，相辅相成，齐头并进。通过作者提供的大量事实、细节、场面，漫画家的精神风貌、思想境界、品格修养，历历在目，一览无余。

在艺术手法上，这部传记有许多特点。

其一，为了表现画家个体的成长同我国的漫画事业的发展紧密结合，为了表现传主绘画技艺的提高与思想品德修养的增进紧密结合，作者巧妙地抓住一个关节点，那就是取之不尽、用之不竭的漫画资源。作者从漫画家2000多幅作品中选取了200多幅，穿插到全书的各个章节中去，借助漫画作品的画面解读与背景介绍，随时昭示着艺术家的心路历程与精神世界。这样，一个个富有思想内涵的感性画面所透出的信息与意向，就要比抽象的概念更有说服力、感染力，也更具广度和深度。

其二，传记不仅具有内容翔实、素材准确、立论谨严的品格，而且，运用形象化、个性化的语言，刻画细节，描摹场景，富有文学色彩。华君武的谈话具有独特风格，幽默生动，令人忍俊不禁。写在传记里，令人有"亲聆謦欬"之感，立刻就会同他的漫画人物的妙趣横生的话语联系起来。"在华君武看来，'漫画家和动物学家观察动物不一样，他是以人的心情去推测动物的'。华君武曾在住的院子里观察一群猫的活动，它们围在一起，坐在那里，它们到底想干什么呢？他弄不明白。观察了好一阵子，他发现它们是在开会，因为他想到，他就是常以这种形式开会的。"

185

其三，传记在谋篇布局、结构设计上也颇具匠心。作者以漫画家的创作历程为主线，展布全局，既做到井然有序，层次分明，又突出重点，关键部分铺张扬厉。开始如"江始出也，其源可以滥觞"，接着是长河莽荡，源远流长，后面则是入海前的浩瀚无涯。当日漫画家在杭、沪云程发轫之时，无论是接触面还是艺术视野，范围还比较窄；后来到了解放区，伴随着革命事业的发展壮大，紧密为之服务的漫画创作，水平也进一步提高，影响在逐渐扩大；新中国成立后漫画家任职于人民日报和全国美协，"如鱼得水"，艺术才华得以充分施展，漫画创作也呈现新的高潮，中间虽然遭遇"文革"厄运，出现了曲折，但"百川赴海"的大趋势是必然的；终于迎来了新的历史时期，漫画家的发展势头井喷般地一发而不可收。到此，作者改变了叙述策略，变原来的纵向延伸为横向铺排，拨出全书多半的篇幅，集中、全面地展现了传主艺术创作的辉煌，其势如"六龙蹈海，万马呼风"，局面无比壮观，令人动心动容。

其四，凡属有关传主的评价、判断和带有结论性的意见，都坚持用事实来说话，绝少空洞的议论和抽象的概括。比如，书中关于华君武"走的是一条大众化、民族化的道路""开创了新中国漫画史的新纪元"这样一些带有纲领性的结论，不是徒托空言，直接立论，而是从延安战争年代谈起，通过展布漫画家的艺术实践，运用大量极具说服力的典型事实，提供科学佐证。

披阅这部40万字的传记长卷，我们会随时感到，漫画家华君武可亲可敬的形象就闪现在我们眼前。他是名副其实的德艺双馨的艺术家，不仅创作成果辉煌，艺术精湛，构思巧妙，内涵深刻，画面简洁，风格独特，成为国内首屈一指的"漫画大家"，而且，以其优秀的品德、高尚的人格、强烈的社会责任感，为文艺界树立了榜样。作为新中国美术界的一位领军人物，他毕生站在时代潮流的前面，引领广大漫画家沿着"大众化、民族化"的艺术道路健康地向前发展。

有感于传记作者情意之真与运笔之勤，即兴题七绝一首，为赞为颂：

史笔从容写画师，日间搜索夜间思。

年华老去真情在，甘苦灯前一笑时。

《光明日报》2010年11月4日　第12版

"架桥者"言

追寻先师孔子的足迹，我们来到了西班牙美丽、新潮、独具个性的海滨城市巴塞罗那。

显然，这是一种文学说法。实际上，孔老夫子生前虽然也曾"周游列国"，甚而气恼地说："道不行，乘桴浮于海。"但其足迹所至，并没有突破中国的两三个省份。就是说，未曾跨出神州半步，遑论浩瀚的欧陆！

不过，如果抛开形迹，就其思想传播而言，便是另一种情况了。早在明朝万历年间，来中国传教27年之久的意大利人利玛窦就把《论语》翻译成拉丁文；到了公元1687年，于巴黎正式出版。此后，孔子便与古希腊的苏格拉底、柏拉图齐名，在世界范围内闻名遐迩。过去，看过一份由西方思想学术界排列的"100名历史上最有影响的人物"的名单，孔子赫然在册，位居第五；而在美国人心目中，孔子的地位还要更高一些，他们尊奉孔子为"世界十大思想家"之首。特别值得一提的是，有消息报道，1988年，75位诺贝尔奖得主在巴黎聚会，发表宣言说："人类要在21世纪生存下去，就要从2500年前孔子那里去汲取智慧。"

今天，随着中国综合国力、经济实力的迅猛增强和国际地位的不断提高，中国文化日益呈现出强大的吸引力，在世界上得以广泛传播。中国悠久而独特的文明传统，是创造今天奇迹的原动力之一，这已为更多的人所承认。而对于中国文化兴趣的不断增长，必然进而带动汉语的推广、传播。于是，以汉语学习与文化交流为宗旨的孔子学院，便像雨后春笋一般，在世界各地蓬勃发展起来。

巴塞罗那孔子学院的行政中心，设在巴塞罗那"亚洲之家"总部，主要是秘书和中方负责人的办公地点。而孔院的教学地点，则不仅是在这座历史建筑里，而且分布于巴塞罗那大学、巴塞罗那自治大学等一些高校的有关院系。现在，我们正站在"亚洲之家"总部的百年老楼的顶层，听着热情奔放的女秘书介绍"亚洲之家"与孔子学院的开办情况。这里视野开阔，前面正对着著名的神圣家族教堂直插苍穹的尖塔。她以自己有机会为架设西中两国文化桥梁尽一分力量而感到自豪，热情地说，传播伟大中国的文化，推广汉语学习，是一项神圣无比的事业；当然，也非常艰巨，任重而道远，像神圣家族教堂那样，需要多少代人才能完成。

步入孔子学院行政中心，迎面就是一尊孔子的塑像。在迢遥万里之外，与这位老先生打个照面，颇感亲切。迎接我们的是两位中年学者。他们分别来自巴塞罗那自治大学和北京外国语大学。从名片上了解到，两位的职务分别为主任与副主任，而不是通常的院长、副院长。原来，这里的孔子学院领先一步，已经成立了基金会。由中西两国四方（北京外国语大学和"亚洲之家"、巴塞罗那大学、巴塞罗那自治大学）分别注资，实现强强联合。孔子学院基金会主任为独立法人代表。以法律形式固定下来，保证了此项事业的合法性与连续性，不会因为某一方情况发生变化或主事者人事变更、兴趣转移而随之改变。应该说，这是孔院创办中的一项新政。

根据协议，孔子学院的活动可以在巴塞罗那上述三个机构所提供的场所举行，其中包括50多个教室，3个举办会议、展览和表演的礼堂等。

孔院基金会主任周敏康博士，年纪并不大，却已是西班牙一位资深的汉学家。他以标准而流利的汉语，向我们介绍说，近年来，随着中国经济腾飞，特别是西中友好关系的深入发展，两国在文化、教育方面的交流与合作日益频繁，相互了解的愿望也逐步加深，汉语学习在西班牙方兴未艾。目前，西班牙全国开设汉语课的大学超过40家，粗略统计，学习汉语人数在10000人以上。在巴塞罗那就读的中国留学生也在不断增加。适应这种大趋势，巴塞孔院的设立，为加泰罗尼亚地区民众提供了近距离了解、感受中国文化和语言的契机，使西中文化在地中海之滨和谐交融。

周主任热情地介绍了西班牙人学习中文、为推广汉语"铺路架桥"的逸闻佳话。一位建筑商的女儿，6 岁到 11 岁时，家里为她聘请一位旅居西班牙的华人做家庭教师，封闭学习中文。费心费力学这个，究竟会有多大用处？父母当时承受着很大的舆论压力。后来，她终于学业有成，派上了用场，1978 年 6 月，以中文翻译身份，随国王胡安·卡洛斯一世访问中国。20 世纪 80 年代中期，她在当地率先发起汉语的学习、研究活动，至今 25 年过去了。

谈到这里，他笑说，巧得很，几个"8"都凑到一起了：1988 年，学校开办第一届汉语班时，有 10 个学生报名选学中文。有的家长说，这简直是发神经。结果，竟有一半人被选入驻华使馆商务处，到中国高就。1998 年，校内报名学中文的增加到 25 人，所学专业被认为是 21 世纪最有发展前途的学科。到了 2008 年，汉语班报名爆满，形成了红红火火的气氛。

坐在旁边的另一位"架桥者"——巴塞孔院基金会副主任、北京外国语大学常世儒教授，接着补充了一个小插曲：巴塞市区里有一对夫妇，已经生了个男孩子，最近又领养了一个中国小男孩。为了给两个孩子创造学习汉语的良好氛围，父母两人每天也都跟着学，整个家庭学习汉语的气氛十分浓烈。他们认为，中国前程远大，汉语是未来的世界语言，应该使孩子们及早掌握中文，以便为未来发展做好准备。

听到这些感人的场景，我们深受鼓舞。表示回国后，一定要把西班牙人民对中国文化和汉语的喜爱传播开去，以推动国人学习西班牙语言、文化的热潮，更好地架起两国人民之间的"心灵之桥""信息之桥"。相信今后西班牙文化的多元与中国文化的独特，必将成为两国互相学习、共同进步的不竭动力。

关于下一步打算，孔院基金会的两位负责人共同谈道，随着西班牙人对于中国文化交流和汉语学习的需求日益增长，当前汉语教师存在很大的缺口。需要三管齐下，一方面在中国扩大招聘；同时，在中国"汉办"的指导与支持下，有计划地在协作城市开展就地培训；还可考虑试行推广华人华侨汉语教学。关于课程，应该是普及与提高并重，在保证汉语教学顺利开展的基础上，适当组织一些层次较高的文化交流、学术研讨活动，以满足当地人多层次的需要。

《光明日报》2011年9月14日　第13版

成功的失败者

悖论人生

张学良先生晚年说过:"人呀,失败成功不知道,了不起的人一样会有失败。我的一生是失败的。为什么?一事无成两鬓斑。"他的政治生涯是不同凡响的。尽管为时很短,满打满算不过十七八年,但却成就了惊天动地的伟业,被誉为千古功臣、民族英雄。古人说:"偶然一曲亦千秋。"就此,我们可以说,他的人生是成功的。当然,如果从其际遇的蹉跌、命运的残酷,宏伟抱负未能得偿于什一来说,又不能不承认,他是一个失败者。

他的人生道路曲折、复杂,生命历程充满了戏剧性、偶然性,带有鲜明的传奇色彩;他的身上充满了难于索解的谜团与悖论,存在着太大的因变参数;他的一生始终被尊荣与耻辱、得意和失意、成功与失败纠缠着,红黑兼呈,大起大落,一会儿"鹰击长空",一会儿又"鱼翔浅底"。1930年,他一纸和平通电,平息了中原大战,迎来了人生第一个辉煌时期,成为众人瞩目的焦点;然而时过一年,同是在"九一八"这一天,面对日本关东军发动的侵略战争,他束手退让,背上了"不抵抗将军"的恶名,红筹股一路狂跌,变成了蓝筹股。辉煌之时,拥重权,居高位,一人之下,万人之上,举国鹰扬;落魄时节,蒙羞辱,遭痛骂,背负着"民族罪人"的十字架,为世人所不齿。

他的一生从始至终都与"矛盾"二字交织在一起,可说充满了悖论:

——他自认是和平主义者,有志于悬壶济世、治病救人;但是,命运却偏偏搬了个道岔,厌恶打仗的人竟当上了领兵的上将;

——从政从军,就意味着放弃自我,服从组织,同自由随意搭不上边。挥师临阵,难免在战场上杀人;有时还会滥杀无辜,以实现其政治目的。1926年,名报人邵飘萍因著文抨击奉系军阀军纪太坏,即被他以"取缔宣传赤化"为名,绑赴天桥枪决。同年在内蒙古处理金佛事件中,盛怒之下,枪毙了大批官兵,落下了"嗜杀"之名。包括他断然处决的杨、常两位重臣,也是"有可杀之理,而无必杀之罪"的;

——他对吸食鸦片深恶痛绝,主政之后即发布《禁止军人吸食鸦片》令:"查鸦片之害,烈于洪水猛兽,不惟戕身败家,并可弱种病国,尽人皆知,应视为厉阶,岂宜吸食!"孰料,时隔不久,他本人就因忧患缠身,寻求慰藉,以致吸毒成瘾,形销骨立,几于不治;

——他是一个"爱国狂",对国家的统一梦寐以求;可是同时,又追求东三省的利益最大化,为保住东北军这个命根子,不惜牺牲整体利益;

——他访问过日本,结交了一些日本朋友,与法西斯分子本庄繁私交不错;游历过欧洲,对墨索里尼、希特勒推崇备至。可是,却怒斥军国主义,坚决拒绝受日本人操纵,直到多次请缨,最后兵谏逼蒋,誓死要为反法西斯战争献身;

——他一生憧憬自由,放浪不羁,不愿受丝毫束缚;却身陷囹圄,失去人身自由长达半个多世纪。而决意拘禁他、发誓"决不放虎"的独裁者,恰恰是他多年矢志效忠、有大恩大德于彼的结拜"把兄";

——他热爱祖国,眷恋乡土,想往着落叶归根,直到弥留之际,还"乡梦不曾休";却始终未能还乡一望,在晚年竟然定居海外,埋骨他乡;

……………

其实,这也就是命运,亦即人的生命主体与其赖以生存的环境在相互作用中所形成的生存状态。"本来是要驰向草原,却一头闯入了马厩。"这种动机与效果恰相悖反的现象,在很大程度上,源于人性的复杂和机缘的错舛。生活在现实中的各色人等，伟人也好，常人也好，都不可能一切随心所欲，为所欲为。清人胡大川《幻想诗》中有这样两句："天下诸缘如愿想，人间万事总先知。"既然叫"幻想"，就不可能成为现实。实际上，世间任何人的愿望、追求，都不能不受制于他人，都无法完全摆脱环境的影响。在终极的意义上，或者从总体上说，个人的命运是由环境决定的，其中社会环境的作用尤其不容忽视。

对张学良来说，最具有决定意义的社会环境，或者说，与他关联最密切、影响他整个一生的客观对象，一为他的父亲"东北王"张作霖，一为他的顶头上司蒋介石，一为他的死对头日本侵略者，再就是最后"化敌为友"的共产党与红军。这四个方面决定了他一生的成败。荣辱、得失集于此，功过、是非亦集于此。

父亲为他的起飞铺设下必要的基石，而且，给予他以巨大的、直接的影响。他说："我是可以做些事，确比一般人容易，这不是我能力过人，是我的机遇好，人家走两步或数步的路，我一步就可以到达。这是我依借着我父亲的富贵权势。"

他从小就生活在日本军国主义虎视眈眈、垂涎欲滴的东北，耳闻目睹"草根阶层"所遭受的践踏与蹂躏。他从小就痛恨那些气焰嚣张的日本军人，"晃着肩膀、耀武扬威"的鬼子顾问；对于出没沈阳街头、扮演着侵华别动队角色的日本浪人和"穿着浴衣，花枝招展地招摇过市"的东洋荡妇，厌恶至极，视为"社会的疥疮"、民族的耻辱。及长，国恨家仇集于一身，心底深深地埋下了反抗的种子；主政东北伊始，为了摆脱日本对东北的控制，他无视田中内阁的蓄意阻挠，毅然实施东北易帜，他以"我是中国人"这掷地作金石声的壮语，回绝日本特使许愿拥戴他做"满洲王"的诱惑。当他得知族弟张学成阴谋叛国，私通日本时，他大义灭亲，就地枪决。可是，难以理解的是，九一八事变发生，国难当头之际，他却不予抵抗，致使东北大好河山沦于敌手。真是咄咄怪事！

对于蒋介石，他一贯忠心耿耿，唯命是从，"爱护介公，八年如一日"。

从东北易帜到调停中原大战，为蒋介石和南京国民政府立下了汗马功劳；东三省沦陷，又代蒋受过，身背恶名；尔后，日军进犯华北，热河失守，为平息全国愤怒浪潮，他又慨然答应蒋介石的要求，交出军权，下野出洋；旅欧归国后，他又把所接受的法西斯主义影响化作实际行动，积极拥戴蒋氏为最高领袖。可是，时隔不久，还是这个张学良，竟然甘冒天下之大不韪，果断地实施兵谏，扣蒋 14 天，逼他抗日。这也大大出乎国人的意料。

他同共产党、红军的关系，同样充满了戏剧性。当时，工农红军在长征途中遭到国民党军队的围追堵截，受到严重削弱，初到地瘠民穷的陕北，困难重重。按照张学良的初衷，他是想要"通过剿共的胜利，取得蒋之信任，从而扩充实力，以便有朝一日，能够打回老家去"。但是，实际接触之后，特别是从损兵折将的深刻教训中认识到，共产党是消灭不了的；他们的主张"不但深获我心，而且得到大多数东北军特别是青年军官的赞同，我开始想到，我们的政策失败了。为此，开始与中共及杨虎城接触，以谋求合作，团结抗日"。正所谓"不打不成交"，结果，由拼命"追剿"的急先锋一变而为患难相扶持的真诚朋友。最后，反戈一击，临潼兵变，强迫蒋介石"放下屠刀"，停止"剿共"计划，挽救了民族危机，帮助了中国革命。这一切同样也是始料所不及的。

一切都充满了悖论，充满了未知数，似乎有一只看不见的手在背后拨弄着，似乎冥冥之中存在着一种决定人一生命运的神秘力量。实际情况，难道真的是这样吗？

个性决定命运

一切看似神秘莫测的事物，其实，它的背后总是有规律可循的。即以人的命运、人的种种作为来说，那个所谓的"冥冥之中背后看不见的手"，恰恰应该也能够从自身上寻找。

行为科学认为，作为个体的人，是生理、心理、社会文化三方面综合作用的产物。其中社会文化因素，一方面通过个人后天的习得构成行为的内在基础，另一方面，它又和自然环境一道成为行为主体的活动对象和范围，并处处制约着人的行为，从而也影响到人的命运。它在一个人身上的综合体现，是个性，包括个人的性格、情绪、气质、能力、兴趣等等，其中又以性格和气质为主导成分。在这里，气质代表着一个人的情感活动的趋向、态势等心理特征，属于先天因素；而性格则是受一定思想、意识、信仰、世界观等后天因素的影响，在个人认识和实践活动中形成、发展起来的。二者形成合力，作为个性的主导成分，作为内在禀赋，作为区别于其他人的某种特征和属性的动态组合，制约着一个人的行为，影响着人生的外在遭遇——休咎、穷通、祸福、成败。正是从这个意义上，人们常说，个性就是命运。

张学良的性格特征极其鲜明，属于情绪型、外向型、独立型。正直、善良、果敢、豁达、率真、粗犷、人情味浓、重然诺、讲信义、勇于任事、敢作敢为。在他的身上，始终有一种磅礴、喷涌的豪气在。那种胸无城府、无遮拦、无保留、"玻璃人"般的坦诚，有时像个小孩子。而另一面，则不免粗狂、孟浪、轻信、天真、思维简单、容易冲动，而且，我行我素，不计后果。

他说："我从来不像人家，考虑将来这个事情怎的，我不考虑，我就认为这个事我当做，我就做！""我一生最大的弱点就是轻信。毁也就毁在'轻信'二字上。要是在西安我不轻信蒋介石的诺言，或者多听一句虎城和周先生的话，今日情形又何至于此！再往前说，九一八事变我也轻信了老蒋，刀枪入库，不加抵抗，结果成为万人唾骂的'不抵抗将军'。1933年3月，老蒋敌不住国人对他失去国土的追究，诱使我独自承担责任，结果我又轻信了他，下野出国。他算是抓住我这个弱点了，结果一个跟头接着一个跟头。"

张学良的顽皮、捣蛋，无拘无管，天不怕地不怕的个性，可说是从小就养成了。一次，他因为惹是生非遭到母亲的责骂，一时性起，竟操起菜刀向母亲头上砍去，幸亏母亲反应快，躲闪过去，才没有造成流血惨剧。

还有一回，父亲以玩笑口吻对他说："不喜欢你了！"他立刻扑上前去，把老师的长袍大襟一把扯了下来。读家塾时，因为背书时偷翻了书本，受到老师批评，他便顶撞说："书是我的，为什么我不能看？"塾师思想守旧，坚持要留辫子，他十分反感，索性剃了光头。塾师大发雷霆，认为"身体发肤受之父母，不可毁伤"。他便质问老师："你不留全发，剃去一半，岂不也是毁伤？"塾师语塞，停了一会儿，喃喃地说："这是皇上旨意。"他反问："皇上是你爹还是你妈？你那么听他的！"他12岁那年，祖母病逝，家里请来工匠搭起一座两层楼高的布棚，布置成高大的灵堂。趁着家人不注意，他一下子攀到顶棚上面，吓得人们不知所措。长大以后，更是胆大、冒险、无所顾忌。他说："我可以把天捅个大窟窿。你叫我捅一个，我非得捅两个不可。"在担任东北航空处总办时，他请来教官教他驾驶飞机。这天早晨，他趁教官不在，无视工作人员的劝阻，独自将飞机发动起来，飞向远方。吓得身旁的人惊骇万状，不知所措。

他有一种将生死置之度外、一意孤行、不计后果的冒险精神。"死有什么了不得的？无非是搬个家罢了！"这是他的口头禅。为了得偿夙愿，绝不顾惜一切，包括财产、地位、权力、荣誉，直至宝贵的生命。他敢为常人之所不敢为，这为日后的处理"杨常事件"、发动西安事变，奠定了性格上的基础。

当被囚10年届满之日，种种迹象表明，如果他能按照蒋介石的要求，对发动西安事变低头认"罪"，违心地承认是"上了共产党的当"，就有获释的可能。但他坚持真理，不讲假话，绝不肯以出卖人格做政治交易。"我张学良从来不说谎，从不做对历史不负责任的事！""如果为了自由，无原则地接受3个条件，我还是张学良吗？"自由诚可贵，名节价更高。张学良渴望自由，却不肯牺牲名节而乞怜于蒋介石。结果，又被监禁了44年。

这使人想到了古希腊哲学家苏格拉底。由于触犯了雅典人的宗教、伦理观念，陪审法院要对他判刑。按照当时的法律，他可以向法官表白愿意接受一笔罚金，或者请求轻判，处以放逐。可是，他拒绝那样做，因为那样就意味着承认了自己有罪。这种坚定信念、刚直不阿的态度，被认为触犯了法院的尊严。许多陪审员被激怒了，纷纷投票判他以死刑。

这里，坚定的信念，闪光的个性，构成了人生的宝贵精神财富，成为人性中最具魅力的东西。纵观历史，"死而不亡"的不朽者，代不乏人，而后人对他们的记忆与称颂，除了辉煌的业绩，往往还包含着独具魅力的个性。大约长处与短处同样鲜明的人，其风格与个性便昭然可见。张学良是其中的一个显例。

"背着基督进孔庙"

张学良的多彩多姿、不同凡响的个性，是在其特殊的家庭环境、文化背景、人生阅历诸多因素的交融互汇、激荡冲突、揉搓塑抹中形成的。

他出生于一个富于传奇色彩的军阀家庭。父亲张作霖由一个落草剪径的"胡子头"，像变魔术一般迅速扩充实力，招兵买马，最后成为名副其实的"东北王"。从青少年时期开始，张学良就把父亲奉为心中的偶像，从父亲那里，不仅接过了权势、地位、财富，承袭了优越、舒适的生活环境，还有自尊自信、独断专行、争强赌胜、勇于冒险的气质与性格。而活跃在他的周围、与他通同一气的其他一些领兵头目，除了郭松龄等少数进步人士，也多是一些说干就干、目无王法、指天誓日、浑身充满匪气的"草莽之徒"。晚年他曾说过，他一生中有两个长官，一个是他父亲，一个是蒋介石，这两个人对他一生的影响最大。如果说，蒋介石是导致他后半生成败、荣辱的关键角色；那么，他的父亲则是在他的早年个性形成的关键阶段起到了主导作用。

家庭环境之外，文化背景对于一个人性格的形成，也是至关重要的。它主要表现为一定文化环境影响下的价值观念、道德规范、思维方式与行为模式。瑞士心理学家荣格有一句十分精辟的话：一切文化都会沉淀为人格。从六岁起，张学良就被送进家塾，系统学习儒家经典。中国古代博大精深的传统文化，包括"孝悌忠信""三纲五常"等封建伦理道德，自小就深深地印在他的脑海里，对他的文化人格的塑造影响深远。当年郭松龄起兵反奉，曾以拥戴少帅为号召，敦请他"取老师而代之"，重整东北政局。而他的回答则是：学良"对于朋友之义尚不能背，安肯见利忘义，背叛予父"。说明封建伦理观念在他的头脑中还是十分牢固的。当他进入青年时代，资产阶级民主革命正在蓬勃兴起，中西文化、新旧思潮激烈冲击、碰撞，因而，他在接受传统教育的同时，又被西方文化投射进来的耀眼光芒所吸引。先是师从奉天督军署一位科长学习英语，并参加基督教青年会活动，后又结识了郭松龄、阎宝航、王卓然等新派人物，还有几位外籍朋友，逐渐地对西方文化发生了浓厚兴趣。随着视野的开阔、阅历的增长，他性格中的另一面，热情开朗、爱好广泛、诚于交友、豪放旷达，开始形成。

　　人生阅历对于性格的形成也至关重要。由于父亲的荫庇，他年未弱冠，即出掌军旅，由少校、上校而少将、中将、上将，最后出任全国陆海空军副总司令，成为一人之下、万人之上，名副其实的副统帅。一路上，春风得意，高步入云，权力与威望与日俱增。因此，在他的身上少了必要的磨炼与颠折，而多了些张狂与傲悍。他未曾亲历父辈创业阶段披荆斩棘、筚路蓝缕的艰难困苦，不知世路崎岖，人生多故；不像其他那些起身民间，饱经战乱，通过自我奋斗而层级递进的军阀那样，老谋深算，渊深莫测，善于收敛自己的意志和欲望去适应现实，屈从权势。他少年得志，涉世未深，缺乏老成练达、纵横捭阖的适应能力；加上深受西方习尚的濡染，看待事物比较简单，经常表现出欧美式的英雄主义和热情豪放、浪漫轻狂的骑士风度；又兼从他父亲那里，只是继承下来江湖习气、雄豪气概，而抛弃了那种狡黠奸诈，厚颜无耻，反复无常，少了些匪气，而多了些稚气。从做人方面讲，无疑获得了助益；但要适应当时危机四伏、诡谲莫测的政治环境，就力难胜任了。

张学良的思想观念十分驳杂，而且随着客观环境的变化，经常处于此消彼长、翻腾动荡之中。在他身上，既有忠君孝亲、维护正统、看重名节的儒家文化传统的影响；又有拿得起放得下、旷怀达观、脱略世事、淡泊名利、看破人生的老庄、佛禅思想的影子；既有流行于民间和传统戏曲中的绿林豪侠精神，"滴水之恩，涌泉相报"，侠肝义胆，"哥们义气"；又有个人本位、崇力尚争、个性解放、蔑视权威的现代西方文化特征。这种中西交汇、今古杂糅、亦新亦旧、半洋半土的思想文化结构，使他经常处于变幻无常之间，带来了文化人格上的分裂，让矛盾与悖论伴随着整个一生。他的夫人赵一荻说得十分形象："汉卿是三教九流，背着基督进孔庙。一说话就常说出儒家的思想；可是，在对待生死问题上，又类似于庄禅。"

其实，儒家传统、庄禅思想、西方观念也好，三民主义、社会主义也好，还有什么法西斯主义、国家主义，他都没有进行过精深、系统的研究。有一些东西，不过像是精神上的"晚礼服"，偶尔穿上出入某种沙龙，属于装点门面性质；或者一时兴之所至，过后便不复记起。至于被幽禁后，红尘了悟，云淡风轻，先是信奉佛教，后来又皈依基督教，说是精神上的寄托，未为不可；至于哲学层面的信仰，恐怕还谈不到。当然，再复杂的事物也必有其本质特征，也就是所谓事物的规定性。同样，张学良的思想观念无论怎样驳杂，如何变幻不定，其本质特征还是鲜明而坚定的，那就是深沉博大的爱国主义精神。作为思想上的主旋律，他终其一生，坚守不渝，并且不断有所升华。从东北易帜到西安兵谏，无一不源于民族大义，系乎国运安危。尤其是捉蒋、放蒋一举，体现得至为充分。

他说，把蒋介石扣留在西安，"是为了争取停止内战，一致抗日，假如我们拖延不决，不把他尽快送回南京，中国将出现比今天更大的内乱，那我张学良真就成了万世不赦的罪人。如果是这样，我一定要自杀，以谢国人"。赵一荻说："他爱的不是哪一党、哪一派，他所爱的就是国家和同胞，因而，任何对国家有益的事，他都心甘情愿地牺牲自己去做。"他自己也说:"我是一个爱国狂。"

这样,问号就来了:既然如此,为什么他还会执行蒋介石的"不抵抗政策",置东三省沦陷于不顾?应该承认,由于个性的缺陷与认识能力的限制,他的爱国主义带有一定的局限性。他与人为善,轻信,幼稚,常常从良好愿望出发,"以君子之心度小人之腹",林林总总、变化万端的人和事,在他的眼中往往被理想化、简单化、程式化了。比如,他没有认清蒋介石的本质,始终抱着不切实际的幻想,这是他的一个重大失误。他把忠于蒋氏个人与忠于祖国画作同一等号,认为要对抗日寇就必须谋求统一,而要统一就必须唯蒋之"马首是瞻"。再就是,对于日本军国主义的本质,他也同样缺乏清醒的认识,且又过分迷信国联,为"九国公约"和"门户开放"政策中的一些漂亮言辞所迷惑,因而做出了"日本绝不敢这么猖狂地扩张"的错误判断。

诚然,他为民族大义所表现出的一往无前、勇于牺牲的精神是值得赞许的;但是,有时流露出一种江湖义气与个人英雄主义,浪漫、狂热、莽撞、冲动,这一切,都构成了他的命运悲剧。

在《卧床静省》一文中,他本人曾就此做过痛切的剖析:"幼年生活优裕,少年即握有权势,钱财任意挥耗,人事如意支配,到处受人欢迎,长达十余年,因之不能充分了解人间善恶……性情急躁,任意而为,经验阅历不足,学识缺乏,因之把事情判断错误,把人观察错误,有时过于天真,有时过于任情,致使把事情处置错误。"

如果……

人生道路的选择是一次性的,只有现场直播,而没有彩排、预演。"三生石上旧精魂",原是文人笔下的幻想。同样,历史就是历史,它是既成事实,不存在推倒重来的可能。但是,如果换一个思路,或者调整一下角度,比如从研究历史、探索规律出发,倒也不妨做出种种悬拟,设计一个应然而未必然的另一种版本。

鉴于张学良的一生命运、成败休咎，都与蒋介石密切相关，我们假设：若是张学良走另一条路子，当他父亲所希望的"东北王"，拥兵自重，割据一方，那么，东北易帜和中原大战的调停，也就不会发生，接下来，东北军主力也就不会参与南下平叛了。那么，日本关东军还敢不敢对东三省贸然动手呢？（动手是必然的，无非是拖延一些时日而已。）在这种情势下，张学良自然就等同于其他一些军阀，既不会被任命为全国陆海空军副总司令，也不会唯蒋之命是听了；即使仍然发生九一八事变，他也不会背上"不抵抗将军"的恶名。而且，由于失去了蒋介石的倚重，也就不再具备发动那一"外为国家民族，内可平慰东北军民"的西安兵谏的客观条件，自然也就不会带来后日54载的铁窗生涯了。这样的张学良，人生价值，生命意义，又将如何？

实际上，《美国之音》记者已经做了一番假设，曾经问过张学良本人："如果这半个世纪您没有被软禁，能自由地在政治上发挥，统率您的军队，您觉得会对整个中国产生什么贡献呢？"他的答复是："此事难说。我当然很痛苦，我恨日本军阀，一生主要就是抗日，心中最难过的就是抗日战争我没能参加。我请求过几次，蒋委员长没答应，我想这也是上帝的意思。假如我参加中日战争，我这人也许早就没有了。非我自夸，我从来不把死生放在心里。假如让我参战，我早就没有了。"

一切都是未知数，当然"此事难说"。回答得可谓绝妙。

不过，有一点可以断定：若是真的重新改写，那么，他的人生道路绝不会如此曲折复杂，如此充满矛盾、充满悖论，如此七色斑斓、多彩多姿。那样一来，闲潭静水，波澜不兴，他还会有现在这样的人格魅力、命运张力、生命活力吗？也许正是为此，寿登期颐的老将军在回答记者提问时，才说："回忆近一个世纪的人生历程，我对1936年发动的事变无悔，如果再走一遍人生路，还会做西安事变之事。"海外著名史学家唐德刚先生是这样评论的："如果没有西安事变，张学良什么也不是。蒋介石把他一关，关出了个中国的哈姆雷特。爱国的人很多,多少人还牺牲了生命,但张学良成了爱国的代表,名垂千古……张学良政治生涯中最后一记撒手锏的西安事变,简直扭转了中国历史,也改写了世界历史。只此一项,已足千古,其他各项就不必多提了。"

《光明日报》2012年5月28日　第5版

"各位领导……"

一

一次,我陪同北京几位客人去葫芦岛市的九门口长城和秦汉遗址参观。由于都是一些著名专家、学者,当地政府十分重视,专门安排了一位专业素质较高、口才也好的导游员负责讲解。讲得确实不错,令人不太惬意的是,这位导游小姐一口一个"各位领导",贯穿于两处参观的始终。我感到很尴尬,便特意予以纠正说,他们都是博士生导师、大学教授、研究员,可以称"老师"或者"先生"。导游员点点头,连声说:"是,领导。我一定按照领导的指示办。"下面再讲,只说了两句"各位老师",马上便又改口称呼"领导"了。

在她的心目中,只有领导是尊贵的,如果称"先生""老师"便减弱了分量,降低了身份,显得不够尊重。她的年纪很轻,涉世未深,不应深责,何况,完全是出于善意。但其中所反映的"官本位"的思想,却是要不得的。

"官本位"思想,在中国由来久矣。古有"四民"之说,士、农、工、商,士列"四民"之首。"万般皆下品,唯有读书高。"这本身就是"官本位"的反映。因为"士者,仕也",一经入仕,即为"万民之望",也便置身利禄之场,随之而来的是"黄金屋""颜如玉""千钟粟"。现代社会,在有些人眼里,当官仍然拥有特权,可以获得比普通人多得多的利益,可以受到人们特殊的尊重。

古代的读书人，对于入仕趋之若鹜，更主要体现了一种对于社会政治权力的依附。儒家的"内圣外王"也好，"致君泽民"也好，所依凭的都是入仕。在封建社会，只有走上仕途，才有望实现政治抱负与自身价值。从这个意义上说，古代士人的悲剧性，在于他们参与社会国家管理的过程，实际上就是驯服于封建统治权力的过程，最后，必然形成普泛的依附性，就像台湾学者徐复观所说："知识分子一开始就是政治的寄生虫，便是统治集团的乞丐。"

作为一种社会现象、思想意识和价值取向，"官本位"的典型特征，是社会的各个环节、各个阶层，都是以官为本，以权为纲，以仕途为个人事业的选择导向；一切都要按照官爵来排位次、分等级、列尊卑、定高下。俗话说"官大表准""官大一品压死人"。于是，官高位重者自然就颐指气使，作威作福，不可一世。《聊斋志异·夜叉国》中有一段话，对此做了惟妙惟肖的描绘：

问：何以为官？

曰：出则舆马，入则高堂，上一呼而下百诺，见者侧目视，侧足立。

清末一首《京都竹枝词》是这样描写的：

> 一双蔗棍轿前催，曲巷回过喊若雷，
> 更有双鞭前叱咤，威风扬起满城灰。

二

一个读书士子是不是发迹了、有出息了，自古以来，一个显著标志，或者说验证标准，就是看是否入仕做官。读过古代典籍《战国策》的，当会记得这样一段精彩的描述：

（苏秦）说秦王，书十上，而说不行，黑貂之裘敝，黄金百斤尽，资用乏绝，去秦而归，嬴滕履屩，负书担橐，形容枯槁，面目犁黑，状有归色。归至家，妻不下纴，嫂不为炊，父母不与言。苏秦喟然叹曰："妻不以我为夫，嫂不以我为叔，父母不以我为子，是皆秦之罪也。"乃夜发书，陈箧数十，得太公《阴符》之谋，伏而诵之，简练以为揣摩。读书欲睡，引锥自刺其股，血流至足，曰："安有说人主，不能出其金玉锦绣，取卿相之尊者乎？"期年，揣摩成，曰："此真可以说当世之君矣。"

于是乃摩燕乌集阙，见说赵王于华屋之下，抵掌而谈，赵王大悦，封为武安君。受相印，革车百乘，锦绣千纯，白璧百双，黄金万溢，以随其后，约从散横，以抑强秦。

故苏秦相于赵而关不通……将说楚王，路过洛阳，父母闻之，清宫除道，张乐设饮，郊迎三十里。妻侧目而视，倾耳而听。嫂蛇行匍匐，四拜自跪而谢。苏秦曰："嫂何前倨而后卑也？"嫂曰："以季子之位尊而多金。"苏秦曰："嗟乎！贫穷则父母不子，富贵则亲戚畏惧。人生世上，势位富厚，盖可以忽乎哉？"

"人生世上，势位富厚，盖可以忽乎哉？"2000多年前，苏秦先生所给出的结论，至今仍没有过时。

也正是为此，一旦为官做宦的愿望得以实现了，这时所反映出的心态，往往是踌躇满志，忘乎所以，得意忘形。唐代诗人孟郊，连续两次名落孙山，久困名场，到了46岁那年，才幸得进士及第，因而，他再也按捺不住狂喜之情，写出了那首披露心曲却饱遭时贤与后辈讥讽的浅薄的诗章："昔日龌龊不足夸，今朝放荡思无涯。春风得意马蹄疾，一日看尽长安花。"

时至今日，出巡喝道，"双鞭叱咤"，青红皂隶前后护卫之类的官场排场不见了，称呼也由知府、知县改成了市长、县长。但是，"长官，长官，官者为长""官者，牧也，管也"的陈旧观念，仍然在一些人头脑里盘踞着。讲排场，摆阔气，皮包要人提，雨伞要人打，茶杯要人送，讲稿要人写；住要高级，车要豪华，一台轿车不够，还得配越野车、大吉普，什么丰田、现代、奔驰、三菱、凯迪拉克……不一而足。此类现象，几乎是随处可见的。

这样，留给人的印象，仍然是官贵民贱，官为"万民之望"。影响所及，即便是纯学术会议或者各类专业会议，行政领导也都要头排就座；大学、中学举行校庆活动，邀请的重点对象，也都是相关领导和校友中的位高权重者；至于最应受到尊重的老教授、老专家，倒成了可有可无的对象。有的把本校出了多少大官作为体现学校办学水平的重要标志。社会各行各业普遍向官位靠拢。专业技术人员、演员、教师、医生、厨师，也要用行政职级来套。有的画家、书法家，被评为"人民艺术家"，立刻获得厅级、司局级甚至省部级待遇。甚至一些寺庙，也要给和尚、道士定上职级待遇，以至闹出"处级方丈""局级住持"的笑话。

上述两类情况，前者为颠倒轻重，后者为职级泛化，都是亟须扭转与纠正的不良社会现象。

三

"官本位"体现了一种体制设置与政治文化，它所包含的意识、思维、机制、行为，在中国已经盛行了几千年。一个以官阶高低为标尺，由行政权力搭建起来的金字塔，关涉整个社会人群的利益分配、权位较量、意志施行，严重影响了社会心理、意识形态，特别是人生价值追求与事业选择导向。

记得有一次，因为我有一本散文集被译成英文与阿拉伯文，要到法兰克福去参加国际书展，于是，去外事部门办理出国手续。一位工作人员为难地说："干部太大，职位又高，而事情太小，实在不好处理。"我说，我是作家，原来虽然当过领导，现在已经退位了，没有什么职位高低问题；况且，一部作品能够翻译到国外去，也不算小事。他却扑哧一笑："无论怎么说，你也是领导。"

领导，在人们心目中已经定格了，不管你怎么转身，怎么变轨，高官的形象也消解不掉。其实，这种"尊重"本身，也常常令人处于十分尴尬的地位。古籍记载，北宋年间，北方民家做红白喜事时，往往请相礼者做司仪。魏国公韩琦在枢密使任上回到故乡邺县。一日，到一姻家出席宴请，看到筵席上放有一盘荔枝，便顺手拿起一颗，刚刚剥开，正想放进嘴里，相礼者突然大声唱道："资政殿大学士吃荔枝了，请众宾客同吃荔枝。"韩琦讨厌此人饶舌，就把荔枝放回席上，相礼者赶紧又唱道："资政殿大学士放下荔枝了，请众宾客也要放下荔枝！"

看来，领导也不是那么好当的。这位身为魏国公的高官，连想要安安生生地吃上一颗荔枝也难以办到。

以什么为本位，直接影响到称谓问题。几十年来，我们社会日常交往中，称谓上的变化，十分显著。新中国成立初期，革命队伍内部互相以同志相称；后来，滋长了官僚主义，下级遇到上级，则改口称呼官衔，不管正副，一律都叫书记、局长；甚至已经退休多年，仍然要按照原有的官职称呼，以示尊重；新时期，市场经济盛行，有的互称"师傅"，尊重一些称呼"老板""老总"，亲切一点的则以"大哥""大姐"称之，而最高贵的还是称呼"领导"。变来变去，唯独不见专家、学者概念的呈现。

就此我想，日常交往中，什么时候能够把知识、学问突出出来，那么，这个社会可就是向前进了一大步。现在，党中央明确提出"尊重劳动、尊重知识、尊重人才、尊重创造"的要求，这不仅有利于增强全社会的创造活力，而且，对于引领社会风尚的主流价值导向，具有极为重大的意义。

《光明日报》2014年9月5日　第16版

生生之谓易：《周易》的三重奥义

黑格尔曾经说过："《易经》代表了中国人的智慧，就人类心灵所创造的图形和形象来找出人之所以为人的道理，这是一种崇高的事业。"作为形成于3000年前上古时期的卜筮之书，"一些神秘的砖块八卦所砌成的殿堂"（郭沫若语），《周易》留给后世人诸多疑问，那么，在其中究竟隐藏着哪些奥义？

生命之学

"生生之谓易"，这是《周易·系辞》中的一个核心概念。"生生"也者，乃生命繁衍，滋育不绝之谓也。学者认为，"生生"二字，前面的"生"表示大化流行中的生命本体，后面的"生"为生命本体的本能、功用与趋向。功能与趋向不能脱离生命本体，而本体若是剔除功能与趋向，亦无生命可言，二者相辅相成，深刻地揭示了生命的本质。从这个意义上，我们说，《周易》乃生命之学。

也许有人会问：按其古代形态来说，《周易》原是卜筮之书，不要说形成于3000年前上古时期的卦象、卦辞、爻辞——以"一些神秘的砖块八卦所砌成的殿堂"，幽玄诡奥，令人难以索解；即便是由孔子及其后学拟就的辅翼之作《易传》，也充满了形上思维、哲学抽象，哪里会有鲜活的生命出现？

《周易》源于自然。大自然的运转变化，是卦爻演化的蓝本和赖以形成的基因；而卦爻与象辞则是混沌初开之时远古先民对于自然、社会早期认识的记录。徜徉于《周易》所铺陈的天地间，眼前会展现出"万类霜天竞自由"的动人景象。宏观的自然环境是，"天玄地黄""上火下泽""雷雨之动满盈""万物滋生"——其中有植物："草木蕃"盛，"系于苞桑""拔茅"连茹，"枯杨生稊"；有动物："鸣鹤在阴""鸿渐于陆""潜龙勿用"，"羝羊触藩""小狐汔济""鼫鼠贞厉""鸟焚其巢""田获三狐""十朋之龟""童牛之牿""豮豕之牙""乘马班如""牵羊悔亡""履虎尾""包有鱼"。而最为引人注目的，还是各类劳作着、休憩着的人：有的"仰则观象于天，俯则观法于地，观鸟兽之文，与地之宜"，推演卦爻；有的"刳木为舟，剡木为楫""断木为杵，掘地为臼""斫木为耜，揉木为耒"；有的"做结绳而为网罟，以佃以渔"；有的射雉逐鹿，追逐禽兽；有的穿行山泽，"见豕负涂"；有的"笑言哑哑""鼓缶而歌"……

描摹物象，在于寄寓思想观念。其形成过程，往往是通过观察一系列自然与社会现象，参悟出个中所隐喻的哲思、理蕴。在这里，卦象和现实中的人类生活联结起来，将生命作为天地间最可宝贵的本体加以研索。比如，《既济》卦中讲成事规律，其中《九五》爻辞："东邻杀牛，不如西邻之禴祭。实受其福。"意思是，东方邻国杀牛举行大祭（处于既济状态，祭祀十分隆重），不如西方邻国举行简朴的祭礼（禴祭是夏祭，五谷还没有丰收，所以礼仪简单），诚敬而合于时宜，更加经济实惠，更能得到神灵施降的福泽。

天地感而万物化生。生、化二字是中国古典哲学中的两个重要范畴。化有多义，此处当指化育、生长。化是生的存在方式。二者是紧密联系在一起的。《庄子》佚文有"生物者不生，化物者不化"之语；《文子·九守》亦称："化者复归于无形也，不化者与天地俱生也。故生生者未尝生，其所生者即生；化化者未尝化，其所化者即化。"化、生二字表征着生命转化的动态流程。

对于物质世界，先民以"阴阳"二字做抽象而形象的表述。他们认为，万物包括人在内，皆由阴阳二气交感而成。阴阳，化为物质，即是天地；而其象征表现，即是乾坤；体现在人类身上，则为男女。其核心理念，是阴阳和合，"一阴一阳之谓道""独阴不生，孤阳不成"。关于这种自然的宇宙生成论，《易传》中表述得至为充分："有天地，然后有万物；有万物，然后有男女；有男女，然后有夫妇"（《序卦》）；乾主阳，坤主阴，"乾道成男，坤道成女"；"天地絪缊，万物化醇。男女构精，万物化生"（《系辞》）。

按照孔颖达《周易正义》解说，《易》卦64，分为上下：上篇30，阴阳之本始、万物之祖宗；下篇34，男女之始、夫妇之道也。而无分阴阳与男女，均以"生生"为第一要义。

现代学术大师钱穆先生指出："阴阳是两相对立，同时并起的。若必加分别，则应该是阴先阳后。让我们把男女两性来讲，男女异性似乎是两相对立，同时并起的。但照生物进化大例言，当其没有雌雄男女之别以前，即以单细胞下等生物言，它的生育机能早已具有了。生育是女性的特征，可见生物应该先具有女性，逐步演化，而再始有男性，从女性中分出。女性属阴，男性属阳，故说阴先阳后也。"看到这里，我曾有过疑问：既然阴先阳后，为什么《周易》64卦要将《乾》卦置于第一，坤卦次之？钱先生似乎料到了这一点，文中指出，乾德为健，主动；坤德为顺，随动。儒家推尊人文，故取《乾》卦为第一卦。

生存之学

其实，《周易》也可以说是生存之学。生命的实现，有赖于生存；而生存的本质，或曰根本属性，是达致天道与人道、天文与人文的天人合德、和谐统一。

远古先民"推天道以明人事"，从宇宙天象、时空变化及其与人事生产生活之间的关系，观察事物，体悟人情，从而形成了从整体上、宏观上把握事物的思维方式。作为最古老的阐发人与自然、社会关系的《周易》一书，充分显现出视整个宇宙为一大的生命系统，视人与自然为一整体的生态伦理思想，而其最高境界，就是天人合德。这一生态伦理思想，不仅正确地表达了人与自然、与社会的关系，同时，也是中国哲学对世界的重大贡献。

《周易》中把整个宇宙分为天、地、人三个同元同构、相互感应的组成部分，"天生之，地养之，人成之"（董仲舒语）——天、地、人"三才之道"。人与万物具有统一性，天地因人的存在而有意义，它们之间有着内在的默契，"与天地合其德，与日月合其明，与四时合其序，与鬼神合其吉凶"（《系辞》）。如果我们把一部《周易》比作一座美轮美奂的摩天大厦，那么，天人合德、和谐统一，便是这座大厦的顶梁柱。

《系辞》有言："天地之大德曰生。""夫《易》，圣人所以崇德而广业也。"这个"德"集中体现在合、和二字上。合、和的外在表现，是孔子所言："仁者爱人。"清代学者戴震认为："仁者，生生之德也。"在天覆地载之中，体现着"万物并育而不相害"的一体之仁，反映出我国古代先民敬天重德、仁慈博爱的思想精神。它是覆盖于整个社会、自然与人生的，特别是反映在自然观和生态伦理方面。具体地体现为：

一是顺。《易传·说卦》指出，"昔圣人之作《易》也，将以顺性命之理"（顺应人性、天命的规律），"和顺于道德而理于义"（顺应天道人德，适合事物义理）。《革》卦《彖》曰："顺乎天而应乎人。"这里的"顺"，有顺应自然、顺乎天理、遵循规律之意。这是以天人合德为核心理念的生态伦理最基本的内容之一。

二是节。64卦中第60卦为《节》卦，专门阐明适当节制的道理。卦辞："节，亨"（节制，亨通顺利）。就此，《彖》辞解释说："天地节而四时成，节以制度，不伤财，不害民。"爻辞《六三》："不节若，则嗟若"（不能自我节制，必然会忧伤嗟叹）。爻辞《六四》："安节，亨"（心安理得地节制，亨通顺利）。看来，《周易》一个重要思想，就是凡事要有节制（包括节俭、节约、节欲），不可过度开发，肆意掠夺，无限制地向自然索取；

不可挥霍无度，暴殄天物。这也是中国古代生态伦理的一个重要原则。

三是谦。《周易》第 15 卦是《谦》卦。卦辞："谦，亨。君子有终。"《彖》辞的解释是："天道亏盈而益谦，地道变盈而流谦，鬼神害盈而福谦，人道恶盈而好谦。谦尊而光，卑而不可逾，君子之终也。"爻辞《九三》："劳谦君子，有终吉。"

英国著名科技史专家李约瑟博士在其学术著作中，热情赞誉中国古代先民的敬天重德思想，把这种天人合德的自然观称为"有机的自然主义"。他说："对中国人来说，自然界并不是某种应该永远被意志和暴力所征服的具有敌意和邪恶的东西，而更像是一切生命体中最伟大的物体。"

"有机的自然主义"也好，"一切生命体中最伟大的物体"也好，核心理念，或者说基本出发点，是生存意识——主体的人和客体的自然世界，是命运的共同体，彼此同生共存，相依为命；而"被意志和暴力所征服的具有敌意和邪恶的东西"的基本出发点，则是无限制地掠夺、占有。

美籍著名哲学家弗罗姆在《占有还是生存？》一书中，对于人的两种生存方式——重占有和重生存进行深入解析。为了彰显二者的区别，书中以英国诗人坦尼森和日本诗人芭蕉松尾的诗为例。这两首诗内容相近，描述的又是同一种体验，即他们在散步时对一朵花所做出的反应。坦尼森的诗是这样的：

> 在墙上的裂缝中有一朵花，
> 我把它连根一起拿下。
> 手中的这朵小花，
> 假如我能懂得你是什么，
> 根须和一切，一切中的一切，
> 那我也就知道了什么是上帝和人。

下面是芭蕉松尾的俳句：

  凝神细细望，
  篱笆墙下一簇花
  悄然正开放！

  弗罗姆解析说，前者对花的态度是想要占有它。他把这朵花连根拔起。他对花的兴趣所导致的后果，是花朵遭到扼杀，虽然他的理性还在侈谈什么"这朵花可能会帮助他理解上帝和人的本质"。而芭蕉松尾对花所做出的反应，则完全不同——他不想去摘取它，甚至连动它一下都不忍心，为了欣赏这朵花，他只不过是"凝神细细望"。

  书中指出，强调占有的人，"对自然界抱有一种深深的仇视态度"，"放弃了对美好的弥赛亚时代——人类与自然界和谐一致——的憧憬。我们奴役自然，为了满足自身的需要来改造自然，结果是自然界越来越多地遭到破坏。想要征服自然界的欲望和我们对它的敌视态度，使我们人变得盲目起来，我们看不到这样一个事实，即自然界的财富是有限的，终有枯竭的一天，人对自然界的这种掠夺欲望将会受到自然界的惩罚"。

  是的。自然原本是人类的生命之源、存在之源与价值之源。人活在自然之中，即便是人的创造物、一切文明成果，也无一不是建立在自然根基之上的，亦即所谓"自然造化内在目的的结晶"。可是，恰恰是这样简单的规律性事实，却被短见、盲目的人类忘记得一干二净，人类始终没有公正地对待过自然，自然始终被作为一种对象化、资源化的理解。特别是现代化运动以来，对于大自然无限度地开发、掠夺，导致空气、水质、土壤严重污染，全球气候日益恶化，可耕土地日渐减少，大批物种逐渐消亡，种种自然灾害频繁发生，环球普遍出现严重的生态危机。

  古人作《易》，表达了强烈的忧患意识，《系辞》有言："危者安其位者也，亡者保其存者也，乱者有其治者也，是故君子安而不忘危，存而不忘亡，治而不忘乱。是以身安而国家可保也。"后面特别加上一句："作《易》者，其有忧患乎？"这里讲的危亡、忧患，应该是广义的；但人天之忧，总是一个最为紧迫、最为严重的大问题吧？

发展变易之学

"易道广大，无所不包，旁及天文、地理、乐律、兵法、韵学、算术，以逮方外之炉火，皆可援以为说。"（《四库全书总目提要》）可以说，《周易》揭示了宇宙万象发展变易的内在规律；而变易正是《周易》的灵魂。宋代理学家程颐指出："易，变易也，随时变易以从道也。"现代著名学者章太炎也说："变易之义，最为《易》之确诂。"

为此，《周易》也是发展、变易之学。与前两章的生命、生存相对应，这里所揭示的乃是关于生机的奥秘。自身的矛盾运动，决定了事物的发展、变易。变易为生命与生态系统提供了发展的基础与可能。子在川上曰："逝者如斯夫，不舍昼夜。"大化流行，肇源于万古如斯、渊源不竭的变易。

关于《周易》一书之所以名"易"，历代学人众声鼎沸，认识却是一致的。具有代表性的，一为唐代经学家孔颖达的论断："夫《易》者，变化之总名，改换之殊称。"一为宋代鸿儒朱熹所下的定义："《易》，书名也，其卦本伏羲所画，有变易之义，故谓之《易》。"

从字学方面来研究，也有多种有趣的说法。我不懂得甲骨文，据有的学者考证：在甲骨文中，"易"字像双手捧一只杯向另一只杯中注水，后来简化了双手，只写作一只杯向另一只杯注水的形状，再后来简化为只剩下一只杯向外流水的形状，最终又加以简化，纵向截取杯的一半，失去了原形，最终被讹化演变为"易"字。由"易"字的注水、两件器物之间的盈虚消长，表现变化、变换、变易的复杂内涵。在注水过程中，那只盛满水的杯子由有变为无；而那只空杯则由无到有，体现了变易的意蕴。由此，我倒联想起宋代文人秦观的那句话："变者，自有入于无者也；化者，自无入于有者也。""是故，物生谓之化，物极谓之变。"这是说法之一。其二，日月为易，一上一下，"东上朝阳西下月"，鸡飞兔走，变易轮回。

既形象，有趣，又理顺词达，很有说服力。其三，还有学者认为，蜥蜴亦称变色龙，为了生存，身上颜色一日多变。而这个"蜴"字，古代也写作"易"，取其善于变化也。

当代著名学者蒋凡指出，《周易》四大功能之一，是"以动者尚其变"，阴阳变化，矛盾运动，日新月异，生生不息，表现了中华古代先哲深邃的哲学思考，包含了丰富的辩证法。《周易》的思维方法，是一个以感悟为特色，在对事物整体把握的前提下进行辩证思维的方法论体系，它不仅承认矛盾对立的普遍存在，进一步确认矛盾对立的运动变化，同时又更深一层地揭示了：在一定条件下，阴阳矛盾的对立与相互转化。比如天地、男女，没有地，岂有天？没有女，岂有男？阴阳二气，相摩相荡，相互对立又相互依存而运动变化。64卦中有所谓正对卦、反对卦，如《泰》卦与《否》卦，卦爻之象相反，"泰"象征安吉通泰，"否"象征否塞多灾，彼此矛盾对立，但又相互依存而转化。乐极生悲，由泰化否；否极泰来，脱否转泰。矛盾运动，生生不息，这是生活的辩证法。

不仅如此，《周易》更指出，运动变化是绝对的，而阶段性的静止是相对的。比如按照卦序，《既济》与《未济》是64卦中的最后二卦。"既济"象征已经安全渡河，事业成功；"未济"象征尚未涉险渡河，事业未成。按照常理，最后一卦应为《既济》；但《周易》作者却置《未济》为最后一卦。此卦序排列，充分体现了辩证思维——《未济》后于《既济》的卦序显示，象征事业成功的《既济》卦，只是取得阶段性的暂时胜利，现实生活激励人们，应该再次卷起裤腿，准备重新涉险渡河，开始新的征途。这说明了矛盾运动，辩证发展，旧阶段虽然完成，但新阶段的长征却又开始，人们在高歌猛进而自强不息的矛盾运动中，又继续前进，进而上升到一个新的文明阶段。

看来，作为一部国学元典，《周易》确是彻里彻外地浸满了变化理念。正如《系辞》中所言：《易》之"为道也屡迁，变动不居，周流六虚（周转六个虚爻）。上下无常，刚柔相易。不可为典要（不能视为僵化、固守的经典要籍），唯变所适"。这也充分体现在卦、爻所代表的物象、观念及其排列组合上。《易》中卦象，往往代表着某一事物的演变过程，而卦里的六爻，则代表某个时期变化着的状态。"爻者，言乎变者也。"（《系辞》）它们本身也是错杂关联、交相变化的。且看《乾》卦中的龙。爻辞《初九》："潜龙勿用"，其意为潜伏水中，不宜张扬、施展；爻辞《九二》："见龙在田"，则是脱离潜伏状态，出现在田间（地平线）上；爻辞《九四》："或跃在渊"，退而居于深渊；爻辞《九五》："飞龙在天"，最后飞翔在九天。由潜伏而翱翔，呈现动态变化。通过卦爻的推演，先民借物象以明人事，卜吉凶、定休咎、决去取，进而提出"知几"（见微知著，预测事势的玄机）、"乘时"（把握时机）的理念。《易传·系辞》有言："几者，动之微，吉之先见者也。君子见几而作，不俟终日。"而关于"乘时"，则曰"终日乾乾，与时偕行"（《乾》卦《文言》），"君子藏器于身，待时而动"（《系辞》）。

"生生之谓易"，一要生存，二要发展。这里一个重要课题，就是如何才能做到生生不息，永葆生机。概言之，即把握变化、变易、变通的规律。《坤》卦《文言》有"天地变化，草木蕃"之说。其实，人事何尝不是如此。"穷则变，变则通，通则久"（《系辞下》），这是放之四海而皆准的普遍真理。而在"生生之谓易"前面，还有一句话："日新之谓盛德。"它所强调的，乃是创新精神。已故著名哲学家张岱年教授指出，作为"天下之大德"，生的本意是创造。承认"生生之谓易"，就是把世界和人生都看作不断创新的过程。只有不断变化、不断创新，才能永葆生机；而"苟日新，日日新，又日新"，这正是天时、人事的既定法则。诚如清代大诗人赵翼在一首七言绝句中所咏赞的：

满眼生机转化钧，天工人巧日争新。
预支五百年新意，到了千年又觉陈。

《光明日报》2015年9月25日 第13版

"无字书"中学问多

一

世间的书有两种，一种是"有字书"，一种是"无字书"。1938年3月15日，毛泽东同志在抗大三大队毕业典礼上对学员们说："社会是学校，一切在工作中学习。学习的书有两种：有字的讲义是书，社会上的一切也是书——'无字天书'。"他自己在几十年的革命历程中，不仅视书本为生命，直到临终前还坚持阅读；同时也特别重视社会实践，通过"走万里路"向社会学习，向人民学习，吸收各方面活的知识，即所谓读"无字书"。"有字书"，尽管卷帙浩繁，远不止"汗牛充栋"，但毕竟还能以卷数计算；而"无字书"则充塞宇宙、囊括古今、遍布社会、总揽人生，是任何手段、任何仪器也无法计量的。

读"无字书"，自然包括旅行，而且在大多数情况下，旅行为重要以至基本途径。特别是那些名城胜迹、名山大川，总是古代文化积淀深厚，文人骚客留下较多屐痕、墨痕的所在。千百年来，那些文人墨客，凭着丰富的审美情怀和高超的艺术感受力，写下了难以计数的诗文墨迹，为祖国的山川胜景塑造出画一般精美、梦一样空灵的形象和脍炙人口的华章隽句，使得后人足迹所至，随处都有相应的诗文和逸闻、佳话，见诸方志，传于史简，充盈耳目，任你展开垂天的思维羽翼去联想与发挥。实际上，在你亲游身历之前，通过读"有字书"所形成的无数诗文、逸事的积蓄，已经使你不期然地背负上一笔情思的宿债，急切地渴望着对其中实境的探访，情怀的热切有时竟会达到欲罢不能的程度。

这样一来，当你漫步在布满史迹的大地上，看是自然的漫游，观赏现实的景物，实际却是置身于一个丰满的有厚度的艺术世界。像读"有字书"一样，通过认知的透镜去观察历史，历练人生，体验世情，从而获得以一条心丝穿透千百年时光，使已逝的风烟在眼前重现华彩的效果。种种民族兴废、世事沧桑、家国情怀的鸿爪留痕，在时空流转中所显示的超出个体生命的意义，都在新的环境中豁然展开，给了我们无尽的追怀与感慨。

这是历史，也是诗章，更是哲学，是天人合一的美学境界。人们既从历史老人手中接受一种永恒悲剧的感怀，今古同抱千秋之憾，与山川景物同其罔极。又同时从自然空间那里获取一种无限的背景和适意发展的可能性，感悟到人不仅由自然造成，也由自己造成；不仅要服从自然规律，也能利用自然规律；人死复归于自然，又时刻努力使自己的生命具有不朽的价值。

一说历史、哲学，人们往往都会想到那些"十三经""廿四史"，什么"三坟五典""八索九丘"，什么古老的语言、悠远的年限和深奥的密码，总之，离开现实生活很远，既深邃又神秘，只有走进图书馆、博物馆，一头钻进故纸堆里，才能有机会和它打个照面。实践表明，真正有价值、有准备的旅行——而不是那种群行群止的集体出游，逐个景点匆匆"点卯"，然后"咔嚓咔嚓"，留下几张照片，就算了事——同样可以收到阅读的奇效。

最近，读过一篇汪涌豪教授关于论述旅行哲学的文章，深获教益。汪文指出，一切多情又深于情的人都把旅行当作修行，当作岁月的清课，精神的受洗。他们不仅从学理上驳正20世纪以来仅从经济角度界定旅行的粗浅认知，还原其作为各种社会要素相互作用的复合体的实相，更持一种文化论立场，凸显其背后所蕴藏的诗的本质与哲学的品格。如英国人约翰·特莱伯就视哲学为旅行的关键性基础。其实，还有好多更深刻的知见，长久以来都被人忽视了，我说的是类似诺瓦利斯这样的天才诗人，他曾说："哲学原就是怀一种乡愁的冲动，到处寻找家园。"或许，还有中国诗人白居易的"我生本无乡，心安是归处""心泰身宁是归处，故乡何独在长安"。他们其实都在以一种特殊的方式，表达自己对旅行的认知，告诉人旅行走的是世路更是心路，而那个可称"归处"的"家园"与人的实际占籍无关，它只是让人回到自己的诗意栖居。因此，与其说它是集远离与回归于一体，毋宁说更是回归。正如与其说它是消耗，毋宁说是滋养；是付出，毋宁说是获得。它是颠簸中的安适，转徙中的宁静，是在过去中发现当下，在自然中发现人性，在一切看似与己无关的人事中发现自己。当你真正有了这份切实的体悟，你就迎来了自己人生最重要的节点——你终于懂得，什么叫人走向内心世界的路，要远比走向外部世界悠长得多。

二

就一定意义上说，赏鉴自然风景、游观大千世界，实际上，无异于观书读史，在感受沧桑、开拓心境的过程中，体味古往今来无数哲人智者留在这里的神思遐想，透过"人文化"的现实风景去解读那灼热的人格、鲜活的情事。当然，更如汪教授所言，同时，人们也是在从中寻找、发现和寄托着自己。

在这里，我们与传统相遭遇，又以今天的眼光看待它，于是，历史就不再是沉重的包袱，而为我们解读当下、思考自身提供了无限的可能性。此刻，无论是灵心慧眼的冥然会合，还是意象情趣的偶然生发，都借由对历史人事的叙咏，而寻求情志的感格，精神的辉映。——这种情志包括了对古人的景仰、评骘、惋惜与悲歌，闪动着先哲的魂魄，贯穿着历史的神经和华夏文明的汩汩血脉。

历史老人和时间少女一样，都是人类自觉地存在的基本方式，是随处可见，无所不在的。比如，我在江苏吴江的同里、周庄这两个江南名镇里，就曾同历史老人不期而遇,觉得它们都有说不尽的话题。像对待"有字书"一样,我的当务之急,或者说我所集中思考的问题,同样是如何认知,如何解读,怎样分析这些历史话题。

在前往同里的汽车上,听司机讲了它的"命名三部曲":由于交通便利,灌溉发达,土壮民肥,同里最初的名字叫作"富土";后来人们觉察到这样堂而皇之地矜夸、炫耀,不太聪明,既加重了税负,又无端招致邻乡的嫉妒,还经常不断受到盗匪、官兵的骚扰,于是,就改成了现在的名字——把"富土"两个字叠起了罗汉,然后动了"头上摘缨,两臂延伸"的手术,这样,"富土"就成了"同里";十年内乱期间,为了赶"革命"的时髦,造反派曾经赐给它一个动听的名字,叫"风雷镇",但是,群众并不买账,为时很短,人们就又把它改回来了。你看,简简单单的一个镇名,就经历了这般奇妙的变化,焕发出许多文采,真应赞叹这"无字书"的意蕴丰盈。

在周庄,看了几处历代名人宅第。船出双桥,拐进了银子浜,就见到一个沿河临街的大宅院。舍舟登岸,跨进前厅,看到门额上标着"张厅"二字。原是明代中山王徐达之弟徐孟清的后裔于正统年间兴建,清初为张姓所有。南行不远,就到了江南首富沈万三的后人建于乾隆初年的敬业堂,现在习称"沈厅"。走进了这处七进五门楼,100多间房屋,占地2000多平方米的豪宅,人们自然免不了感慨系之地谈论一番沈家的兴衰史。

沈万三的祖上以躬耕垦殖为业,到了他这一辈,借助此间水网条件进行海外贸易,从而获利无数,资财巨万,田产遍于四方,富可敌国。无奈,做生意他虽称高手,可是,玩政治却是一个十足的笨伯。他同所有的暴发户一样,见识浅短,器小易盈,不懂得封建政治起码的"游戏规则",一味四处招摇,不肯安分守常,结果,接二连三干下了种种蠢事,最后竟招致杀身惨祸。性格便是命运,信然。为了拍皇上的马屁,沈万三晋京去奉献什么"龙角",还有黄金、白金甲士、甲马,并斥资建筑了南京廊庑、酒楼。这下可爆出了名声,显露了富相。恰似"欲渡河而船来",朱元璋修建南京城正愁着银根吃紧呢，当即责令他承包城墙三分之一的建筑工程。结果，他"抓了个棒槌就当针"，修过城墙之后，竟然异想天开，要拨出巨款去犒赏三军。这下子惹翻了那个杀人成瘾的朱皇帝，当即下令："匹夫犒天子之军，乱民也。宜诛之！"亏得马皇后婉转说情，才算免遭刑戮，发配到云南瘴疠之地，最后客死他乡，闹得个人财两空。此中奥蕴多多，一一彰显在"无字书"里，关键在于后人能否解读出来。

如果说，这个堪笑又堪怜的悲剧角色还留得一点历史痕迹的话，那就是周庄街头随处可见的名为"万三蹄"的红烧猪蹄髈。这是当年沈万三大摆宴席的当家菜。据说，有一天，朱元璋带着亲信到他家里来做客，他受宠若惊，一时竟不知用什么珍馐美味招待是好。恰巧，这时膳房里飘出一股浓浓的肉香味，皇帝问他是什么佳肴，他便让厨师把炖得皮鲜肉嫩、汤色酱红、肥嘟嘟、软颤颤的猪蹄髈端了上来，随手从蹄髈下侧抽出一根刀样的细骨，轻盈地划了几下，皮肉便自然剖开。朱皇帝见了馋涎欲滴，一面大快朵颐，一面连声称赞：这"万三蹄"真是好。从此，这道沈家名菜便誉满了江南。

无独有偶。"万三蹄"之外，周庄还有一种列入江南三大名菜的"莼菜脍鲈羹"，它也同样联结着一位著名的历史人物。西晋文学家张翰，尽管和异代同乡"沈大腕儿"生长在同一块土地上，喝的是同一大湖的水，但他却是典型的潇洒出尘、任情适性的魏晋风度。史载，一天他正在河边闲步，忽然听到行船里有人弹琴，便立即登船拜访，结果，两人谈得非常投机，"大相钦悦"。许是像俞伯牙与钟子期那样以旷世知音相许吧，最后他竟随船而去，而未及告知家人。到了洛阳，被任命为大司马东曹掾。后来，他因眼见朝政腐败，天下大乱，为了全身远祸，遂于秋风乍起之时，托言思念家乡的茭菜、莼羹、鲈鱼脍而买棹东归。朝廷因其擅离职守，予以除名，他也并不在乎。他说，人生贵在遂意适志，怎能羁身数千里外，以贪求名位、迷恋爵禄呢！后人因以"莼鲈之思"来表述思乡怀土之情。

三

如果说，读"无字书"——社会调查也好，出外旅行也好，对一般人来说，有利于丰富人生阅历，获取活的知识，开阔眼界，增益见闻，那么，对于一个以认知社会、剖析自我、解悟人生为职志的作家，还有更现实、更直接的收获，那就是在读"无字书"的同时，有效地丰富了表现素材，促成了创作构思。

20世纪末，我有中州之行，访问了开封、洛阳和邯郸这三座历史名都，回来后给香港《大公报》写了一组散文。这些在历史上曾经繁华绮丽的文化名城，历经沧桑嬗变，当年胜迹早已荡然无存，但在故都遗址上，却还存有沉甸甸的文化积淀和历史记忆。漫步其间，我脑子里涌现出很多诗文经史，翻腾着春秋战国以来大部中华文明史的烟云。我写这些散文，没有停留于记叙曾经发生过的史事（尽管这也是颇有教益的），而是努力揭示对于具体生命形态的超越性理解。

"陈桥崖海须臾事，天淡云闲今古同。"三百多年的宋王朝留在故都开封的是一座历史的博物馆，更是一面文化的回音壁，是诗人们从中打捞出来的超出生命长度的感慨，是关于存在与虚无、永恒与有限、成功与幻灭的探寻。邯郸古道上，既有燕赵悲歌，也有黄粱幻梦，两种似乎截然不同的价值取向和人生意旨，竟能在千余年的历史长河中和谐地汇聚在一起，这不能不引发人们对于悠远的中国文化深入探究的兴趣。

通过凭吊洛阳的魏晋故城遗址，我写了废墟——这悲剧的文化，历史的读本，着眼点在于阐释文学的代价及其永恒价值。魏晋时期留给后人可供咀嚼的东西太多。一方面，是真正的乱世，统治集团内部斗争激烈，政治腐败，社会动乱，民不聊生，"名士少有存者"；而另一方面，这个时期又是继春秋战国之后另一思想大解放的时代。儒学独尊地位动摇，玄、名、释、道各派蜂起，人们思想十分活跃。一时学者、文人辈出，呈现出十分自觉自主的状态和生命的独立色彩，敢于荡检逾闲，抒发真情实感，创作了许多辉耀千古的名篇佳作；尤其是他们所造就的诗性人生与魏晋风度，给予未来的文化发展留下了一笔宝贵的精神财富。他们将审美活动融入生命全过程，忧乐两忘，放浪形骸，任情适性，畅饮生命之泉，在本体的自觉中安顿一个逍遥的人生。"国家不幸诗家幸，赋到沧桑句便工。"清代诗人赵翼的这一名句，既反映了文学创作规律，更揭示了时代塑造伟大作家所付出的惨重代价。

近年，我有机会重访江苏，曾有常熟古里之行。改变了那种随走随看的形式，我索性就把景观游览直接当作一部书卷来展读。在我看来，书香是古里的灵魂，是这座千年古镇的主题词，而诗卷则是它的展现方式。这样，我就借用古代画卷分为引首、卷本、拖尾的说法，写了一篇别开生面的游记，题目就叫《客子光阴诗卷里》。

首先入眼的是清代四大藏书楼之一——铁琴铜剑楼，于是，我把它作为诗卷的"引首"。踏在润滑的苔痕上，似乎走进了时间深处，生发出一种时空错位的神秘感觉，说不定哪扇门吱呀一开，迎面会碰上一个状元、进士。粉墙黛瓦中，一种以书为主体的竹简、雕版、抄本这些中国数千年文明进程中的文化符号，让他乡客子亲炙了瞿家五代在藏书、读书、护书、刻书、献书中所辉映的高贵的精神追求与文化守望，体味到高华、隽永的书香文脉。那么，这部手卷的"卷本"在哪里呢？那就是凸显历史名镇、江南水乡、时代文明三大主题的文化公园。堪资令人欣慰的是，当年那种文脉、书香，今天得到了有效的弘扬，实现了华丽的转身。如果说，铁琴铜剑楼这个"引首"是一篇阳春白雪的古体格律诗，那么，作为"卷本"的文化公园，则是一首现代自由体诗章。它集休闲、娱乐、学习、观赏、活动、展示等功能于一体，充分体现出时代化、大众化、人性化的特点。而异彩纷呈的波司登羽绒服工业园，则相当于整幅诗卷的"拖尾"。人们在这里，通过展馆接近实际的亮丽的风景线，形象地了解到这一世界著名品牌的奋斗历程和辉煌业绩，感受到融现代化工业色彩与文化韵味于一体的时尚旅游的真髓。

　　书香古镇孕育、滋养了万千读书种子，而这些读书种子，又以其超人才智和非凡业绩，反转过来为古镇跨越式发展创造出不竭资源。波司登的创建与发展，便是显著的一例。他们由过去靠推销人员"千山万水、千言万语"，跑遍全国各地去卖产品，转换为靠名牌的影响力和厚重的文化底蕴，吸引世界客商走进来；企业从过去的单纯生产型转换为创意服务型，形成富有诗性的全新生态和源源不竭的动力，从而达至最高发展目标，称雄世界，独执亚洲羽绒服生产之牛耳。

　　同样是展读"无字书"，若是把在同里、周庄旅行看作是读史书，那在古里，则是在披览史迹的同时，又读到了许多粉墨淋漓、芸香扑鼻的现代作品。当然，即使是不久前发生的阅读情事，待到我执笔叙述的时节，它们也都像王右军在《兰亭序》中所说的，"向之所欣，俛仰之间，已为陈迹"。而这类历史的叙述，总是一种追溯性的认识，是从事后着手，从发展过程完成的结果开始的，因而不能回避也无法拒绝笔者对于历史的当下阐释。就是说，作为"无字书"的解读者（同时也是叙述者），我总会通过当下的解读而印上个人思考的轨迹，留下一己剪裁、选择、判断的凿痕。——这同解读"有字书"，是原无二致的。

《光明日报》2016年2月26日　第14版

绿净不可唾

唐代文学家韩愈,"以文为诗",奇崛险怪,饱受后人讥评。其实,韩诗中并不乏清新平易、流丽天然之作。有些诗境界独开,色彩瑰异,表现了鲜明的艺术特色。像"江作青罗带,山如碧玉簪",描写桂林山水,形象鲜活,清丽动人,明人袁宗道有言:"每读此诗,未尝不神驰龙洞仙岩之间。"而我尤其激赏昌黎先生"瞰临渺空阔,绿净不可唾"之句,因为它把清潭远涨、绿波凝净的景色提升到哲学的层面上,刻画出一种自觉形成的审美心态,不禁令人拍案叫绝,难怪清初紫霞道人高珩要有"绿净不可唾,此语足千古"之盛赞。

这次游览浑江水库,我就实际体验到了这种情境、这种心态。

水库位于浑江中游牤牛哨峡谷中,为国家在20世纪60年代兴建的大型蓄水工程。此间,清朝立国之初曾被列为封禁地区,四围天然林木茂密,植被良好,而且,地处辽东山区腹部,附近没有工厂、矿山,因此,水质绝少污染。船行其间,澄波泛碧,微动涟漪,仿佛置身于潇洒、澄明的清凉世界,产生一种与大自然交融互渗、浑然合一的感觉。

当年,朱自清先生写到梅雨潭的绿,说:"我的心随潭水的绿而摇荡。那醉人的绿呀!仿佛一张极大极大的荷叶铺着,满是奇异的绿呀。我想张开两臂抱住她,但这是怎样一个妄想呀——站在水边,望到那面,居然觉得有些远呢!"这段充满诗情画意的美文,印在我的脑子里已经半个多世纪了,直到今天才算得到了印证——当然,不是在江南温州的梅雨潭,而是在辽东山区的浑江水库，心中涌荡着说不出的欢欣。只是，面对一条瀑布形成的梅雨潭，朱先生尚且愁着没法张开两臂来拥抱，那么，水面达六万亩的浑浩无涯的巨泊洪湖，望眼连天，别说拥抱，连看我都见不到边哩！

由于雨量充沛，水质清洁，这里成为辽宁境内最大的淡水养鱼场。波光潋滟中，到处翻跳着游鱼的身影。游船停泊在岸边浅滩处，俯身环视，仿佛置身于柳宗元笔下的"小石潭"，再现了鱼"若空游无所依，日光下澈，影布石上""往来翕忽，似与游者相乐"的情景。尤其喜人的是，从春末到秋初，各种野生禽鸟齐集库区，生息繁衍，我们这次就见到了成群的野鹤栖聚林间、上下翩飞的景象。这种鸢飞鱼跃的活泼生机，令人记起了西班牙诗人希梅内斯的诗篇：

> 上面是鸟的歌声，
> 下面是水的歌声，
> 从上到下
> 打开了我的心灵。
> 水摇曳着花朵，
> 鸟摇曳着星星，
> 从下到上
> 拨动着我的心灵。

处于这种绿波凝净的佳境，心中自然而然地升腾起一种爱美保洁的环境意识。真像韩愈所说的"绿净不可唾"——绝不忍心往水中吐上一口唾沫，更不要说乱抛垃圾、脏物了。

我想，如果有谁也像在大观园里那样题联设匾，我倒为浑江水库想出了一副对联：

波心泛碧诗无字

林影摇青画有声

  匾额可以题为"三清化境"。清新、清丽、清静，是浑江水库的神韵。

  环境心理学认为，人的一切活动都离不开或者说受制于自然环境；而不同类型、不同性质、不同特色的自然环境对于人的心理作用会呈现明显的差异。比如，当人们漫步在林荫路上、清溪岸边、花木丛中、园林幽径时，会感到轻松愉快、悠闲自在，激发出美的感受与爱的情怀。赏心悦目的优美环境，不仅可以引发人们精神上的愉悦，心灵中的美感，而且如同黑格尔老人所说，有力量从人的心灵深处唤起种种反应和回响。美国作家梭罗在散文《黑浆果》中指出："带有瀑布的河流、草地、湖泊、山岳、悬崖或奇异的岩石、一片森林以及散落的原始树木，这些都是美妙的事物。它们具有很高的使用价值，绝非金钱可以购到。如果一个城镇的居民明智的话，就会不惜高昂的代价来保护这些事物。因为这些事物给人的教益，要远远地超过任何雇用的教师或牧师或任何现存的规范的教育制度。"

  近读自然文学研究专家程虹《宁静无价》一书，记下了这样一个故事：一位美国作家住在新英格兰地区的一处乡下。朝朝暮暮，定格在他的视野中的是一棵生长在邻家草地上的榆树。一年四季，这棵树给他展示出不同的风景；岁岁年年，他都在与这棵树进行着某种精神上的沟通。树，成了他心灵中不可或缺的一道风景。树的主人是一位失明的老人。作家出于好意，向主人描述了榆树长得如何葱茏茂盛、婀娜多姿，不料，主人却因为树过多地吸收了草地的养分而决定砍掉它。这是作家所无法接受的。对他而言，榆树已经不仅仅是外在的风景，而且成为他内在精神世界的组成部分。在力劝树主不要砍树未能奏效时，他几经周折，最终买下了榆树生长其间的整片草地。作家的这种执着，昭示了他对于自然的精神价值的认可和内心宁静的寄托。

  我们确实应该认可自然的精神价值，足够重视客观环境对于主观心理的影响作用。行为主义心理学之所以把环境归并到行为之列，就是着眼于审美情感的发生、发展及其内容、强度在很大程度上，都反映了客观对象对于主体的影响。落实到具体事物上，这种影响，在我们游览浑江水库过程中，则集中地表现为"绿净不可唾"的心理制约作用。作为一种信念、一种追求，它建立在高度自觉的基础之上。它有助于人们养成良好的习惯，维持爱美保洁的环境秩序。

当然，环境也是可以改变的。我们说环境对于人的心理有着影响作用，并不意味着人们只能消极地坐待环境的优化。萧伯纳说得好："人们通常将自己的一切归咎于环境，而我却不迷信环境的作用。在这个世界上，有所作为的人总是有力寻求他们所需要的环境；如果他们未能找到这种环境，他们也会自己创造出来。"此其一。其二，心理制约作用毕竟是有限的，而当面对那类缺乏自觉、尚未形成应有的良好习惯的主体，纪律的监督、法制的约束仍然是必不可少的。其三，要净化环境，首先必须净化人的心灵。爱美保洁，应该成为每个现代人的道德修养和行为规范，而且，要从小做起。可以说，培养良好的习惯是人们在其神经系统中存放的道德资本，这种资本日后会不断地增值，在整个生命历程中享用着它的利息。

船行到终点站，握别时，东道主告诉我，浑江水库的水量和水质都位列全省第一，省里为解决中部城市群居民饮用水不足的问题，实施了浑江水库"东水西调"的浩大水利工程，这也算我们偏僻山区为全省人民所做出的一大贡献。话语中，流露出了强烈的自豪感。而自豪总是与责任同在的，因此，我也觉察到，他们深感肩上担子的沉重。他说，年年月月，我们都像保护眼珠的明亮、防止心灵的污染一样，每时每刻，都在关注着这个生命的源流。

《光明日报》2016年3月14日　第9版

满眼生机转化钧：《周易》与中华民族文化精神

《周易》作为"群经之首、大道之源"，数千年来，高踞于中华民族传统文化精神的源头，内蕴博大精深，万有齐备，密切地联系着整个社会人生。习近平总书记曾多次引用《周易》中"穷则变，变则通，通则久"这一论述，阐明改革开放是"实现中华民族伟大复兴的关键一招"的道理。穷则思变，变中求新、新中求进、进中突破，这是中国先哲对事物发展变化规律的深刻总结，也是当代中国发展进步的现实写照。

居安思危的忧患意识，自强不息的奋进精神，刚健有为的创新理念，这是贯穿于《周易》中的三个带有根本性的思想理念。它们在变通思维的统驭下，相生相发，相辅相成，3000多年来，成为优秀传统文化精神的重要组成部分，中华民族历久弥新、生生不息的内在支撑力，充实社会主义核心价值观的正能量。

居安思危的忧患意识

建立在变易思想基础上的忧患意识，在中国古代典籍中最早见于《周易》。"作《易》者，其有忧患乎！"（《系辞》）一言撮要，统括全局。这里讲的危亡、忧患，应该是广义的；远古先哲富有预见性，既有由于天敌施虐、洪水泛滥的自然忧患所产生的"人天之忧"，更有社会、人生、心灵方面的忧患，表现出深深的惕惧与挂虑。

而其哲学基础,则是"泰极而否""盛极而衰""物极必反"的变易思想,充分体现了中华民族的生存智慧。由于远古先哲抱有尊天道、重人谋、诉求于内心的内省式的心性特征,因而其卜筮、占卦,往往建立在深而且广的忧患意识之上。从这个意义上说,忧患意识乃是远古先哲作《易》的原始动机。正是凭借着这种居安思危的忧患意识和朝乾夕惕的进取精神,才使得这个伟大而多灾多难的民族,能够在数千年间始终生生不息、巍然屹立,并不断地发展进步,创造了举世无双的人间奇迹。

中华民族古代哲人的忧患意识,直接导因则是对于客观规律和时势分析的准确判断。《系辞》中明确指出:"《易》之兴也,其当殷之末世、周之盛德邪?当文王与纣之事邪?是故其辞危。危者使平,易者使倾。其道甚大,百物不废。惧以终始,其要无咎。此之谓《易》之道也。"危惧始得平安,而慢易则必致倾覆,所以,必须惧以终始。这样,就有望防止差错以至祸患的出现。

《易》卦辞、爻辞中,多见凶、咎、吝、否、损、陨、乱、困等负面占断之辞。《系辞》分析认为:"吉凶者,失得之象也;悔吝者,忧虞之象也。"吉凶讲的是人事得失的结果;悔吝则是指面对得失、休咎所持的态度。由于具有忧患意识,及时发现纰漏并加以改正,使得事物向好的方向发展,这就是悔;反之,有了小的过错而不及时改正,就会使事物向坏的方向发展,这就是吝。目的在于告诫人们,要有忧患意识,善于补过迁善,以趋利避害,化凶为吉。

《周易》中《临》卦卦辞说:"临。元亨利贞,至于八月有凶。"亨通顺利,则盛极而衰。宋代理学家程颐对此解释说:"阳道向盛之时,圣人豫(预)为之戒曰:'阳虽方长,至于八月,则其道消矣,是有凶也。'大率圣人为戒,必于方盛之时,方盛而虑变,则可以防其满极,而图其永久。若既衰而后戒,亦无及矣。"在《复》卦中,讲周而复始,物极必反,"反复其道"(卦辞),强调事物发展到了顶点就要转向反面。《泰》卦中《九三》爻辞也讲:"无平不陂,无往不复。艰贞无咎。"无平不陂,即平原都有坡坎。宋代李光在《读易详注》中解释说："治乱存亡，安危之相，固如阴阳寒暑之必至，有不可易者。惟圣人为能因其盈虚而消息之，使常治而不乱，常存而不亡，常安而不危也。消息之道，岂有他哉？兢业以图之，危惧以处之，当治安而不忘乱亡之戒，则可以保其治安而无咎矣。"

从一定意义上说，成功也是一个陷阱。因此，当事业有成之时，古人总是提醒要特别惕戒。《既济》卦辞："既济。亨小。利贞。初吉终乱。"就是提醒人们要慎重对待成功，否则起初吉利，最终还会紊乱不堪。《象》辞曰："水在火上。既济。君子以思虑而豫防之。"上水下火，一则通过加温，烹饪获得完成；二则相互制约，有利于健康发展。水火既济，象征事业成功，功德圆满。在这种情况下，君子总是虑远谋深，预防蹉跌失误；至于身处险境，那就更是惶惶而不自安，慎惧从事。《履》卦《九四》爻辞曰："履虎尾。愬愬，终吉。"愬愬，恐惧也。踩到老虎尾巴上，比喻处境十分险恶。但只要心存戒惧，小心应对，最终总会化凶为吉。《困》卦《上六》爻辞曰："困于葛藟，于臲卼，曰动悔有悔，征吉。"困于葛藟——被葛藤缠绕困住；臲卼——身在高危之处，心惴惴然。据李光解释，这句话的意思是："当困极之时，若曰动，必有悔；而不思变动，则益入于困耳。若能悔前之失，穷而思通，必济矣。"

谨言慎行，韬光养晦，也是应对恶劣境遇的一种策略。《坤》卦《六四》爻辞曰："括囊，无咎无誉。"意为将口袋收紧，无获亦无失，虽然得不到赞誉，但可免遭灾难。所以，《象》辞曰："括囊无咎，慎不害也。"将口袋收紧，可以免遭灾难；谨言慎行，没有害处。《离》卦《初九》爻辞："履错然，敬之，无咎。"意为深夜传来一片错杂的脚步声，应有所警惕，才可望安然无事。魏晋时期王弼《周易注》："错然者，警慎之貌也。""以敬为务，辟其咎也。"综上所述，无论是身处顺境、逆境，只要能心存戒惧，妥善处置，都可以立于不败之地。

根本问题在于慎终如始，时时保持清醒的忧患意识。谨慎之道，突出表现为防微杜渐、小中见大、因中见果，把握量变与质变的辩证规律。《坤》

卦《初六》爻辞，有"履霜，坚冰至"之语。按照当代著名学者高亨的解释："履霜，秋日之象也，坚冰，冬日之象也，'履霜坚冰至'者，谓人方履霜，而坚冰将至，喻事之有渐也。"关于"事之有渐"的道理，《易传·坤·文言》解释得至为深刻："积善之家必有余庆，积不善之家必有余殃。臣弑其君，子弑其父，非一朝一夕之故。其所由来者渐矣，由辩之不早辩也。《易》曰：'履霜，坚冰至。'盖言顺也。""顺"字，历代学人有不同理解：朱熹认为，古字"顺""慎"通用，意为上述文字讲的是慎微；也有一些学者主张照字面解释，就是顺乎自然规律。踩到地面的霜，便知道冰雪寒冬快要到了，这是顺应自然规律。程颐对此也有解释："明者则知渐不可长，小积成大。辨之于早，不使顺长。故天下之恶无由而成，乃知霜冰之戒也。"不论哪种解释，说的都是事物由小至大、由个别到一般、由量变到质变的发展变化过程，要求人们防微杜渐，避免大的祸殃发生。

关键在于"辨之于早"。就此，《系辞》引用孔夫子的话："知几其神乎！""几者，动之微，吉之先见者也。"几，微也，亦即事物发展变化的苗头，吉凶祸福的征兆，所谓一叶落而知天下秋，风起于青蘋之末。知几，强调于安乐之时早自为计，在泰之伊始就警惕否对于泰的颠覆，防微杜渐，未雨绸缪。

这里涵盖了或者说体现了三方面的辩证思想、哲学智慧。第一，它是建立在否定之否定的规律的基础之上，"反者道之动"，物极必反；第二，是量变与质变规律，"事之有渐""履霜，坚冰至"，说的正是这个道理；第三，与质量互变规律紧密联结的因果规律。在客观事物或现象彼此制约、相互影响的过程中，原因引起其他事物或现象产生，结果则是其他事物或现象由量变化为质变的实现形式。

自强不息的奋发进取精神

自然现象与社会生活中的忧患，是客观存在的，不以人的意志为转移。

忧患具有两面性，关键在于如何去应对它。宋人诗中有"一生忧患损天真"（欧阳修）、"少年忧患伤豪气"（王安石）、"忧患侵陵志气衰"（陆游）之句，说的都是人们面临忧患丛生的环境与际遇，身心会受到极大伤害。这一点不容否认。《系辞》中也说了："既辱且危，死期将至。"所以，面对忧患必须惊觉、警醒，这样就有望化危为机，否极泰来，所谓"置之死地而后生"。"殷忧启圣，多难兴邦"之古训，所揭示的正是这个道理。大前提是具有清醒的危机意识，进而激发自强不息、昂扬奋发的积极进取精神。

《乾》卦《九三》爻辞曰："君子终日乾乾；夕惕若，厉，无咎。"说的是君子终日不懈，自强不息，即使到了晚上也抱有警惕之心，不敢松懈。这样，即便遭遇险情，也可安然无恙。因此，其《象》辞曰："天行健，君子以自强不息。"孔颖达在《周易正义》中释为："天行健，此谓天之自然现象。君子以自强不息，此以人事法天所行，言君子之人用此卦象，自强勉力，不有止息。"天道的本质特征是健，健是运行不息的意思——四时交替，昼夜更迭，岁岁年年，无休无止。君子应效法天道之健，自立自强，奋发进取。《恒》卦卦辞曰："恒，亨。无咎。"恒，久也。像自然的恒常不变，人的壮心也迄无止息。亨，意为亨通顺利，没有灾患。这里强调的是守恒道，树恒心。《彖》辞曰："天地之道，恒久而不已也。利有攸往，终则有始也。日月得天而能久照，四时变化而能久成，圣人久于其道而天下化成。观其所恒，而天地万物之情可见矣。"利有攸往，说的是利于出行，有所作为。

《周易》卦爻中对于自强不息精神有精辟的阐述。《乾》卦以龙为喻，或隐或显，或潜或跃，或升或飞，表现刚健有为、富有生命力的积极奋发状态。著名学者曹础基就此做如下解读：

《周易》对中华民族、对中国有什么影响？可以说，《周易》在一定程度上塑造了中华民族的民族精神。

《周易·象传》说："天行健，君子以自强不息。"意思是：象征天（即自然）的运行，为健（通乾，帛书作键）卦，君子效法它，自我发愤图强，永不停息。

《乾》卦中写了龙在不同阶段的形象：潜伏—开始出头—兢兢业业、小心谨慎—跃跃欲试、大显身手—飞黄腾达—适可而止。

早在100多年前，梁启超就曾在清华大学以"自强不息"为中心话题发表演说。他说："君子自励，犹天之运行不息，不得有一曝十寒之弊。且学者立志，尤须坚韧强毅，虽遇颠沛流离，不屈不挠；若或见利而进，知难而退，非大有为者之事，何足取焉。人之生于世，犹舟之航海，顺风逆风，因时而异。如必风顺而后扬帆，登岸无日矣。"

这种自强不息精神，展现出一种刚健之美。《周易》崇尚刚健，在《乾》《震》《豫》《大壮》《大畜》诸卦中都体现了这种以刚健为主导的审美取向。《大畜》卦《象》曰："刚健笃实辉光，日新其德。"高亨先生作注，曰："天之道刚健，山之性厚实，天光山色，相映成辉，日日有新气象。"《乾卦·文言》曰："刚健中正，纯粹精也。"看得出来，在《周易》中是把刚健与笃实、中正、纯粹这些可贵的素质联系在一起的，弘扬了厚重诚笃、中正不倚、坦诚直率的风格、思想、信念。《大壮》卦辞曰："大壮，利贞。"《彖》曰："大者，壮也。刚以动，故壮。大壮，利贞，大者，正也。正大而天地之情可见矣。"壮而且大，壮而且正，展现一种刚强、正大、生命力勃发的奋进气概。

《周易》中所倡导的刚健有为，体现一种不屈不挠、愈挫愈勇、坚不可摧的崇高品格与顽强精神。《需》卦《彖》曰："需，须也，险在前也。刚健而不陷，其义不困穷矣。"须，意为等待。由于险阻在前，特别需要一种顽强、刚毅、健勇的奋斗精神；但应该静以待时，不能莽撞行事，这样就可以摆脱困境。

说到刚强、正大，生命力勃发，坚不可摧的顽强奋斗精神，人们会联想到作为"中华民族脊梁"的优秀学人。比如，汉代伟大的史学家司马迁，他就是一位出色的代表。天汉二年（公元前99年），正当他全身心投入撰写《史记》之时，却因"李陵事件"而遭受腐刑，他忍辱苟活，为的就是要实现宏伟抱负——完成《史记》撰著。如同他在《报任安书》中所说的："是以就极刑而无愠色。""虽万被戮，岂有悔哉。"以半百之年，获释出狱，苦熬硬拼14载，最后完成了这部史学杰作。同样的强者，还有唐代高僧玄奘法师，西行舍身求法，"乘危远迈，策杖孤征"，十有七年，历经无数艰难险阻，终于实现了伟大抱负。明末清初大学问家王夫之，"迄于暮年，体羸多病，腕不胜砚，指不胜笔，犹时置楮墨于卧榻之旁，力疾而篆注"（《姜斋公行述》）。他们所体现的，都是《周易》中倡导的这种终日乾乾、自强不息的奋进精神。

唯变所适、革故鼎新的创新理念

中华民族是一个富有创新理念的民族。早在3500年前，商朝的开国君主成汤就把"苟日新，日日新，又日新"这九字箴言刻在沐浴之盘上，用以警戒惕厉自己。而这种创新求变的观念，又与产生于更早年代的阴阳八卦的意象恰相吻合。接下来，始编于殷周之际，作为上古巫文化遗存，由卦象、卦辞、爻辞组成的《易经》，特别是战国中后期产物、汇集解《易》作品的《易传》，更是进一步阐扬了这一理念。

创新的实质，是除旧布新，革故鼎新。《说文》释"创"："伤也，从刃。""创"的原意是损伤。学者指出，《周易》中的创新图变精神体现在生生不已的创化、创造的流变之中。创新化育，不是单纯的量的叠加，而是通过除旧布新，实现新质的生成。《革》《鼎》二卦，充分体现了新陈代谢、革故鼎新的基本理念。

《革》卦《象》曰："泽中有火，革。"传统解卦，说是《革》卦属于异卦，按照卦象分析，上兑为泽，下离为火，泽中有潜伏的火，水火相叠而交迸。水在上浇于下，火在下升于上。火旺水必干，水大火将熄。二者相生相克，互不相容，急需变革，也必然出现变革。《乾》卦《文言》

中亦有"乾道乃革"之语。革，就是变革、革新、革命。而《革》卦之后紧接着《鼎》卦，目的就在于彰显"革故鼎新"之义。《易传·杂卦》指出："革，去故也；鼎，取新也。"强调的都是推陈出新，除旧布新。

创新、创造、创化，乃天地之大德。《系辞》指出："日新之谓盛德。"以"日新"为"盛德"，所强调的正是创新精神。又说："天地之大德为生。"著名哲学家张岱年指出，作为"天地之大德"，生的本意是创造。承认"生生之谓易"，就是把世界和人生都看作不断创新的过程。只有不断变化、不断创新，才能永葆生机。

创新、创造的指导原则是"顺天应人"。《革》卦《彖》曰："天地革而四时成。汤、武革命，顺乎天而应乎人。革之时，大矣哉。""革命"一词即滥觞于此。"顺乎天"，指顺从客观规律与时代潮流；"应乎人"，指顺应人民意志，切合社会需要、国情民心。对此，高亨解释说："改革乃自然界与社会之普遍规律，但必须应时之需要。天地应时而革，所以四时成。汤、武应时而革桀、纣之命，所以顺天应人。革之应时，乃能成其大也。"充分阐明了实施变革和掌握变革时机的重要性。荀子关于"顺天应人"有如下解说："汤、武非取天下也，修其道，行其义，兴天下之同利，除天下之同害，而天下归之也；桀、纣非去天下也，反禹、汤之德，乱礼义之分，禽兽之行，积其凶，全其恶，而天下去之也。天下归之之谓王，天下去之之谓亡。"古代先哲一致认为，"顺天应人"，这是改革、创新、革命所应遵循的准则。《周易》突出阐扬了这一思想观念。

随时为变，随机应变，这是解读《周易》的象数爻辞，特别是创新、创造、创化意蕴的一把钥匙。中国古代哲学特征以及思维方式，反映在认识上，往往偏重时间的流动，凡事以时间为本位，以时间统驭空间。"革之时，大矣哉。"《周易》中多处阐发"时"的观念。"时"，言简而意丰，一般理解为审时度势。《系辞》指出："《易》之为书也"，"不可为典要，唯变所适"。明确指出，《周易》这部书绝非僵化的经典，其核心理念是一切以客观实际为依归；也就是说，唯有因时而变才能适应客观实际需要。

《周易》反复强调："变通者，趋时者也"（《系辞》）；"时止则止，时行则行。动静不失其时，其道光明"（《艮》卦《象》辞）。所谓趋时，"正指人事之适应。故古人言变，每言时变"（钱穆语）。而动静、行止，则是讲以时进退的处世之道，苟不知时，无以言变。

创新、创造、创化的根本目的，是要永葆进升态势、勃勃生机。哲学家方东美指出："创新资源正是其原始的'始'，像一个能源大宝库，蕴藏有无限的动能，永不枯竭；一切创新在面临挫折困境时，就会重振大'道'，以滋润焦枯，因此，创新永远有新使命。纵然是艰难的使命，但永远有充分的生机在期待我们，激发我们发扬创造精神，创新的意义因此越来越扩大，创新的价值，也就在这创造流程中，越来越增进了。"

《升》卦《初六》爻辞："允升，大吉。"进而上者曰升，亦有通达之意。《升》卦《象》曰："柔以时升。"意为以柔道而进，并顺合时机而进升。《象》曰："地中生木，升。君子以顺德，积小以高大。"处此时位，犹如树木从地上不断向上生长，木得地气滋养，所以上升。汉代郑玄曰："升，上也。坤地巽木，木生地中，日长而上。"而且，这种生长一定是持续的。正如朱熹所言："木一日不长，便将枯衰。"

说到朱夫子，我联想到他在福建漳州任职时，为开元寺题写的一副对联："鸟识玄机，衔得春来花上弄；鱼穿地脉，挹将月向水边吞。"笔下的飞鸟、游鱼生意盎然，让人感受到大自然生机活泼的意趣。曾国藩也曾写过一副对联："不除庭草留生意，爱养盆鱼识化机。"上联是说，有意不除去庭院中的野草，为的是欣赏它的盎然生机和盈盈绿意；下联讲，爱养盆鱼，是因为通过它们可以亲近自然，领悟人生的乐趣，进而识得造化的玄机。对联受到了陶行知先生的称赏，特意给自己取号为"不除庭草斋夫"。朱、曾两位用的都是北宋著名理学家程颢的典故：程颢书斋窗前，茂草芊芊，覆阶掩砌。有的朋友劝他加以芟除，他说："那可不行！我留着这些青青茂草，是为了经常能见到造物生意。"程颢还曾在盆中养游鱼数尾，读书、讲学之余，时往观之。有的朋友问他："几条小鱼有什么好看的？"他说："我要观赏万物生生自得之意。"这些典章、故事，在《宋元学案》和《河南程氏遗书》中都有记载。

《吕氏春秋》有言："流水不腐，户枢不蠹。"求新、求变，既是天时、人事的既定法则，更是永葆旺盛生机活力的根本途径。

清代诗人赵翼的七绝，热情地咏赞了这种创生变化中所体现的化机与生意："满眼生机转化钧，天工人巧日争新。预支五百年新意，到了千年又觉陈。"

《光明日报》2016年9月2日 第13版

汉语断句琐谈

韩愈《师说》云:"彼童子之师,授之书而习其句读者"。古代学童入学伊始,首先关注的便是关于句读的研习。古人把这一基本功看作是为学之基础、"讲经之先务"。作为一种功力,断句需要古汉语字、词、句方面的修养,甚至需要古代历史文化全方位的知识。因此,它不仅仅是对学童,也是对教书先生以及所有攻书习文者提出的首要的、基本的要求。从能否给古书准确地标点、断句,可以验知其知识水准与治学能力。

一

古时印制的书籍,见不到标点符号,古文都是一文到底的,中间不做点断。当然,这只是形式,而在实际诵读过程中,人们还是要根据文句义理做出相应的停顿,或者同时在书上依据停顿加以圈点。这就是后世所说的断句。

大概是到了宋代,才有经过断句的书籍刊行。南宋文学家岳珂在《刊正九经三传沿革例》中说:"监蜀诸本皆无句读('读'同'逗'),惟建本始仿馆阁校书式,从旁加圈点。开卷了然,学者为便,然亦句读经文而已。惟蜀中字本与兴国本并点注文,益为周尽。"不过,这种添加句读的书籍毕竟刊行极少,尔后,历经金、元、明、清,数百年间基本上没有大的变化。据有关资料记载,我国传世古籍有8万多种,直至今天经过整理、点校的也不过四五千种。

　　成书于南宋年间的童蒙读物《三字经》，有"凡训蒙，须讲究。详训诂，明句读"之句。可见，从前的读书进学，是把断句与训诂紧密联结在一起的。古代典籍《礼记·学记》早就说了："一年视离经辨志"。意为小孩读书一年之后，要考查"离经辨志"。"离经"，就是离析经理，使章句断开，这里是说考查其断句经典的能力。东汉学者高诱在《淮南子叙目》中说："自诱之少，从故侍中同县卢君，受其句读"。说的是他小时候从师卢植，接受句读训练。唐代文学家韩愈在《师说》一文中也曾讲过："彼童子之师，授之书而习其句读者"。"习其句读"，就是把握句读，练习断句。看来，古代学童入学伊始，首先关注的便是关于句读的研习。古人把这一基本功看作是为学之基础、"讲经之先务"。

　　这使我忆起了几十年前的少年儿童时代。我是6岁那年走进私塾的，首先读的是"三、百、千、千"（《三字经》《百家姓》《千家诗》《千字文》）。它们为三言、四言，或五言、七言，书中句式单一，不发生断句问题。可是，待到诵读"四书五经"了，线装、木版的书，没有标点符号，读起来就发生困难了，即便是认识书上的字，也往往念不成句子，不知道该在哪处断开。

　　为此，塾师刘璧亭先生就首先帮助我"习其句读"。每当讲授一部新书，开讲之前，他都要花费一定时间，用蘸了朱砂的毛笔，在书上进行圈点——在语义未完而需要停顿的地方，在两个字的中间点个"、"；在句终的地方，在字的旁边画个"。"。他边点边说，这是古代读书人一项必不可少的基本训练。如果"句读"不明，就无法理解文义；常常是，一处断句弄错了，意思就走了样，甚至完全相反。

　　这方面的实例很多，简直是不胜枚举。比如，《聊斋志异》中有这样一段话："狼不敢前，眈眈相向。少时，一狼径去，其一犬坐于前。久之，目似瞑，意暇甚。"关键处在于"其一犬坐于前"如何断句。按其本意，这个"犬"字是名词做状语用，形容狼坐的样子——像狗那样坐在前面。

写得十分形象、传神。但是，假如不兼顾上下文，把它断为"其一犬，坐于前"，那就变成一条狗坐在前面，整个意思就全错了。

作为一种功力，断句需要古汉语字、词、句方面的修养，甚至需要古代历史文化全方位的知识。因此，它不仅仅是对学童，也是对教书先生以及所有攻书习文者提出的首要的、基本的要求。唐代有人说："学识如何观点书。"意为从能否给古书准确地标点、断句，可以验知其知识水准与治学能力。鲁迅先生在《点句的难》一文中也曾说过："标点古文真是一种试金石，只消几点几圈，就把真颜色显出来了。"

断句的基本准则，可用八个字概括："语绝为句，语顿为读。"——语气结束了，算作"句"，用圈（句号）来标记；语气没有结束，但需要停顿一下，叫作"读"，用点（相当于逗号）来标记。断句的基础在于对通篇文章做全面的领会，因此，断句之前必须先要通读几遍，力求对全文内容有个准确把握；尔后，本着"先易后难"的原则，将能够断开的先断开，逐步缩小范围，然后再集中精力解析易生歧义、难以断开的句子；当句子全部点断之后，还须再行通读，仔细揣摩，务求字句能够讲通，解析合情入理，并且符合古代语法和音韵。

二

现在，回过头来说说当日就读私塾"习其句读"的往事。

尽管面对的是七八岁的小孩子，但塾师刘老先生却是十分讲究师道尊严，所谓"端乎其形，肃乎其容"。加之他面目黧黑，神情严肃，令人望而生畏，邻舍人们就根据说书场上听来的，送给他一个"刘黑塔"（实际应为"刘黑闼"）的绰号。其实，他为人正直、豪爽，又饶有风趣。他喜欢通过一些趣闻、故事，向学生讲述书中的道理。

记得他在讲解断句的必要性时，曾经引述《韩非子·外储说左下》中的一个故事：

哀公问于孔子曰："吾闻夔一足，信乎？"曰："夔，人也，何故一足？彼其无他异，而独通于声。尧曰：'夔一而足矣。'使为乐正。故君子曰：'夔有一，足。非一足也。'"

翻译成现代口语，就是鲁国的国君哀公向孔子发问："我听说夔只有一只脚，可信吗？"孔子说："夔，是一个人，怎么会一只脚？他没有什么特殊的地方，就只是精通声律（音乐）。帝尧说：'有夔一个人就足够了。'便指派他当了乐正。因此，有学识的人就说了：'夔有一，便足够了。不是一只脚啊。'"

老先生说，之所以发生如此严重的误解，就在于把"夔一足"三个字连读了，"足"前少个逗号。连起来读的意思，是夔有一只脚；而加个逗号，意思就改变为：夔这个人很能干，有他一个就足够了。为古书断句，"点破"是一大忌。何谓"点破"？就是指把不该断句的加以点断，像前面说的"其一犬，坐于前"，或者对应该点断的未予点断，像这个"夔有一足"，"足"前面漏个逗号。句子被"点破"了，如同一件成品被弄成废品——无法讲通，或者虽能讲通，但有悖于作者原意。

为了使学生加深对断句准确性的认识，当讲到《大学》的"知止而后有定，定而后能静，静而后能安，安而后能虑，虑而后能得"的时候，他说了一个两位教书先生"找得"的趣闻：

一位先生把这段书读成"知止而后有定定，而后能静静，而后能安安，而后能虑虑，而后能得"，发觉少了一个"得"字。一天，他去拜访另一位塾师，发现书桌上放着一张纸块，上面写个"得"字。忙问："此字何来？"那位塾师说，从《大学》书上剪下来的。原来，他把这段书读成了"知止而后有，定定而后能，静静而后能，安安而后能，虑虑而后能"，末了多了一个"得"字，就把它剪了下来，放在桌上。来访的塾师听了十分高兴，说："原来我遍寻不得的那个'得'字，竟然在这里。"说着，就把字块带走，回去后，贴在《大学》的那段书上。两人各有所获，皆大欢喜。

这两位"三家村"陋儒未必真有其人，实有其事，很可能是好事者编出来的，因为《大学》中这段话并非特别难以断句。但是，有一些段落就不然了。还说"四书"里的句子。比如《孟子·告子》一章中的"故天将降大任于是人也，必先苦其心志，劳其筋骨，饿其体肤，空乏其身，行拂乱其所为（每一行为总是不能如意），所以动心忍性，曾（同'增'）益其所不能"。从有据可查的文献看，这段话大约自东汉以来，就这么断句，迄无争议；但近年来，一些学者提出商榷意见，认为"空乏其身行拂乱其所为"这10个字的正确断句，应该是"空乏其身行，拂乱其所为"，其意为：使他们出行缺乏资粮，使他们所做的事情受阻不顺。同样也能说通。

《孟子·尽心》章还讲了这样一件事：晋国有个叫冯妇的人，善于和老虎搏斗，后来变成善人，不再打虎了。有次他到野外，正赶上许多人在追逐老虎。老虎背靠着山脚，没有人敢于迫近它。他们望到冯妇了，便快步上前迎接。冯妇于是捋起袖子，伸出胳膊，走下车来。大家都高兴地赞美他；可是，作为士的那些人却加以讥笑。这段话的原文，人们通常是这样读的："晋人有冯妇者，善搏虎，卒为善士。则之野，有众逐虎。虎负嵎，莫之敢撄。望见冯妇，趋而迎之。冯妇攘臂下车，众皆悦之；其为士者笑之。"但是，也有学者认为，这断句不对，应该断为："……卒为善，士则之（以之为准则，效法他）。野有众逐虎……其为士者笑之。"这"笑"他的"士"，就是先前"则"他的"士"，要不然，"其为士者笑之"就太鹘突了。看来，这后一种断法是颇有道理的。

这样的事例，反映在前人一些笔记、札记类书籍中，还有很多。比如，《论语·泰伯》篇中记述孔子这样一句话："民可使由之不可使知之。"古今通行的注本，都是做这样断句："民可使由之，不可使知之。"意思是说，老百姓可以让他们听从指使，不可以让他们知道为什么要这么做。据此，今人批评孔老夫子，说他推行愚民政策。

但是，已故著名学者阎简弼教授认为，正确的断句，应该是："民可使由之？不可！使知之。"意思是，能让老百姓随便地去做吗？不能！要先让他们懂得道理。强调为政者教民化育的重要。

还有学者认为，孔子原本是亲民的，因此应该断为："民可使，由之；不可使，知之。"这样，意思就成为：老百姓听从指使，就让他们自己去做；如果老百姓不能按照统治者的意图行动，就要给他们讲清道理。

可是，又有学者出来了，说，不对，应该这样去断句："民可，使由之；不可，使知之。"意思又改变了，成为：老百姓的素质好，就让他们自己去做；如果素质不够好，就要训练教育，让他们晓得道理。

也还有另外一种断法："民可使。由之不可使，知之。"意思是，老百姓是可以利用的。如果任由他们去做，却做不好，那就讲明道理，教育他们。

三

除了研习经书、古籍，在社会交往、日常生活中也经常会遇到如何断句的问题。

据说，旧时代有一个老学究，夫妻育有一女，嫁给同里一个秀才。后来，结发妻子病故，老学究便又续弦，娶了一个通识文墨的女子，两年后，产下一个幼子。老学究临终前，手书一份遗嘱，交代身后遗产的分配办法。按照古书惯例，行文一气呵成，中间没有点断。待他死后，大家把遗嘱启封，原来是这样一段话："七十老翁产一子人曰非是也家业尽付与女婿外人不得干预。"身为秀才的女婿看了，说："这份遗产，应该全部归我。"因为照他的点读法，那遗嘱是这样的："七十老翁产一子，人曰：非是也。家业尽付与女婿，外人不得干预。"但是，老学究的后妻不服，认为遗嘱写的应该是把产业交给她的儿子。两人争讼不决，于是，告到官府去。县官反复琢磨，认为老学究的后妻的意见为是。因为，在县官读来，遗嘱是这样的："七十老翁产一子，人曰'非'；是也，家业尽付与。女婿外人，不得干预。"由于断句有异，两种意向截然不同。秀才心里不以为然，但县官一言既定，他也没有办法。

还有这样一个故事，说是某富翁生性吝啬，聘请教书先生时，特意讲明膳食从俭，比较素淡。教书先生当下应承，富翁提出要立下字据。于是，教书先生便起草了一张未加标点符号的十六字合约："无鸡鸭亦可无鱼肉亦可青菜一碟足矣。"富翁看了，根据自己主观想法，理解为"无鸡鸭亦可，无鱼肉亦可，青菜一碟足矣"，当即签字画押，表示同意。这样，除了主食，便顿顿只上一碟青菜。教书先生提出了抗议，说是违反合约："我们不是讲好的吗？——'无鸡，鸭亦可；无鱼，肉亦可；青菜一碟足矣。'怎么顿顿只有青菜呢？"富翁数了数，16个字，一个不多，一个不少，只是断句有所不同，觉得无言以辩，只好违心认可。

相传明代大书画家祝枝山，某年除夕，应邀给一户土财主写一副对联。上联是"明日逢春好不晦气"；下联是"终年倒运少有余财"。土财主不识字，元旦一早就贴上了。左邻右舍看了发笑。他们念成："明日逢春，好不晦气；终年倒运，少有余财。"财主闻言大怒，当即去找祝枝山算账。祝枝山听了，哈哈大笑，说："他们念错了，我写的是：'明日逢春好，不晦气；终年倒运少，有余财。'"土财主想了想，说："还是你说得对。听你的！"

至于广泛流传民间的"下雨天留客天留我不留"，就更是由于断句不同，产生了多种歧义：

一是："下雨，天留客；天留，我不留。"

二是："下雨天，留客？天留，我不留。"

三是："下雨天，留客天，留我不留？"

四是："下雨天，留客天，留？我不留！"

五是："下雨天，留客天，留我不？留。"

前面曾说，五言、七言诗不发生断句问题，其实，也不尽然，有些文人还是就此做出了许多文章。比如，我手头就有一本书上讲，慈禧太后让一位书法家挥毫题扇。那位书法家遵旨，写了唐代诗人王之涣的《凉州词》，慌乱中将"黄河远上白云间"的"间"字漏掉了。慈禧看后，勃然大怒，声言："戏耍圣躬，理当治罪。"书法家急中生智，赶忙殿前启奏，说他题写的原是一首小令，接着朗声读道：

黄河远上，白云一片。
孤城万仞山，羌笛何须怨。
杨柳春风，不度玉门关。

"老佛爷"听了，明知他是诡辩，但也觉得能够自圆其说，只好作罢。

《光明日报》2017年3月3日 第13版

赏花时

一

拈出元曲中这个曲牌来做题目，意在探讨一个审美的课题。说是赏花，却着眼于"时"字，取其把握时机、恰当其时之义。

事物发展进程中，可分为准备、进行、完成几个时段；花的开放，同样也有含苞待放、初开、盛开等多种状态。那么，就赏花来说，哪种状态最受人青睐呢？古人说了，"好花看到半开时"。

从审美的角度说，如果花蕾还紧包在萼片里，挺然直立花丛中，确实也没有什么好看的；而当花已盛开，东风起处，偶有几片飘飞，也会让人联想到接下来的凋零破败，从而萌生出盛景不常的苍凉意绪，尤其是那"一朝春尽红颜老，花落人亡两不知"的诗句，着实令人神情萧索。倒是开了又未全开，既可满足人们赏花的热切愿望，又会产生一种"好戏还在后面"的审美期待。花未全开，色、香、味或许尚未达到极致，而其蓄势待发、有余未尽的潜在魅力，生机勃发的向上活力，则会给赏花人留有想象发挥的空间，可能还会平添一份担心——牵挂本身就是一种吸引力：过后这些天可不能有疾风骤雨啊！有人说："最深的愉悦不是得到某样东西，而是在得到它之前的努力；最漂亮的东西，不是看到它时的表述，而是在看到之前的幻想；最美好的结局，不是那句'王子和公主从此过上幸福的生活'，而是对那个未知结局的猜想。"这类微妙而复杂的心理活动，氤氲了审美的情趣，牵动着人们的想象力。

乾隆时期的著名诗人蒋士铨，有一首为清初画家王石谷所绘玉簪花的题诗："低丛大叶翠离离，白玉搔头放几枝。分付凉风勤约束，不宜开到十分时。"诗句先是状写画中玉簪花的叶子，翠色纷披，铺排繁茂，然后渲染女子首饰玉搔头形状的花蕊。这个玉搔头，可不同凡响，当年汉武帝的李夫人曾以玉簪搔头，故而得名；后来又被大诗人白居易写进《长恨歌》里，"翠翘金雀玉搔头"。画面上，大量花蕊含苞待放；而正开的不过寥寥几枝。应该说，这是玉簪花生机勃发、生命力最旺盛、花容最美丽的时刻。写到这里，诗人发话了：得赶紧吩咐扑面的凉风，要对玉簪花勤加约束，别让它急着开下去，以免迅速迎来"花谢花飞花满天"的惨淡局面。这里"凉风"二字极有分寸，不能是"其色惨淡""其气栗冽""草拂之而色变，木遭之而叶脱"的萧瑟金风，那样，玉簪花很快就没戏了。又要它健壮地生长着，又要它放慢开放的步伐，充分表现了诗人爱美惜花的良苦用心。当年，诗圣杜甫就曾深情无限地吟咏过："繁枝容易纷纷落，嫩蕊商量细细开。"（《江畔独步寻花》）

二

清代诗人查慎行有一首五绝："无数绯桃蕊，齐开仲月初。人情方最赏，花意已无余。"诗人作为审美主体，对眼前"桃之夭夭，灼灼其华"这如霞似锦的美的形态，做了直接的形象感知和清醒的理性判断："无数绯桃蕊"的"齐开"，造成了"人情方最赏"的轰动效应；而此刻所呈现的恰是"花意已无余"的审美形态。"无余"二字，是对绯桃生气已经耗尽，美丽转瞬消失，行将枯萎凋残的绝好概括。这里反映了事物相反相成的规律。寥寥20字，启发人们思考一些有关盛衰、荣瘁、盈虚、消长的哲学意蕴，也联想到戒满忌盈、避免绝对、勿走极端、留有余地这些日常处世原则。

读过明代短篇小说集《警世通言》的朋友当会记得，在《王安石三难苏学士》中有这样一段话："古人说得好,道是:'满招损,谦受益。'俗谚又有'四不可尽'的话。那(哪)'四不可尽'?势不可使尽,福不可享尽,便宜不可占尽,聪明不可用尽。"这里的关键在于一个"尽"字。"尽"者,尽头、绝顶、终点、极限之谓也;如果以花为喻,也就是"花意无余""开到十分"。从辩证观点看,事物达到顶点就要走向反面。老子有言:"祸兮,福之所倚;福兮,祸之所伏。"祖辈传留下来的"种瓜得瓜,种豆得豆""惜衣有衣,惜食有食"之类的老话,则形象地阐明了因果关系。

《警世通言》中记载过这样一个故事:唐代丞相王涯,官居一品,权压百僚,僮仆千数,日食万钱,享不尽荣华富贵。其府第厨房与一佛寺相邻,每日厨房涤锅净碗之水倾倒沟中,穿寺流出。一天,寺中长老出行,见流水中有白物,近前一看,原是上白米饭。长老说声"阿弥陀佛,罪过罪过",便叫来伙工捞起沟内残饭,用水洗净,摊于筛内,晒干后用瓷缸收贮,两年之内共积得六大缸有余。那王涯只道千年富贵,万代奢华,谁知乐极生悲,触犯了朝廷,待罪受审。其时宾客散尽,僮仆逃亡,仓廪尽为仇家所夺。家人23口,米粮尽绝,忍饥挨饿,啼哭之声传震邻寺。长老听到后,便将缸内所积米饭浸软蒸后赠之。王涯吃后,甚以为美,遣婢女答谢。长老说:"这不是贫僧家常之饭,乃府上洗涤之余,谁知济了尊府之急。"王涯听罢叹道:"我平日暴殄天物如此,安得不败?今日之祸,必然不免。"当夜即服毒自杀。

三

看得出来,"好花看到半开时",不到顶点,留有余地,并非仅仅限于审美,也不仅仅适用于日常待人处世,而是已经通过切身体验,升华为一种生命智慧了。

晚清名臣,著名政治家、思想家曾国藩,针对他的汉员大臣身份,在民族界隔至为分明的清朝主子面前,危机深重,加之功高权重所带来的险恶处境，有"平日最好昔人'花未全开月未圆'七个字，以为惜福之道、保泰之法，莫精于此"之说。在这里，"惜福"与"保泰"相辅相成，互为表里。他在家书中说："余蒙先人余荫，忝居高位，与诸弟及子侄谆谆慎守者，但有二语，曰'有福不可享尽，有势不可使尽'而已。福不多享，故总以俭字为主，少用仆婢，少花银钱，自然惜福矣。""家门大盛，常存日慎一日而恐其不终之念，或可自保。否则颠蹶之速，有非意计所能及者。"为此，他劝诫诸弟："当于极盛之时，预作衰时设想，当盛时百事平顺之际，预为衰时百事拂逆地步。"为了保全功名、地位，免遭朝廷疑忌，他毅然采取"断臂全身"的策略，在剪除太平军之后，主动奏请：将自己一手创办并赖以起家的湘军50000名主力裁撤过半，并劝说其弟国荃借养病之名，请求开缺回籍，以避开因功遭忌的锋芒。

如果说，曾氏的生命体验表现为困蹙、被动与迫不得已，那么北宋理学家邵雍的妙悟，则是诗意的、优游的、主动的。且看他的七律《安乐窝中吟》的后四句："美酒饮教微醉后，好花看到半开时。这般意思难名状，只恐人间都未知。"为什么"都未知"？领略个中情境，有赖于净而静的心境。而世人追名逐利，奔走营求，整天处于惶遽、浮躁之中，又何谈心境的净、静！可见，作为一种人生境界，这种感受是在闲适境遇中悟出的。

至于曾国藩所激赏的"花未全开月未圆"这句诗，其意境、情境及其悟出的心境，大致与邵老夫子的诗意相同。它也是出自北宋的一位名家。那天，书法家、大学士蔡襄悠闲地来到供奉文殊菩萨的吉祥院赏花，心有所感，即景抒怀，随手写下了一首七绝："花未全开月未圆，寻花待月思依然。明知花月无情物，若是多情更可怜。"这个"可怜"，做可爱解；有些阐释文章说成是可悲、可悯，谬矣。"怜"有多义，悲、悯之外，还有喜、爱、惜等多解。白居易诗句："可怜九月初三夜，露似真珠月似弓。""可怜春浅游人少，好傍池边下马行。"前者"可怜"义为可爱，后者当做可喜解。

《光明日报》2017年5月12日 第15版

与邻为善

一

九岁那年春节期间，私塾放假，我随同母亲到外祖父家贺年拜寿。一进院，我就见屋门上贴着一副洒金朱红墨迹对联，感到很有内涵，也很新鲜，和常见的"祈福呈祥"之类迥然不同，便默默地记诵下来：

> 结善邻同照乘宝；
> 正家风胜满籯金。

外祖父告诉我，上联源于《左传》："亲仁善邻，国之宝也。""照乘宝"出自《史记》：战国时，魏王对齐王说，他有"径寸之珠，照车前后各十二乘"。下联暗用了北宋黄庭坚的诗句："藏书万卷可教子，遗金满籯常作灾。"

区区一副 14 字的对联，提出了两个重大的社会课题："结善邻"说的是建立良好的邻里关系，"正家风"强调了培养、教育子孙后代的重要性。人类自从形成以个体家庭为单位的生活群落，便存在、延续着祖德家风；这种生活群落又因地缘相邻而产生相依互动，构成带有认同感与感情联系的邻里关系。邻里关系是否正常、良好，不仅直接关乎社会的发展进步与生态平衡，而且对于人群精神素质、道德水平的滋育和涵养，会产生深远的影响。

在我们中华民族身上，这方面表现得更加突出。在华夏大地上，传统社会以农立国，民众以"力田为生之本"，长期过着相对稳定的定居生活；加上儒家伦理文化的熏陶浸染，国人相互间产生了较强的亲和力与共容性。由此，以血缘关系结合的家庭家族和以地缘关系联系的社区邻里为经纬，形成了稳固的网状关系结构。家庭是社会的细胞，社区是社会的单元，而邻里、乡亲则是家庭生活与社会生活之间的纽带。这样，具有群体凝聚力、归属感、依存感等鲜明特征的邻里关系，就随之而不断加强，成为社会中一项重要的公共关系。几千年来，祖辈流传的"远亲不如近邻""千金买宅，万金买邻""邻里好，赛金宝"等民谚，形象地表明了邻里在社会生活中的重要位置。

二

"亲仁善邻"，核心所在是睦邻以仁。孔子曰："仁者，人也。"《说文解字》："仁，亲也，从人从二。"可见，仁乃人之所以为人之道，它是从人与人的社会关系中衍生出来的，反过来，又成为妥善处理人际关系、修己安人的道德准绳。从这个意义上说，亲仁善邻，同样也是家之宝也。家国情怀，原本是浑然一体的。

2013年，习近平总书记视察沈阳市沈河区多福社区，在同居民座谈时，语重心长地说，社区建设光靠钱不行，要与邻为善、以邻为伴。而与邻为善、以邻为伴的理念，作为中华民族的传统美德，作为整个社会的共识与公义，自始就以一种品格、气质、风范的形态，融化在民族的血液中，沉淀到社会风习里，一代代地传承下来，还以诗文的形式记载在历代典籍之中。

《周礼》中有"五家为邻，五邻为里"之说。"四书"《孟子》中有这样一段话："乡田同井，出入相友，守望相助，疾病相扶持，则百姓亲睦。"孟老夫子不仅为我们描绘了一幅乡邻和睦共处的温馨图景，而且给出了以邻为伴、比邻相依的价值目标与道德义务要求，成为中华传统文化中关于邻里关系的经典论述。

至于那些状写邻里、乡亲间真情灼灼、友好交往的古诗，更是不胜枚举。最是令人动容的，是诗圣杜甫的七言律诗《又呈吴郎》：

> 堂前扑枣任西邻，
> 无食无儿一妇人。
> 不为困穷宁有此？
> 只缘恐惧转须亲。
> 即防远客虽多事，
> 便插疏篱却甚真。
> 已诉征求贫到骨，
> 正思戎马泪盈巾。

诗人漂泊到四川夔府的第二年，住在瀼西的一所草堂里。房前栽有几棵枣树，秋来果实累累。西邻一位孤寡、贫寒的老妈妈常常过来打枣，诗人抱着无限同情的心情，并不加以干预。后来，他从瀼西迁到了东屯，便把这所草堂借给了一位姓吴的亲戚。这个"吴郎"为了防止外人过来"扑枣"，便在周围插上了篱笆。诗人发现了这件事，深感不妥，遂立即以诗代柬，加以劝阻。

唐诗中这类亲仁善邻的诗篇还有很多，读后铭感五内，心向往之。

三

载诸史籍的还有一些动人心弦的逸闻佳话——

宋人《谈苑》记载：五代时，官居工部尚书的杨玢，自前蜀归后唐，其长安旧居多为邻里侵占。子弟写好状纸找他支持，他却回函题写了四句诗：

> 四邻侵我我从伊,
> 毕竟须思未有时。
> 试上含元殿基望,
> 秋风秋草正离离。

他教育子弟以历史眼光看待眼前的得失,认识盛衰无常,繁华易逝,拥有再多又能怎样?子弟们领会了杨大人的训示,打消了上告官府的念头。

我又想到《寓圃杂记》《两般秋雨盦随笔》等明清杂著中,关于礼部尚书杨翥厚德海量、善待邻里的记载。杨翥活了85岁,历仕明代宣德、正统、景泰三朝,官声民望甚好。做修撰时,一个邻居每逢雨天便将自家院子里的积水排放到杨家院中,家人心中不快,他劝解说:总是晴天多,雨天少。邻人筑墙,侵占了杨家的宅基地,有人愤愤不平,以告杨公,公作诗云:

> 余地无多莫较量,
> 一条分作两家墙。
> 普天之下皆王土,
> 再过些儿也无妨。

关于院墙纠纷的排解,还有一桩典型事例。康熙年间,文华殿大学士兼礼部尚书张英的家人,与叶姓邻居因住宅院墙发生了争执,张家派人带上家书到京城面呈张相爷。张英随手作复,题写了四句诗:

> 千里家书只为墙,
> 让他三尺又何妨。
> 长城万里今犹在,
> 不见当年秦始皇。

张家不能不依，只好动手拆墙，往外让出三尺。叶家深受感动，便也主动把围墙向后撤退三尺。由此，争端迅即平息，两家院墙之间，还空出一条巷子，方便了路人通行。"六尺巷"由此得名，并传为旷世美谈。

杨翥的诗，从正面讲述道理，引证古代名言"普天之下皆王土"，义正词严，极有说服力、感染力；而杨玢、张英的诗，则是从反面做文章——连美轮美奂的含元殿和威震四海的秦始皇，都早已灰飞烟灭、了无形迹，眼下的尺寸之地又有什么争头？痛切、冷峻，发人深省。三首诗的表现手法各有差异，其寓意却不谋而合，都表达了亲仁善邻、与邻为善、以邻为伴的理念，提倡宽容忍让，反求诸己，正确处理邻里间的矛盾、纷争。

四

邻里间的纠纷，诚然多为"鸡争鹅斗"之类的细事，但若认为无关大体，却是大谬不然——它们往往牵涉到社会公德、社区秩序、民风、家风等原则问题；而且，由于直接与民众利害相关，处在众目睽睽之下，如果当事者为官员，必定昭然若揭地映现出官民关系和执政者的形象。也许正是有鉴于此，三位日理万机的当朝宰相，并不以其事小而倨傲不理，而是认真对待，以妥善方式予以解决，从而收到良好的社会效果。

这里，最根本的还是取决于秉持什么原则——是出以公心还是以权谋私，是顾全大局还是纠缠末节，是宽宏大量还是锱铢必较。三位当事人都大权在握，莫说"摆平"那些乡里"草民"，即便是六品黄堂、七品知县，也可以随意玩弄于股掌之上。可是，他们并没有弄权施威，仗势欺人，而是严格地约束家人，首先从自己做起，主动退让，善待乡邻，"但存方寸地，留与子孙耕"，也给下级僚属做出了表率。

时光流逝，世事因时而异。在21世纪的今天，这些千百年前的逸闻佳话、懿言嘉行还有现实意义吗？

随着生活节奏的加快、工作压力的加大，特别是城乡住宅条件的改善，居民之间的接触少了，依赖关系减弱了，邻里关系发生了明显的变化——我们应探索新的经验以适应新的形势要求，诸如扩充渠道加强联系，尊重邻居的人格、意愿、生活方式和生活习惯，尊重邻居的合法权益，等等。然而，处理邻里关系、解决矛盾纠纷的基本准则并未发生根本性的改变。至今，邻里关系仍然是社区乃至社会人际关系中的重要组成部分，而且事关家风、民风、社会风气。对于邻里间的矛盾纠纷，仍然需要秉承亲仁善邻、与邻为善的理念，讲宽容，讲谅解，讲团结，讲风格，讲友谊，重情感，做到利益面前多让步，困难面前多救助。往古先贤那些感人至深的范例、传诵不衰的诗文，在今天仍有值得学习、借鉴的现实意义，尤其对于我们各级领导干部，在反腐倡廉、树立优良作风，特别是家风、民风建设方面，更有直接的教益。

作为邻里关系的根基，作为家庭文化的集中体现，家风连接着民风，民风连接着社会风气；和谐、健康的家风，在建设精神文明和树立社会主义核心价值观的过程中，具有不容忽视的作用。正如习近平总书记曾指出的，每一位领导干部都要把家风建设摆在重要位置，廉洁修身、廉洁齐家。联系这些古代先贤的懿言嘉行，可以加深对此精神的理解。

《光明日报》2018年1月19日　第15版

唐僧玄奘的四种形象

印度学者指出:"如果说,征服者通过战争征服给许多国家和人民带来了灾难的话,那么,和平的使者不顾个人安危得失,远涉千山万水,传播和平的声音。中国著名的佛教徒玄奘,就是这样一位和平的使者。他是中印文化交流的象征。"作为举世闻名的翻译家、佛学家、思想家、旅行家,中外文化交流的杰出使者,玄奘在文学作品、历史文献、民间传说及国外影响中呈现为不同的形象。究竟哪一种形象更接近真实?

一

搜索关于"唐僧玄奘"的网页,实在惊诧不已。绝对没有想到,人们对这位亦人亦神的古代和尚,竟然如此感兴趣。当然,许多人是沿着"戏说"的路数,拿他当"话耍子"来搞笑的,什么"唐僧办教育""唐僧的隐私""唐僧评先进""唐僧评球""唐僧的网恋""唐僧引进股份制"等;光是杜撰唐僧的著作,就有"家书""日记""回忆录""密信""遗言""自述""报告""废话"等多种。应该说,作为举世闻名的翻译家、佛学家、思想家、旅行家,中外文化交流的杰出使者,唐代高僧玄奘原本是有很多话题可供言说、研讨的,只是一些人对此并不那么感兴趣罢了。而我,在这种情势下,偏要一本正经地从文学作品、历史真实、域外寻踪、民间传说等多重视角,来研索唐僧玄奘的多种形象,也算得上情有独钟、"痴情可哂"了。

说到形象，这是一个有趣的话题。心理学告诉我们，形象属于知觉范畴；作为一种意识，形象是人们通过各种感觉器官在大脑中形成的关于某种事物的整体印象。而人物形象，则是人们对某一实实在在的人物整体印象的感知。这种感知，往往因人而异。也可以翻过来说，同是这一感知对象，在不同情况下，人们的感知也是不尽相同的。这说明了：其一，既然感知属于知觉、意识，那么，它就必然会受到感知者主观能动性的影响，亦即意识、观念与认知过程的规定与制约；其二，形象并非事物（包括人物）本身，因而若想准确把握其真实性、准确性，就须精察之、慎思之、明辨之，以透过形象，探其本原，去伪存真。

也正因如此吧，面对长期以来所形成的关于唐僧玄奘令人眼花缭乱的多种形象，才确有精研苦索的必要。

二

幼年读《西游记》，唐僧留给我的印象是很不好的。他不仅软弱怯懦，进退失据，在困难面前动辄惊慌流泪，而且昏庸迂腐，耳软心活，常常误信谗言，是非不分，敌我不辨。看上去，白面书生一般，斯文得很，说话细声细气，手无缚鸡之力。可是，折磨起大弟子孙悟空来，却蛮有本事，所谓"人妖颠倒是非淆，对敌慈悲对友刁"。正是由于对坚持正义、以不屈不挠的斗争精神和大无畏的英雄气概横扫一切妖魔鬼怪、为取经事业立下汗马功劳的"美猴王"怀有无比崇敬的心情，因而，每当看到唐僧残忍地惩治、处罚他的时候，我都遏制不住心头的愤慨，有时竟至两三天内，"于心有戚戚焉"。

及长，读书渐多，通过阅览唐代史书、《大唐西域记》和关于玄奘法师的几部传记，我才了解到这位唐代高僧舍身求法的感人事迹和高尚的人格风范、伟大的精神追求，方知文学形象与历史真实并不是一码事，过去完全错怪了他。

看来，文学形象本是作家头脑的创造性产物，表现为文本中具有艺术概括性的、体现着作家审美理想的人生画卷。如果把整个文本所揭橥的社会内容比作一台人生戏剧，那么，这些文学形象便是作家用以寄托情感、表达爱憎、宣示价值取向的不同角色。它们是客观性与主观性的统一，既具有模拟、描绘现实中的对象（比如唐僧玄奘）的客观性一面，也反映出作家思想感情的主观性因素。由于其高度的艺术概括性、典型性，因而强化了文学形象的感染力与震撼力。

从《西游记》中的唐僧，我又联想到另一部文学名著中的武大郎与潘金莲。据说，武大郎的原型，原本昂藏七尺之躯，相貌堂堂，文武兼擅；而其妻潘金莲，也是大家闺秀，知书达理，属于贤妻良母类型。可是，到了《水浒传》里，却成了两个悲剧人物。在广泛流传于冀东南、鲁西北一带的民间传说中，这对"倒霉"的夫妻有着这样一段曲折的经历——武大郎家贫时，曾受过一位好友的接济。后来，这位友人遭受火灾，房屋片瓦无存，无奈之下便投靠已经当了县令的武大郎，当时心想，发迹了的武大郎，一定会重重地予以酬报。可是，公务缠身又兼赋性木讷、寡言少语的武大郎，虽也好酒好菜地招待着，却绝口不提赞助的事。他便心里憋着一口怨气，索性抬腿离开，另谋出路。如果只是一走了之，也就不会发生后来的事。岂料，"怨毒之于人甚矣哉！"当时，他气愤不过，想要给这个忘恩负义之人以猛烈的报复，便极尽造谣抹黑之能事，编造了武氏夫妇的大量"丑闻"。光是"逞口舌之快"还觉得不解恨，于是又写成文字，随处张贴。这么一来，武家伉俪的丑恶形象，可就在冀东南、鲁西北广大地区传播开了。而武大郎本人却还蒙在鼓里，公务之暇，便全力张罗着给友人重建新房。几个月后，友人回到家里一看，可就傻眼了。悔愧之情，如黄河决堤，在心里上下翻腾，便捶胸顿足，发疯了一般，重循旧路，进行辟谣、更正。但是，"一言既出，驷马难追""一入人耳，有力难拔"，再也无法挽回了。当然，关键还在于进入了谁的耳朵。由于谣言一传十、十传百，最后传到了大文豪施耐庵的耳朵里，这下可就麻烦了。出生于苏北兴化、喜欢走南闯北的小说家，正在构思《水浒传》的情节，酝酿着给英雄武松找个"陪衬人"，刚好听到了这个传说，而且两人同姓，结果一拍即合。这样，武氏夫妇这两个"冤大头"，可就背上了"黑锅"，永世不得翻身了！

三

回过头来，再说《西游记》。

它虽然取材于唐僧玄奘西天取经故事，但书中所描述的那位三藏法师已经被神化变形了，取经故事情节也都是小说家通过想象加以虚构的。大约从南宋年间《大唐三藏取经诗话》开始，经过金代院本《唐三藏》《蟠桃会》，元人杂剧《唐三藏西天取经》等，踵事增华，敷陈演绎，唐僧玄奘就已脱离了原型；再经过明代正德、万历年间的著名小说家吴承恩，在这些话本、戏曲、民间传说的基础上，发挥高超的想象力，进行艰苦卓绝的艺术再创造，最后完成了文学名著《西游记》的创作。就是说，小说中的唐僧玄奘形象，并非历史的真实。

历史上的唐僧，俗姓陈，本名祎，河南偃师县缑氏镇陈河村人。他出生于隋开皇二十年（一说出生于隋仁寿二年，延后2年），5岁丧母，10岁慈父见背，13岁随次兄在洛阳净土寺出家，法名玄奘。他自幼聪敏好学，接受传统文化，悟性极高。在净土寺，从师研读《涅槃经》《摄大乘论》，达6年之久；后值战乱，又前往四川，四五年间师从多位法师，研习大小乘经论及南北地论学派、摄论学派各家学说，学业大进，造诣日深，而且掌握了梵文。他特别钦慕东晋高僧法显以"耳顺"之年，历时15年，前往印度西行求法的宏谟伟志；加之，熟读各种佛经，发现各名师所讲的经论互有歧异，各种经典也疑伪杂陈，真假难辨，于是，立志要亲赴天竺（印度），取经求法。

而后的人生，大体上可以分作两段：前一段是取经。唐太宗贞观元年（627年），玄奘和尚混在"随丰就食"的逃荒民众中离开京城长安，沿着河西走廊，西行游学求法。当时，他是偷越国境出去的，并不像《西游记》中所讲的，受到皇帝的礼遇，"备下御酒，发放通关文牒，送至关外"。取经路上，玄奘"乘危远迈，策杖孤征"，历尽艰难险阻，经过古代中亚和南亚地区大小100多个国家，最后到达了印度。这段行程将近3年。在中印度的那烂陀寺学习5年之后，又相继访问了东印度、南印度、西印度，最后重新回到那烂陀寺。历时19年（一说17年，源于对走出国境时计算上的差异），行程5万里，返回长安，共带回657部佛经、150粒佛舍利、7尊金银佛像，还有许多果菜种子，为加强我国同中亚、南亚诸国的友好往来和开展文化交流，做出了杰出贡献。后于玄奘40年、同样西行取经的义净法师写过一首《求法诗》，在佛门中广泛流传。诗云："晋宋齐梁唐代间，高僧求法离长安。去人成百归无十，后者安知前者难？路远碧天唯冷结，沙河遮日力疲殚。后贤如未谙斯旨，往往将经容易看。"

后一段也是19年，主要是译经、著书。回到长安后，他悉心翻译佛学经典，共译出《大般若经》《心经》《解深密经》《瑜伽师地论》《成唯识论》等重要经典75部，计1335卷，占唐代翻译佛经总量的一半以上。其间，他还把《道德经》《大乘起信论》译成梵文，把中华传统文化介绍给了印度等国。

根据唐太宗"佛国遐远，灵迹法教，前史不能委详，师（指玄奘）既亲睹，宜修一传，以示未闻"的指示，玄奘法师于回国后第2年，亲自口述，由弟子辩机辑录出《大唐西域记》12卷。书中记录了西游中亲身经历的110个国家及传闻的28个国家的所见所闻，内容涉及印度等国的政治、经济、宗教、文艺和山川、风物等诸多内容，具有颇高的史料价值。他还直接继承了烦琐深奥的印度瑜伽派理论，与其弟子窥基一道创立了"法相宗"（又称"唯识宗"）。

唐高宗麟德元年（664年），玄奘法师于玉华宫（在今陕西铜川市，当时是皇帝行宫）圆寂，享年65岁。高宗闻讯痛哭，说："朕失国宝矣！"罢朝三日，以示哀悼。

鲁迅先生赞颂中华民族的"脊梁",其中"舍命求法"者,玄奘是主要人物之一。这位唐代高僧不仅在国内备受尊崇,影响深远,而且,世界各国尤其是印度,对他都有很高的评价。

四

1999年12月,我曾率中国作家代表团访问印度。行前,认真研读了《大唐西域记》和由玄奘法师两位及门弟子撰写的《大慈恩寺三藏法师传》,以及时贤往哲的有关著述,结合访问期间的大量见闻,逐渐形成了这位高僧的域外形象。

我们刚一踏上这片神奇的土地,印度学者就说:"欢迎来自玄奘的国度的客人。"交谈中,他们说:"印度"这个译名,就是由玄奘厘定的。对此,《大唐西域记》亦有记述:"详夫天竺之称,异议纠纷,旧云身毒,或曰贤豆,今从正音,宜云印度。"

为了探秘1300多年前唐僧玄奘的游踪,亲炙他的遗泽,我们按照当年法师走过的路线,首先去了恒河岸边的瓦腊纳西的鹿野苑,寻访了"区界八分,连垣周堵,层轩重阁,丽穷规矩"的遗迹,看了唐僧玄奘的朝圣地;而后,重点访问了比哈尔邦的那烂陀寺,这是玄奘当日求学问道的世界上最辉煌的佛教研究中心。玄奘到达的当时,这里僧徒有万余人,居住庭院50余所;每天有100多个讲坛同时开讲,学术氛围十分浓厚。今天,大自然似乎并未发生多少变化,依旧是淡月游天,闲云似水,可是,人世间的一切已经彻底改观,即便是地面的砖石建筑也都荡然无存了。没有改变的是唐僧玄奘的光辉形象,关于他的取经求法、讲学问道的动人事迹仍然世代相传。

传说,当玄奘法师一行在旁遮普一带穿行时,碰上一伙强盗,当即被抢劫一空,还险些丧命,随行者都为蒙受损失、担惊受怕而失声痛哭,玄奘法师却朗声笑着,安慰大家说:"诸宝之中,生命最重。我等既生,何苦之有！"还有这样一个传说，玄奘取经途中，经过一个小国，住定之后，玄奘宣讲人天因果，赞扬佛法功德，原本不信佛教的国王，听了很受感动，便予以热情接待。夜间，法师两个随从人员遭到不明真相的土人刁难、驱逐，国王得知后，十分气愤，要予以剁去双手的严厉处罚。法师出面营救，劝说："众生平等，不要毁其肢体。"国王接受了劝谏，将其痛打一顿，逐出都外。法师的仁慈、恻隐，使当地民众备受感动。上述传闻基本属实，在《大慈恩寺三藏法师传》中都有类似记载。

印度学者指出："如果说，征服者通过战争征服给许多国家和人民带来了灾难的话，那么，和平的使者不顾个人安危得失，远涉千山万水，传播和平的声音。中国著名的佛教徒玄奘，就是这样一位和平的使者。他是中印文化交流的象征。"

北京大学东方文学研究中心王邦维教授在其学术论文中谈到，玄奘来到那烂陀寺，便受到了热烈的欢迎。当时已经逾百岁高龄的"校长"戒贤法师收他为亲传弟子，亲自教授他《瑜伽师地论》的大乘佛典。玄奘勤学好问，每天认真研读经书，梵文说得比当地人还好。在那烂陀寺，玄奘和多名学者切磋辩论。当时寺内通解20部经论的有1000多人，30部的有500多人，50部的只有10人，其中就包括玄奘法师。也就是说，玄奘的水平，在当时的那烂陀寺几千名资深学者之中，位列前10名。因为成绩优异，玄奘还获得了"留校任教"的资格，升任那烂陀寺主讲，其他僧人则成为他的听众。一位名叫师子光的印度僧人，在佛学理论上与玄奘的看法不一样，两人进行辩论，数次往复，最后师子光"不能酬答"，原来同意他的观点的学徒渐散，而转为跟随玄奘。由此，玄奘用梵文撰写了论文《会宗论》。论文发表，戒贤大师及大众无不称善。在那烂陀寺，他有很高的学术地位，出门可以享受乘坐大象的待遇。王先生说："在那烂陀寺的岁月，可以说是玄奘一生中最精彩、最风光的时光。"

但后来，这处佛教圣地，毁于突厥入侵者的战火，逐渐变为废墟，那烂陀寺之重见天日，要归功于玄奘。王先生介绍说，19世纪中期，英国人统治印度，发现了那烂陀寺遗址。起初他们并不知道这是什么地方，这处遗址面积巨大，像是一座小城，又像一个大学校园。后来，考古学者拿它和玄奘的《大唐西域记》做对比，才确认这个地方就是书中记载的那烂陀寺。

已故著名学者季羡林先生有言：印度这个民族"不太重视历史的记述，对时间和空间这两方面，都难免幻想过多、夸张过甚的倾向。因此，马克思才有'印度没有历史'之叹"。这样，玄奘的精确记述，也就成为了解印度历史的重要资料。所以，玄奘成了印度人最崇拜的中国人；他们感激玄奘使今天的印度人知道了他们的过去是什么样子。

玄奘归国前，还经历了一场轰动"五印（东西南北中）"的讲学活动。当时，印度最大的摩揭陀国的君主戒日王，在曲女城召开佛学辩论大会，与会的有18位国王，3000名大、小乘佛教学者，还有其他人士2000人。大会特邀玄奘法师为论主。玄奘升座后，先阐扬大乘宗旨，说明作论的本意；又由那烂陀寺沙门明贤法师宣读全论，另外抄写一本，悬放在会场门外，遍告大众，如果有人能指出其中一字错误加以驳斥，玄奘法师愿当众低头谢罪。可是，连续五天，竟无人发言问难，出面反驳。于是，全国敬服，同时被大乘尊为"大乘天"，被小乘尊为"解脱天"。戒日王益发敬重崇拜，再度供奉贵重金银衣物，其他各国国王见状也纷纷效仿，但法师都一一婉言谢绝。

旅居印度的青年学者伊洛在一篇文章中谈道，今天，在印度无论是什么场合，无论是官方还是民间，只要提起中国，提起两国关系，都是"言必称玄奘"。在20世纪50年代，中印两国合作在那烂陀寺附近玄奘学习生活过的地方，修建起一座中国风格的玄奘纪念堂，用来永远纪念这位伟大的先行者，这也是中印两国人民之间源远流长的传统友谊的有力见证。不过，印度人对玄奘法师的尊崇，并非近代才有的事。据义净记载，他在玄奘之后几十年再到印度时，当地佛教界就已经把玄奘当作神来供奉了。在寺庙的壁画里，已经有玄奘的形象；他从中国到天竺的万里行旅所穿着的草鞋，已经被作为圣物的象征，出现在壁画的云端。

五

除了唐僧玄奘在国内和域外的历史真实形象，我在寻访古代丝绸之路过程中，还意外地听到许多富有传奇色彩、把唐僧玄奘加以神化的民间传说，这可以看作是与文学形象相对应的第 4 种形象。

横亘吐鲁番盆地东北部、闻名遐迩的火焰山，《西游记》里说它有八百里火焰，四周寸草不生，唐僧师徒来到山下无法穿过，便由孙悟空三借芭蕉扇，连扇 49 扇，断绝火根，永不再发，取经队伍才得以通过，继续西行。可是，当地的传说却是这样的：若论唐僧的法术，原本可以顺利通行，无须在此耽搁时间。但他一向以仁爱惠民为本，当看到这里烈焰蒸腾，上无飞鸟，下无草木，人民生活极端困苦，便动了恻隐之心。于是，智擒牛魔王，取得纯阳宝扇，一扇熄火，二扇生风，三扇甘霖普降，从此这一带才广种棉花瓜果，人民赖以养生发展，世代康宁。至今，当地维吾尔族同胞还指认火焰山胜金口旁的峭石为唐僧当年的"拴马桩"，并热情地带领我们看了葡萄沟断崖上的"牛魔王洞"和高昌古城中的唐僧讲经台。

说到葡萄，这里也有一个传说：唐僧西天取经归来，路过已经熄火多年的火焰山，把从域外带回来的葡萄种子交给当地七位贤人，并点地出泉，穿岩造井，传授葡萄栽植技术。经过当地人民世世代代的辛勤劳动，这一带成为世界闻名的"葡萄之乡"。这种说法显然是带有附会性质，因为《史记》载明，早在西汉年间张骞通西域时，这里即已普遍栽植葡萄。当地人民将这些善举一概归美于玄奘，反映出他们对这位高僧的无限仰慕之情。

后来，我又访问了洛阳、偃师及唐僧故里缑氏镇。如果说，西行取经沿途的传说，对于唐僧玄奘主要是神化，通天达地，法力无边，那么，他的故乡所流传的虽然也有神话色彩，而更多的则是富有人情味，紧密贴近生活实际。当地人民对他怀有特殊深厚的感情，那里流传着许多关于他的童年生活故事和取经传说。

在《大慈恩寺三藏法师传》中，曾有这样一段故事：大师初生时，他的母亲梦见一位白衣法师向她辞行。法师说："为了求法，所以要西行。"这位白衣法师就是玄奘。当地也有类似的传闻，但添加了许多动人的细节。

"玄奘井"开凿于北齐年间，相传玄奘自幼饮此井水，智慧早开，颖异过人，因此被誉为"慧泉""神水"。"皂抱凤凰槐"是一棵能够扭颈的皂角树，传说玄奘西天取经时，树头向西，归国后，树头又扭向东边。因此，又称为"望子树"。西原墓地有玄奘父母的合葬墓。当地传说：玄奘西天取经，一去十几年杳无音信，母亲思子心切，日日燃香拜佛，为远在天边的儿子祈福。玄奘取经归来，得知母亲已经去世，却又找不到坟地，心里十分难过，便牵着白马，漫步郊原。忽然，白马长啸一声，前蹄在地上踏出一个大坑，涌出泉水，待大水退后，玄奘母亲的坟墓便清晰地展现出来。还有"晾经台"，传说玄奘取经归来，在少林寺遇水浸淋，他们便把润湿的经卷放到高台上晾晒。恰值观音大士云游过此，在空中见此情景，便吹过一阵轻风，很快就把经卷吹干了。从此，这里香火兴旺，闻名遐迩。

前几年我又欣喜地看到，由中央电视台等单位联合发起的"玄奘之路"大型文化考察活动。此举不仅充分揭示了"迢遥万里取经路"沿途各地在政治、经济、文化方面与中原内地、与古代中国的密切联系；同时，还大大补充了过去史料的不足，搜集到大量流传于民间的有关唐僧取经的故事、传说，从而进一步深化与丰富了唐僧玄奘的不朽形象。

《光明日报》2018年2月23日　第13版

两千年的守望

一

从公元前286年伟大的思想家兼文学家庄子去世，到公元1715年伟大的文学家兼思想家曹雪芹诞生，中间整整相隔了2000年。在这2000年时间长河的精神航道上，首尾两端，分别矗立着辉映中华文明乃至整个世界文明的两座摩天灯塔——两位世界级的文化巨匠。他们分别以其哲学名著《南华经》（《庄子》）和文学名著《红楼梦》，卓立于世界民族文化之林，辉映千秋万世。

曹雪芹生当所谓"康乾盛世"，距今不过二三百年，其活动范围也只有南京、北京两地，可留存下来的文献资料却少得出奇，以至于连本人的字、号、生卒年、有关行迹及住所、葬地都存在着争议，这倒和2000多年前的庄子十分相像。而且，从已知的有限记载中得知，他的身世、出处、阅历，特别是思想追求、精神境界，也和庄子有许多相似

曹雪芹雕塑

之处——

庄子为宋国没落贵族的后代,曹雪芹也出身于没落的贵族。他的祖上是一个百年望族,属于大官僚地主家庭。13岁之前,作为豪门公子,过着锦衣纨绔、饫甘餍肥的生活;由于父亲被革职抄家,家道中落,社会地位一落千丈;移居北京后,成为普通贫民,饱经沧桑巨变,备尝世态炎凉之酸苦。

他与庄子一样,天分极高,自幼都曾受到系统的传统文化教育,饱读诗书,胸藏锦绣;又都做过短时期的下层职员:庄子为漆园吏,曹雪芹做内务府笔帖式。庄子凭借编织草鞋和渔钓以维持生活,曹雪芹则是靠着出售书画和扎绘风筝赚取收入。这样,他们便都有机会了解底层社会,包括一些拒不出仕的畸人、隐者。

曹雪芹厌恶八股文,绝意仕进,他和庄子一样,以极度的清醒,自甘清贫,逍遥于政治泥淖之外。乾隆年间,朝廷拟在紫光阁为功臣绘像,诏令地方大员物色画家。江南总督尹继善推荐曹雪芹充当供奉,兼任画手,不料曹雪芹却未予接受。拒绝的原因,他没有直说,想来大概是:当年庄子为了追求人格的独立与心灵的自由,奉行"不为有国者所羁"的价值观,却楚王之聘,不做"牺牛";我也不会在那"犹如火宅,众苦充满,甚可怖畏"的龙楼凤阁中,做个笔墨奴才,给那些乌七八糟的什么"功臣"画影图形,既无趣,又可怕。

"怅望千秋一洒泪,萧条异代不同时。"(杜甫诗句)庄子如果地下有知,当会掀髯笑慰:2000年的期待,终于又觅得一个知音。

二

曹雪芹一度在右翼宗学担任教职,得以结识清宗室的一些王孙公子,如敦敏、敦诚兄弟与福彭等。他们亲炙了曹雪芹的高尚品格与渊博学识,都从心眼里敬服他。尔后,曹雪芹移居北京西郊,过着著书、卖画、挥毫、唱和的隐居生活。其间，除了敦氏兄弟常相过从之外，还有一位张宜泉与曹雪芹意气相投。

二敦一张在题诗、赠诗、和诗中，真实地反映出曹雪芹贫寒困顿的隐逸生涯、超迈群伦的盖世才华和纵情不羁的自由心性。诗人"立象以尽意"，驱遣了"野浦""野鹤""野心"这三种颇能反映本质的意象：

"野浦冻云深，柴扉晚烟薄。山村不见人，夕阳寒欲落。"敦敏在这首《访曹雪芹不值》的小诗中，形象地描绘了曹雪芹居处的落寞、清幽、萧索，可说是凄神寒骨。敦诚在《赠曹雪芹》诗中，亦有"满径蓬蒿老不华，举家食粥酒常赊。衡门僻巷愁今雨，废馆颓楼梦旧家"之句。先说生活条件艰苦，后讲繁华如梦，世态炎凉。

再说"野鹤"。敦敏写过一首七律，题为《芹圃曹君霑别来已一载余矣，偶过明君琳养石轩，隔院闻高谈声，疑是曹君，急就相访，惊喜意外，因呼酒话旧事，感成长句》。首联与尾联云："可知野鹤在鸡群，隔院惊呼意倍殷。""忽漫相逢频把袂，年来聚散感浮云。"此前一年多时间，曹雪芹曾有金陵访旧之行，现在归来，与敦敏相遇于友人明琳的养石轩中。诗中状写了别后聚首、把袂言欢的情景。"野鹤在鸡群"，其意若曰：曹雪芹品才出众，超凡独步，有如鹤立鸡群。大约就在这次聚会中，雅擅丹青的曹雪芹，乘着酒兴，画了突兀奇峭的石头，以寄托其胸中郁塞不平之气。敦敏当场以七绝题画："傲骨如君世已奇，嶙峋更见此支离。醉余奋扫如椽笔，写出胸中磈礧时！"

与此紧密相关的，是张宜泉诗中的"野心"之句。诗为七律《题芹溪居士》："爱将笔墨逞风流，庐结西郊别样幽。门外山川供绘画，堂前花鸟入吟讴。羹调未羡青莲宠，苑召难忘立本羞。借问古来谁得似？野心应被白云留。"核心在后四句。红学家蔡义江对此有详尽的解读："羹调"句写，雪芹并不羡慕李白（青莲居士）那样受到皇帝的宠幸。"苑召"句，写曹雪芹善画，但他不忘阎立本的遗诫，因而不奉苑召。《旧唐书·阎立本传》载，唐太宗召阎立本画鸟，阎闻召奔走流汗，俯在池边挥笔作画，看看座客，觉得惭愧，回来即告诫儿子："勿习此末技。"野心，谓不受封建礼法拘束的山野人之心。

综观曹雪芹的一生，以贫穷潦倒、维持最低标准的生存状态为代价，换取人格上的自由独立，保持自我的尊严；营造一种诗性的宽松、淡定的心态，祛除一切形器之累，从而获得一种超然物外的陶醉感与轻松感。这一切，都与庄子相类似。

三

针对生民处于水火之境的艰难时世，鲁迅先生有言："人生最苦痛的是梦醒了无路可以走。做梦的人是幸福的；倘没有看出可走的路，最要紧的是不要去惊醒他。"曹雪芹和庄子都生活在社会危机严重、"艰于呼吸视听"的浊世，这样，他们两人便不约而同地选择了梦境，借以消解心中的块垒，寄托美好的愿望，展望理想的未来。

作为文人写梦的始祖，庄周托出一个虚幻、美妙的"蝴蝶梦"，将现实追求不到的自由，融入物我合一的理想梦境之中；曹雪芹乃织梦、述梦、写梦的集大成者，通过荣宁二府中的"浮生一梦"，把审美意识中的心理积淀，连同诗化情感、悲剧体验、泣血生涯和盘托出，在现实之上搭建起一个以女儿为中心的悲凄、净洁、华美的理想世界。有人统计，《红楼梦》中共写了32个梦，其中最典型的是宝玉梦入太虚幻境的警幻情悟，预示其看破红尘、人生如梦的觉解。

《庄子》与《红楼梦》这两部传世杰作，归根结底，都可说是作者的"谬悠说""荒唐言""辛酸泪"。清末小说家刘鹗在《老残游记·自叙》中说得好："《庄子》为蒙叟之哭泣。""曹雪芹寄哭泣于《红楼梦》。"

在中国古典小说中，《红楼梦》应是引用《庄子》中典故、成语、词句最多的一部作品，作者信手拈来，触笔成妙。小说中众多人物都喜欢《庄子》，特别是宝玉、黛玉这两位主人公，对于这部哲学经典，已经烂熟于心，能够随口道出，恰当地用来表述一己的人生境界、处世态度、思想观念、生活情趣。

庄子是中国思想史上第一个提出争取和捍卫人的自由的思想家。而曹雪芹则是把自由的思想意志当作终身信条，并通过典型人物宝玉来集中阐扬这一精神意旨。宝玉坚决反对"仕途经济""八股科举""程朱理学"，无拘无束，我行我素，放纵不羁，自由任性，这样的个性特征，显然带有庄子思想的影子。

《红楼梦》中的《好了歌》及其解注，还有那句"可知世上万般，好便是了，了便是好。若不了，便不好；若要好，须是了"的警语和"太虚幻境"中"真假""有无"的对联，骨子里所反映的"万物齐一"，一切都具有相对性与流变性的观念，自然都和庄子的齐物论有一定的关联。

四

曹雪芹接受庄子的影响，接受的是"一种理想人格的标本"，在吸收与接纳、递嬗与传承的过程中，也体现了其个性化特征。比如在思想观念方面迥异于庄子，曹雪芹的佛禅情结、色空观念、悲剧意识广泛地浸染于作品之中，"家亡人散各奔腾""好一似食尽鸟投林，落了片白茫茫大地真干净"，是其最具代表性的经典表述。其成因是复杂的，大抵同曹雪芹所遭遇的残酷的社会环境、天崩地坼般的家庭遽变，以及本人的文化背景、信仰信念，有着直接关系。即此，也充分反映了天才人物的独创性与特殊性，他们是不可能"如法炮制"的，只能有一，不能有二。

司马迁曾在《报任安书》中慨乎其言："古者富贵而名磨灭，不可胜记，唯倜傥非常之人称焉。"庄子也好，曹雪芹也好，他们"游心于恬淡、超然之境"，在面对颠倒众生的"心为物役"、人性"异化"的残酷现实之时，解除名缰利锁的心神自扰，从而以其熠熠的诗性光辉，托载着思想洞见、人生感悟、生命体验，以净化灵魂、澡雪精神、生发智慧、提振人心。

在浩瀚无垠的文化星空中,他们是一对双子星座,在2000年的历史长河中相互守望,散发着恒久的清辉。

《光明日报》2018年4月27日　第15版

伊人宛在水中央

一

作为一首怀人诗，《诗经·蒹葭》以其情深景真、丰神摇曳而传诵不衰、久享盛誉。

同人生一样，诗文也有境与遇之分。《蒹葭》篇中"蒹葭苍苍，白露为霜。所谓伊人，在水一方。溯洄从之，道阻且长。溯游从之，宛在水中央"，写的是境，而不是遇。"心之所游履攀援者，故称为境"（佛学经典语），这里所说的境，或曰意境，指的是诗人意识中的景象与情境。境生于象，又超乎象；而意则是情与理的统一。在《蒹葭》之类抒情性作品中，形成了一种情与景汇、意与象通，情景交融、相互感应，活跃着生命律动的韵味无穷的诗意空间。

《蒹葭》写的是实人实景，却又朦胧缥缈、扑朔迷离，既合乎自然，又邻于理想，可说是造境与写境、理想与实际、浪漫主义与现实主义完美结合的范本。"意境空旷，寄托玄淡。秦川咫尺，宛然有三山云气，竹影仙风。故此诗在《国风》为第一篇缥缈文字，宜以恍惚迷离读之。"（晚清陈继揆语）

对于本诗的主旨，历来歧见纷呈，莫衷一是，就连宋代的大学问家朱熹都说"不知其何所指也"。今人多主"追慕意中人"之说，但过去有的说是为"朋友相念而作"，有的说是访贤不遇诗，有人解读为假托思美怀人寄寓理想之不能实现，有的说是隐士"明志之作"，旧说还有，"《蒹葭》刺襄公也，未能用周礼，将无以固其国焉"……

诗中的主人公，飘忽的行踪，痴迷的心境，离奇的幻觉，忽而"溯洄"，忽而"溯游"，往复辗转，闪烁不定，同样令人生发出虚幻莫测的感觉。而那个只在意念中、始终不露面的"伊人"，更是恍兮惚兮，除了"在水一方"，无其他任何信息。

诚然，"伊人"并不像《庄子》笔下的"肌肤若冰雪，绰约如处子，不食五谷，吸风饮露"的"神人"，高踞于渺茫、虚幻的"藐姑射之山"，绝妙之处在于，诗人"着手成春"，经过一番随意的"点化"，这现实中的普通人物、常见情景，便升华为艺术中的一种意象、一个范式、一重境界。无形无影、无迹无踪的"伊人"，成为世间万千客体形象的一个理想的化身；而"在水一方"，则幻化为一处意蕴丰盈的供人想象、耐人咀嚼、引人遐思的艺术空间，只要一提起它，一想到它，便会感到无限温馨而神驰意往。

二

言近旨远、超乎象外、能指大于所指的艺术现象，充分地体现了《蒹葭》的又一至美特征——与朦胧之美紧密关联的含蓄之美。

一般认为，含蓄应该包括如下意蕴：含而不露，耐人寻味，予人以思考的余地；蕴蓄深厚，却不露形迹，所谓"不着一字，尽得风流"；以简驭繁，以少少许胜多多许。如果使之具象化，不妨借用《沧浪诗话》中的"语忌直、意忌浅、脉忌露、味忌短"概之。对照《蒹葭》一诗，应该说是般般俱在，丝丝入扣——

诗中并未描写主人公思慕意中人的心理活动，也没有调遣"求之不得，寤寐思服。悠哉悠哉，辗转反侧"之类的用语，只写他"溯洄""溯游"的行动，略过了直接的意向表达，但是，那种如痴如醉、苦苦追求的情态，却隐约跳荡于字里行间。

依赖于含蓄的功力,使"伊人"及"在水一方"两种意象,引人思慕无穷,永怀遐想。清代画家戴熙有"画令人惊,不若令人喜;令人喜,不若令人思"之说,道理在于,惊、喜都是感情外溢,有时而尽的,而思则是此意绵绵,可望持久。

"伊人"的归宿,更是含蓄蕴藉,有余不尽,只以"宛在"二字了之——实际是"了犹未了",留下一串可以玩味于无穷的悬念,付诸余生梦想。黑格尔在《美学》一书中指出:"艺术的显现通过它本身而指引到它本身之外。"这从更深的层次上来考究,就上升为哲理性了。

三

钱锺书先生在《管锥编》中最先指出,《蒹葭》所体现的是一种可望而不可即的"企慕之情境",它"以'在水一方'寓慕悦之情,示向往之境";亦即海涅所说的"取象于隔深渊而睹奇卉,闻远香,爱不能即"的浪漫主义的美学情境。

就此,当代学者陈子谦在《钱学论》中做了阐释:"企慕情境,就是这一样心境:它表现所渴望所追求的对象在远方,在对岸,可以眼望心至,却不可以手触身接,是永远可以向往,但不能到达的境界。""在我国,最早揭示这一境界的是《诗·蒹葭》。""'在水一方',即是一种茫茫苍苍的缥缈之感,寻寻觅觅的向往之情……'从之'而不能得之,望之而不能近之,若隐若现,若即若离,犹如水中观月,镜里看花,可望不可求。"

《蒹葭》中的企慕情境,含蕴着这样一些心理特征——

其一,诗中所呈现的是向而不能往、望而不能即的企盼与羡慕之情的结念落想;外化为行动,就是一个"望"字,抬头张望,举目眺望,深情瞩望,衷心想望,都体现着一种寄托与期待;如果不能实现,则会感到失望,情怀怅惘。正如唐代李峤《楚望赋》中所言:"故夫望之为体也,使人惨凄伊郁,惆怅不平,兴发思虑,震荡心灵。其始也,惘兮若有求而不致也,怅乎若有待而不至也。"

其二，明明近在眼前，却因河水阻隔而形成了远在天边之感的距离怅惘。瑞士心理学家布洛有"心理距离"一说："美感的产生缘于保持一定的距离。"一旦距离拉开，悬想之境遂生。《蒹葭》一诗正是由于主体与客体之间保持着难以逾越，却又适度的空间距离与心理距离，从而产生了最佳的审美效果。

其三，愈是不能实现，便愈是向往，对方的形象在自己的心里便愈是美好，因而产生加倍的期盼。正所谓："物之更好者辄在不可到处，可睹也，远不可致也。""跑了的鱼，是大的。""吃不到的葡萄，会想象它格外地甜。"这些，都可视为对于企慕情境的恰切解释。

四

作为一种心灵体验或者人生经验，与企慕情境相切合的，是有待而不至、有期而不来的等待心境。宋人陈师道诗云："书当快意读易尽，客有可人期不来。世事相违每如此，好怀百岁几回开？"可人之客，期而不来，其伫望之殷、怀思之切，可以想见。而世路无常，人生多故，离多聚少，遇合难期，主观与客观、期望和现实之间呈现背反，又是多发与常见的。

这种期待之未能实现和愿望的无法达成所带来的忧思苦绪，无疑都带有悲剧意识。若是遭逢了诗仙李白，就会悲吟："美人如花隔云端！上有青冥之长天，下有渌水之波澜。天长路远魂飞苦，梦魂不到关山难。长相思，摧心肝！"当代学者石鹏飞认为，不完满的人生或许才是最具哲学意蕴的人生。人生一旦梦想成真，既看得见，又摸得着，那文明还有什么前进可言呢？最好的人生状态应该是让你想得到，让你看得见，却让你摸不着。于是，你必须有一种向上蹦一蹦或者向前跑一跑的意识，哪怕最终都得不到，而过程却彰显了人生的意义和价值。所以，《蒹葭》那寻寻觅觅之中若隐若现的目标，才是人类不断向前的动力，我们才有可能像屈原那样发出"天问",才有可能立下"路漫漫其修远兮,吾将上下而求索"的宏图远志。

  是的,《蒹葭》中的望而不见,恰是表现为一种动力,一种张力。李峤《楚望赋》中还有下面两句:"故望之感人深矣,而人之激情至矣。""感人深矣""激情至矣",正是动力与张力的具体体现。从《蒹葭》的深邃寓意中,我们可以悟解到,人生对于美的追求与探索,往往是可望而不可即的;而人们正是在这一绵绵无尽的追索过程中,饱享着绵绵无尽的心灵愉悦与精神满足。

  看得出来,《蒹葭》中的等待心境所展现的,是一种充满期待与渴求的积极情愫。虽然最终仍是望而未即,但总还贯穿着一种温馨的向往、愉悦的怀思——"虽不能至,心向往之""中心藏之,无日忘之",并不像西方后现代主义的荒诞戏剧《等待戈多》那样,喻示人生乃是一场无尽无望的等待,所表达的也并非世界荒诞、人生痛苦的存在主义思想和空虚绝望的精神状态。

  《蒹葭》中所企慕、追求、等待的是一种美好的愿景。诗中悬置着一种意象,供普天下人执着地追寻。我们不妨把"伊人"看作是一种美好事物的象征,比如,深埋心底的一番刻骨铭心的爱恋之情,一直苦苦追求却无法实现的美好愿望,一场甜蜜无比却瞬息消逝的梦境,一方终生企慕但遥不可及的彼岸,一段代表着价值和意义的完美的过程,甚至是一座灯塔,一束星光,一种信仰,一个理想。正是从这个意义上,我们说,《蒹葭》是一首美妙动人的哲理诗。

《光明日报》2018年7月6日 第15版

"见小曰明"
——研读《老子》一得

作为经典,《老子》以其博大精深的文化内涵,高度浓缩的哲学智慧与学术含量,被中国,甚至是全世界所推崇,影响深远,价值恒久。黑格尔有言:《老子》一书"有如一道洪流,离开它的源头愈远,它就膨胀得愈大"。爱因斯坦对《老子》同样情有独钟。美籍华裔数学大师陈省身先生1943年在美国普林斯顿大学做研究期间,结识了爱因斯坦,并曾到其家中做客,"爱因斯坦书架上的书并不太多,但有一本书很吸引我,是老子的《道德经》,德文译本。西方有思想的科学家,大多喜欢老庄哲学,崇尚道法自然"。

佛经有"弱水三千,只取一瓢饮"之说。那么,当我研索宛如"一道洪流""三千弱水"的《老子》中的哲学智慧时,选取52章中"见小曰明"一语作为"一瓢饮",倒是颇为得当。

解读经典,首要的是弄清其本义。2000多年来,自庄子、韩非启其端,中经河上公、王弼诸人赓续,直至近现代,《老子》研究已成显学。走捷径的做法是按照本文,找出解《老》、注《老》之典籍,即可释疑解惑。无奈"五千言"不同于"圆周率",找不出一个"3.1415"那样简单而恒定的结论。我一般是首先进行独立思考,在把握全书的基础之上,通过以《老》解《老》、上下文贯通解读,做出分析判断,然后再去对照往哲时贤的种种解析,抉择、吸纳、借鉴。这样常会收取如汤沃雪、茅塞顿开之效。

在我看来,这里的"见小"应做察微见细理解,而"见小"的意义或曰目的,在于小中见大,阅微知著,这样才能称得上"明"。对照一些有代表性的评注本,自认这样解读是符合本义的。《韩非子·喻老》篇:"箕子见象箸以知天下之祸,故曰'见小曰明'。"唐代后期政治思想家王真《道德经论兵要义述》:"能见其微细之萌而防杜之,乃可曰明。"

《喻老》篇载:从前,商纣王制作了象牙筷子,(他的叔父)箕子为此而担忧恐惧,认为象牙筷子一定不会在陶制器皿里使用,必然要配上犀(牛角)玉之杯;象箸玉杯一定不会用于菽藿(豆苗菜蔬)之羹,而要去吃牦、象、豹胎;吃着牦、象、豹胎,就一定不会穿着粗布短衣食于茅屋之下,而要身着九重锦衣,住上广室高台。箕子说:"吾畏其卒(后果),故怖其始。"五年间,纣王摆设肉林,设置炮烙之刑,登糟丘,临酒池,最后丧身亡国。

作为富有四海的一国之君,制作一副象牙筷子,确是一桩至微至小之事,然而智者箕子却从中看出了纣王一步步滑向腐败堕落的征兆。韩非以此为话题,阐发了"明"乃识祸患于微细之萌的道理。其实,老子在本章已经讲到了:"塞其兑,闭其门,终身不勤。开其兑,济其事,终身不救。"(按照陈鼓应教授解释:塞住嗜欲的孔窍,闭起嗜欲的门径,终身都没有劳扰的事。打开嗜欲的孔窍,增添纷杂的事件,终身都不可救治。)紧接着就讲"见小曰明"。二者桴鼓相应,恰合榫卯。

钱锺书先生在《管锥编·老子王弼注》中指出:

《韩非子·喻老》说,"大必起于小,族(众多、聚集)必起于少",而举塞穴涂隙(堵塞蚁穴,抹好烟囱缝隙)以免水火为患,曰:"此皆慎易以避难,敬细以远大(谨慎地对待容易的事,就可以避免危难;慎重地处理细小的事,就可以远离大灾)者也。"谓及事之尚易而作之,则不至于难为,及事之尚细而作之,则无须乎大举……韩(非)盖恐涓涓者将为江河而早窒(堵塞)焉,患绵绵者将寻斧柯而先抓焉……《后汉书·丁鸿传》上封事云:"夫坏崖破岩之水,源自涓涓,干云蔽日之木,起于葱青;禁微则易,救末者难";均韩非此节之旨也……(北齐)刘昼《新论·防欲》云:"将收情欲,必在危微(轻微)",又云:"塞先于未形,禁欲于危微"(事情未暴露之前就加以制止,欲念尚轻微的时候就实行禁绝),亦韩非意……

旁征博引,达数千言。经过这样一番打通、比较,便觉杂花生树,新意迭出。

我在解读"见小曰明"过程中,也学习钱先生的做法,在弄清本义的同时,对于它的引申义、衍生义予以深入研究。应用的方法主要是广泛联想。

首先,韩非关于"纣为象箸"的故实,使我联想到属于人类心理病态的"欲壑难填"。

清代乾隆年间,坊间刊刻一部《解人颐》的通俗读物,里面有这样一首俚诗,惟妙惟肖地描绘了这种情态:"终日奔波只为饥,方才一饱便思衣。衣食两般皆具足,又想娇容美貌妻。娶得美妻生下子,恨无田地少根基。买到田园多广阔,出入无船少马骑。槽头拴了骡和马,叹无官职被人欺。县丞主簿还嫌小,又要朝中挂紫衣。作了皇帝求仙术,更想登天跨鹤飞。若要世人心里足,除是南柯一梦西。"

网上看到一篇文章,说是有位经济学家设一情境:如果给你一个鸟笼,并挂在你的房中,你大概就会买一只鸟。因为别人走进来时很可能问,笼子里怎么没鸟,什么时候死的?如果主人说他从未有过一只鸟,对方很可能会问,那要一只空鸟笼子干吗?主人会因此感觉有些不安,似乎不买一只鸟就有些不稳妥。为了让自己安心,也为了防止别人不停地询问,干脆买了一只鸟装进鸟笼里。经济学家认为,即使没有人来问,"狄德罗效应"也会让人造成一种心理上的压力,使其主动去买来一只鸟与笼子相配套。这都反映了人们内心永远不能填满的欲望黑洞。

何谓"狄德罗效应"? 18世纪法国哲学家丹尼斯·狄德罗,某天收到朋友赠送的一袭质地精良、做工考究的睡袍,甚为喜欢。可当穿上华贵的睡袍在书房里往复行走时,却又觉得一应家具、设施与崭新的睡袍不相匹配，不是破旧不堪，就是风格很不协调，于是，便次第加以更新。这倒饱了眼福，但也破坏了一向安适的心境。为此，他写了一篇文章《与旧睡袍别离之后的烦恼》。后来，美国一位经济学家，便以"狄德罗效应"（亦称"配套效应"）来概括这种文化消费现象与心理反应。

其次，我想到的是因果关系。从韩非说的"吾畏其卒，故怖其始"，联想到佛经"菩萨畏因，众生畏果"之语。智者见始知终，懂得种下什么样的因就会生出什么样的果，所以，从源头上惕厉、约束自己，绝不酿造孽因；而凡夫往往忽视种因，只有当恶果摆在眼前，方知怖惧、悔恨。与其畏果，不如怖因；早知今日，何必当初！

《汉书·霍光传》，记载了一个"曲突徙薪"的故事：

客有过主人者，见其灶直突（烟囱是直的），旁有积薪，客谓主人："更（改）为曲突，远徙（搬走）其薪，不者（否则）且有火患。"主人嘿（默）然不应。俄而家果失火，邻里共救之，幸而得息（将火扑灭）。于是，杀牛置酒，谢其邻人，灼烂者在于上行（上座），余各以功次坐（依次就座）；而不录言（没有请建议）曲突者。人谓主人曰："向使（原先如果）听客之言，不费牛酒，终亡（无）火患；今论功而请宾，曲突徙薪亡（无）恩泽，焦头烂额为上客耶？"主人乃寤（醒悟）而请之。

直突、近薪，为致灾之因；失火、救火，乃弭患之果。重果而轻因，贱本而贵末，原属人情之常，其识也浅。

关于因果关系，莎士比亚在剧作《亨利四世》中，曾借助华列克伯爵之口说："各人的生命中都有一段历史，观察他以往的行为的性质，便可以用近似的猜测，预断他此后的变化，那变化的萌芽虽然尚未显露，却已经潜伏在它的胚胎之中。"只是，人们经常忽略事物的肇因，忘记"种瓜得瓜，种豆得豆"的常识，缺乏应有的警觉与清醒，不能识机在先，见微知著。

其三，由此联想到"履霜之渐"。《周易·坤卦·初六》爻辞，有"履霜，坚冰至"之语。著名学者高亨解释："履霜，秋日之象也，坚冰，冬日之象也，'履霜坚冰至'者，谓人方履霜，而坚冰将至，喻事之有渐也。"对于"事之有渐"，《易传·文言》解释得至为深刻："臣弑其君，子弑其父，非一朝一夕之故。其所由来者渐矣，由辩之不早辩也。"通过防微杜渐，可以避免大的祸殃发生。

其四，由因果关系和"履霜之渐"，又联想到物理学术语"连锁反应"：某一事物一旦发生变化，就会引起相关事物的一连串变化。这种"连锁反应"最为典型的，该是美国气象学家洛仑兹所提出的"蝴蝶效应"——美国得克萨斯州的一场龙卷风，竟然和南美洲亚马孙河流域热带雨林中的一只蝴蝶偶尔扇动几下翅膀存在关联。原因在于蝴蝶扇动翅膀的运动，导致其身边的空气系统发生变化，并产生微弱的气流，而微弱气流的产生又会引起四周空气或其他系统产生相应的变化。西谚云："丢失一个小钉，坏了一只蹄铁；坏了一只蹄铁，折了一匹战马；折了一匹战马，伤了一位骑士；伤了一位骑士，输了一场战斗；输了一场战斗，亡了一个帝国。"与此同一机杼。

由一句古代经典语词的研索，引发了林林总总的一大堆话题，这也可以说是连锁反应吧？

《光明日报》2019年7月28日 第12版

罗丹与《巴尔扎克像》

一

书籍是媒介，书籍是向导。因为读过奥地利诗人里尔克的《罗丹》和罗丹本人的《艺术论》，到了巴黎，行囊甫解，我便走进了罗丹美术馆。

美术馆的主建筑为两层楼房，楼上楼下布满了罗丹制作的形体较小的大理石与石膏雕塑；那些石质的大型群雕和青铜雕塑，像名作《思想者》《吻》《加来义民》《地狱之门》等集中在展馆的前后花园里。前后花园之间有一幢别墅，罗丹在这里工作、生活了9年时间。

我上上下下、前前后后地辗转不停，观赏这些占有高度、宽度、深度的立体造型艺术。而最着意的，还是安置于后花园的《巴尔扎克像》，120年前，罗丹完成了这尊雕塑极品。

说到这尊塑像的前尘影事，就会联系到世俗观念与艺术眼光，古典的

巴尔扎克像

真实与现代的抽象之间的激烈冲突。订制单位法国文学家协会为巴尔扎克竖立雕像的本意，显然是要以传统技法再现一位形神惟妙惟肖、人们易于辨认的巴尔扎克——体态丰盈，神情凝重，身着睡袍或工作服，手中握着象征作家身份的羽毛笔。而在普通人心目中，巴尔扎克应该是头戴大礼帽，身穿燕尾服，一本正经地读书、观察、写作，或者正在低头沉思的大文豪模样。概言之，定要具备前贤、伟人之纪念像所应有的庄严气度、尊贵形象。可是，历经七载的艰辛探索，罗丹所郑重托出的艺术品，却与这些设想大相径庭。站在人们面前的巴尔扎克，宽大的睡袍裹住了全身，只露出毛发散乱却充满智慧的头颅和灵光闪射的眼睛；艺术家捕捉到了最能展示天才作家精神气质的夜晚沉迷于创作、昂首凝思的瞬间。

这件塑品一经展出，就被讥讽为"麻袋里的蛤蟆""被水浇过的盐块""流着油的蜡烛"。法国文学家协会以"我们不能接受一件认不出是巴尔扎克的雕塑"为由将它拒之门外。面对多方指责，罗丹一方面辩解，现代雕塑不是摄影，艺术家工作不仅要靠手，更要靠大脑；一方面坚信："《巴尔扎克像》是我一生创作的顶峰，是我全部生命奋斗的成果，我的美学理想的集中体现。""假如真理应该灭绝，那么后代就会把我的《巴尔扎克像》毁成碎块，若是真理不该死亡，那么我向你们预言：我的雕像终将立于不败之地。"

这座雕像一直在罗丹的后花园中，陪伴雕塑家度过了一生中最后的时日。在这里，两位绝代天才在相互需要与相互理解中，相濡以沫，共济艰危。直到40年后，罗丹去世已经22年，法国政府才将这尊雕像铸成铜像，矗立在巴黎街头。雕塑家的预言最终得到了验证。

二

对于巴尔扎克这位19世纪的文坛巨星，出生略晚的罗丹，虽然缘悭一面，却满怀着敬仰、景慕之情。他说："《人间喜剧》成了我的圣经。"

在他看来，这一光辉的创作群，不仅卓越地勾画出巴黎上流社会的现实主义历史，而且为广大读者认识时代、观察社会、解悟人生，提供了一架特殊的显微镜与望远镜。其所异于常人者，是作家拥有洞烛幽微又无远弗届的智慧头脑、易感心灵和无比犀利的慧眼。而《巴尔扎克像》，正是这一认识基础上的产物。

当日，雕塑家承接下这庄严的使命，便确立了一个明确的指向："巴尔扎克主要是个创造者，这就是我要表现的。"其间，他先后构思了17尊巴尔扎克像，但都觉得未惬于心，一次次雕塑成形，一次次推倒重来，最后选择了巴尔扎克创作《人间喜剧》过程中，在灵感的召唤下，夜半披衣起床，灵思涌荡，意聚神驰的动人情景。

一般的艺术家都是力展所长。罗丹善于表现自然的造型、微妙的肌肉活动与细腻的表情。不过，这也会带来负效应——人们会被那高超的技巧打动，而忽略人物形象本身的意义、价值。这次，他索性放弃赖以成名的"看家本事"，给巴尔扎克罩上那件著名的睡袍，让它遮住所有肢体、肌肉线条方面的技巧，同时也剥除了标志时代特征的衣服。"大师不应该只停留在他所生活的年代，剥离了外形的限定，才能和古代英雄一样永垂不朽。"

就是说，要把一切文章都做在露出的脑袋上。雕塑家"对仅剩的面部细节进行了夸张：公牛的脖子、狮子的鬃毛、讽刺而感性的大嘴，尤其是那双充满光芒的眼睛，他曾经那么强烈地冲击过同代人的心灵。强有力的头部向后仰着，放射出敏锐目光，仿佛在骄傲地注视着人类，而在他活着的时候，这种注视对他而言是那么难以实现。发型和头部的倾斜度进行了一次又一次的调整；面部一开始是现实主义的，后来开始模糊，最终粗犷成了绝望天才的怒吼"。（摘引自《芭莎艺术》）

三

罗丹最善于通过手来表现人物的思想、修为：《一个追求真理的人》，心中的疑惑没有找到答案而摊开双手，用以表现内心的苦楚；《夏娃》，她那转向外部的手想要拒绝一切，包括她那正在变化中的躯体在内；《奥秘》，探索两只手连在一起（右边的男人手，左边的女人手）所形成的奥秘；《青铜时代》中的男子，弯臂握拳，举上头顶……还有大量雕塑作品直接以"手"命名。

因此，在塑造大文豪巴尔扎克这一形象时，罗丹自然而然会考虑到他的手——这可不是一般的手，通过它所把握的鹅毛笔，作家塑造了2400多个人物；每天手写18个小时；每三天要重新装满一瓶墨水，更换一个笔头。

事实上，在《罗丹艺术论》一书中，也确曾收录一幅作于1892—1895年的巴尔扎克石膏像。它与最后定稿于1897年的石膏塑像、青铜塑像的明显差异，是睡袍穿在身上，并束有腰带，而不是披着——这样，颀长的手便展露在外面。

那么，大文豪的手后来为什么没有了？据说，罗丹的雕塑定稿，巴尔扎克确有一双灵巧的手。在征求他的学生意见时，布尔德尔赞美说："这双手雕得太好了！"罗丹听后，就拿起锤子把手砸掉了，因为他怕这双手过分突出而让人忽略了起主导作用的头部。"确实，这双手太突出了！它已经有了自己的生命，不再属于这座雕像的整体了……记着，而且要牢牢地记着，一件真正完美的艺术品，绝不能允许局部干扰全局，喧宾夺主。因为整体永远比任何一个局部更重要。"

应该说，从整体与全局着眼，寻求最佳效果，这是处理艺术乃至一切事物的铁律。

四

罗丹以其创造性的艺术实践，出色地完成了塑造"伟大的创造者"形象的庄严使命。

罗丹不斤斤于细节的精雕细琢，而是倾全力于文学天才的精神气质的展现。高扬的头颅充满了自信，有着雄狮般的伟岸；深陷的眼睛似乎可以洞穿世界。巴尔扎克的表情是复杂的，既有自信和傲慢，又有忧愁与温情；作品达到了细节的真实深刻，整体的简洁和谐，具有纪念碑雕像的浑然一体的气派。暗影在坑洼不平的身上找到了许多藏身之所，光线只在突出的地方闪亮着。多处重叠的暗影，为雕像笼罩上阴郁的悲剧气氛。巴尔扎克仿佛永远是在自然与社会的双重黑暗中踟蹰，仅仅是窥视着、渴盼着那可疑的光明。

在艺术之路上，罗丹迈出了由古典到现代的最艰难的一步，打开了现代雕塑的大门，使写实不再是现代雕塑的主要追求，而是通过雕塑传达出人物内核的本质。法籍华人艺术家熊秉明指出："在他之后的雕刻家可以更大胆地改造人体，更自由地探索尝试，更痛快地设计想象世界中诡奇的形象。现代雕刻从此成为可能。""罗丹的出现，把雕刻做了根本性的变革，把雕刻受到的外在约束打破。他以雕刻家个人的认识和深切感受作为创造的出发点。雕刻首先是一座艺术品，有其丰富的内容，有它的自足性。所以他的作品呈现的时候，一般观众乃至保守的雕刻家，都不免惊骇，继之以愤怒、嘲讽，而终于接受、欣赏。"

一尊塑像，百年话题。四个小时过去了，我仍在楼内楼外流连辗转，不想离去。记得里尔克说过，罗丹经常夜间擎着一盏小灯，在塑品中徘徊。在光影的照射下，它们变得更温柔，像新鲜的果实，又仿佛受了晨风吹拂似的更有生气；而他则小心翼翼地，仿佛怕惊醒了它们，他是在寻找和欣赏生命呢。此刻，在欣赏雕塑作品的过程中，我也像罗丹那样，把自己融入作品，通过冰冷的石材，同一个个闪耀着艺术之光的形象实现精神的对接，进行一番灵魂的叩问。

《光明日报》2019年10月25日 第16版

漫话"读书得间"

一

"读书得间"是一句成语，体现了宋、明以来学者读书治学的一种成功经验与思维方式，迨至清乾嘉学派特别是近现代的学术宗师，更加提倡与推重。据学者考证，明确地提出来，当始于乾嘉时期，学者苏征保有"离经泥古，厥罪惟均，读书所贵，得间后可"之语，说的是死搬教条与离经叛道二者过错相等，而读书最为可贵的乃在于读书得间。

"间"，本作"閒"，从门，从月。《说文解字注》：开门月入，门有缝而月光可入。《庄子·养生主》讲庖丁解牛，按照牛体的自然结构，顺着筋肉骨节间的空隙运刀，"彼节者有间，而刀刃者无厚；以无厚入有间，恢恢乎其于游刃，必有余地矣"。看来，"间"的本义为门缝、骨缝，后来泛指事物间的空隙。这个"间"和读书联系起来，就有字里行间、文字本身之外、书的夹缝中、书的空隙等含义。冯友兰先生讲，读书得间，就是从字里行间读出"字"来。字与字之间、行与行之间本来没有字，当你读得深入时，便会读出字外之字。读书能够"得间"，才会领悟作者的言外之意，算是把书读懂了，读尽了。

"得间"的"得"，可从下述两个方面加以理解。

一是"获得""得益于""得自于"的意思。读书，从字里行间、从间隙中获得效益，找到窍门。现代历史学家谢国桢先生说："古人说得好，

'读书得间',就是从空隙间看出它的事实来,从反面可以看出正面的问题;读正史外,还要从稗官野史中搜集资料,从事补订考证,这犹如阳光从树林中照在青苔上,斑驳的光亮可以多少反映出客观的现象,从而得出事实的一个侧面,然后取得内在的联系。"季羡林先生也谈过:"在大多数情况下,只有到杂志缝里才能找到新意。在大部头的专著中,在字里行间,也能找到新意的,旧日的'读书得间',指的就是这种情况。因为,一般说来,杂志上发表的文章往往只谈一个问题,里面是有新意的。你读过以后,受到启发,举一反三,自己也产生新意,然后写成文章,让别的人也受到启发,再举一反三。"

二是"必须""需要"之意。读书,必须着眼于"间"。南宋大学者朱熹有言:"读书须是看着那缝隙处,方寻得道理透彻。若不见得缝隙,无由入得。看得缝隙时,脉络自开。"以戏剧台词作喻,台词相当于"字面",在某些情况下,你还要悟解背后的潜台词,所谓"话中有话",这就得从对话之外思索他究竟想的是什么。也可比作出外游览,导游的话起到提示、引导作用,必不可少;但要领会得更深刻,进而产生自己的创见,就需要考究背景,广泛联系,旁征博引。

二

读书得间,有赖于深厚的学养、创造性思维、敏锐的感觉、独到的眼光,这表现在多方面。

其一,在字里行间琢磨出弦外之音、象外之旨,得到虽没明说却已渗透出的意味。明代学者孙能传《剡溪漫笔》中有这样一段记载:"司马温公语刘元城:'昨看《三国志》,识破一事。曹操身后事,孰有大于禅代?《遗令》谆谆百言,下至分香卖履、家人婢妾,无不处置详尽,而无一语及禅代事,是实以天子遗子孙,而身享汉臣之名。'操心直为温公剖出。"

温公即北宋著名史学家、《资治通鉴》撰著者司马光;刘元城,名安世,当时从学于温公。温公不愧是史学大家，慧眼独具，读书得间，从曹操这份《遗令》（遗嘱）的字里行间，看出了他的深心、智算。这番话的意思是，曹操死前，将身后事宜样样都交代得十分清楚，甚至连"分香卖履之事（余下的香可分给诸夫人，各房的人无事做，可以学着制作带子、鞋子卖），家人婢妾，无不处置详尽"，却对"悠悠万事，唯此为大"的禅代之事没有一语道及。其意若曰："禅代之事，自是子孙所为，吾未尝教为之。"那么，他为什么要剖白这些呢？料想是考虑到，这份遗嘱表面是"私房话"，实则日后必然成为政治文献而公之于世，所以有必要表明：自己只安于"身享汉臣之名"，而无意做天子，至于后世子孙如何，那是他们的事。

其二，善于存疑，就是凡事要多问一个"为什么"。事实上，司马温公读《三国志》，"识破一事"，也正源于他的存疑。清代学者孙诒让在其《墨子间诂·自序》中说："间者发其疑悟，诂者正其训释。"这个"间"字，应与读书得间的"间"同义，按孙氏说法，含有阐发疑义、厘正谬误的意思。关于存疑，朱熹有精辟的论述，他说："读书始读未知有疑，其次则渐渐有疑，中则节节是疑；过了这一番后，疑渐渐解，以至融会贯通，都无所疑，方始是学。"又说："读书无疑者须教有疑，有疑者却要无疑，到这里方是长进。"可见，读书的过程，就其本质来讲，就是存疑、得间的过程，发现的问题越多，长进得也就越快。

史学教授韩树峰在《远去的背影》一文中说："田余庆先生治史，讲求读书得间，论从史出……印象比较深刻的一个例子，是《三国志·吴书·张温传》有如下记载：'（张温见孙权）罢出，张昭执其手曰：老夫托意，君宜明之。'读至此处，田先生见我们没有发现任何问题，问道，张昭托付给张温的，到底是什么呢？大家不禁面面相觑。这个没有答案的问题使我明白，做学术研究，答案固然重要，但答案毕竟从问题而来，所以问题更重要。发现的问题，或者受制于史料，或者受制于个人认识问题的角度，也许永远不会有答案，但问题意识越多，读史收获就越大，以前没有答案的问题与其他问题结合起来思考，也许可以找到其间一以贯之的线索，从而得到较为深刻的解答。"

其三，熟读精思，这是存疑的前提。现代史学家缪钺先生谈他的切身体验："读书不仅是要多获知识，而且应深入思索，发现疑难，加以解决，此即所谓'读书得间'，也就是所谓有心得。"清代学者恽敬也说："夫古人之事往矣，其流传记载，百不得一，在读书者委蛇以入之，综前后异同以处之，盖未有无间隙可寻讨者。"这也就是清初著名学者阎若璩所说的："古人之事，应无不可考者，纵无正文，亦隐在书缝中，要须细心人一搜出耳。"

三

关于读书得间，"前人之述备矣"；那么，结合现代人文学科有关理论，我们似可做出一些新的联想、新的领悟、新的理解。

现代语言学有"能指"与"所指"这一对概念，前者意为语言文字的声音、形象，后者则是语言文字的意义本身。以所谓"文化鸟"的杜鹃为喻，它那"惯作悲啼"和类似"不如归去"的鸣声，就好像是能指，而在那些愁肠百结的人听来，会有心酸肠断之感，特别是穷愁羁旅的他乡游子，竟会由此而产生共鸣："等是有家归未得，杜鹃休向耳边啼。"这种象征性的声外之意、象外之旨，就相当于所指了。职是之故，我们不妨把"得间"与所指加以类比。

禅宗用"以手指月"比喻文字与义理的关系，人的手指指示了月亮，有如文字指示了义理，应该得月忘指，得意离言。时常可以见到，意义恰在语言文字之外，包括反讽中的寓意，反衬中的曲致，因而，"得间"功夫就必不可少了。试看鲁迅先生小说《祝福》中的描写："她（祥林嫂）还记得照旧的去分配酒杯和筷子。'祥林嫂，你放着罢！我来摆。'四婶慌忙的说。她讪讪的缩了手，又去取烛台。'祥林嫂，你放着罢！我来拿。'四婶又慌忙的说。"只看这两句重复的话，从字面上理解，或许误认是出自关心，看祥林嫂太累，让她休息一下；而真实的用意，藏在"你放着罢"背后，里面隐伏着"有罪的、不干不净的女人"的机栝。

还有，按照现代阐释学和传统接受美学的理论，文本永远向着阅读开放，理解总是在进行中，这是一个不断充实、转换以至超越的过程。文学接受具有鲜明的再创造性，这种理解往往是多义的，"作者用一致之思，读者各以其情而自得"（清初王船山语），"作者之用心未必然，而读者之用心何必不然"（晚清谭献语）。田余庆先生之问——"张昭托付给张温的，到底是什么呢？"就是一个典型的事例，答案必然会多种多样。这样，"得间"的视界就更加扩展了。

说到这里，"漫话"也就结束了，忽然记起季羡林先生的一段话："汉语本身还具备一些其他语言所不具备的优点。50年代中期，我参加了中共八大翻译处的工作。在几个月的工作过程中，我逐渐发现了一个从来没有人提到过的现象，这就是：汉语是世界上最短的语言。使用汉语，能达到花费最少最少的劳动，传递最多最多的信息的目的。我们必须感谢我们的祖先，他们给我们留下了汉语言文字这一瑰宝。"季老掌握中文、英文、德文、梵文、巴利文、俄文、法文、吐火罗文八种语言，他有资格下这个断语。至于为什么是这样，几句话说不清楚，我想，读书得间这种治学方法，可能也提供了直接的助力。

总而言之，读书得间，是治学途径，也是一种思维方式；需要学术功底，也须具备一种智慧眼光。清华大学原校长罗家伦有言："须知著书固要智慧，读书也要智慧。读书得间，就是智慧的表现。"

《光明日报》2020年3月20日 第15版

"罗""目"之思

一

汉代典籍《淮南子·说山训》中,有这样一段富含哲学意蕴的文字:

有鸟将来,张罗待之,得鸟者一目也。今为一目之罗,无时得鸟矣。今被(披)甲者,以备矢之至;若使人必知所集,则县(悬)一札而已矣。

大致意思是:有鸟飞过来了,捕鸟的人把网罗张设开来等待着,果真把鸟捕捉到了,看起来捕到鸟的只是一个网眼,但不能由此认为,张那么大的网实属多余,只需一截短绳结成个小圈圈就可以了;相类似的,人们披挂铠甲,为的是防备箭镞射伤身体,如果事先就知道箭会射中某个部位,那么,只需在那个地方悬挂一片木札就可以了。但这又怎么可能呢?捕鸟成功,护身有效,诚然靠的是罗之一目、甲之一片,然而由此天真地以"一目之罗"捕鸟,或者想当然地随处挂上一个甲片以护身,那必然毫无功效可言。

古人用语简练,寥寥48个字,讲了两件有趣的眼前小事、寻常现象——也是两则寓言,却可以启迪读者触类旁通,据以思索、领悟一些深刻的大道理。

从"罗"与"目"的辩证关系,我们可以联想到整体与个体、全局与局部、系统与碎片的关系。一张网，需要由无数个网孔组成，聚"目"成"罗"，"罗"具有全局与整体的意义。二者辅车相依，相互依存，联系紧密。在这里，整体功能大于各个部分功能之和，体现事物的本质，发挥着决定性作用；因此，必须树立大局意识、整体观念与"一盘棋"思想。"不谋万世者，不足谋一时；不谋全局者，不足谋一域。"而作为"罗之一目"的个体与部分，同样不可缺少，所谓"无目不成罗"。金缕玉衣之所以贵重，在于它那连缀起来的玉片和金丝，如果去掉了金缕、玉片，也就丧失了应有的价值。然而，它们再贵重，又不能"各自为政"，而是有赖于整体、系统发挥作用。任何只管局部、无视全局的想法与做法，都是违背规律、脱离实际的。历史经验、社会实践、生活常识，都从正反两方面验证了这一真理性的认识。

二

还有一个与"罗""目"有关的故事。

《史记·平原君虞卿列传》载，战国时期，秦军围困赵国都城邯郸，平原君赵胜奉赵惠文王之命，赴楚国请求援兵。鉴于这一使命的重大与艰巨，平原君决定挑选20位文武兼备的门客，组成使团共同前往。可是，挑来选去，只得19人，这时一个叫毛遂的门客锐身自荐。平原君说："贤能的人立身世间，就好像铁锥放在袋子里面，它的尖锋立即就能显露出来。而你已经久处三年，却未见有人称道，看来还是无所作为吧？"毛遂说："我不过今天才请求进入囊中罢了。如果能早些进入囊中，那我的锋芒早就露出来了。"这样，平原君便带上了他一道前往，结果，毛遂大展奇才，"以三寸之舌强于百万之师"，胜利地完成了求援出兵的使命。

晚唐诗人周昙有感于此，写下两首七绝，其中《春秋战国门·再吟》曰："定获英奇不在多，然须设网遍山河。禽虽一目罗中得，岂可空张一目罗！"说的是，要延揽英才，必须面面俱到，"设网遍山河"，把工作做到各个角落去；否则，就会造成平原君那样的失误——"相士千人"，却把自己门下的"国士"毛遂漏掉了。这个教训实在是太大了，连身旁的"国士"都被遗漏，更何谈八方纳士，四海求贤！

这种"设网遍山河"的做法与思路，适用于各个方面。现代著名考古学家李济，一次提问他的学生李亦园："假如一个网球掉在一大片深草堆里去，而你又不知球掉在哪个方向，你要怎样找球？"李亦园说："只有从草地的一边开始，按部就班地来往搜索，绝不跳跃，也不取巧地找到草地的另一边，这才是最有把握而不走冤枉路的办法。"他的回答颇得老师的首肯。因为做学问也如找网球一样，只有这样既着眼全局，又脚踏实地，不取巧、不信运气地去做一些也许被认为是笨功夫的努力，才会有成功的希望。

其实，在日常生活中，"罗""目"紧密关联的情况，是所在多有、随处可见的。比如，歧路亡羊，人们四出寻找，最终发现踪迹、找回亡羊的，只是某一路线、某一个人，但是，最初构想又必须放眼四方，无一遗漏。同样，武装警察射击正在作案的行凶杀人的暴徒，几人一起开枪，致命的也许只是一颗子弹，但我们不能说，其他射击者做的是无用功，属于多余之举。这和张罗捕鸟同一机杼，如果没有无数个网眼同时发挥作用，那鸟也无法逮到。

在属于全盘工作、统一行动的范围内，有些人、有些事，看似与终极目标的实现并无直接关联，但其作用必不可少，差别只在于直接与间接，主要与次要，主角与配角，前锋与后卫而已。同是在《淮南子·说山训》篇，还有这样一段议论，也十分精辟：

走不以手，缚手，走不能疾；飞不以尾，屈尾，飞不能远。物之用者，必待不用者。故使之见者，乃不见者也；使鼓鸣者，乃不鸣者也。

人奔跑时不用手，但若把两手捆起来，就跑不快；鸟飞行不直接靠尾巴，但若弯曲着尾巴，就飞不远。各类事物，凡所运用的部分，一定要靠不直接运用的部分来辅助、支撑。所以，使某些事物得以显现的，是本身看不见的；使鼓发出声音的，是本身并不发声的。

概言之，古今中外之一切善用兵与善谋事者，都富于辩证思维，懂得这番对立统一、相反相成的道理，从而谙熟并掌握统筹全局、齐抓共管的本领，形成"一盘棋"，打好"组合拳"。

三

如果再引申一步，联系到人才的培养、造就问题，同样可以从中获得有益的启示。

就才能的基本要素来说，应该包括学识、能力与识见。而学问与知识又是人才赖以成长和发展的基础。革命导师列宁早就说过，只有用人类创造的全部知识财富来丰富自己的头脑，才能成为名副其实的共产主义者。古代的哲学家、科学家无一不是学问渊博、见多识广的人。亚里士多德对天文学、生物学、物理学、逻辑学、心理学、伦理学、历史学、文学、美学等都有深湛的研究，就是一个显例。

金代学者刘祁在其学术著作《归潜志》中指出："金朝取士止以词赋为重，故士人往往不暇习为他文。""殊不知国家初设科举，用四篇文字，本取全才。盖赋以择制诰之才，诗以取风骚之旨，策以究经济之业，论以考识鉴之方。四者俱工，其人才为何如也！而学者不知，狃于习俗，止力为律赋，至于诗、策、论俱不留心。其弊基于有司者止考赋，而不究诗、策、论也。"可见，即便是在旧的时代，也强调渊博、会通的学问，重视全面人才的选拔与培养。

当今，自然科学与社会科学、人文学科飞速发展，构成了多层次、多序列的错综复杂的立体知识网络。它们相互渗透，彼此交织，既高度分工又深度融合，而综合化是发展的主要趋势。在大批的边缘学科、综合性学科（如环境科学、生态科学、能源科学等）与横向学科（如系统论、信息论、控制论等）应运而生，各类行业交融性不断提高的情况下，如果把自己的知识面局限在一个狭小的天地里，科学视野不宽，就很难取得更大的成就，因而全方位的人才成为更多的需求。为此，许多国家都提出了"通才教育"的思想。"通才"一般具有总体观念强、知识面广、思路开阔、后劲足、应变能力与创新能力强的优势，在社会上深受欢迎，被称为拿"金色护照"的人才。

当代的学术大师李学勤就是一个典型的范例。他的学识渊博，举凡社会、人文、自然科学，无所不窥，在学术界有口皆碑。这源于他从小就养成了泛观博览的习惯，从而拥有了文、理、工等学科领域全面的知识。他很喜欢用一句英文俗语"一些的一切，一切的一些"来说明自己治学成才的体会。"一些的一切"，即学什么东西就要对这个领域已有的一切都尽力弄懂；"一切的一些"则是说，对其他领域的知识，即便不能成为专家，也都要尽量懂得一些。

《光明日报》2020年5月15日　第15版

艺术的想象空间

一

无远弗届的现实空间再广阔，也是有限的存在，而艺术的想象空间却是无限的。人说，描绘现实是有中生有，艺术想象是无中生有，当然，"无"之花，也需要植根于"有"之土。

中国传统绘画中有一种"留白"技法。为了给观赏者提供足够的想象空间，艺术家把"虚实相生""计白当黑""以无胜有"灌注到艺术作品里去，从而在一种简约得几至于"无"的状态中，呈现出境界高远、意象空灵的"有"的意蕴。当代西方有所谓"在场"与"不在场"的哲学阐述，凭借想象力的支撑，让不在场的东西通过在场的东西显现于直观之中，二者相依互动，从而充分调动、激发受众的想象力，使有限文本具备意义生成的无限可能性。

且以雕像《米洛斯的维纳斯》为例。在罗浮宫看到了断臂的维纳斯，一些艺术家、历史学家、考古学家便筹划着为她复原双臂，并给出了多种整修方案。可是，双臂原来的姿态是怎样的？谁也没有见过。这样，就只能靠凭空想象，从而做出种种设计、种种猜想：一种是，原来的维纳斯左手拿着苹果，搭在台座上，右手挽住下滑的腰布；一种设想是，维纳斯两手托着胜利的花环；有一种推测，维纳斯右手擎着鸽子，左手拿着苹果，像是要把它放在台座上，让鸽子啄食；有的设想更加离奇，认为维纳斯正要进入内室沐浴，由于不愿以裸体现身，右手紧紧抓住正在滑落的腰布，左手握着一把头发；还有一种猜测，维纳斯的情人、战神马尔斯凯旋，两人并肩站着，维纳斯右手握着情人的右腕，左手轻轻地搁在他的肩上……

当然，最后的结局是：由于争议不休，哪一种方案也未获采纳，人们公认现有的断臂状态最美。

应该说，那个美丽的断臂女神雕像，正是由于它的不完整性，或者说不确定性、模糊性，才留存下悬念、疑团，使得人们可以无限度地驰骋想象。

米洛斯的维纳斯

二

说到艺术想象，我想到了英国著名女作家伍尔夫的短篇小说《墙上的斑点》。她从墙上斑点这一独特的视角，瞬息间，阅遍了人间万象，像中国文论古籍《文心雕龙》中所说的："文之思也，其神远矣！故寂然凝虑，思接千载；悄焉动容，视通万里。"

小说中的叙述者"我"，第一次看到墙上的斑点，是在冬天，炉子里正燃烧着火红的炭块，于是，"我"由红红的火焰产生城头飘扬着红旗的幻觉，产生无数红色骑士跃马黑色山岩的联想。"我"还想到，斑点是一个钉子留下的痕迹，由此臆想前任房客挂肖像画的情景，他的艺术趣味保守，认为艺术品背后必然包含有某种思想，由此推及生命的神秘、人类的无知和人生的偶然性。

斑点，也可能是夏天残留下的一片玫瑰花瓣，由此联想到一座老房子地基上一株玫瑰所开的花,那多半是查理一世在位时栽种的,于是勾连出与查理一世有关的历史。又想到希腊人和莎士比亚,想到维多利亚时代。这斑点,也可能是阳光下的圆形突出物,于是联系到一座古冢,想到了考古学者。斑点是不是一块木板的裂纹呢?由是想到树木的生命,它虽然被雷电击倒,却化为另一种生命分散到世界各处,有的在卧室里,有的在船上,有的在人行道上,有的变成房间里的护墙板。

最后认定,这斑点是个蜗牛。叙述者的意识还原到现实,与蜗牛的意象合而为一。

说到想象,还有一个显例:美国作家马克·吐温的微型小说《丈夫支出账单中的一页》。全文只有7行字:

招聘女打字员的广告费……(支出金额)
提前一星期预付给女打字员的薪水……(支出金额)
购买送给女打字员的花束……(支出金额)
同她共进的一顿晚餐……(支出金额)
给夫人买衣服……(一大笔开支)
给岳母买大衣……(一大笔开支)
招聘中年女打字员的广告费……(支出金额)

账单像巨大的冰山所露出水面的一小部分,故事的详情有待读者借助想象加以填补,进而组成完整的丈夫、妻子、年轻女打字员、岳母、即将招聘的中年女打字员等人物构成的意义世界。其间有着广阔无边的想象空间,留待读者去构建、设想、填充。

一种构想是,丈夫招聘到了年轻的女打字员,并向她献媚,预支薪水,送花,同她共进晚餐……结果被妻子发现了,于是妻子又打又闹,丈夫迫不得已,给妻子买了衣服以缓和关系,还给岳母买了一件大衣,以便讨得妻子的欢心,最后达成和解,另招聘一个中年女打字员。可以推想,年轻女打字员已经被辞退了，一场风波归于平息。以广告费始，以广告费终。一笔和一大笔有区别，是付出的不同代价。

三

作品是作家与读者辅车相依、相生相发的统一体。正是通过阅读活动，读者的视域与作家的视域，当下的视域与历史的视域，实现了对接与融合；而就艺术的想象空间来说，尤其需要读者的参与和配合。正是从这个意义上，英国作家王尔德说："作品一半是作者写的，一半是读者写的。"马克·吐温的小说《丈夫支出账单中的一页》，就是这方面的典型文本。

同样，戏剧与电影也不例外。挪威著名剧作家易卜生的代表作《玩偶之家》，是一部典型的社会问题剧，主要写女主人公娜拉摆脱玩偶地位的自我觉醒过程——从全身心地关爱丈夫、无保留地信赖丈夫，到认识并坚持了自己生命的选择，最后决心与丈夫决裂，离家出走。自从1879年首演，便掀起层层波浪，随着"楼下砰的一响传来关大门的声音"，整个欧洲，包括五四运动后的中国知识界都震动了。而广大读者与社会学家所共同关注与探讨的，是娜拉走后的命运怎样。应该说，易卜生当日创作此剧，并未着意于提供答案，只是要启迪人们思考，引起心灵的震撼。鲁迅先生在谈到《玩偶之家》时也曾说，娜拉"走了以后怎样？伊孛生（易卜生）并无解答；而且他已经死了。即使不死，他也不负解答的责任。因为伊孛生是在作诗，不是为社会提出问题来而且代为解答"。

这就有赖于读者的想象了。核心的问题是妇女的解放，恩格斯在《家庭、私有制和国家的起源》中指出："妇女解放的第一个先决条件就是一切女性重新回到公共的事业中去。"鲁迅先生也曾指出："在家应该先获得男女平均的分配。"娜拉只有首先在经济上取得独立，才能争取独立的人格。然而，在素来把妇女当作玩偶的社会里，娜拉的独立解放只能沦于空想。鲁迅先生也提到了："从事理上推想起来，娜拉或者其实也只有两条路：

不是堕落，就是回来。"娜拉的未来之路究竟怎么走下去，给后世的读者留下了广阔的艺术想象空间。

事有凑巧，整整过了100年，在美国，罗伯特·本顿导演、改编的社会伦理片《克莱默夫妇》于1979年在美国上映，同样在欧美各国引起了热烈的反响，并获得了当年奥斯卡金像奖最佳影片等五项大奖。影片反映了美国社会中一个相当普遍的家庭婚姻问题。个人的理想、事业与家庭生活之间的矛盾导致了家庭冲突和夫妇离异的悲剧，同样涉及妇女解放问题。一开始就是矛盾激化，克莱默夫人离家出走，断然离婚；而后是女方对儿子的思念，爸爸带着小儿子生活，遇到种种困难，夫妻为争夺爱子越吵越凶，情感联结点在争夺中越来越鲜明；最后，通过在法庭上互相揭露，进一步加深了相互了解；结尾则是乔安娜回来，放弃了领走儿子的要求，在丈夫的注视下拭去眼泪走进电梯。

欲知后事如何，下回没有分解，只能由观众去猜想。这样一个开放式的结局，为观众的揣测提供了充分的想象空间。有些人认为，影片已经暗示了感情和爱子把夫妻二人牢牢地捆绑在一起，将会破镜重圆。但马上就遭到另一些人的反驳，由于现实中的矛盾一个也没有解决，和好了就等于电影从头再演一遍——妻子要获得精神平衡就必须外出工作，而外出工作又会带来新的不平衡，走来走去都是自我否定，和好如初也就是矛盾如初。

显然，聪明的编导不想给出（实际上也难以找出）一个固定的答案，与其做出某种选择，从而封闭了其他一切选择的通路，倒莫如把这个难以破解的苦涩问题交给观众，在品啜、玩味、思考中，去叩问生命，体验人性，解读人生。

《光明日报》2020年7月31日　第15版

《文艺报》篇

青天一缕霞

从小我就喜欢凝望碧空的云朵,像清代大诗人袁枚说的:"爱替青天管闲事,今朝几朵白云生?"尤其是七八月间的巧云,如诗如画如梦如幻,对我有极大的吸引力,我能连续几个小时眺望云空而不觉厌倦。虽然眺者自眺,飞者自飞,霄壤悬隔互不搭界,但在久久的深情谛视中,通过艺术的、精神的感应,往往彼此间能够取得某种默契。

我习惯于把望中的流云霞彩同接触到的各种事物做类比式联想。比如,当我读了女作家萧红的传记和作品,了解其行藏与身世后,便自然地把这个地上的人与天上的云联系起来——看到片云当空不动,我会想到一个解事颇早的小女孩,没有母爱,没有伙伴,每天孤寂地坐在祖父的后花园里,双手支颐,凝望着碧空。

而当一抹流云掉头不顾地疾驰着逸向远方,我想,这宛如一个青年女子冲出封建家庭的樊笼,逃婚出走,开始其痛苦、顽强的奋斗生涯。

有时,两片浮游的云朵亲昵地叠合在一起,而后,又各不相干地飘走,我会想到两个叛逆的灵魂的契合——他们在荆天棘地中偶然遇合,结伴跋涉,相濡以沫,后来却分道扬镳,天各一方了。

当发现一缕云霞渐渐地融化在青空中,悄然泯没与消逝时,我便抑制不住悲怀,深情悼惜这位多思的才女。她,流离颠沛,忧病相煎,一缕香魂飘散在遥远的浅水湾……这时,会立即忆起她的挚友聂绀弩的诗句:"何人绘得萧红影,望断青天一缕霞!"

正是这种深深的忆念,和出于对作品的热爱而希望了解其生活原型,即所谓"因蜜寻花"的心理,催动着我在观赏巧云的最佳时节——8月中旬,来到这神驰已久的呼兰,追寻女作家60年前的岁月。

啊,呼兰河,这条流淌过血泪的河,充溢着欢乐的河,依然夹带着两岸泥土的芬芳,奔腾不息,跳搏着诱人的生命之波。

穿过大桥,满目青翠中,一条宽阔的马路把我引入了县城。东二道街,十字路口,茶庄,药店,一切都似曾相识,一切又都大大地变了样。

但是,可能因为期望值过高,当我踏进萧红故居,却未免有些失望。寥寥几幅灰暗模糊的照片,一些作家用过的旧物,疏疏落落地摆在5间正房里。原有的2000平方米的后花园,这印满了萧红的履痕、泪痕和梦痕的旧游地,如今已盖上了一列民宅。更为遗憾的是,留下百万字作品的著名女作家,陈列室中竟没有收藏一页手稿、一行手迹。

联想到坐落在圣彼得堡的普希金就读过的皇村学校,虽然经过近180年的沧桑变化,包括战乱与兵燹,但是,普希金当年的作业簿和创作诗稿,依然完好无损地保存在那里。相形之下,深感我们在搜集、保存作家的手稿、遗物方面没有完全尽到责任。

当然,也可以顺着另一条思路考虑:这位叛逆的女性的前尘梦影原本不在家里。在她自己看来,这块土地沦于敌手之前,"家"就已经化为乌有了。她像白云一样飘逝着,她的世界在天之涯地之角。"昔人已乘黄鹤去,此地空余黄鹤楼",如此而已。云,是萧红作品中的风景线。手稿没有,何不去读窗外的云?

"白云犹是汉时秋。"仰望云天,同女作家当年描述的没有什么两样,天空依旧蓝悠悠的,又高又远。大团大团的白云,像雪山,像羊群,像棉堆,像洒了花的白银似的。我想,如果赶上傍晚,也一定能看到那变化俄顷,令人目不暇接的"火烧云"。

记得沈从文先生说过,云有地方性,各地的云颜色、形状各异,性格、风度不同。在浪迹天涯的十年间,萧红走遍大半个中国,而且,曾远涉东瀛。

她不会看不到沈先生盛赞不已的青岛上空的彩云,肯定领略过那种云的"青春的嘘息"和轻快感、温柔感、音乐感;她也该注意到关中一带抓一把下来似乎可以团成窝窝头的朵朵黄云。透明、绮丽的南国浮云,素朴、单纯,仿佛用高山雪水洗涤过的热带晴云,樱花雨一般的东京湾上空的绮云——这些恐怕都能引发女作家的奇思玄想。然而,她全没有记在笔下。

当豪爽的江湖行、亢奋的浪游热宣告结束,"发着颤响、飘着光带"的胸境和"用钢戟向晴空一挥似的笔触"渐次消磨,而难堪的寂寞、孤独与失落感袭来的时候,她便像《战争与和平》中曾是战斗主力的安德烈公爵,受伤倒在地下,深情地望着高远的苍穹,随着飘飞的白云,回到梦里家园去寻求慰藉,慢慢地咀嚼着童年的记忆——这人生旅途中受用不尽的财富。

对萧红来说,尽管童年生涯是极端枯燥、寂寞的,家园并无温馨可言,甚至经常感到扞格不入;但是,"人情恋故乡",就像一首诗中描述的:"满纸深情悲仆妇,十年断梦绕呼兰。"一颗远悬的乡心,痴情缱绻,离开得越远,回音便越响。于是,"一篇叙事诗,一幅多彩的风土画,一串凄婉的歌谣",便在"永久的憧憬与追求"中孕育诞生了。

时代造就了萧红。难能可贵的是,她不仅在五四运动影响下冲破了封建枷锁、离家出走,成为中国北方的一个勇敢的娜拉;而且,由于亲炙了反帝反封建的民主主义精神和得到一批革命作家及其作品的滋养,同时也接触了世界近代以来人文主义思潮和人道主义、个性主义的文化觉醒意识,她在文学创作伊始,就显示了崭新的精神世界,以稚嫩的歌喉唱出了时代的强音和民众的愿望。

对于乡园,她没有沉浸在一般层次上的眷恋、遐想与梦幻之中,而是超越了"五四"新文学的美学思索,在现实主义与个性主义、人道主义交叠的文化视点上,力透纸背地写出了"北方人民的对于生的坚强,对于死的挣扎",深入地开掘其关于"国民性"的哲理反思和病态社会的无情清算。

她"以女性作者特有的细致的观察和越轨的笔致",以充分的感性化、个性化的认知方式,通过散化情节、淡化戏剧性、浓化情致韵味的艺术手法,揭露帝国主义、封建势力造成的弥天灾难，展示病态人生、病态社会心理的形成，以引起人们疗救的注意。

作为一个植根于现实土壤的现代文化追求者和思想先驱，她始终以其深邃的思考和"另一个世界"的眼光，审视着这块古老而沉寂的大地，呼唤着"别样人生"，期待着黎明的曙色。而且，为这一"永久的憧憬和追求"，付出了沉重的代价。

同那些跨越时代的文坛巨匠相比，萧红也许算不上长河巨泊。她的生命短暂，而且身世坎坷，迭遭不幸。她失去的不少，而所得可能更多；她像冷月、闲花一样悄然陨落，却长期活在后世读者的心里；她似乎一无所有，却在文学史上留下了一串坚实、清晰的脚印，树起了一座高耸的丰碑。她是不幸的，但也可以说，她是很幸运的。

像萧红一样，呼兰河既没有长江的波澜浩荡，也不像黄河那样奔腾汹涌；呼兰县城更是普通至极的一个北方城镇。但是，地以人传，河以文传，由于这里诞生了一位著名女作家，它们已被镌刻在文学碑林上，因此，闻名遐迩。这里的小桥流水、窄巷长街，都一一注入了生命的汁液，鲜活起来，充溢着灵性，吸引着无数中外游客。

而前来探访的客子、学人，也必然要对照萧红的作品去"按图索骥"，溯本寻源。这样，人文与自然相辅相成，历史和现实交辉互映，就益发强化了景观的魅力。

流光似水。如今，那被女作家诅咒过的岁月，远逝了；那没有人的尊严和独立人格的牛马般的生活，一去不复返了；女作家及其作品中的主人公血泪交迸的"生死场"，已经照彻了灿烂的阳光。

十字街头拐弯处，当年萧红读书的小学校还在。微风摇曳中，几棵饱经风霜的老榆树似在发出岁月的絮语。下课铃声响起，一群闪着澄澈、亲切的目光的活泼可爱的女孩子，野马般地拥向了操场，有的竟至和来访的客人撞了个满怀，随之而喧腾起一阵响亮的笑声。

我蓦然想起，《呼兰河传》中老胡家的团圆媳妇，不也是这般年纪、这样天真吗？可是，只因为她太大方了，走起路来飞快，头天到婆家吃饭就吃三碗，一点也不知害羞，硬是被活活地"管教"死了。

从"两眼下视黄泉，看天就是傲慢，满脸装出死相，说话就是放肆"的死寂无声的黑暗年代，到能够在阳光照彻的新天地里自由地纵情谈笑，这条路竟足足走了几千年！

如果萧红有幸活到今天，故地重游，看看呼兰河畔翻天覆地的变化，听劫后余生的王大姐讲讲她的苦尽甘来，再赏鉴一番故乡的"火烧云"，也许会用她那珠玑般的文字，写出一部《呼兰河新传》哩！

《文艺报》1990年第11期

冰灯忆

望着窗外渐渐消融的冰雪，脑际蓦地浮现出秦观的"梅英疏淡，冰澌溶泄，东风暗换年华"的名句。不过，此刻萦绕念中的却不是洛下的金谷名园、铜驼巷陌，而是松花江畔的北国冰城。

已经过了"知命之年"，早就淡化了昔日的江湖情、壮游热，通常是不易动情的。但是，当我徜徉于哈尔滨的冰城，身入"琼宫"，目迷五色的时候，却难以抑制感情潮水的放纵奔流。至今，40天过去了，那景观，那色彩，那刀刻斧削般的深刻印象，还依然浮现在眼前、心上……

一踏进由数百块坚冰垒成的仿古城门，眼前，便立刻呈现出一个洞府、仙乡般的水晶世界。游园如展手卷。如果把迎门处"三羊开泰"的冰雕造型比作这幅手卷的"引首"，那么，珠宫贝阙、琼楼玉宇般的冰雕建筑群就相当于"卷本"，而数百件炫奇斗艳、竞逞才思的各种冰灯、冰塑，无疑就是"拖尾"了。它们在镶嵌其中的五光十色的电灯照映下，益发显得神奇瑰丽，灿烂辉煌。仿佛置身于《一千零一夜》中的童话世界：随着"开门吧，胡麻胡麻"的呼唤，石门砉然而开，里面珍宝纷呈，令人目不暇接。

我们登上了用冰块垒砌的岳阳楼，眼前虽然没有见到"衔远山，吞长江，浩浩汤汤，横无际涯"的洞庭胜状，但"登斯楼也"，确也感到"心旷神怡，宠辱皆忘"，逸兴遄飞，"其喜洋洋者矣"。元代一位诗人登岳阳楼时的题诗，可谓先得我心：

冰灯忆

乾坤好句唐工部，廊庙雄文宋范公。
秋晚登临正奇绝，只疑身在水晶宫。

杜陵叟的"昔闻洞庭水，今上岳阳楼"的名篇和"小范老子"的传世雄文，是早就读得烂熟的，可是，这座江南名楼却至今缘悭一面。岂料半生夙愿于此得偿，尽管属于模拟性质，也算是"慰情聊胜无"了。

那冰雕"玉"砌，雉堞参差，雄浑壮丽的山海关，更是美轮美奂，惟妙惟肖，再现了那座始建于600多年前的"两京锁钥无双地，万里长城第一关"的雄姿。听说，登上后，要从陡峭的冰道上滑下，我们面面相觑，似有惧色，便只能望"关"兴叹了。

好在前面还有令人目眩神迷，金碧交辉，殿阁玲珑的布达拉宫在吸引着我们，也就不怎么觉得遗憾了。两年前，我在拉萨曾实地参谒过这座号称藏族古建筑艺术精华的宫堡式建筑群。想不到，今天夜晚竟在北国重逢，感到分外亲切。悠悠东流的雅鲁藏布江，依旧是澄波如鉴吧？被誉为藏族发祥地的贡布山，别来无恙乎？亲爱的二百万藏族同胞，你们好！

在"冰雕艺术作品展"中，中、俄、美、日、意、瑞士等国和港、台地区的冰雕爱好者，都有作品展出。风格迥异，各擅胜场。要言之，东方的显得典雅、素朴、深沉，而西方的则泼辣、热烈一些，富有象征性和梦幻特色。

那天，哈尔滨夜间的气温降至零下25摄氏度，但畅游冰城的人流仍是络绎不绝，一个个神采飞扬，毫无瑟缩之感。哈市人民素有迎风斗雪的良好习惯和"雪虐风饕愈凛然"的昂扬气概。

我听说人流中杂有许多冰雕艺师，他们喜欢不动声色地倾听着观众的评议。回去后，有的埋头灯下，有的闭目沉思，准备明天推出逸群绝伦的新的冰雕作品。

据说，仙家日月过得很慢，而人们的感觉却是快的，所以有"洞中方七日，世上已千年"的诗句和大梦沉酣，40年出将入相，醒转来却黄粱未熟的故事。在瑰奇的冰城里，亦有同样感觉。

当时游览了许多景观，从水瘦山寒的塞外，到繁花似锦的江南，登上了世界屋脊，访问了江南名楼，欣赏了富有异国风情的冰雕作品和有着浓郁的民族特色的各式冰灯，实际上仅仅在兆麟公园转了一圈，时间不过一个多小时。当我们告别这琉璃世界，重新踏上街头时，确有离开幻境，返回了人间之感。当即口占一绝：

回首天边月半弯，琼楼玉宇在人间。
从今惯结仙乡梦，我自冰城一往还。

冰城之引人入胜，我想，不仅由于它是一个纯系冰雪构建的水晶世界，还因为这些冰雕都是颇为精美的艺术品，具有较高的艺术观赏价值。"天工人可代，人工天不如。"通过这些精美的冰雕，人与自然之间，艺术美与自然美之间，架起了一座灵犀互通的桥梁。这是一种新奇而确有成效的尝试。更值得称颂的是，这些艺术品，并非出自久负盛誉的艺术大师和雕塑名家之手，它们的制作者绝大多数都是普普通通的群众。雕塑艺术，闯入"寻常百姓家"，这还不值得我们热情地赞颂吗！

这场冰城的游历，似远实近，似虚却实，它植根于现实世界，不像海市蜃楼那样可望而不可即，瞬息消逝，也不像梦中仙境那样虚无缥缈，醒后踪影皆无。当然，它也有别于石林奇观、瑶琳仙境等风景点，它不能久历春秋，留存长远。即使在奇寒的北疆，3个月后，它也要幻化为流水、浮云，重返大地母亲的怀抱，流向滔滔江海。四时代序，冬去春来，这是自然的常道，我们无须为冰城的消解伤怀。应该说，它在人们的心版上，已经镌刻下深深的印象。

好去灯前施妙技，明年冰雪倍还人。一当寒风掠地，雪满松江，北国人民会适时托出一座新的冰城的。值得挂虑的倒是，年年垒建，岁岁雕冰，而世事常新，永无停日。冰城建设者、冰雕艺师们，将如何争奇斗巧，推陈出新，以满足人们无尽的追求呢？

《文艺报》1991年1月

祁连雪

真是"一处不到一处迷"。千里河西走廊,在我身临其境之前,总以为那里是黄尘弥漫、阒寂荒凉的。显然,是受了古诗的浸染:"千山空皓雪,万里尽黄沙""青海戍头空有月,黄沙碛里本无春"之类的诗句,已经在脑海里扎下了根基。这次实地一看,才了解到事物的真相。

原来,河西走廊竟是甘肃省最富庶的地区。这片铁马金戈的古战场,这条沟通古代中国与欧亚大陆的重要交通孔道,于今已被国家划定为重要的商品粮基地。当你驻足武威、张掖,一定会为那里的依依垂杨、森森苇帐、富饶的粮田、丰硕的果园所构成的江南秀色所倾倒。

当然也不是说,整个河西走廊尽是良畴沃野。它的精华所在,只是石羊河流域的武威、永昌平原,黑河、弱水流域的张掖、酒泉平原,疏勒河流域的玉门、敦煌平原。这片膏腴之地是仰仗着祁连山的冰川雪水来维系其绿色生命体系的。祁连雪以其丰美、清冽的乳汁,汇成了几十条大大小小的河流,灌溉着农田、牧场、果园、林带,哺育着河西走廊的子孙,一代又一代。

祁连山古称天山,西汉时匈奴人呼"天"为"祁连",故又名祁连山。一过乌鞘岭,那静绝人世、复列天南的一脉层峦叠嶂,就投影在我们游骋的深眸里。映着淡青色的天光,云峰雪岭的素洁的脊线蜿蜒起伏,一直延伸到天际,一块块咬缺了完整的晴空。面对着这雪擎穹宇、云幻古今的高山丽景,领略着空际琼瑶的素影清氛,顿觉情愫高洁,凉生襟腋。它使人的内心境界，趋向于宁静、明朗、净化。

大自然的魅力固然使人动情，但平心而论，祁连山的驰名，确也沾了神话和历史的光。这里的难以计数的神话传闻和层层叠叠的历史积淀，压低了祁连山，涂饰了祁连山，丰富了祁连山。

在那看云做梦的少年时代，一部《穆天子传》曾使我如醉如痴，晓夜神驰于荒山瀚海，景慕周天子驾八骏马巡行西北35000里，也向往着要去西王母那里做客，醉饮酣歌。当时，我是把这一切都当成了信史的；真正知道它"恍惚无征，夸言寡实"，是后来的事。但祁连山、大西北的吸引力，并未因之而削减，反而益发强化了。40余年的渴慕，今朝终于得偿，其欢忭之情是难以形容的。

旅途中，我喜欢把记忆中的有关故实与眼前的自然景观加以复合、联想。车过山丹河（即古弱水）时，我想到了周穆王曾渡弱水会西王母于酒泉南山；《淮南子》里也有后羿过弱水向西王母"请不死之药"的记载。在张掖市西面的镇夷峡，当地群众还给我们讲了大禹治水的故事：

传说，禹王凿开了镇夷峡，导弱水入流沙河，玉帝闻讯后加以干预，命寒龙镇守祁连山，把河水全部冻结成冰雪，河西走廊从此变成了戈壁荒滩。后来，李老君骑青牛赶到，与山祇、土神计议，到寒龙那里偷水，就这样，从南山开下来一条黑河。山神牵牛引路，李老君扶犁耕田，土地爷撒播种子。寒龙发觉后，怒吼道："你们三个合伙做贼，我就叫这里每年3个月不得安生！"结果，黑河每到6、7、8月，就要暴发洪水，为害甚烈。

这里，本来就够惝恍迷离的了，偏偏海市蜃楼又来凑趣、助兴。我们驰车戈壁滩上，突然，发现右前方有一片清波荡漾，烟水云岚中楼台掩映，绿树葱茏，渔村樵舍，倒影历历，不啻桃源仙境。但是，无论汽车怎样疾驰，却总也踏不上这片洞天福地。原来，这就是著名的戈壁蜃景。

据说，整个河西走廊，包括祁连山脉，上古时都是西海，与大洋相通，后来经过喜马拉雅造山运动，隔断了印度洋，南山拱出海面，其余地带留下了无量数的沙荒砾石。也许这沙洲蜃景，正是古海的精魂寄形于那些海底沉积物，仍在做着昔日的清波残梦吧？

　　人类史前时期相当长的一段，是在幻想和神话中度过的。作为丰富的人文遗产宝库，神话传说汇集着一个民族关于远古的一切记忆：它的历史性变迁，它的吉凶祸福、递嬗兴亡，它对于自然、社会、人生的独特认知和体验。我们可以通过这种思维、情感、体验以及行动的载体，深入地窥察一个民族以至人类史前的发展轨迹。观山如读史。驰车河西走廊，眺望那笼罩南山的一派空蒙，仿佛能够谛听到自然、社会、历史的无声的倾诉。一种源远流长的历史的激动和沉甸甸的时间感、沧桑感被呼唤出来，觉得有许多世事已经倏然远逝，又有无涯过客正向我们匆匆走来。

　　这时，祁连山上一团云雾渐渐逸去，露出来一个深陷的豁口，我猜想它就是历史上著名的大斗拔谷。2100年前，骠骑将军霍去病从这里穿越祁连山，进入河西走廊，以迅雷不及掩耳之势，攻占了匈奴的单于城，在焉支山前展开了一场震天撼地的大拼杀，终于赶走了匈奴，巩固了西汉王朝在河西的统治。霍去病死后，汉武帝为了纪念他的赫赫战功，特意在自己的陵墓旁为他堆起了一座象形祁连山的坟墓。

　　时光流逝了730年，隋炀帝率兵西征，再次穿过大斗拔谷。不过，他没有碰上霍去病那样的好运气，当时"山路陋险，鱼贯而出，风雪晦冥，文武饥馁沾湿，夜久不逮前营，士卒冻死者太半"（见《资治通鉴》）。但是，由于他在张掖会见了西域27国君主，实际是举行了一次中原王朝与西域诸国的和平友好会议，也是一次首创的国际经贸洽谈、物资交流会，使此行毫无逊色地与骠骑将军的武功一同载入史册。

　　祁连山下，河西走廊，不仅有叱咤风云的过去，而且，有无比辉煌的现在与将来。勘探工作者的辛勤劳动，使祁连山更高地昂起了头颅——这里并不贫乏，而是一座矿藏极为丰富的百宝神山。继往昔的"金张掖、银武威"的盛名之后，今天又博得了"油玉门、镍金昌、钢酒泉"的美誉。

　　——始建于西汉时期的山丹军马场，现已发展成为亚洲第二大马场。

　　——祁连山继续向世界人民奉献着"葡萄美酒夜光杯"。

——驰名中外的敦煌莫高窟，这名副其实的艺术的圣殿、神话的王国，像一颗璀璨的明珠，在古丝路上散发着夺目的光彩。

——坐落于祁连主峰北面的我国建设最早、规模最大的卫星发射中心，创造了许多"中国的第一"：发射第一颗人造地球卫星，第一颗返回式卫星，第一枚"一箭三星"运载火箭，第一枚中程导弹，第一枚洲际弹道导弹……被誉为中国航天工业的摇篮，巍然屹立于世界先进科技之林。

正是这些异彩纷呈的历史人文之美，伴随着甘霖玉乳般的高山雪水所带来的丰饶、富庶，使千里祁连从蒙昧、原始的往昔跨进了繁昌、文明的今天。我们这些河西走廊的过客，与祁连雪岭朝夕相对，自然就把它当作了热门话题。有人形容它像一位仪表堂堂、银发飘萧的将军，俯视着苍茫的大地，守护着千里沃野；有人说，祁连雪岭像一尊圣洁的神祇，壁立千寻，高悬天半，与羁旅劳人总是保持着一种难以逾越的距离，给人一种可望而不可即的隔膜感。可是，在我的心目中，它却是恋人、挚友般的亲切。千里长行，依依相伴，神之所游，意之所注，无往而不是灵山圣雪，目力虽穷而情脉不断。一种相通相化、相亲相契的温情，使造化与心源合一，客观的自然景物与主观的生命情调交融互渗，一切形象都化作了象征世界。也许正是这种类似的情感使然，一百五十年前的秋日，爱国政治家林则徐充军西北，路过河西走廊时，曾于祁连雪岭风趣地调侃："我与山灵相对笑，满头晴雪共难消。"我的一位祁姓学友，西出阳关，竟和祁连山攀了同宗："西行莫道无朋侣，亘古名山也姓祁。"甘、青路上，我也即兴写了四首七绝，寄情于祁连雪：

断续长城断续情，蜃楼堪赏不堪凭。
依依只有祁连雪，千里相随照眼明。
邂逅河西似水萍，青衿白首共峥嵘，
相将且作同心侣，一段人天未了情。
皎皎天南烛客程，阳关分手尚萦情。

王充闾作品集锦（一）

何期别去三千里，青海湖边又远迎！
轻车斜日下西宁，目断遥山一脉青。
我欲因之梦寥廓，寒云古雪不分明。

《文艺报》1992年12月12日

黄　昏

　　黄昏、夕照，景象是迷人的。自从人类把自然风物作为自己的审美对象，宇宙间的各种景观有了独立的美学意义之后，便有无数诗文咏赞它，描绘它。

　　南北朝诗人谢朓的"余霞散成绮，澄江净如练"，成了传诵千古的吟咏江南春晚的华章；而唐代画家兼诗人王维的"大漠孤烟直，长河落日圆"，则是一幅典型的北方风景画。

　　在现代作家的笔下，夕照、黄昏更是多彩多姿，它具有美的形象。泰戈尔说："黄昏时候的天空好像穿上了一件红袍，那沿河丛生的小树，看起来更像是镶在红袍上的黑色花边。"

　　它又是富有音乐感的。高尔基说，当太阳走到大地里面之后许久，"天空中还轻轻地奏着晚霞的色彩绚烂的音乐"。

　　而且，还有性格，有情感。在莫泊桑笔下，"那是一个温和而软化的黄昏，一个使人灵肉两方面都觉得舒服的黄昏"。凡尔纳写道："太阳在向西边的地平线下沉之前，还利用云层忽然开朗的机会射出它最后的光芒。""这仿佛是对人们行着一个匆匆的敬礼。"

　　赫尔岑写得更是富有良知，"这美丽的黄昏，过一个钟头便会消失了。因此，更其值得留恋。它为了保护自己的声誉，在别人还没有厌倦之前叫他们珍惜自己，便在恰当的时候转变成黑夜"。

　　原来，黄昏竟是这样的充满情趣，难怪夏洛蒂·勃朗特称许它是"24

小时中最可爱的1个小时"。

也许是因为从小就接受了这些教养与熏陶,所以,几十年来,我对于夕照、黄昏,一直保持着浓厚的兴趣。小时候,每年夏天都跟随父亲去牧场割草,那炎炎烈日烤得草原在呼呼地喘气,简直到了燎肌炙肤的程度,但我却百去不厌。一是为了到河沟旁掏洞捉蟹;再就是傍晚时分欣赏草原落日的奇景——滚圆的夕阳酷似过年时檐头挂着的红灯笼,看去似近实远,似静实动。下面衬托着绿绒毯一样的芊芊茂草,成就一幅天造地设的风景画。晚霞像彩带一样横亘天际,风沉淀下来,草浪平息了,荒原寂静无声。牧归的羊群从远方游来,一团团,一片片,简直分辨不清是翠绿的"魔毯"收敛了白云、彩带,还是白云、彩带飘落在草地上。

我也曾沉醉于海上的黄昏。在水天相接处,耀眼的夕阳像正在爆发的火山一样,喷射出万道光焰,把天际烧得通红。海面上,滚滚惊涛犹如万马奔腾,比赛着向落日驰去,闯进那红宝石和炉火般的蒸腾滚动的霞辉里。

然而,最使我难忘的还是在万米高空之上看到的天上黄昏的景观。

那是在上海飞往北京的客机上。飞机起飞后,我习惯地透过舷窗玻璃向远方眺望。呀!一幅绚美的图画简直使我惊呆了。在苍茫的天地交接处,映现出类似日光七色的横亘西天的宽阔彩带。紧贴黛青色天穹的是翠蓝和绀紫,下面是一层碧绿,再下面是一色的橘黄,再下面呈淡金、橙红色,靠近地平线的是一抹丹红,彩带下面是暗黑的大地。

过去在茫茫的戈壁滩和1800米高程的黄山光明顶,在号称黄昏景色之最的"日本第一斜阳"地点——北海道留萌市海滨,我都欣赏过黄昏景色,但像这样瑰奇伟丽,还是第一次看到。

宇宙实在太广袤了,尽管波音客机以900公里的时速飞行,但视线内的景观几乎没有什么变化。20分钟以后,天空开始变暗,七色不甚分明,而后红色逐渐转暗,彩带全呈暗黄色。最后,与大地融合在一起。看去像薄暮中大片成熟的谷物,这使我想起了那句"如果说朝阳是一种创造,那么,黄昏便是一种丰收与成熟"的名言。

黄 昏

　　我陷入了沉思。面对着如此壮美的黄昏景色,为什么古代诗人竟会吟出"日暮秋风起,萧萧枫树林""夕阳西下,断肠人在天涯"一类充满萧瑟、悲凉之感的诗句呢?我想,也许与他们所处的社会环境有关。在按门阀取士、靠恩荫选官、凭年资进阶的制度下,无数被褐怀玉之士难以酬其宿志,加上临风落泪、对月伤怀的旧知识分子特有的情感,于是,逢着友朋离别、世路艰辛、流离颠沛等复杂感情宣泄的机会,自然就要迁景于情,产生悲凉之感了。

　　北宋词人晁无咎说得直白:"夕阳芳草本无恨,才子佳人空自悲。"也可以说,这种悲凉意绪是旧时代读书人普遍而深刻的失落心态的折射,反映了理想与现实不可调和的深层矛盾。

　　当然,也不应一概而论。同是古代诗人,旷达、乐观的刘禹锡,就吟出"莫道桑榆晚,为霞尚满天"的充满豪情的丽句。归根结底,与本人的精神境界或者说世界观紧密联系着。朱自清先生在51岁那年,特意反李商隐的诗意而用之,属就一副励志奋进的中堂对:"但得夕阳无限好,何须惆怅近黄昏!"

　　陈老总的诗句"花信迟迟春有脚,夕阳满眼是桃红",反映了伟大革命家在艰险环境中的革命乐观主义精神。叶帅"老夫喜作黄昏颂,满目青山夕照明"的佳什,更是振古励今,令人感发奋起。

　　夕阳也好,黄昏也好,在革命者眼中,原是同朝阳、晨曦一样清新可爱的。卢森堡的《狱中书简》告诉我们,这位伟大的革命家当透过铁窗玻璃看到玫瑰色的夕晖返照时,竟然"如释重负地长呼了一口气,不由自主地把双手伸向这幅富有魅力的图画"。认为,"有了这样的颜色,这样的形象,然后生活才美妙,才有价值"。"不论我到哪儿,只要我活着,天空、霞彩和生命的美便会跟我同在。""书简"通篇透出思想的开拓和胸襟的博大,哪里有半点衰飒气氛!

　　捷克斯洛伐克革命者、著名作家伏契克被德国法西斯关进集中营。为了摧毁他的意志,秘密警察将他带到郊外去看夏日黄昏、红日西沉的景色,意在诱使他逐渐颓丧、沉沦下去。结果，这种阴险的居心遭到了伏契克的痛斥，他的斗争意志更加坚定了。

　　社会因素在这里固然起主导作用，但是，同时还有个对自然界事物的认识问题。在古代人眼里，日出日落，像人由少而壮、由壮而老一样，或者和花开花落相似。实际上，太阳除了自转而外，并未曾移动半步，倒是人们"坐地日行八万里"，跟随着地球以每秒465米的速度，由西向东不停地自转。人们每天傍晚，都同那位"兀坐不动"的太阳爷告别一次，到了第二天清早又见面了。日出、日落的概念，如同我们坐在疾驰的列车上，看铁路两旁的村庄、树木似乎在一齐后退一样，不过是一种错觉。认清这一点，再去看落日、黄昏，也就不会产生迟暮、萧瑟之感了。

　　科学地说，旭日东升与夕阳西下，原是同一事物的两种景象，只是观察的角度不同而已。记得一位著名作家在一篇散文中，叙述飞机上看日出的情景：当飞机起飞时，下面还是黑沉沉的浓夜，上空却已呈现微明，看去像一条暗红色长带。红带上面露出清冷的淡蓝色晨曦，逐渐变为瓷蓝色，再上面簇拥着成堆的墨蓝色云霞，通体看去，有如七色日光那样绚丽。这种日出前的景象，竟与日落后的景观非常相似，证明了二者原本是同一的。

　　我常想，如果没有那次万米高空上的游目骋怀，我对于黄昏、夕照的印象，大概不会超出草原与海上的所见，自然也就不会产生上述新的认识。看来，人类要想不断认识更新更美的事物，就须不断地扩展自己的视野，开拓新的境界，进行新的探索。

　　今后，随着科学技术的飞速进步，人和自然的关系也将不断地发展。据说，当科学工作者观察微观世界时，无不为原子世界绝妙的排列而惊叹。在登上月球的宇航员的眼中，表面温度高达6000摄氏度的烈焰蒸腾的太阳，竟像金盘一样美丽，柔和，光亮。

　　但不知月球上的黄昏、夕照是怎样的景观。

《文艺报》1992年12月20日

一"网"情深

一

"一年容易又中秋。"银盘似的月亮从东天边上升起,窗外,绵邈、青葱的草坪上洒满了月华的清辉,像是铺上了一层晶莹的露珠。草虫欢快地奏鸣着小夜曲;晚风掠过,几树白杨轻轻摇着叶片,发出了萧萧的声响。

对着盈盈素月,我深情地怀想起了远方的友人。

国外是怎样一种情况,我不清楚;反正在我们中华民族的文化传统里,月下怀人,已经成了一个终古长新的课题。古人没有条件通过电波同远在天边的亲人直接对话,折柬投书又谈何容易,便发挥奇妙的想象力,设想在同一的桂魄下,即使彼此远隔天涯,仿佛也能在这一特定情景之下聚首言欢。

于是,南朝宋的文学家谢庄便写出了一篇《月赋》,发出"隔千里兮共明月"的清吟;到了唐代,诗人张九龄引吭高歌:"海上生明月,天涯共此时",抒发其望月怀远的情愫;北宋大文豪苏东坡更是深情无限地在《水调歌头》中祝颂:"但愿人长久,千里共婵娟。"——就着同一的事物,同一的主题,三个朝代的文人,或者作赋,或者吟诗,或者填词,异曲同工,各臻其妙。

楼上,隐隐传出一片节日的欢声;哗、哗、哗——不知谁家,在"方城"对垒,激战方酣;隔壁的电视机也正在播放着文艺节目。往日,这时节我已经悠然入睡了；此刻，却未现丝毫倦意。拉拢了窗帘，我把电脑打开，点开了软件的图标，随着"小猫"的一声欢叫，联上了网络。我把"新邮件"打开，填好了对方的网址，撰写了"主题""内容"，通过网络，把"望月怀人"的思绪传递给了远方的朋友。

这时，我忽然联想到：友人会不会恰在此刻也发过来一个"伊妹儿"呢？于是，又轻轻点了一下"接收"按钮，随之便展现了一个界面："您有一封邮件，正在接收……"打开收件箱，果然跳出一个鲜活耀眼的"伊妹儿"。据说，在互联网上，每一分钟，全世界要有几百万、上千万个电子邮件同时发送与传递。而我们的邮件居然在如此浩瀚的精神牧场上互相"撞击"了，真是"身无彩凤双飞翼，心有灵犀一点通"。怎不令人激动，令人狂喜，令人欣慰呢！

友人的"伊妹儿"，原是一封长达两页的节日问候信，也是一篇使人忍俊不禁的漂亮散文。我立刻把它全部下载，打印出来，然后，坐在沙发上轻声地读着：

……我们已经习惯在网络上交流、在网络上会面了。我猜想，此刻，你定是同我一样，坐在"酒吧间"（Windows98）里，在善解人意的"爱伊"（Internet Explorer）的引领下，畅游这个名为Internet的虚拟的现实世界，领略那数字化生存的无限风光。

友人学富五车，才思敏捷，生性幽默、风趣，特别喜欢开玩笑。你猜他下面是怎么写的？可真把我逗乐了：

效法元代散曲大家马致远《秋思》的笔调，即兴胡诌几句歪词："今朝花落谁家，知心人在天涯。伊妹传书递柬，无端受赐，深恩——怎样酬答？"

仿佛友人就坐在对面，娓娓地絮谈着，说来动情，读着亲切。

二

在网络世界中,"距离"已经失去了固有的含义。想想烽火关河、他乡行役的杜陵叟"寄书长不达""家书抵万金"的悲慨,体味一番前人为与远行的亲友互通情愫而绞尽脑汁,最终不免嗒然失望的衷怀,怎能不为生活在现代的我们得以尽情享受科技进步的成果,而感到庆幸和自豪呢!

闲翻产生于公元8世纪的日本文学名著《万叶集》,发现茅上娘子的一首抒情诗:"愿君长行路,折叠垒作堆。付诸昊天火,一炬化成灰。"原来,她的丈夫中臣宅守被流放到边远地区,相逢无日,信息也无从沟通,她便幻想求助于神祇,将横亘于夫妻间的迢迢长路折叠到一起,然后付诸昊天大火,一烧了之。这样,夫妻就可以消除距离,对面倾谈了。

在我国古代先民中,也曾幻想过缩地术、赶山鞭的神奇法术,流传过一些鸿雁捎书、红叶传情的凄婉动人的故事。前些年,我在云南曾听到一个关于"绿叶信"的传说:

从前,一个傣族青年离开心爱的姑娘去外地谋生,相约每个月通一次信。开始,青年把信写在芭蕉叶上,由一只鹦鹉传递。空间的代价是时间,经过一个月,信才传到姑娘手中,可惜,蕉叶已经枯萎破碎,认不清一个字了。后来,青年越走越远,便用刀把字刻写在贝叶上,然后交鹦鹉衔回。足足经过一年,姑娘才收到信,幸好上面的字迹还清晰可辨,只是,其时青年早已返回到家里。贝叶刻经,据说就是这样发明出来的。

试想,那时如果像今天这样,他们两人都成为"网虫",各自拥有一只"鸡"(计算机)、一只"猫"(调制解调器)、一只"鼠"(鼠标),尽可在夜深人静之时,让那个柔情似水的"伊妹儿"充当递柬的红娘,结一番"网上情缘"。那样,也就不会经历那种"信寄经年"的想望之殷、熬煎之苦了。

在尽情享受着网络交流的快捷的同时，我和每个"网虫"一样，还拥有网络时代的海量信息。网上，确实是一个精彩、神奇的世界。只要点开"搜索"的引擎，我们的眼前便仿佛展开一个光怪陆离的万花筒。我观察过昙花的开放过程，在扁平的叶状新枝的边缘，翠玉般的花蕾竟和电影特写镜头里的一模一样，次第地展开了，层层花瓣上的每根筋络都在拼力地舒张，似乎要把积聚多年的心血倾泻无遗，把全部的美感和爱心奉献出来。网上信息的展现同花蕾的绽放有些相似，也像是要在美妙的时刻，毫无保留地向"网虫"们展示出全部的珍藏。

心房急速地搏动着，手指在键盘上轻快地起落着，一个个窗口被敲开，以复杂的感情、诧异的双眼，扫描这里，窥视那里，充满了冒险、绝奇的快感。此刻，颇像童年时期悄悄地从家里的后门溜出，跑进一个未曾寓目的崭新天地，尽情地浏览着。在现实空间越来越狭窄的情况下，人们竟能在这里开启一扇精神之门，剥离物质世界五光十色的表象，回归人文精神的家园，释放一下现代人过重的精神压力，放飞那不无沉重的浪漫，展示着不倦的追忆，去践履那没有预定的心灵之约，多一份对人生的感悟，多一份创造的激情。

有时我也感到惊讶，曾几何时，还在向旁人询问 DOS 的基本命令，练习 WPS 的排版技巧，仿佛一夜之间就闯入了网络时代。呼呼啦啦地筹划着调制解调器的安装，浏览器的使用，新邮件的收发……应该承认，我们确实是在尚未做好充分准备的情况下，迎接了计算机化、信息化、网络化的到来。面对着这一系列新的技术、新的知识、新的挑战，真有如刘姥姥懵里懵懂地闯进了大观园。

三

网络世界，作为一种无法逃避的生存状态，一种加速度的内驱力，正在营造着一个与现实不同又紧密结合的虚拟天地，使人们跨越了时间与地域的界隔，迈向无限的自由空间，自然也改变着思想和行为方式。就这个意义来说，同网络的结缘，与其说是工具手段的变换，毋宁说是观念形态的更新。它使人记起了丘吉尔的话："人们改变世界的速度，总是快过改变自己。"

当然，事物通常总是利弊互见的。网络并非无影灯，在璀璨光亮的背后，也潜藏着阴幽的暗影。它在带给人们巨大方便的同时，也有其不可忽视的负面效应。有人把因特网比作潘多拉的魔盒，人们在充分享用这一技术创新所提供的种种便利的同时，也难免要承受"被拿捏"、被制约的尴尬。一般地说，在浩瀚的虚拟空间里，人们的心灵既变得容易沟通，也完全可能逐渐走向自我封闭；由于网络的程式化、通用性，容易使人失去特点，泯没个性。上了网，人就幻化成一个以"比特"为单位的符号，一种虚化了的角色，有时，甚至会忘怀那个真实存在的自己，也便远离了现实世界。

运作快捷、量化分割的结果，是过程的简化、情感的弱化，那种温馨、甜蜜的韵味，人与人之间交往的亲切气息，也会因之而削减，甚至出现某些变味。假如我们不时时加以警惕，自觉地进行抵御，就会把鲜活的感情变得生硬呆板，面临着异化的难堪。那种情景，犹如在机制面条布满餐桌的情况下，更多的人仍然钟情于手擀面条；戴上亲人织出的手套，其感觉总和市场上买回的大不一样，尽管它们的保温效果未必有什么差别。同样，面对邮件的快速传递、"伊妹儿"的悄然跳出，仍然不时地忆起昔时手书文字、笔走龙蛇的美感与温馨，当然，更无法代替那种"草草杯盘供笑语，昏昏灯火话平生"的促膝谈欢的陶然情味了。

月亮已经升上了中天，大地一片寂然。我想象着友人此刻也一定还在周游着网络的虚拟世界。既然，人生最苦伤离别，而"千里离人思便见"又不过是《胡大川幻想诗》中的一种虚空的想望；那么，这种万语千言瞬息可通，地远天遥须臾便至的快捷传递，就不失为优化的抉择，堪称现代人的科学的杰作。至于它的负面效应，我绝对相信人类的智慧与理性，相信在"文化自觉"之光的烛照下，通过不断地探索、创新、选择、扬弃，总会展现出日臻完善的前景。

因之，对于网络世界，我还是一往情深。

《文艺报》1999年第30期

思想者的澎湃心声

一

林非先生是研究现代散文史的专家,又是著名的散文作家。他一向强调,好的散文必然带着强烈的感情,展示饱满的形象,充满生命的体验。散文是一种表现的艺术,应该表露充满个性色彩的人格风范,主体视角、主观色彩一定要十分鲜明。并举出鲁迅先生的《记念刘和珍君》这一范例:"以最深沉的哀痛,悼念惨死的烈士,以最激烈的愤怒,控诉凶残的军阀,以最昂扬的颂歌,赞美崭新的女性。他的感情奔放激越,像是火山爆发似的,射出一种光焰和热力,真可以称得上是一篇天地间的至文。"(见《中国现代散文史稿》)林先生自己写的散文,也都是激情洋溢,令人感发兴起的。记得十年前读过他的散文《记忆中的小河》,文中写他故乡的一条小河的沧桑变化,紧扣着童心的眷恋,亲人的嘱托。故乡—童年—母亲,浑然一体,真情灼灼,颇为细腻感人。

近日,我又读到了他近年的两篇文化散文新作,一是写"荆轲刺秦"的《浩气长存》,一是《询问司马迁》,都是不可多得的力作,但它们与《记忆中的小河》,在创作风格上却迥然不同,说明一切散文大家都具有多副笔墨。如果说,前者是"沙场秋点兵"的金戈铁马,那么,后者则是月白风清之夜的琴韵箫音。不过,有一点是相同的——主观色彩极为鲜明,全都贯注着浓烈而纤细的感情。林先生创作的这些散文作品,可以说,正是前面谈到的他的文学主张的践履。

记得清代学者吴见思说过,《刺客列传》是《史记》中的第一种激烈文字,浅读之而须眉四照,深读之则刻骨十分。我读《浩气长存》,就实际经验了这种"须眉四照"和"刻骨十分"的快感。文章一开始,就极具气势,极富感染力。作者写道:在遥远的少年时代,朗读着荆轲的故事和吟咏着"易水悲歌","心中竟燃烧起一团熊熊的火焰,还立即向浑身蔓延开来,灼灼的血液似乎要沸腾起来,无法再安静地坐在方凳上,双手抚摸着滚烫的胸脯,竟霍地站立起来,绕着桌子缓慢地移动脚步,还默默地昂起头颅,愤怒地睁着双眼,就像自己竟成了这不畏强暴和视死如归的壮士"。此刻,我也同作者一样——读着读着,顿觉一股浩然之气,一阵飒飒雄风,卷地而来,不容你不随着文章的气浪,与之同悲同喜,甚至跟着荆轲一道潜入不测的强秦,不禁拂衣而起,绕室彷徨。

在《询问司马迁》中,也是一开头就满怀深情地说:"曾经有过多少难忘的瞬间,沉思冥想地猜测着司马迁偃蹇的命运,痛悼着他灾难的遭遇。"他"好像就站立在我的身旁。我充满兴趣地向他提出数不清的问题,等待着听到他睿智的答案……只要还能够在人世间生存下去,我就一定会跟他继续着这样的对话,永远也不会终结地询问和思索下去"。无比亲切,无限深情,使人立刻就跟着作者进入当下的语境中去。这时,只有在这时,当年畅读太史公《报任少卿书》、饮冰室主人《少年中国说》、林觉民《与妻书》那类文章的愉悦与激情,立刻就豁然重现。可惜的是,久矣夫,不容易见到这样的血性文字了。

二

如果说,要有强烈的感情,要展现主观色彩,是各类散文共有的特征,那么,如何运用史料,也就是如何以现实的关怀和当代期望视野,在历史的阐释中把握我们个人的、民族的主体意识,展现更加开阔的精神视野和思维空间，则是文化历史散文创作中特有的，也是特别突出的课题。综观目今这类散文的创作，佳作固然不少，但在这方面处理得不能尽如人意者也所在多有，其中就包括我自己。其失有二：或流于虚空，浮言泛议，散漫无归；或流于板滞，史料纷陈，索然无味。

众所周知，作诗有一个"用事""使事"的问题。宋代学者吴沆在《环溪诗话》中有一段议论："诗人岂可以不用事？然善用之，即是使事；不善用之，则反为事所使。"周密和范希文也提出，为诗"不可有意于用事"；使事不是编事，须"融化斡旋，如自己出"。写作文化历史散文同样会遇到这个问题。在这方面，林非先生也是处理得很好的。

既然以历史为题材，一般的总要花费一些笔墨集中交代有关的历史故实和时代背景，作为抒怀、寄意的依托，弄得不好，就会产生"为事所使"的后果。而林先生写荆轲刺秦，写司马迁的悲惨遭遇，则能做到"融化斡旋，如自己出"。他是顺着本人情感的奔流，以笔下人物的性格、命运的发展为线索，对历史背景做审美意识的同化，以敏锐的、现代的眼光进行观照与思考，给予历史生活以新的诠释，体现出创作主体因历史而触发的现实的感悟与追求，使作品获得更大的人生意蕴和延展活力。即使是阐发历史，他也没有忽略现实人生。按照黑格尔老人的说法，他所寻求的总是历史中能与现实相联系的一部分内容，历史对于现实仍有意义的那一部分内容。

他在极为简要地交代过了当时的背景，引出荆轲所面临的危局之后，就把一个任何人也无法回避的问题活鲜鲜地摆在了读者的面前：是为了坚持正义而不惜慷慨捐生，还是浑浑噩噩，苟且偷生？甚至把自己也拉了进去——"回顾我自己几十年来平庸的生涯，虽然也曾经满腔热血地投笔从戎，想与黑暗抗争，想去追求光明，可是在多少回面临着独断专横和强迫命令那种沉重气氛底下的荒谬和不义时，却缄默地低头，胆怯地嗫嚅，违心地附和，这是多么痛苦而又微茫地苟活啊！"作家着眼于民族灵魂的发扬与重铸，敞开传统文化和现代文明双重渗透下的自我，挺举起人格力量的杠杆，对文化生命做真正的慧命相接，将灵魂的解剖刀直逼自我。这既是灵魂的叩问，更是一种实实在在的生命体验。

荆轲刺秦，除了荆轲本人和秦始皇之外，还有四个关键人物，就是隐士田光、义士樊於期、"后台主谋"太子丹、伙伴秦舞阳。林先生都写到了。为了引出前二人，他是这样着笔的："荆轲应该说是一个十分幸运的人，因为他曾经接触和交往过的几个朋友，也都是那样决绝、壮烈和高旷。"尔后，就按照自己情感的流向自然而然地展开。里面有分析，有推测，更有作者的情感参与，他说："每当回顾着这些义士的时候，我的心弦总会异常激烈地震荡着，多么希望自己也逐渐生活得像这样勇敢和昂扬起来。"情文交织，自然贯注，丝毫不显材料的堆砌、史实的壅塞。

"使事"的另一方面内容，是述及史实必然会联系到史识、史论——后人的议论与看法。关于荆轲刺秦的壮举，千载而还，誉之者固多，而说东道西者也有，可说是纷然杂陈。林先生精心遴选了晋代的陶潜、唐代的李翱和清末民初的秋瑾的颇有代表性的观点。他没有按观点胪列，或者依先后次第铺陈，像学术著作那样平铺直叙地阐述，而是很巧妙地采取作者直接介入的方式，通过"我常常想起荆轲死去 600 多年之后出世的陶潜，他是多么想有所作为"，"却又不敢像荆轲那样去抗争和搏斗"，想象他"没有勇气做一番事业的痛楚，肯定会常常咬啮自己的心灵。他如此动情地讴歌着荆轲，不正是痛悼自己无法献身于人世的极大悲哀吗？"

三

表面上看，上面谈的都是些创作技巧问题，实际上，它关系到艺术的基本功用和根本特性。如同著名哲学家卡西尔所说的，艺术不是对实在的模仿，也不是一般意义上实在的再现，而是对实在的发现。文学作品之有别于事件和知识的单纯传述，就在于作家是在一种灵感迸发的创作状态中，把现实的体验提炼为意识的逻辑，并以情感的形式展现出来，从而使读者在字里行间感受到情感的冲击和生命的颤动。在这里，作家—叙述对象—

读者共同组成一条人事、景物、情理的关系链。作家通过富有艺术价值和创造意义的工作，去调动读者的表象贮存和参与创造的欲望，进而自己去构建意象与图景。列夫·托尔斯泰有一句至为精辟的话："艺术作品中主要的东西是作家的灵魂。"读者阅读文艺作品，不是仅仅满足于形而下的情感的愉悦与忧伤，而是要从艺术感受和体验中获得人生感悟，加深对自己和自身以外的世界的认识，通过灵魂的对接，实现生命的成熟、人性的丰富和人格的完善。

作为著名的学者和散文家，林非先生在《询问司马迁》一文中就正是以生命叩问和灵魂对接的方式，同这位"萧条异代不同时"的伟大的文学家、史学家探讨着生命存在的意义以及如何对待苦难、如何坚守"史德"等一系列重大课题，倾听着人类历史上思想者的澎湃心声。最后，做出公允的结论，提出热切的期望：司马迁"无法更绚丽地完成自己这个宏伟的目标，那是时代限制了他，限制了他思想和精神的苦苦追求。有幸生活在2000多年之后的思想者，无论从早已冲破了专制王朝的罗网来说，从早已沐浴着追求平等的精神境界来说，都可以更为方便地完成他所提出的目标"。

文化散文固然有别于学术著作，但它同样需要作家具有深湛的学养和科学、严肃的态度。常见报刊上有些作品整体上还好，只是个别地方出现一些失误，尽管不过是"白圭之玷"，但也难免遭到一些非议。作为学者型作家，林非先生在散文创作中，始终抱着极为严谨、认真的态度。这里有一个小插曲：

一天，我把上面谈到的两篇文化散文送给一位青年散文作家看，他和我有同感，认为确是颇见功力的佳作。但同时，他又不无遗憾地说，可惜里面有一处"硬伤"——当然是瑕不掩瑜了。听了，我猛地一震，不由得"啊？"了一声。他看我有些怀疑，便说："文中有'司马迁在刘彻生前就已经亡故，自然无法写成关于他的传记了，有文字依据可凭查找的，是《太史公自序》中《今上本纪》的简短提纲'一段话，恐怕这么说不符合实际吧？《史记》里分明摆着一篇《孝武本纪》嘛！"

我听后释然。当即加以解释，说，在历代的《史记》研究专家中，从三国时的张晏、南北朝的裴骃到明代的郝敬、清代的钱大昕，都一致认同，那篇《孝武本纪》乃是后来的褚少孙的补作，而并非司马迁的作品（他只是酝酿一个30来字的简短提纲）。林先生读书细心，熟谙经史，他自然是非常清楚这重公案的。

《文艺报》2002年

文贵情真
——《哭过长夜》读后

康启昌擅长散文写作，在她的散文集中，《哭过长夜》（吉林大学出版社出版）是一部代表作。评说一位作家的作品，当然有必要参阅他人的论述，为的是从中受到启迪，进行参考、比较。然而，我也很重视自我的原始阅读感觉。有如未曾经过理性过滤的"初念"，这种原始阅读感觉，总是更敏锐、更纯真的，尽管并不一定全面、深刻。康启昌的散文给我的最初印象是，她将笔触伸向自己的内心深处，狠劲地往外掏，如醉如痴也好，欲仙欲死也好，一股脑地抖搂给广大读者。她的散文写得很恣肆，又很细腻，有时候还很新潮，反正是怎么想的就怎么写出来，率性而作，看不出有什么顾忌。这种赤裸裸的真实，对于一位有着一大把年纪的女作家来说，原非易事。散文是作家人格的投影，心灵的展示。当然，这是就文体特征而言，至于实际写作，就未必都能充分地体现。出于种种因素的制约、矫情、涂饰、"人格面具"、"欲说还休"，亦不时可见。因而，能够做到本真、本色，烘托出一个活脱脱的自我，既是起码的要求，也是十分难能可贵的。《哭过长夜》中，许多篇章是写爱情与亲情的，总的都是一个"情"字。游动于字里行间的灼热情怀，拌和着即时的心灵轨迹，构成纯然的生命的写意。文章千古贵情真。在这方面，康启昌可说是得心应手，一路胜出。

其中最精彩、最动人的，是她对于亡夫鲁野的怀念与追忆。"没有仪式。两平方米的会场，只有我和你。分手365天，不能问别来无恙。拥抱你冰冷的墓碑，我轻轻地擦拭泪水。微风拂面，你用多情的手指梳理我蓬乱的白发。我来看你，请你跟我回家。回到我们那间简陋、狭小的却曾经无比温馨的小巢。你坐在你常坐的那张靠窗的沙发上，耳朵上挂着你心爱的"立体声"。你双目微合，中指如鼓槌似的击打着沙发的扶手。你半醉半醒走进了音乐……"（《失落的琴声》）写得真真切切，哀婉动人，称得上世间最凄美、最感伤的文字。它使我想起莎士比亚《仲夏夜之梦》里海丽娜的那句话："爱情是不用眼睛而用心灵看着的。""而且爱情的判断全然没有理性。"《失落的琴声》正是这一名言隽语的注脚。实在佩服康启昌散文的语言，是那么活泼婉转、跳荡多姿，富有丰富的文化感染力和生动的艺术表现力，带给读者的是内心智慧被激活之后所产生的审美愉悦。哪里像是一位70多岁老人的语言！乍一看，还以为是出自妙龄女郎之口呢。可是，细一琢磨才发现，原来路数不对——少女不大可能负载这么沉甸甸的厚重感与沧桑感。她属于才人写作那一路，未曾刻意为文，而文采自见。无心功利，自遣自娱，情感、文字都是自然流淌出来的。在她来说，有感而发，要写就写，写既是过程，也是目的。有如鲜花绽蕊，原本是一种生命过程，尽自在那里吐出芳香，绽出艳丽，开放就是一切。至于随风而逝，或者凋零委地，还是硕果盈枝，全然不作计较。这种诗意人生，诗性化的写作心态，我觉得，正是她创作成功的所在。

《文艺报》2005年6月9日 第7版

穿越时空的限隔

夏洛蒂的《简·爱》、艾米莉的《呼啸山庄》和安妮的《阿格尼丝》这些文学名著,过去都曾读过,可惜历史的流沙已经淹没了心灵场,时空限隔也遮蔽了作品意蕴和作家心迹的路径,难免产生隔膜。那年秋季,我有机会来到勃朗特三姊妹的故乡——英国的哈沃斯,住了两天一夜,有了一番切身体悟。

三姊妹的故居和她们埋骨其间的教堂,相隔不过五六十米。我投宿小客栈与教堂隔着一条小道,特辟的西窗斜对着三姊妹的故居,抬起头来便能望见里面的灯光。这个店主真是绝顶聪明,他懂得把视线引出石墙之外,投向那不平凡的小楼,对于专程前来的孺慕者未始不是一种欣慰。整日旅途劳顿,我颇感两腿酸痛,眼睛也有些昏涩了,原以为只要脑袋贴枕头就会呼呼睡去,谁知,躺下之后经过一番静息,困意反而消遁了,辗转反侧,无论如何也摆脱不了对面那座小楼——那楼上不灭的光焰的诱惑。

于是,起身步出户外,循着石径直奔纪念馆的灯光。夜风卷起了散落在阶前的黄叶,天空云幕低沉,视域里暗夜茫茫,几株高大的枫树、梧桐晃动着黑黝黝的树冠,发出阵阵林涛的喧响。两只寒鸦惊起后聒噪了几声,很快又在枝间落定,一切复归于静穆。

故居与教堂墓地之间的石径不过五六十米,一如勃朗特姊妹短暂的生命历程,而其内涵却是深邃而丰富的。其间不仅刻印着她们的淡淡履痕,而且,也会浸渍着情思的泪血,留存下她们心灵的轨迹。

过临风摇曳的劲树柔枝，朦胧中仿佛看到窗上映出了几重身影，像是三姊妹正握着纤细的羽毛笔在伏案疾书哩；甚至还产生了幻觉——一声声轻微的咳嗽从楼上断续传来。霎时，心头漾起一脉矜怜之情，深的敬意。三姊妹患着同样的肺结核病，分别活了39岁、30岁和

三姊妹童年是在寂寞与凄苦中度过的，但精神世界并不空虚。父亲是位牧师，酷爱文学，出版过诗集，早岁周游各地，带回许多文学名著；母亲也是天资颖慧的，只是年纪很轻就去世了。三姊妹上过几年学校，由于禀性孤僻，与其他女孩交往甚少，更多时间是在家里自学，由父亲给她们讲课，或者跟随阅历丰富的女仆在荒原上闲步，听讲一些带有原始意味、充满离奇色彩的奇闻逸事。她们的创作活动，始于十二三岁。三姊妹曾编撰许多想象奇特、内容荒诞、语言夸肆的传奇、戏剧与诗歌，并刻印在自己出版的"杂志"上。展柜中陈列的大量火柴盒、纸烟盒般大小，字迹像米粒似的纸片，便是夏洛蒂及两个妹妹当时的手稿。长大之后，绝大多数时间，她们还是离群索居。除了闷在房间埋头创作与绘画，就是在荒原上长时间地散步；走累了，便坐在山坡上石楠花丛，双手托腮，眼睛定定地盯着下面的村落，仿佛要把隐匿其间的一切神奇诡秘探个水落石出；或者仰首苍空，望着变幻多端的云朵，扑扇着幻想的羽翼，展开丝丝缕缕、片片层层的遐思。

看来，三姊妹都属于马赛尔·普鲁斯特所说的"用智慧和情感来代替他们所缺少的材料"的作家。她们常常逸出现实空间，凭借其丰富的想象力和超常的悟性遨游在梦幻的天地里。她们的创作激情显然并非全部源于人们的可视境域，许多都出自最深层、最隐蔽、意蕴最丰富的内心世界。她们无一例外地抱着理想主义的浪漫情怀，渴望得到爱神的光顾，切盼着有一个理想伴侣。却又绝不肯俯就，要求"爱自己的丈夫能够达到崇拜的地步，以致甘愿为他去死，否则宁可终身不嫁"。这样，现实中的"夏娃"也就难于找到孪生兄妹般的"亚当"；而盛开在她们笔下的、经过她们浓

重渲染的爱情之花，只能绽放在虚幻的想象之中。这是一种灵魂的再现，生命的转换。作品完成了，作者的生命形态、生命本质便留存其间，成为一种可以感知、能够抚摸到的活体。

……叮叮当当，一阵钟声响起，不知不觉中已经到了上午11点，最后参谒夏洛蒂和艾米莉的墓地。走进教堂，我屏息敛气，放轻了脚步，穿过一排高大的拱柱，在玫瑰窗下的高台上看到那块刻录着勃朗特一家人辞世年月的特制石板，而左侧地面上就平放着标示两姊妹埋骨位置的铜质墓碑。我把一束美丽的石楠花虔诚地放在上面，权当作心香一炷。

对着墓碑和鲜花，我低声吟诵着《呼啸山庄》结尾的一段话："我在那温和的天空下面，在这三块墓碑前流连！望着飞蛾在石楠丛和兰铃花中扑飞，听着柔风在草间吹动，我纳闷：有谁能想象得出，在那平静的土地下面的长眠者，竟会有并不平静的睡眠。"

《文艺报》2006年10月14日　第2版

五里长桥横断浦

长城、故宫、大运河,这些顶儿、尖儿的人工绝景,我都去看过,现在,又置身于世界最长的梁式石桥——晋江安海镇的五里桥上。五月的闽南,红日当空,街头该已是满眼轻衫短袖了吧,而长桥之上,水面风来,却有丝丝凉意。

大桥像一条蜿蜒的石龙伸向遥迢的海域,目力再好也望不到头。巨型石条铺就的桥板,看去有些粗糙,走在上面,脚掌略感凸凹不平。这是很自然的,因为当日筑桥,为着渡人走车,负重致远,原未念及烟柳画桥般的供人游赏。800载风烟掠过,这一雄踞于万顷沧波之上的庞然大物,气势依然不减当年。不过,时间老人还是在它身上刻下了印迹。那些磨光了的凹痕,现出一圈圈的黛色波纹。沧桑变易,动辄以万千年为期,除了麻姑仙子,凡人是无缘得见的;可是,我在这里却感受到了——这些丝纹,便是看得见的沧桑。

走了好长一段,我们才跻身长桥中部,步入水心亭。观音殿的一副对联——"世间有佛宗斯佛,天下无桥长此桥",引发了大家的浓厚兴趣。下联无可挑剔,属于实话实说;而上联,有的认为不够准确——若说释教以观音为宗,那将置佛祖释迦牟尼于何地?退一步讲,即便是宗法观音,何以此地的观音就天下独尊?也有人不同意这样穿凿,理由是文学不像科学结论,用不着"丁是丁,卯是卯"。其实,我倒觉得,如此立论,恰恰体现了晋江以及安海人争强赌胜、独占鳌头的心性。当地有一句谚语:"摆三文钱的土豆，也要做个头家。"他们"宁为鸡口，不为牛后"，不干则已，要干就争第一。就说科举应试吧，1200年间，全国出了502名状元，泉州地区占了8个，竟被晋江一县包揽无遗；历代相爷，泉州有20人，晋江占去十分之七。

还是回到桥的话题。翻开地图，八里桥、六里桥之名不少，其意盖表明桥与某一坐标物的距离；至于杜诗《狂夫》《野望》中的"万里桥"，原是成都南门外的一座小石桥，传为诸葛亮送费祎处，寓有"一出都门，便成万里"的深义。总之，都同桥本身的长度无关。唯有这座全长2000多米的五里桥是名实相符的。这若在别处，恐怕早就以华丽的文辞相标榜了；而安海人则抱朴守拙，务求实际，尽管其中不乏满腹经纶的文才。他们不无调侃地说，生孩子倒会，只是不会起名。有些地方恰好相反，光会起名，却没本事生孩子。

五里桥构建于南宋绍兴八年至二十二年，其时正值奸相秦桧当权，岳飞父子遇害；而南宋朝廷则纳表于金，称臣割地，赵构由金人册封为宋帝，可说是政治上最黑暗、最屈辱的时光。然而，东南环海一隅，却是风樯林立，客商云集，百货杂陈，转输器物山积，镇市店肆罗列，一片繁荣昌盛景象。适应经贸与海上交通的需要，大桥应运而生。它把安海引向世界；输入滚滚财源，并扩展了人们的眼界、思路。

儒、商结合，是当地的传统。尽管此间为理学大师"过化"之地，安海人所奉行的却是"君子喻于义，亦喻于利"。这里人口密集而土地缺少，世世代代重商、善贾，"浮海趋利，十家而九"，形成了广泛的商贾阶层。史志记载，安平商人"襟带江湖，梯航万国，足迹遍天下。南海明珠，越裳翡翠，无所不有。文身之地，雕题之国，无所不到"。古诗中多有吟咏："灵岩山下万人家，古塔东西日影斜。巷女能成苎麻布，土商时贩木棉花。"村落里，"山野田稀多贾海，小村市镇亦成圩"；港湾中，"南风一片孤帆入，泉布人夸欲斗量"。随着货物贸迁有无，银钱（泉布）源源涌来。

然而，繁荣、富庶的背后，也笼罩着贾客生命轻抛与女性默默承受苦难的暗影。"商人重利轻别离",横海漂游,风涛莫测,葬身鱼腹、以身殉货、客死他乡者不知凡几。有的离家十几年杳无音信,返回则儿郎不识生父,盖新婚数日即遽然远逝也。无怪乎安海人要把遥遥相对的扬子山称为"眼泪山"——丈夫、儿子久客不归,妻子和母亲挥泪瞩望亲人的去向。民初著名革命家廖仲恺先生行经安海时,怀着深厚的同情与人文关切,填词调寄《黄金缕》,上阕是:"五里长桥横断浦。不度还乡,只度离乡去。剩得山花怜少妇,上来椎髻围如故。"长桥迎送往来人,怎么竟会偏起心眼,只度离乡之人而不载还乡游子呢?原来这里是说,出去的极多,回来的很少。丈夫远逝,唯有烂漫的山花怜惜着妙龄的新妇。而少妇却无心妆扮,只是将头简单地扎起,髻如椎状。

安海人以视界开阔、心雄胆壮著称。水心亭前有一座《剔奸保民》的石碑,记载下"民告官"获胜的始末。清人食盐实行官卖。乾隆二十七年,安海盐官洪达为谋私利,强令各店铺多购食盐,激起了公愤,上诉于泉州道台,终于争得了公道。雍正、嘉庆年间,都曾发生过当地民众参倒贪官的案件。说明他们具有一定的现代意识。历史总趋势是向前发展的,但在有的方面也未见得今人的见识就一定胜过古人。比如说,当年老祖宗架石桥,盼开放,志在四方;而后来人有的却毁桥围堰造田,干些徒劳无功的蠢事。

五里桥,宛如一座人生的舞台。商家、海客、僧侣、官员、文人、武将,各色人等齐集此间登台亮相。桥上,衫履杂沓,人影幢幢。其中宋代有朱松、朱熹父子,明代有郑芝龙、郑成功父子,清代有施琅、施世纶父子。他们或为敷扬文教的一代儒宗,或为拓展海洋、商贸文化的先锋,或创建收复台湾、开疆保国的殊勋,或获得"天下清官"的令誉,文经武纬,各有千秋。当然,就大桥而言,最值得大书一笔的是首倡建桥的僧人祖派,以及醵资筹款的僧人智渊。他们以"建此般若桥,达彼菩提岸"为理念,含辛茹苦,之死靡它。在这种"自舍己乐,施与他乐"的精神感召下,当地富商黄护对建桥予以有力的财力扶持。嗣后,祖、黄中道崩殂,又有郡守赵令衿力肩其任，使此震古烁今之浩大工程得以胜利完成。当然，决定的因素还在于石工的劳动。此四方人士，恰恰构成了信念、资财、权利与劳动之有机结合。看来，各项事业均有赖于四者的完备，可说是缺一不可。

《文艺报》2006年第72期

波澜独老成

  彭定安先生《离离原上草》面世之后,产生了不小的轰动效应。试想,一位素以作风严谨、吐属典雅、不苟言笑著称的恂恂长者,忽然像换了个人那样,一变而为洋洋洒洒、灵动鲜活、情趣盎然,这能不算是一桩奇闻吗?一位年逾古稀的知名学者,穷五载之功,完成一部百余万字的长篇小说,这能不构成一桩震撼性的事件吗?

  正是这样,《离离原上草》以其强大的说服力,阐发了一个动人心弦的道理:人的创造力是无限的。其感召力和鼓舞作用之大,不容低估。毫无疑问,它会使那些壮心不已、豪情尚炽的颇有一大把子年纪的人,见猎心喜,热血沸腾,从而激扬奋进,重贾余勇。当然,歆羡与振奋是一码事,能不能继其后而有同样作为,又是另一码事。齐白石衰年变法而境界大开,臻于至境,谁人不予赞誉?然而,又有几人能够与之比肩!

  《庄子·逍遥游》中有言:"水之积也不厚,则其负大舟也无力。""风之积也不厚,则其负大翼也无力。"这部长篇巨著是定安先生数十载深藏厚积的产物。它端赖于作者丰厚的人生阅历、深切的生命体验、高超的识见、开阔的学术视野和融通中外古今的文学素养。而这一切,则绝非常人皆可企及的。

  继承、发扬我国"五四"时期学者、作家进出自如、一身二任的优良传统,近期文坛上出现了引人注目的"教授作家""学者小说"的文化现象。一些教授、学者之所以写作小说,我想,可能是因为他们觉得,小说这种文学形式较之学术论文与随笔，更能深入透彻地审视自己，更能充分自由地表达自己对世界、对人生的想法；特别是长篇小说给了他们一个史诗性的对历史、对时代、对人生、对民族文化的合适的言说空间。这也许可以说是我国当代文学的一个可喜的现象和可观的景象。

彭定安和他的《离离原上草》正是属于"教授作家"和"学者小说"范畴。其叙事特点与美学特征，我以为具如下诸端——彭著既有这种学者小说的共性，又有属于他自己的突出个性与优长处。

严谨的现实性叙述。"教授作家"本着其学术秉性，叙事无论虚构抑真实，都坚持"为历史存真"的审美理想，以简约、凝重、节制的话语方式，凭借一个贯穿首尾的事件链条，尽可能真实地叙述一个已经成为历史的现实，再现当年的由若干人物与事件组成的人间风景。这使作品具有真实的历史意义与深沉的历史感。其现实主义精神潜存底里，而具历史引力与现实精魂。

传统与现代的结合。从叙事范型深究，应该说，这是比较传统的文学叙述形式。但这并不妨碍作品以其直面历史与人生的审美姿态，表现出知识分子所特有的伦理气质、审视性的叙事姿态和应有的价值评判，以此表达作为一个精神劳作者的社会良知，展现一个现代知识分子最为核心的人生信念、精神操守和道德立场。同时，作家取传统与现代结合的叙事策略，有意识地穿插了现代的"意识流"表现手法。

意象的运用也显现出学者小说的书卷意蕴。《离离原上草》中，作品还通过运用新鲜、细腻、独特、深刻的意象，以捕捉人物生活的感觉经验，从而收到了良好的效果，像《诗经》《离骚》以至古诗名篇中民族原型意象的恰当运用，上下飘摇的风筝、西西弗推石头、《约翰·克利斯朵夫》中渡河的意象等等。

就题材与内容看，这是一部纯粹的知识分子心灵史。所探讨的、所追问和思考的，是有关知识分子的本质特征、人生命运、生命存在意义、价值取向、复杂而多彩的人性，充分体现了作家的生命的自觉。小说并非作者的自传，有大量的虚构成分；但作者作为一个自觉性很强的知识分子，以突出的形象鲜明地现身其间。读者可以或隐或显地看到作者对于屈原、李白、杜甫、鲁迅的仰慕与追随。"怅望千秋一洒泪，萧条异代不同时。"这些先贤忧国忧民的胸次和深沉、浓郁的爱国主义情怀，敏于任事、以天下为己任的知识分子的使命感和担当意识，使作家热血喷涌、情怀激荡。而对于德国的大文学家、大思想家歌德的积极进取、勇往直前与主动割舍、自觉断念的认同（这从《题词》中引证《浪游者的夜歌》中可以看出），也使我们对于作品丰富而复杂的思想内涵，有了进一步的理解。可以说，作品中随处都闪现着作者的鲜活身影，有时竟跃然纸上，呼之欲出。这也体现出教授作家的一种特质。

全书散发着浓郁的书卷气。看得出，作者是在有意地加重这种氛围。作品开篇以四页篇幅，通过精辟的《作者寄语》和多达十几段的经典性的《题词》，开宗明义，"三致意焉"。每一条都是从浩如烟海的中外典籍中，经过认真的筛选，才放在这个显著的位置的。无疑，它们都凝结着作者的心血，承载着一己的寄托，也昭示着作品的灵魂，像呼呼作响的猎猎旌旗，像一排排路标，像一个个产品的标识，展现着指示路向的效能和画龙点睛的作用，导引着读者去思考、去评判、去赏析、去玩索。

书中大自语言结构、景色铺陈、人物对话、诗文引述，小到书名、人名、地名，都经过严格的梳理，决不草率从事。比如那年中秋时节，欧阳独离、上官元亨、殷芳草和姬丽芹的对话中，欧阳关于"人生时期，不在年龄几许，而在事功如何"和"回归心之旧乡，心之故土"的论述；上官关于庄禅"漫游者回归故土"的阐发，都体现了深刻的人生哲理。即使是场面描写、情节叙述，也都与众不同，具见特色：

他（欧阳独离）倒在床上，双眼微闭。意识有些模糊，湖水荡漾，小船颠簸，人身摇晃，姆妈，寄娘，竹韵……影像幢幢，你去我来、我站你立，说着什么却听不见声音……飘飘然明月仙子也袅袅而至，但模糊、摇曳、飘忽……

作品具有丰富的文化内涵，体现了厚重的历史感与思想深度。这亦应属学者小说的一种特色与优长处。书中揭示了许多富含哲思理趣的精深见解。如关于"原罪"理念的认识是很深刻的。人们一般习惯于谈"性格决定命运"，这当然有它的道理和根据；可是，从书中看出，身处艰难时世，问题要复杂得多，决非"性格"二字就能简单了结。比如，欧阳独离书生意气、淳朴率真、少年气盛，这固然是致祸之由；但，相对而言，上官元亨要成熟和稳重得多，历练人生，老成练达，最终也同样未能逃脱厄运。作为一个具有独到见解、正直坦荡的知识分子，在那个特殊的年月里，又处在政治敏感度很高的新闻界这一环境里，是很难有别个选择的。从这个意义上说，人物一登场，命运几乎就定下了。作品中对于进步知识分子的社会使命感和担当意识，那种"虽九死其犹未悔"的坚贞、执着的描述，也都是深刻的。

真正的艺术往往是个性最独特的感受和体验，有着无限的内涵，存在多种可阐释性。这部作品，由于具有丰厚的文化内涵和沉重的历史感，同样有着广泛的可言说性。这也是学者小说的一个突出特点。

现代是一个作者与读者相互寻找、相互选择的时代。正是通过阅读活动，读者的视域与作者的视域、当下的视域与历史的视域，实现了对接与融合，从而为彼此真正的理解、有效的沟通提供了条件。英国大作家王尔德有一句名言："作品一半是作者写的，一半是读者写的。"作品一旦面世，它就变成公众的了，不再仅仅为作者所有，同时也为读者所有；而读者总是在自己所处的特定的社会环境中、现实的语境下接触作品的，不可能与作者原初的意图尽合榫卯、完全一致。其实，读书本身也是一种自我发现，是在唤醒自己本已存在但还处于沉睡状态的思想意识。一切能够使心灵震撼的，或者艺术审美上能够予人以有益启迪的，都能获得一种心理的共鸣和内在的呼应。诸如，这部小说中的哲学意蕴、语言特色、意象的运用、写实与虚构、知识分子群像，以及学者小说的特点等问题，都是值得深入探讨与研究的。

　　写到这里，想起了老杜的两句诗："毫发无遗恨，波澜独老成。"后一句，定安先生当之无愧。当然，若说"毫发无遗恨"就未必然了，作品确实还存在着诸多可以改进、可以探讨的方面。鲁迅说过，没有悲哀和思索的地方，就没有文学。有人提倡作家学者化，实际上，更应倡导作家成为思想者，因为学者未必就是思想者。思想的自觉，是学者最高的自觉。有的论者似乎把这部小说中一些理性色彩较浓的部分看作瑕疵，而我，与之相反，倒是觉得哲思理趣应该适度地强化，以充分彰显作者自身与学者小说的特殊优势。再者，我以为小说中人物更应该个性化一些，人物的心理描写也应该加强，人物的对话可以进一步体现社会与时代的特征。作品为人物起名字，是一种学问。这部小说充分注意到这一点，颇有时代特征与个性特点。当然，也要适度，否则，会产生贴标签的负面效应。特别是，小说篇幅过长，似应做进一步的提炼。我想，假如作家换一种叙事手法，更多地采取一些西方的叙述方式，增加一些插叙、倒叙写法，是不是会使作品更加集中、更加生动、更有震撼力？

《文艺报》2007年第45期

自豪之外

北京奥运会已经落下帷幕。在这短短的10多天里，我们每一个人都卷入了情感的旋涡，可说是五味杂陈、七情毕具。这里有狂喜，有震撼，有慰藉，有遗憾，有期待，有牵挂，而主题曲还是自豪感——"世界给我16天，我还世界100年"。我们终于圆了百年梦想，以令世人目眩的体育实力与骄人盛绩，现身于这个世界最大规模、最高层次的赛场上，体育已成为中国文化的一大亮点。整个赛会的组织工作、安全保卫和绿色环境，以及精彩绝伦的艺术表演、令人叹为观止的文化创意，赢得了国际的同声赞誉。这是一次文化复兴，是五千年悠久历史的全景式演绎，更是现代化进程中的软实力展现，是30年改革开放的宏大庆典，也是对奥运精神的完美阐释。

当然，自豪之外，从这次体育盛会中所获得的教益，尤其值得珍视。我们从中看到了中国人民最可宝贵的精神力量，看到了全体参赛者无所畏惧、冲决一切的拼搏精神。无论是崛起、奇迹，还是不可思议的创造，无不肇源于这种伟大的精神力量。作为东方民族一种积蓄了百年之久的澎湃激情，"井喷"一般首先从国家体育场中迸发而出。它为运动员点燃起"一切皆有可能"的进取意志，带来了异乎寻常的生命体验。小平同志曾经说过："没有一股气呀、劲呀，就走不出一条好路，走不出一条新路"。我们正是靠着这"一股气呀、劲呀"，才使"更高、更快、更强"的奥林匹克精神得以体现。

奥运是一座国际化、现代化的大学校。在这里，我们获得一个与世界交流，构建新风貌、新语境的机遇。我们在完成硬件条件上的现代化的同时，也实践了民族心理、开放意识上的现代化。从雪"东亚病夫"之耻、扬体育大国之威，进展到树立泱泱大国风范、展现国民文明素质与良好精神风貌，这是一次质的升华、精神上的洗礼。通过这种国际化的磨合过程，我们获得一种全球视野和崭新的眼界，学会以平常心理、宽容心态对待一些"不虞之誉，求全之毁"，实习了许多现代化的公关手段。诸如，如何应对某些不和谐的杂音，如何面对中国运动员、教练员走出去，如何做到赢得起也输得起，如何体现东道国的礼貌、礼遇、礼仪，保证与会的每一个选手都有获得理解、赢得尊重的权利，把比赛中的每一次突破，都看作是人类挑战自我、战胜困难、达到更高境界的标志，这样不管胜利者为谁，都会报以热烈掌声，等等，从而体现了善良、机智、宽厚、包容的民族性格。

　　通过观摩体育盛会，我也懂得了这样一个道理：作为一种竞技体育，奥运比赛比的是什么？自然是竞技水平，是技能、体能；但心理承受能力与心理素质，同样不可忽视。尤其是对于那类技能、体能高超的运动员来说，临场时的心理状态往往决定着比赛的最终结果。应该说，去掉心理压力，保持平静心态，想象自己从零开始（有人形容为处于"空杯心态"），说来容易，实际是有一定难度的。且不说，有些压力来源于客观，个人往往难以摆脱；单就参赛者来说，总要考虑到在奥运会这一非同寻常的竞技舞台上，所获成绩终究是与国威、国家形象、国家软实力相联系的。所以，要解开这一羁绊，亦需从组织者、观众和参赛者三方面入手，共同认识到，展现力与美，欣赏竞争与挑战，这原是奥林匹克的本质，也是它的魅力所在。奥运精神本身，已经跳出了简单的体育运动的模式，成为体质、意志和精神全面均衡发展的一种生活哲学。为此，就应记起"奥运之父"顾拜旦100多年前在《体育颂》中所写下的"体育是天神的欢娱，生命的动力"，从而摆脱狭隘的胜负观，卸去过多的精神负载，多一分轻松，少一分沉重，升华到享受奥运、欣赏奥运的快乐境界。

《文艺报》2008年8月26日　第5版

鸳鸯赏罢觅金针
——《西藏读本》读后

2006年,在法兰克福度过了难忘的异国中秋之夜。那天,辽宁出版集团盛情款待我们这些参加国际图书博览会的作者。席间,作家苏叔阳以他那特有的清亮而标准的京音,吟诵着一首首关于中秋与月的古代诗词名篇,豪情与酒兴争辉,面颊共灯花一色,赢得了与会者一阵阵热烈的掌声。文友们尤其为这位文章大家慨然承允《西藏读本》的写作而感到振奋;当然,也深知这是一项难度颇高的硬任务。

概言之,其难有三:读本中许多话题都是很敏感的,政治性、政策性很强,不太容易把握。此其一。其二,书的篇幅虽说不大,不过十几万字,但它对作者的哲学(宗教)、史学、文艺家素养的要求却是很高的。当然,最难的还是第三点——如果就是一部政治著作或者学术著作,也还好说,可是偏偏要求:既要从历史的、学术的角度,客观地撰写一部西藏历史和今天的真实范本,又必须采用文学手法、形象思维,写出一部富有艺术魅力的文学作品来。科学性与艺术性,史笔与诗性,逻辑与具象,纵令不是相互对立、相互矛盾,起码也是相互制约的。弄得不好,就会成为一部"正襟危坐"的标准史书;或者,变形为猎奇笔记、戏说历史、民俗趣谈。我们都为叔阳先生捏着一把汗。

而他自己却从容不迫,好整以暇。这使我想起了"草船借箭"的诸葛公了。"三日之内,拜纳十万支箭"的重担挑在肩上,可是,"第一日却不见孔明动静,第二日亦只不动"。叔阳先生也像当日的孔明那样,只顾喝酒、吟诗、纵情谈笑。我们这班"鲁肃"们却傻乎乎地兀自在一旁着急!

也不知道他是怎样弄出来的（至于报道中说的翻阅文献典籍达二三百种，并观看几十种相关题材影像资料，中间一次次卧病，一次次奋起，我觉得都不足以状写"戛戛乎其难哉"的本真情貌），反正两年半过去，"十万雕翎"如数奉上——《西藏读本》出来了。通读一过，惊讶于文笔是如此优美，形象是如此生动，结构是如此巧妙，堪称一部精美的历史文化散文；同时又立论谨严，事实准确，具备学术著作所必备的科学性。关于成功的秘诀，他在《后记》中只字未提，只是谦虚地说了句："无论我的才智还是体力，都不足以爬上藏学这个珠穆朗玛峰。"听了也莫名所以。这就叫作袖里吞金，"鸳鸯绣出从君看，不把金针度与人"。

这样，探觅"金针"的差事就落到评论者身上了。作为作家同行，我不知其他，只想从文学创作的角度试加破解。

如果把《西藏读本》看作一座美轮美奂的宫殿，那么，作为"驭文之首术，谋篇之大端"（《文心雕龙》语）的对这座宫殿的设计与构思，便首先体现在作家的叙事意识、叙述方略上。全书分为七章，作者把最醒目的事件——文成公主入藏放在最前面，而后再掉转笔锋讲述创世神话与传说，接下来，顺势展开对西藏历史、地理、宗教、艺术的言说，中间楔入西方殖民者的欺骗伎俩与掠夺行径，最后，以西藏的现在与未来收尾，千里来龙，到此结穴。作家把他几十年创作话剧、电影的经验，通过运转巧思，精心布局，成功地应用到散文创作上。

从撰写《中国读本》开始，他就练就了一种独特、别致的文体风格。主要表现是，在铺陈史实的基础上，张开想象与联想的翅膀，充分调动文学的各种艺术手段，诸如环境的描绘、气氛的渲染、心理的刻画等，把压扁在书册中的史实化作生动的可感可悟的场景、形象；在展开叙述时，采用他惯用的时空互换、自由穿梭、纵横交错的方式，以避免平铺直叙地罗列史实。

请看下面的这段描写：

在皑皑的雪原、莽莽的高山、澄碧的湖泊中间，往往有游吟歌者的身影。他们肩背皮囊，里面只有些糌粑和牦牛肉干，斜挎一把三弦琴，走到集市和村落，便坐下来弹唱诗歌，或者吟唱《格萨尔王传》，藏胞们便从四面八方围拢来听他们的长歌短唱，随着歌吟而感慨、流泪乃至起舞。这时，风会停，雪会住，星月齐辉，一切都凝神细听游吟者的歌唱。这是怎样动人、怎样美丽的场面啊！倘若兴致不衰，歌者会在篝火边吟唱通宵，而听者也唏嘘一夜。那些游吟者并不索取报酬，有糌粑和青稞酒，有《格萨尔》可以唱，就是他们幸福的一生。

他掌握了一个重要的手法，就是从现代性的意识（体现当下的需要）出发，抓住过往与当下这两头——以尽可能开阔的现代视野对最原始的材料（神话、传说、民歌、图画等）加以整合、升华，实现现代化的转化。在这里，"悟"是关键一环。没有"悟"这一"九转还阳丹"，材料便是死材料，观念也是空观念。作家通过"悟"这一精神体验，实现创作主体与历史客体的双向交流的"潜对话"，形成感人的艺术魅力。

明代思想家李贽讲到艺术创造时，说一个是"画"，另一个是"化"。头一个"画"，说的是要有形象；第二个"化"，就是要把客观的、物质的东西化成心灵的东西，成为所谓"心象"。大前提是头脑中要有这个东西；尔后，再进一步想办法把脑子里的东西化为诗性的文字，化蛹成蝶，振翅飞翔。

苏联作家帕乌斯托夫斯基说，真正的散文饱含着诗意，犹如苹果饱含着汁液一样。我以为，诗性往往肇源于使作者动情的物事与神奇、微妙的心境——这是激发和酝酿诗性的催化剂。这种诗性很奇妙，很空灵，有如薄雾轻纱，晶莹的水月，神秘的迷宫，能把作者和读者带入一种神思荡漾、意兴悠然的境地。

诗性也好，意象也好，作为文学作品，最后都要落脚到语言表现上。散文是语言的艺术。如果说，小说尚有离奇曲折的故事可以扣人心弦，那么，散文就要凭借扇动艺术语言的翅膀来引人入胜。情感是虚无缥缈的，要使它呈现出来，需要赋形，需要有一个物质媒介，使之成为可以同他人交流的一个物质存在，这就要诉诸语言文字。

"言之无文，行而不远。"语言是文学的第一要素。从这个意义上说，文学语言是创作者进入文学殿堂的身份证；同样，文学语言也是认定文学作品的一个重要标尺。所以，俄国形式主义学派特别强调"传达"功能在艺术创造中的作用。文学语言不同于认知语言，不同于逻辑语言，不是知识、理性的堆砌，而是意境的生发，它要有比、兴，要形成文学境界和美感性质，往往是象征性的，而不是征实的。

在这类政治性很强的读本中，不可避免地会出现一些政论性的理性文字。叔阳先生经过一番艰苦的文字转换功夫，使之在一定程度上具备了美感性质：

几百年过去了，西方中世纪"政教合一"的血腥与黑暗已沉入现实底层的深处，暗紫的血迹已洗成了淡白。只有发黄的历史书页和那些伟大人道主义文艺大师的作品，还保留着喑哑的控诉、抗议。可惜，这不再是今日一些政治家们衡量人权、人道主义的统一价值观。有些人似乎忘记了他们今天的人权、人道正是同自己的过去做斗争所取得的。没有先前的民主革命，就没有今天西方社会的一切。

一些更为"新潮"的艺术家，已经把西方的中世纪改造成豪华的宫殿游戏，演绎帝妃们的爱恨情仇，至多有游侠在夜半劫富济贫，俘获美女的芳心，或者拉帮结伙将失意的王位备选者送上皇帝的宝座，将这一切搬上银幕、荧屏，蛊惑今天的心。那些如雨果一样的大师们一定会在云端叹息，或者发问：是什么让人们这么快地遗忘了当政权与宗教结合在一起的时候，还有什么人权？难道人们已经背离或颠倒了人权的概念？

如何使具有严格的逻辑性与学术性、证明事实、以理服人的政论，也能具有文学的品格，这是这部著作需要重点突破的一个关隘。既然是政论，必然离不开说明和论证道理，因而说服力是必备的前提。只是在写法上，应该在事实的基础上，用鲜明的艺术形象，以及类比、对话、反诘、谐趣、诗意的语言、轻松的笔调来实现预期的目的。为此，马克思在《黑格尔法哲学批判》中陈述了"笑的哲学"的意义。内容的严肃性、形式的独创性、风格的多样性、语言的形象性，是这一文体的重要特征。

这种政论与诗性的联姻，应该说是十分不易的。素常的习惯是"上帝的归上帝，恺撒的归恺撒"，严格学科畛域，"井水不犯河水"。而《西藏读本》在这方面做出了成功的尝试。"偶然一曲亦千秋"，只此一点，也值得很好地言说一番。

《文艺报》2009年2月28日　第2版

通俗传远创新动人
——读《苏方桂文选》

苏方桂先生是我的老朋友。他的故乡是辽南古镇熊岳城。我曾在这座古镇所在的营口市工作过，20世纪80年代初我们就相识了；虽然暌隔两地，南北分襟，但共同从事的文学事业又把我们联结在一起，彼此相知相重，结下了深厚友情。先生文集付梓，索序于余，却之不恭，随便写些认识与感想。

苏先生在几十载的文学征程中，取得了卓然可观的成就，他的成功经验是多方面的。这里只想就我个人感受最深的谈几点看法。

作为一位以通俗小说创作为主导的作家，他有一种发自内心深处的强烈的群众观念、读者意识。这种观念与意识来源于自觉的社会责任感。在他看来，作家的真正价值取决于他对人民群体的尊重程度与服务程度，也就是在何种程度上适应了人民群众积极健康的审美需要，在何种程度上促进了民族文化的发展和全民精神生活质量的提高，这是一个关涉到创作方向、创作道路的根本性问题。他从自己的长期创作实践中切实地体悟到："作家的幸福只有一种——把心血凝成的果实捧给读者。"为了给人民大众提供丰富多彩的精神食粮，他孜孜不倦地从民间文学中汲取营养，从而使作品更能贴近自己的民族与民众，也更易于为广大民众所接受；他经常注意通过信息反馈掌握读者的多层次、多角度的审美需要，尽一切努力满足受众的要求。

十分难能可贵的是，他有一种高度的创作自觉与创新追求。众所周知，他所从事的通俗小说的创作，在中国是有着悠久的民族文化传统和深厚的群众接受基础的。既然悠久，就很容易陷入固有的窠臼，难能摆脱因袭的重担；而群众基础的深厚，一般地说，又会自觉不自觉地满足于可观的买方市场。特别是作为一位对于这种体裁已经驾轻就熟的知名作家，很容易见好就收，知足知止。而方桂先生的可贵之处，正在于他的不断探索、刻苦追求新的境界的创新意识。他说："我们应该在继承传统的同时改造传统，逐步注入新的'流质'，引导群众的审美趣味向健康的深层次、多层次发展。"通俗小说以情节取胜，但长期以来，有些作品存在着片面追求热闹，而忽视人物性格，或者虽有性格刻画却与情节脱节的偏向。他在写作中尽力创造血肉丰满的典型性格，特别注重"情节——性格的历史"这一创作规律，使情节服从性格、服务于典型塑造。再如，中国古典通俗小说一般都不做环境与心理的描写，他在创作中借鉴西方小说的成功经验，加以适当的吸收。这里所谓"适当"，是指避免像某些西方文学作品那样，大段大段的静态描写，因为它不合乎中国一般读者的审美习惯。有取有舍，避短扬长，不断创辟新的路径。他在向新派武侠、传奇小说借鉴的同时，注意戒除其神化人物、虚无缥缈的缺陷，把要写的题材放在独特的历史环境和文化背景中去展现，努力挖掘历史事件本身所蕴含的传奇因素，使人物活动与情节发展根植于深厚的现实土壤之中。

阅读他的大量作品，不能不钦服他丰富的艺术想象力和虚构能力。小说里的人生是蒸馏过的人生，既是从生活里来的，却又不是原样照搬，而是经过艺术加工，成为人生的精髓。可是，现在许多作品以所谓"写实"为标榜，热衷于现实情景的仿真、重复、模拟日常视听中的生活表象，新闻式地、被动式地还原生活，缺乏对"文学是一种原创行为"的理念的高度自觉。这种小说纪实化、电视复制现实生活场景、新闻语言互相模仿、科幻作品缺乏的现象，都标志着当代作家想象力的匮乏。而方桂先生在创作历史题材作品时，对于人物的情节铺排、性格塑造，都煞费苦心，调动自己丰厚的生活积累和渊博的历史知识，充分发挥艺术想象力，不断撩起读者的阅读欲望，并且能够结合情节设置的需要，穿插一些人们感兴趣的知识性、趣味性内容，显得五彩缤纷，花团锦簇。想象力的丰富，应该说是以编织情节为能事的绝大多数通俗小说作家的特长。方桂先生不同凡俗之处，在于虚构、想象的同时，特别注重不脱离历史真实，符合人物自身性格内在变化规律。这是他的小说的优势所在。

（本文是王充闾为《苏方桂文选》所作的序，发表时有删节。）

《文艺报》2009年7月11日　第3版

益者三友

孔老夫子有"益者三友"的说法,认为"直"者、"谅"者、"多闻"者三类朋友都是有益的。我很赞同这一论断,并且有切身的体会。

我加入中国作协之后,有机会参加多项文学活动,从而结识了许多益友,从中获得多方面的教益。记得是1994年秋天,中国作协组织召开了我的散文集《清风白水》的研讨会。到会的有许多名家,过去只是读到他们的著作,但无缘识荆,未能亲聆謦欬,这次算是大开了眼界。那时参加研讨会,人们都还是特别认真的,从发言中得知,他们大都仔细读过书中文字,而且有一说一、有二说二,指摘缺失,直言不讳。会议进行了多半天,留给我印象最深的是一老一少。

陈荒煤先生接到书和邀请函之后就因病住院了,没能亲自到会,却认真写了份发言稿,由作家出版社负责人蒋翠林女士代为宣读。开头说:"我很同意郭风在序言中的评价:这本散文集确是独具一格,文笔洒脱,放得开,撒得远,收得拢,自由自在,颇见功力。作者如能保持和发展这种'出格'继续前进,相信会在散文天地里闯出一条新路来的。"重点是在后面,他说:"散文之散,关键在于作者自由地就所见所闻随意抒发自己的感受,虽然也不能不联想到古今中外名文名篇、诗词歌赋,旁征博引,但不宜太多,否则就会近似炫耀。还是以少而精为好,应该着重地表现自己特有的感受。"话语不多,直击要害。听了不啻醍醐灌顶,甚至是击一猛掌。那时我的散文最大的缺陷,正像荒煤先生所指出的:引述过多,"近似炫耀",缺乏"自己特有的感受",看不到作者自我。此后,我便注意有针对性地读一些主体意识较强的作品,重点钻研鲁迅的文章,反复玩味个中的奥妙。如果说,后来的创作有所进步,获得某些突破,不能不归功于荒煤先生的指点。

那时的莫言先生还很年轻,不过三十几岁,但《红高粱家族》已经使他名满天下了。他在会上的发言言简意赅、一语破的,分量却很重。他没有具体剖析文章,而是着眼于作者的生命体验与文学道路。他说,看了王充闾的作品,知道他的人生道路很平稳,心态很平和,运笔也很从容;平稳、平和、平面化——欠缺的是深刻的生命体验。以他的文学功底,如果能够有陀思妥耶夫斯基那样的经历,那就成气候了,作品就深刻了。他在这里谈到了文学创作的一个重要课题。生命体验对于一个作家是至关重要的,它能够以强烈的心灵震撼和情感共鸣引起艺术发现的欲望,激发作家寻求形象的表达。这是一种穿透性、原创性很强的极具生命力的思维形态,它的本质特征是直观性与超越性。生存苦难和精神困惑,往往是超越性的前提。中外文学作品依此而取得巨大成功的实例不胜枚举。当然,也可借助他人的体验,通过灵悟,达到感同身受(徐复观先生把它称作"追体验的功夫")。在这方面,我有些实际体会。《简·爱》和《呼啸山庄》过去读过多次,但由于时空的隔阂,对于作品的意蕴和作家的心路历程总是缺乏深入的理解。那年我到了勃朗特三姊妹的故乡哈沃斯,在那里住了一天一夜,做实地考察,访作家足迹,经过切身体悟,感觉就完全不一样了。三姊妹是把至深至博的爱意贯注于她们至柔的心灵、至弱的躯体之中,然后一一熔铸到作品中去。这种情感、意念乃至血液与灵魂的移植,是春蚕般的全身心的献祭,蜡炬似的彻底燃烧。作品完成了,作家的生命形态、生命本质便留存其间,成为一种可以感知、能够抚摸到的活体。

前面说到了"炫富矜博"的毛病,过去我确实常以博学自居。可是,后来恰恰在这上面"马失前蹄"了。我有一篇散文《碗花糕》,里面提到了沈复与《浮生六记》。刊出之后,接到了著名学者林非先生的电话,告诉我,沈复为清朝人,而我误作了明人。前人说,一物不知,学者之耻。

我们常人固然不敢以此自矜,但像《浮生六记》的作者这样并非僻典的事物,竟然出现"硬伤",实在说不过去。因此,在深感愧赧并向林先生恳致谢忱的同时,举一反三,切实反思了自己治学粗疏的缺陷。接受这次教训,以后写作凡是遇到史实、成语、掌故,都要一一核实,决不率尔落墨,案头一部《汉语大词典》几乎被我翻烂了。

从失误中学习,自然最为直截、有效;而朋友们的关怀、勉励,也同样能起到鞭策作用。1996年12月,中国作协召开第五次全国代表大会,差额选举产生全国委员会,再由全委会选出主席团成员,时至午夜,会议还在进行。忽然,中宣部值班室转过来一个电话,说是民盟中央副主席张毓茂教授找我。那时,手机还未盛行,几经周折,张先生才找到了我,为的是祝贺我顺利当选。他说:"你当了宣传部长,我不祝贺你,宣传部长多着呢,祝贺不过来;你加入了中国作家协会,我也没有电话祝贺,因为那只说明作家身份得到了组织承认;这次你当选了全委会、主席团委员,说明你获得了作家朋友们的普遍认同,这是我特别看重的。"当时正值寒冬深夜,由于等待计票,已经十几个小时没有进餐了,真是又饥又渴又冷又累,可是,这个电话却使我感发兴起,倦意全消。

多少年来,每当忆起上述的种种情境,我都深深感念那些予我以强大的推动力的正直诚笃、博学多闻的朋友。为了不辜负他们的期待与厚望,唯有奋力前行,不敢稍有懈怠。

《文艺报》2009年7月14日　第2版

"尽信《书》则不如无《书》"

周武王继位后，察知荒淫无度的殷纣王的军队主力远征东夷，都城朝歌空虚，于是率兵征伐，发动了历史上著名的"牧野之战"。这是一场激烈异常、伤亡重大的战斗，《尚书·武成》篇有"血流漂杵"的记载。

战国时期的孟子，披览至此，大不以为然，说："尽信《书》，则不如无《书》。吾于《武成》，取二三策而已矣。仁人无敌于天下，以至仁伐至不仁，而何其血之流杵也？"（《孟子·尽心下》）这里的"书"，特指《尚书》（《论语》中有五六处提到"书"，大多数都指《尚书》）。《武成》是其中的一篇。

孟子认为，《尚书》中的记载未可尽信，并举出了具体实例。这一论断得到了后世学者的认同。宋代著名理学家张载、朱熹等，还就此做了进一步的引申与发挥，强调读书要"有疑"，且在"无疑处有疑"；要"濯去旧见以求新意"。

历史是一次性的。当事物成其为历史，作为"曾在"即意味着不复存在，特定的人、事、环境尽数消逝了。未曾"在场"者（时人或后人）在恢复历史原态过程中，有时就要依据事件的发展规律和人物性格逻辑，进行必要的充实与渲染，其间难免存在不同程度的主观性介入。因此，海德格尔说，历史的真意应是对"曾在的本真可能性"的重演。

古今中外，不存在没有经过处理的史料。这里也包括阅读。由于历史文本是开放的，人们每一次阅读它都是重新加以理解，随着阅读者的差异，存在着阐释的多义性。去年春天，我率领大陆作家代表团访问台湾，到日月潭观光，接待我们的是南投县文化局长，他是一位文学博士。在同我们交谈时，他讲了一件趣闻：

访问日本时，他见到了杨贵妃的墓，便问有关人士"有什么史实依据"。答复是："你们中国古代的白居易写得很清楚嘛！"博士反诘："杨贵妃不是死在马嵬坡吗？白居易《长恨歌》里分明讲：'六军不发无奈何，宛转蛾眉马前死。'"答复是："《长恨歌》里还讲：'忽闻海上有仙山，山在虚无缥缈间。楼阁玲珑五云起，其中绰约多仙子。中有一人字太真，雪肤花貌参差是。'海上仙山在哪里？就是日本嘛！"博士说："这种颠倒迷离的仙境，原都出自当事人与诗人的想象。"答复是："什么不是想象？'君王掩面'，死的是丫鬟还是贵妃，谁也没有看清楚；所以才说'马嵬坡下泥土中，不见玉颜空死处'。"

就这样，生生造出一个"贵妃墓"来，结果还振振有词！

文史作品离不开细节描写，包括一些对话，因为它最能反映人物的情感与个性。《史记》中写汉初名相"万石君"父子三人一门恭谨，就采用了大量细节。石奋的少子石庆，一次驾车出行，皇帝在车上问有几匹马拉车，他原本很清楚，但还是用马鞭子一一数过，然后举起手说："六匹。"小心翼翼，跃然纸上。太史公通过这一细节，写出了当时官场中"临深履薄"、险象环生的政治氛围。

明代著名思想家李贽讲到艺术创造时，谈到了"画"与"化"。画，就是要描绘形象；而化，就是把客观的、物质的东西化作心灵的东西，并设法把这种"心象"化为诗性的文字。这就触及文史作品中想象与虚构这一颇富争议的话题。历史讲求真实，关于史事的来龙去脉、真实场景，包括人物的音容笑貌、举止行为，都应该据实描绘，不可臆造；可是，实际上却难以做到。国外"新历史主义"的"文学与历史已不存在不可逾越的鸿沟"，"历史还原，真相本身也是一种虚拟"的论点，我们且不去说；这里只就史书之撰作实践而言。

钱锺书先生在《管锥编》中有一段著名的论述："《左传》记言而实乃拟言、代言。""如后世小说、剧本中之对话、独白也。左氏设身处地，依傍性格身份，假之喉舌，想当然耳。""上古既无录音之具，又乏速记之方，驷不及舌，而何其口角亲切，如聆謦欬欤？或为密勿之谈，或乃心口相语，属垣烛隐，何所据依？"原来，"史家追叙真人实事，每须遥体人情，悬想事势，设身局中，潜心腔内，忖之度之，以揣以摩，庶几入情合理。盖与小说、院本之臆造人物，虚构境地，不尽同而可相通；记言特其一端"。

大概也正是为此吧，所以，当宋代著名理学家程颐听到弟子问及"《左传》可信否"时，他漫声答曰："不可全信，信其可信者耳。"

再来看另一部古代散文之范本——《史记》。《项羽本纪》中记录了"鸿门宴"的座次：项羽和他的叔叔项伯坐在西面，刘邦坐在南面，张良坐在东面，范增坐在北面。之所以如此交代，是因为有范增向项羽递眼色、举玉玦，示意要杀掉刘邦的情节，他们应该靠得很近；还有"项庄舞剑，意在沛公"，而项伯用自己的身体掩蔽刘邦，如果他们离得很远，就无法办到了。司马迁写作《项羽本纪》，距"鸿门宴"大约110多年，当时既没有照相机和录像设备，也不大可能有关于会谈纪要之类的实录，即使有，也不会记载座次。那么他据何而写？显然靠的是想象。

《古文观止》中有一篇《象祠记》，作者为明代著名思想家王阳明。当时，贵州灵博山有一座年代久远的象祠，是祀奉古代圣贤舜帝的弟弟象侯的。当地彝民、苗民世世代代都非常虔诚地祀奉着。这次应民众的请求，宣慰使重修了象祠，并请流放到这里的王阳明写一篇祠记。对于这位文学大家来说，写一篇祠记，确是立马可就；可是，他却大费踌躇了。原来，据《史记》记载，象为人狂傲骄纵，有恶行种种，他老是想谋害哥哥舜，舜却始终以善意相待。现在，要为象来写祠记，实在难以落笔：歌颂他吧，等于扬恶抑善，会产生负面效应；若是一口回绝，或者据史直书，又不利于民族团结。反复思考之后，他找到了解决办法：判断象的一生分前后两个阶段，前段是个恶人，而后段由于哥哥舜的教诲、感化，使其在封地成为泽被生民的贤者，因此死后，当地民众缅怀遗泽，建祠供奉。《象祠记》就是这样写成的。其中显然有想象成分，但又不是凭空虚构。因为《史记·五帝本纪》中，有舜"爱弟弥谨""封帝象为诸侯"的记载。据此，作者加以想象、推理，既别开生面，又入情入理。用心可谓良苦。

这在西方也早有先例。古希腊史家修昔底德《伯罗奔尼撒战争史》中，演说辞占有1/4篇幅。修氏自己承认："我亲自听到的演说辞中的确实词句，我很难记得了，从各种来源告诉我的人，也觉得有同样的困难，所以我的方法是这样的：一方面尽量保持接近实际所讲的话的大意，同时使演说者说出我认为每个场合所要求他们说出的话语来。"

顾颉刚先生在《古史辨》中说："我以为一种故事的真相究竟如何，当世的人也未必能知道真确，何况我们这些晚辈。"这话不假。我们都看过《罗生门》这部影片，对于事件的真相，在场亲历者言人人殊。以致有人不无夸张地说："史者，人们口上的一撇一捺也。"看来，坚持历史事件包括细节的绝对真实，"非不为也，实不能也"。

当然，文史作品中的经验性整合与合理的艺术加工，必须建立在尊重客观真实的基础之上，不能像小说那样自由虚构。尤其是关于现实中的亲人、友人、名人的传记以及回忆性、纪念性文章，属于写作者同时代的亲历亲见亲闻之事，与事涉远古或万里暌隔迥然不同，必须一就是一、二就是二，决不应随意地想象、虚构。须知，这类文字的美学效应，是凭借其丰富而特殊的客观意蕴而实现的，真实与否，关系至大。

《文艺报》2010年1月20日 第5版

不一样的功业

无论是翻检"帝王将相的家谱"（鲁迅语）二十四史，还是浏览那些画影图形、名标青史的凌烟阁、纪功碑，发现在整个封建时代，所谓"建功立业"者，无非是以下种种：或为卫青、霍去病那样的开疆辟土、攻城夺寨、斩将搴旗、血流漂杵的名将；或为张良、陈平那样的运筹帷幄之中、决胜千里之外的谋臣；或为张巡、许远等誓死不降的"铁杆"忠臣；或为富有政治远见的萧何之类的名相——"入收秦丞相御史律令图书藏之""所以具知天下阨塞、户口多少、强弱之处、民所疾苦者"；或为尽除诸弊、治绩炳然的张居正那样的改革家；还有一种特殊的功勋建立者，像王昭君那样"能为君王罢征戍，甘心玉骨葬边尘"的和亲美女……他们都是功垂简册、广为后世诗文讴歌咏叹的。

而蜀守李冰所创下的功业，则属于另一种类型。

史载，上古之时，封闭于层峦叠嶂间的古蜀国，内则水旱相接，外无舟车之利，十分僻塞、荒芜。秦蜀郡太守李冰率领当地民众，凿离堆，修都江堰，穿内外江，旱则引水浸溉，雨则杜塞水门，蓄灌由人，民无饥馑，使榛莽、蛮荒之地化为锦绣繁华之区，沃野千里，号称"天府"。与此同时，还筑路架桥，疏通河道，发展水运交通，以济舟楫之利；并冶铁漉盐，"蜀于是盛有养生之饶"。

与上列公侯将相的种种功业相比较，我们会发现李冰所做出的贡献有三方面的鲜明特色：一是具有超越性。超越时间、地域、集团、阶级、国度范围，不受政治历史条件限制，其成果与效益能够经受住时间的考验，有其无可比拟的价值与持久性。二是具有一致性。对于他的功业，举世公认，不会存在任何争议。古时的建功绝域、拓土开疆，屡屡受到人们的质疑，有的诗人写道："凭君莫话封侯事，一将功成万骨枯。""自古边功缘底事？只因嬖幸欲封侯。不如直与黄金印，惜取沙场万骷髅！"对于改革、和亲等政治行为，也往往是言人人殊。之所以如此，是否由于从事改造自然事业，不关人事纠葛呢？也不见得。隋炀帝开凿运河，"水殿龙舟"之事，招致天怒人怨，自不必说；就是元代的那位"总治河防使"，不也是有"贾鲁治黄河，功多怨亦多"之说吗？何况，治水本身还有个是否遵循客观规律的问题。否则，壅塞堵截洪水的鲧伯，就不至于丢官受戮了。其三，李冰不仅以其骄人盖世的丰功伟业名留青史，而且，作为一名官员，在品德、人格、作风方面，也为后世树立了楷模。他是一位把立功与立德完美地结合在一起的典范。生建奇功传万代，死留型范重千秋，此之谓不朽。

本来，身为郡守，完全有条件为儿子谋求一个官职，像后世有些官员那样，"一人得位，鸡犬升天"。而他的儿子二郎，却始终跟着父亲干活吃苦。他勤政敬业，身体力行，且讲究科学性、创造性，注重调查研究，善于集中群众智慧，尊重自然规律，从而规划、修建了选点正确、布局合理、造价低廉、施工简便而又功能持久、效益卓著的都江堰大型水利工程。

他在2000年前，为中国官场开创了一个踏着官阶从事科学技术实践的先例，而不是像后世那样，把一批批颇有造诣的专家学者磨炼成只知夤缘求进的巧宦、官僚。政治，在他的心目中，是真正的"治理众人之事"，是奉献而不是索取。南宋诗人陆游参观都江堰，见到李冰的画像，在盛赞其"奇勋伟绩"之余，吊古伤今，题诗寄慨："寥寥后世岂乏人，尺寸未施谗已众。要官无责空赋禄，轩盖传呼真一哄。"针砭时弊，入木三分。

遗憾的是，这样出色的一位贤太守，留在历史上的文字记载实在是少得可怜。我们只知道，他大约出生于秦昭王五年（公元前302年），卒于秦王政十二年（公元前235年），原籍在楚，后迁居秦地陇西，秦昭王三十年被委任为蜀郡郡守。《史记·河渠书》上说:"蜀守冰凿离堆,辟沫水之害,穿二江成都之中。此渠皆可行舟,有余则用溉浸;百姓飨其利。至于所过,往往引其水益用溉田畴之渠,以万亿计,然莫足数也。"《华阳国志》记载:"冰乃壅江作堋,穿郫江、检江,别支流,双过郡下,以行舟船。岷山多梓柏、大竹,颓随水流,坐致材木,功省用饶。又灌溉三郡,开稻田。于是蜀沃野千里,号为陆海。"

有关李冰的形象,倒是种种色色,代有更迭。30年前,出土于都江堰外江河床的东汉石质塑像,李冰身着官服,手置胸前,仪态雍容,风格质朴,为汉代郡守的官员形象;宋代始封为王,上面所述陆游的诗,就是因观"英惠王"李冰画像而作,画像中的他峨冠高耸,俨然王者之尊;明代以降,尊为"川主",奉若神明,甚至传说为护佑都江堰的水神,从而在仰敬之上又涂抹上了神秘色彩。而现代的李冰像,则显现出深思静虑,富有书卷气,这当是考量他的水利工程师的身份,以之作为智慧的象征。从不同朝代对于他的形象设计的变化,充分反映出时代特征与价值观念的差异。

而在民间,与正史形成鲜明的对照,有关李冰父子的神话传说,流布得至为广远。大都把他神化为有天赋的伟力,仿佛掌握"四两拨千斤"的太极奇功,指腕运转之间,高山大川全都听从调遣,轰隆隆、哗啦啦,开出了天彭门,凿通了玉垒山、宝瓶口,让江水的灵性和大地的丰饶滋养"天府"四川,润泽千秋万代。除了通渠治水,还有降伏孽龙、通灵显圣,以及最后升天成仙等传奇。比较典型的是"斗江神"的故事:

岷江江神极为凶恶,每年都要向人间索取两名少女作为妻子。稍有怠慢以至违抗,则掀风鼓浪,造作各种灾祸。郡守李冰得知其事,就说这一年他要把自己的女儿献出去。到了嫁女之日,他先给江神敬上一杯酒,然后自己也斟上,一饮而尽,而江神的那一杯却没有动。他大声斥责其无礼。霎时,李冰消失了踪影,只见江岸上有二牛在搏斗。有顷,李冰气喘吁吁地对下属说:"我已疲惫至极,你们应合力相助。要记住,头朝南、腰系白带的是我。"一转眼,两头牛又斗了起来。于是,众人齐上,帮他把那条兴妖作孽的牛刺死。自此以后，水害遂息。

至于"灌口擒龙，离堆平水，功超前古，护我边陲"（宋人词句）的李二郎，则以"二郎神"的神话形象出现在小说《西游记》《封神演义》和戏剧《宝莲灯》里。在《西游记》中，二郎神是玉帝的外甥，居灌江口，享受下方香火。他的法力无边，统领一千二百草头神兵，斧劈姚山；武功更是了得，连齐天大圣与他斗法，最后都败下阵来。只是没有说清楚，这样一位大罗神仙，怎么竟成了郡守李冰的儿子。

作为一个物质载体，李冰早已淹没于岁月的埃尘；而他所创造的人间奇迹，作为一座历史丰碑，却历数千年而不泯。于今，站在都江堰这一世界级的伟大工程面前，面对"披云激电从天来""江流蹴山山为动"（陆游诗句）的磅礴气势，无人不为之惊叹；而尤其令人鼓舞奋发、激扬踔厉的，还是这位不朽的先民留给后人的精神财富，它将泽流万古，沾溉无极。

事是风云人是月。历史的灵魂，是人。一座城市，一个著名风景区，又何尝不是如此。如果失去相应的名人做支撑，那么，它的真正魅力也将无从体现。"赖有岳于双少保，人间始觉重西湖。"如同西湖有了岳飞与于谦两个忠贞耿介之士，都江堰市也因为有了李冰父子而感到骄傲与自豪，说起来口角生香，看上去流连忘返，走了之后终生难以忘怀，在人们的心灵深处，永远占据崇高的位置。从这个意义上，我们说，李冰正是都江堰市的一座万古丰碑。

《文艺报》2010年9月8日　第5版

以文学形式传英雄不朽

每年的9月18日夜晚，北迄黑龙江畔，南达海南三亚，西起喀什的红其拉甫口岸，东到香港的维多利亚海湾，全中国百多个城市的上空，都会响起长长的汽笛声。这是在警示、提醒国人不要忘记"九一八"这个国耻日。

许多人都知道，这个黑色的日子是和"满洲国""亡国奴"这些不幸的词汇紧密联系在一起的；但是，许多人却未必知道，实际上，从东北沦陷之日起，关东大地的英雄儿女们，便从未停止过不屈不挠的抗争。14年间，先后有30多万关东儿女，或自发拿起武器投入抗日斗争，或在共产党的领导下走向抗日的战场。他们不甘做亡国奴，为了民族的自由和尊严，前赴后继，同日本侵略者进行了长达14载的浴血奋战，直到全国抗日战争的胜利。他们用热血和生命，书写了一部近代以来东北大地上英雄辈出、浩气冲霄的历史——证明了关东大地不只有"屈辱"，还有值得骄傲的战斗荣光，更有无数无愧于时代、无愧于人民的英雄儿女。

辽宁少年儿童出版社组织出版的一套"红色少年读本——抗战铁血关东魂"丛书，展示给广大读者的，就是那段反法西斯战争中可歌可泣的历史，是那些民族英雄在血与火的洗礼中英勇献身的传奇故事和壮丽史诗。遥想当年，抗日将士们孤陷敌后，内乏粮布，外无援兵，在敌人的重重包围中，度过了多少零下40摄氏度的冰雪严寒，度过了多少靠树皮和野草充饥果腹的艰难岁月！14年间，东北的抗日将士，年年都有雪山要爬，年年都有草地要过，他们所遭遇的艰难险阻，他们所表现出的英雄气概，与红军长征亘古未有、中外无双一样。这种对祖国、对民族忠贞不渝，为自由、为解放宁死不屈的精神，是我们关东大地的灵魂，是传承给子孙后代万古长新的宝贵财富。

今天，我们的青少年，都知道哈利·波特，知道美国大片里的英雄兰博和兄弟连，知道日本动漫里的火影忍者，可是，对于我们自己这块土地上名标青史、光耀千秋的抗日英雄，却少有闻知；有的即便知道点滴，也仅仅限于赵一曼、杨靖宇、李兆麟等几位曾见诸课本的杰出人物，而对广大抗日将士则知之甚少；即使是当年一提其名便让敌人闻风丧胆的一些传奇英雄，如周保中、冯仲云、李红光、赵尚志、冷云、邓铁梅、马占山、黄显声等，也所知寥寥。他们并不了解，当时有许多民谣、民歌，在口头与报纸上到处传诵不绝："日本鬼子要挨枪，出门碰上李红光。""小日本子要倒霉，上街遭遇邓铁梅。""铁狮将军周保中，日寇伪军眼中钉。""八女打鬼子，子弹打溜光，冷云她领头，投江不投降。""清华秀才投笔从戎白山黑水，冯仲云教授身经百战成名将。"……而更多创造了可歌可泣的英雄业绩的关东儿女，"却在白山黑水间枕着青草沉寂了"，大多数人连座坟墓都没有留下。

一位外国思想家有句名言：一个没有英雄的民族是可怜的，而一个有了英雄却不知爱惜与尊敬的民族，则不仅可怜更是可悲的。为了不使"九一八"和"亡国奴"的悲剧重演，为了让青少年在勿忘国耻的同时，都能记怀并尊敬我们的抗日英雄，为了通过文学形式传播英雄的不朽功勋，辽宁少年儿童出版社组织东北三省作家和史学家联手创作出版了这套"红色少年读本——抗战铁血关东魂"丛书，以打造文学精品的严肃态度，为东北大地上的抗日英杰立传。这一举措体现了出版者对家乡、对民族、对历史，特别是对青少年成长的责任担当，功被当今，泽流后世，其志可嘉，厥功甚伟。而参加这套丛书创作的 12 位作家，怀着对英雄的景仰，着眼于对后辈的责任，其忘怀得失、不计酬劳的奉献精神，体现了人类灵魂工程师应有的风范,同样是值得称道的。

  文学史与传播学反复证明,传播形式往往直接关系到传播的效果。这套丛书,尝试用传奇小说的艺术手法,直接描写关东大地真实的抗日英杰,塑造他们鲜活、传奇的艺术形象,实现了历史真实与艺术真实的有机统一,可以说是文学创作与出版工作顺应时代要求,联手进行爱国主义和英雄主义教育的一次开创性举措。单就这一点来说,也是应予充分赞许与大力提倡的。

《文艺报》2011年9月26日　第6版

增强对优秀传统文化的自觉与自信

我在少年时期曾经接受过系统的国学教育,后来从事文学创作,尤其是近 20 年,主要写作历史文化散文、历史名人传记,而开展学术研究,包括在高校兼课,同样是把很大精力投放在传统文化与国学方面。因此,当看到习近平总书记在文艺工作座谈会上,强调"要结合新的时代条件传承和弘扬中华优秀传统文化,传承和弘扬中华美学精神",感到特别亲切,受到了巨大鼓舞,尤其是深化了认识,明确了方向,增强了对优秀传统文化的自觉与自信,坚定了弘扬中华美学精神的志趣与决心。

我们党历来反对与批判历史虚无主义和文化虚无主义,建党 90 多年来始终强调继承和弘扬中华民族优秀文化传统。在新的时代条件下,鉴于我们所肩负的空前繁重的伟大历史使命和面临的异常纷繁复杂的形势,习近平总书记精辟地指出:"中华优秀传统文化是中华民族的精神命脉,是涵养社会主义核心价值观的重要源泉,也是我们在世界文化激荡中站稳脚跟的坚实基础。"号召我们要立足中华优秀文化传统,通过弘扬中国精神、凝聚中国力量,鼓舞全国各族人民朝气蓬勃,面向未来。也就是说,要用中华民族创造的一切精神财富来以文化人,以文育人,从而获得精神鼓舞,升华思想境界,陶冶道德情操,完善优良品格,培养浩然正气。

这里有三个关键词:"精神命脉""重要源泉""坚实基础"。它们把优秀传统文化的价值与意义,从历史层面上、社会层面上、文化层面上,提升到了应有的高度。其根本宗旨,是从长远大计、宏观视野、战略考量出发，通过建立社会主义核心价值体系，实现对社会的整合，塑造民族灵魂，提高民族素质。

学习中我体会最深的一点，是作为社会主义核心价值观的重要内容和公民个人层面的基本价值判断，爱国主义处于基础性、全局性位置。由此进一步引申，结合自己的文学创作与学术研究实际，对于习近平总书记提出的"要把爱国主义作为文艺创作的主旋律，引导人民树立和坚持正确的历史观、民族观、国家观、文化观，增强做中国人的骨气和底气"有了更深切的体会，觉得作为优秀传统文化的捍卫者、传承者，作为灵魂铸造的践行者，每个写作者手中的笔是何等庄严，何等沉重！从而进一步增强了在全面对外开放的条件下，对于实现中国梦，以及从优秀的传统、鲜明的特色、突出的优势、美好的愿景等方面讲好"中国故事""中华奇迹"的使命感和责任感。

联系当前社会思想和文艺发展的大势，学习中我还认识到，习近平总书记之所以语重心长地发表了这一篇既高瞻远瞩又直面现实、切中肯綮的谈话，在很大程度上，是洞察了当前整个社会特别是文艺界在繁荣发展的背后所存在的隐忧与弊端。伴随着科技飞速进步、生产力大发展而出现的世界范围内人类生存环境的破坏、传统的流失、人类本性的摧残——物质与精神的失衡，权力、金钱、享乐、感官刺激的膨胀，引发了有识之士向传统、向自然、向相对朴素生活的适度回归的设想。

其中以向传统回归，吸纳民族传统文化精华，致力于道德重建，为固本培根之举。中华优秀文化传统一个本质的特征，是着眼于弘扬德行，砥砺品格；传统遗失的直接后果，必然是道德底线的溃决。再加上市场经济环境下，强调工具理性、功利主义，货币标准与人的欲望对接与契合，难免会产生人性异化。凡此种种，作为一种土壤，对于文艺这棵奇葩的生长必然会造成直接的影响。

与传统文化流失相对应，一个时期以来，学术界、文艺界确实存在着一股思潮，唯西方之马首是瞻，从日常生活习惯到行为、语言方式日趋向西方看齐，有意无意地以西方标准为价值尺度，按照西方模式思考问题、表达意志；有的热衷于炫耀、贩卖西方术语、西方概念，而对中华固有的文化积淀、美学资源则缺乏挖掘与整理，更谈不上传承与弘扬了；有的甚至把中华美学精神的文化基因加以解构，使之变味、变形，被人调侃为"转基因产品"。面对这种情势，我们再来学习、领悟、践行习近平总书记关于"传承和弘扬中华美学精神"的重要指示，就感到至关重要、刻不容缓了。

当然，我这么说，绝不意味着在对待传统问题上应该抱残守缺，深闭固拒。正如人的生命需要多维营养，文化的繁荣发展同样需要吸收各种有益资源，需要多维的视角。正如习近平总书记所指出的，我们社会主义文艺要繁荣发展起来，必须认真学习借鉴世界各国人民创造的优秀文艺。只有坚持洋为中用、开拓创新，做到中西合璧、融会贯通，我国文艺才能更好地发展繁荣起来。

关于"传承和弘扬中华美学精神"的深邃而丰富的内涵，有待今后进一步研习、领会。就我当下直觉的感知，这对于作家艺术家的创作，无疑是提出了新的明确的要求。

一是，在文艺创作中必须高扬社会主义核心价值观的旗帜，充分体现它的精神、底蕴。这种体现，需要具有原则精神，旗帜鲜明，激浊扬清，是其所是，非其所非，引导人们增强道德判断力和道德荣誉感；而在形式上，应该生动活泼，亲切自然，有如春风化雨，润物无声。也就是要以充沛的激情、生动的笔触、优美的旋律、感人的形象创作生产出人民喜闻乐见的优秀作品。

二是，要把追求真善美作为文艺作品的永恒价值。中国传统美学把审美、艺术、人生作为基本内涵，其核心是审美胸襟和人文情怀的孕育。我们传承与弘扬传统美学精神，就应着眼于追求艺术的最高境界，让人们的灵魂经受洗礼，帮助人们发现自然的美、生活的美、心灵的美，培养审美情操。我国有着源远流长的"诗教"传统，强调人的品格修养，强调诗文的教化功能。习近平总书记曾明确表态："我很不赞成把古代经典诗词和散文从课本中去掉，'去中国化'是很悲哀的。应该把这些经典嵌在学生脑子里，成为中华民族文化的基因。"所以，这项工作一定要从娃娃抓起，充分发挥优秀传统诗文对于中小学生的审美养成与人格塑造的作用。

三是，我们的文艺作品应该传递正能量，鼓舞人们积极进取，向上向善。作家艺术家应该用现实主义精神和浪漫主义情怀观照现实生活，用光明驱散黑暗，用美善战胜丑恶，让广大受众从作品中看到美好愿景，看到希望、梦想，看到光明在前。

《文艺报》记者最近对我有一次采访，除了要求就学习习近平总书记在文艺工作座谈会上的讲话精神谈些个人心得体会，还希望我能对年轻的作家同行提出一些建议。"人之患在好为人师"，说句心里话，真不想乱加指点；但又觉得"却之不恭"，过去有"老马识途"的成语——随着岁月的迁流，积淀下来的经验教训就成了人生财富。我只想说一点，就是年轻的作家同行具有鲜明的优势，但是亟须打好基础。古人说："求木之长者必固其根本，欲流之远者必浚其泉源。"我们应该像习近平总书记希望的那样，不断提高学养、涵养、修养，加强思想积累、知识储备、文化修养、艺术训练，其中也包含着从优秀的传统文化中获取丰富的滋养。

《文艺报》2014年12月24日　第2版

写庄心得

结缘庄子

算来，结缘庄子已经 60 多年了。记得在我就读私塾的第 6 个年头，"四书五经"《左传》《史记》《汉书》都读过了，塾师确定要读"诸子"：首先是诵读《庄子》。

那是一部扫叶山房民国十一年印行的四卷本，是父亲回祖居地河北大名探亲时，在邯郸书局买到的。上面有晋代玄学家郭象的注和唐人陆德明的音义解说。不过，老师并没有参照着讲。即便是《庄子》正文，讲解得也并不细致，只是逐日地按照篇章领读一遍，提示僻字、难字读音，然后就要我们反复诵读，直到熟读成诵了，再进入下一章节。

要说真正把玩它的奇文胜义，体验到一些灵识妙悟，那是中年以后的事。有一次，在南开大学中文系做过演讲之后，接受学报记者采访，曾被问道："童年时，你由读'四书'到读《庄子》，从脑袋里塞满仁义、忠恕的儒家信条，一变而为大鹏'怒而飞，其翼若垂天之云'，是不是有一种心神释放、生命清新的感觉？"我如实地回答："应该是这样。但当时并没有如此对比鲜明的感觉，因为'食而不知其味'，对《庄子》还没有达到解悟的程度。"

半个多世纪过去了，月亮缺了又圆，圆了又缺，敬爱的塾师早已骨朽形销；而"口诵心惟"的绿鬓少年，也已垂垂老矣。沧桑阅尽，但见白发三千；只有那部《庄子》，依然高踞案头，静静地像一件古玩，意态悠闲地朝夕同我对视。至于庄子本人，更是一直活在我的心里；他的思想、修为对我的人生道路抉择、价值取向，曾经产生过深远影响。这样，就如同法国文学家、哲学家萨特所说的："他不是一个死去的人，他只是一个缺席者。"

　　曾经设想，有朝一日，一定要走进庄子的故里，踏着他的履痕，亲炙他的遗泽。但哪里是他的出生地，究竟"乡关何处"，却历来争辩不休。概括起来，有"河南商丘说""河南民权说""山东曹州说""山东东明说""安徽蒙城说"五种。我于1997年、2005年，还有这次接受"庄子文学传记"写作任务之后，在2012年，曾经前后三次，花费20多天时间，往返于鲁南、豫东、皖北南北直线距离大约300公里的狭长地带，重点踏访了5个有关的县区。15年间，三次访察，重点有所不同，第一次是按照传闻中的庄子遗迹，定点、聚焦，实地访察，去了商丘、开封、曹县、凤阳（濠梁）等地，获取了一些直观印象；第二次，沿着《庄子》一书中提供的线索和现当代学者制定的庄子活动年表，北起曲阜、菏泽、中经商丘、开封，南下皖北，旁及邯郸、大名等地，亦即战国时的宋、魏、鲁、赵、楚等国的部分辖区，凡是庄子可能到过的区域，尽量实地踏查一番；最后这次，深入菏泽、商丘、亳州3市及其所属6个县区，在察其川泽丘阜，遍览府州县志的同时，先后十几次邀请有关人士，包括当地一些治庄学者进行座谈，听取意见，交换看法，搜集资料，获得许多有益启发，不仅增加了切身感受，而且掌握了许多新的线索，收获是很大的。

闯过重重难关

　　撰写庄子传记，难度确实很大。姑且不论关于庄子故里及生前活动区域，历来歧见纷呈；即便大致能够认定，由于它们处于中原黄泛区，许多古代遗迹都已淹没于地下，也是幽渺难寻。只能在实际考察中，广泛听取各地有关人士的意见,特别是参照前贤和当代治庄学者的多种见解,通过全面掌握、综合分析、反复比较,进行辨别、判断,最后做出接近实际的结论。

有人说:"庄子活在时间之中,而不是生活在空间里。"那么,在2000多年的历史长河中,总该有大量文献资料留存下来吧?恰恰是少而又少。关于庄子,最具权威性的是司马迁在《史记·老子韩非列传》中记下的一段,仅仅234个字,身世出处,语焉不详。最后只有一条路,就是潜心解读《庄子》这部书了。

同样也是困难重重。在这部近7万字的学术著作中,记述本人活动的大约20处。但是"寓言十九","以谬悠之说,荒唐之言,无端崖之辞"出之,像是有意弄得云山雾罩,任凭后人去猜哑谜、打"三岔口"。清代学者刘熙载说得很形象:"《庄子》之文,如空中捉鸟,捉不住则飞去。"

多亏闻一多先生指点迷津:"归真的讲,关于庄子的生活,我们知道的很有限。三十三篇中述了不少关于他的轶事,可是谁能指出那是寓言,那是实录?所幸的,那些似真似假的材料,虽不好坐实为庄子的信史,却足以代表他的性情与思想;那起码都算得画家所谓'得其神似'。"这使我领悟到,读解《庄子》一书,关键在于"得其神似",亦即应该着眼于领会他的性情与思想。

于是,我用了3个多月时间,聚精会神,心无旁骛,从多角度、多层次读解这部经典。自从束发受书,开篇初读,已经过去了半个多世纪;于今,重新把卷研习,对于章节字句、义理辞采,特别是关于庄子其人其事,进行了比较认真的考究。日夕寝馈其中,未敢稍有懈怠。

读解《庄子》中,我采用的是前人倡导的"八面受敌法"——"每次作一意求之",即读前选定一个视角,有意识地探索、把握某一方面内容,一个课题一个课题地依次推进。时日既久,所获渐多,不仅初步连接起早已模糊不清的传主的身世、行迹、修为,而且从中读出了他的心声、意态、情怀、风貌、价值取向、精神追求,寻索到一些解纽开栓的钥匙与登堂入室的门径。

创新传记写法

古代的不说了，近现代的民国四大著名传记，还有法国作家罗曼·罗兰写的名人三传，在写法上有一共通之处，就是基本上按照传主生平经历，由少而壮、由壮而老地次第展开。这既符合人物的成长规律，也符合读者的阅读习惯。庄子传记自然也应该这样进行铺叙。但是，这里必须有一个大前提，就是笔者需要掌握传主的来龙去脉，时间、地点、周边环境、人物经历。然而，庄子却是例外，即便是"神龙见首不见尾"吧，在云烟缥缈中，总还可见头角峥嵘；而庄子，我们却全然不清楚他的先世、远祖的来历，甚至连祖辈、父辈、子孙辈的情况，世人也一无所知。至于本人的生涯、行迹，年寿几何，归宿怎样，治学根脉、后世传承状况，都统付阙如。一切都是"恍兮惚兮""茫乎昧乎"，可以说整个儿就是一个谜团。那么，在这种情况中，又该怎么写呢？

办法是逼出来的。经过对素材的几度梳理、整合，我想象着，眼前是一把展开的折扇，传主的性情与思想（我把它概括为"逍遥游"）可以看作折扇的轴心，而20个专题，则是向外辐射、伸出的一支支扇股。它们既统一于传主的思想、性情、行迹、修为，相互紧紧联结着；又各自独立，各有侧重，互不重复，互不撞车。而且，这20个专题的排序也并非随意安置，还是大体上体现了传主生命流程的顺序，比如，第一章为总纲，然后以空间、时间为序，二章、三章分别叙述传主的所在和所为；接下来，讲述传主的精神追求、价值取向、胸襟视野、身份与个性特征，讲述传主的交游、出访、授徒、著书的出处与行迹，以及哲学、文学方面的特点与成就，发掘其吊诡、矛盾，追溯其思想文化渊源；最后从庄子之死写到身后哀荣，薪尽火传，泽流百世。

这种写法也得到了编审委员会学术组、创作组专家的认可。李炳银先生认为："有关庄子人生经历的史料非常有限，而且不少还只能够从他的言论中去寻觅。所以，以惯常的紧密围绕传主人生经历的写作要求和方式写《庄子传》，几乎不可能实现。""作者采用'八面受敌法'，从各个角度辐辏中心的艺术结构形式，对于像庄子这样资料缺乏的传主对象，不失为一个巧妙的靠近方法，渐渐地靠近，不断地显影，最后现其全象。很好。"黄留珠先生说："长期以来，有关研究庄子思想的论著，可谓汗牛充栋，但关于他本人的传记作品，却不多见。人们转来转去，似乎很难跳出司马迁所撰《史记·庄周列传》的框架，搞出一点新东西来。王充闾先生撰著的《逍遥游——庄子传》一书，可说是彻底打破了这样的局面。该书以全新的视角、生动优美的语言，为我们展现出一个有血有肉、生活于2000多年前的庄老夫子。""应该说，这是一部相当出色、极具个性特点的上乘之作。"

《文艺报》2016年1月6日　第7版

忆昔倾谈鬓尚青
——怀念袁阔成先生

初次相遇,心系大"大辽河"

惊悉著名评书演员袁阔成先生仙逝,心中怅憾久之。痛惜我国文艺界摧折一位大师级巨擘,也为自己失去一位相知相重的老朋友感到无限哀伤。20世纪60年代初,一个偶然机会使我幸得和袁阔成先生相识。当时,他在营口市曲艺团,我供职于营口日报社,同在一个城市。可是,由于他整天深入生产第一线和部队基层演出,难得见上一面。这年初秋,我陪同新华社记者前往盘山县一个生产队采访省特等劳动模范、饲养员刘恩田,恰逢他来这里慰问演出,这样,才得机会做了一次深谈。

因为晚上有演出任务,午餐过后,大队便安排袁先生休息。但他是个闲不住的人,得知我属于盘山本地的"土特产",两年前又曾在这一带下放劳动过,便拉上我谈有关大辽河的遗文逸事。其时我们都还年轻,他虽然大我6岁,也不过30岁出头,精力十分旺盛,一袭浅黄色中山装,腰杆笔直,面庞方正,双目炯炯有神,透出一股勃勃的英气。

我说,所谓大辽河,指的是辽河千里来龙,在这里接纳了浑河、太子河之后的下游一段。这里有过舳舻相接、客商云集的笙歌岁月,但更多的是烽烟弥漫、炮火连天的"乱八地",是英日俄等列强的角斗场。有如冀中平原,以此为背景可以写出一部《红旗谱》那样的小说。许是出于职业上的敏感吧,听到这里,他立刻眼睛一亮,拍着床板说:"你讲,你讲!"

我说，远的不讲，从甲午海战和日俄战争开始，此地历尽了人间苦难，兵连祸结，民不聊生。九一八事变后，日寇入侵，这里的抗日义勇军，青纱帐起，昼伏夜出，使日本关东军和伪军心惊胆丧。大帅、少帅，张氏父子的故事也在这一带流传。新中国成立后，由于生产力得到解放，加上河淤黑土地，土沃水肥，人说"插上一根锄杠，也能够长出庄稼来"。但是，每逢雨涝，河水漫溢，顿成水乡泽国。在战胜水灾、发展生产过程中，涌现出许多事迹感人的先进人物。当天要慰问的刘恩田就是其中之一。讲述中，我穿插了一些故事：诸如，为减轻辽河水患，清末举人刘春烺首倡开凿双台河，同营口的英国商会进行顽强斗争；日伪时期，绿林好汉项青山斗智斗勇，枪毙汉奸凌印清；1958年，为发展水稻生产，引辽入双（台河），"三千壮士斩辽河"——作为这场惊天动地的壮举的直接参与者，我们在水寒刺骨的早春，三天三夜不眠不休，同呼啸奔腾的河水搏斗。待到堤坝胜利合龙了，我一爬上堤岸，便喊："渴！渴！"待到乡亲把碗送过来，我却已经就地倒下，呼呼大睡了。

袁先生听得很投入，直到大队书记推门进来，他才缓过神来，说以后找机会继续唠。

"咱们庄户院，一切简办"

也算是一种缘分吧，这个机会果真来到了。1965年8月底，报社接到市委通知，抽调我到营口县大石桥镇东窑村参加农村社会主义教育运动（通称"四清"），时间从9月到次年3月，中间跨越春节。听说，这里是市委书记陈一光同志的联系点。

入村之后，我惊喜地发现，袁阔成先生也在我们这个工作组。原来，陈书记不仅特别关心袁阔成的政治进步——两个月前，他光荣地成了一位共产党员——而且，对于他的评书艺术极为欣赏，经常鼓励他多说新书，说好新书，为全市文艺队伍树立一个榜样。在工作组全体成员见面会上，组长老李介绍过袁先生之后，又向我交代：在开展"四清"工作中，接受实际锻炼，提高思想政治觉悟（此前，我曾几次提出入党申请）；同时，帮助袁阔成收集、整理一些农村素材，充实、丰富其评书艺术资源。说这是陈书记的意见。

尽管我也从事文学创作，但离曲艺专业很远，怎么竟被"钦点"，分派这样一项任务呢？会后，袁先生告诉我，那次慰问农业劳模演出之后，又带队去了矿山、海防，陈书记专门听取了他的汇报。他谈了下一步说新书的打算：要投身农业第一线，进一步深入群众，体验生活；同时，抓紧阅读一些新出版的优秀长篇；响应市委号召，发掘本地（例如大辽河）资源，讲好身边故事。这时，他就提到了我们那次交谈，说要找我帮助，提供一些素材、线索与思路。啊！原来如此。

工作组下分6个组，我们这组5个人，袁阔成和我同睡一铺炕，同吃农家"派饭"，一同下地干活。本组承包的是蔬菜小队，妇女、老年劳力居多，有道是："前面走着老黄忠，后面一群穆桂英。"由于男人多在镁矿、铁路务工，不像其他小队兼营副业，或者烧窑、开矿，因而清理账目、核查经济问题的任务较轻。我们除了参加生产劳动，就是串门入户，访贫问苦，向社员了解村里情况。当时，纪律十分严明，突出强调工作队必须和社员同吃同住同劳动，绝对不许搞特殊化。当时农家饭菜，多是大白菜、小豆腐、高粱米粥；稍微有点差异的，是经领导特批，农家大嫂专门给袁阔成随锅烙上一块玉米面饼，为的是增加一点热量，饭后好给大家说两段评书。怎么称呼呢？社员们习惯叫他"老阔"，不知是谁最先叫出来的。他是市曲艺团团长，"四清"规定一律不叫官衔，而且叫"团长"也觉得隔着一层；叫"老袁"吧，他刚过而立之年，并不老；直呼其名，又显得不太尊重。而"老阔"这个称呼，亲切、得体、老少咸宜，应该说是很妙的。

入村的第三天，午饭轮到了一户铁路工人家庭，房间较为宽敞。撂下了饭碗，收拾过炕桌，就发现窗前、门外挤满了人，有的老头、妇女还上了炕。地面留出空场来，供"老阔"摆架势。房东大嫂依据看到的说书场景，事先摆上个木桌，后面放上一把椅子，倒了一杯茶水，还找出一把折扇，只待说书人咔嚓一声打开扇子，便会开讲。可是，"老阔"却全是另一套架势，他亲自动手，把桌椅连同茶杯、扇子挪开，随口说道："咱们庄户院，一切简办。"其实，即便是在城市剧场，他早已革除了这一套。听说，他在演艺界创造了三个"第一"：第一个让评书走出小茶馆，进入社会大舞台；第一个脱掉传统的长袍大褂，换上中山装；第一个撤掉场桌、折扇、醒木，改坐着说为空手站着说。

这天说的是《肖飞买药》。看过《烈火金钢》的朋友都知道，故事改编自书中第21、22两回："五一"反扫荡，隐蔽在小李庄的一批八路军伤病员，急需消毒、疗伤药品，可是，要买药就得进城，日本鬼子监守着城中据点，怎么办？上级经过审慎研究，决定派遣县大队侦察员肖飞前往执行任务。一路上，他先后制伏了特务队长何志武和几个小特务，最后又智斗日本宪兵头子川岛一郎，巧夺脚踏车、摩托车，顺利地闯关越卡，终于把我军急需的药品弄到手中。通过"老阔"的精彩表演，肖飞这一勇敢机智的八路军侦察员英雄形象活灵活现。

而后的六七个月，得超过上百次吧，"老阔"都像这样，在午饭后或晚上，随地打场，即兴演出；有时还到瘫痪、孤寡老人家里去献艺。演出的绝大部分内容都是新书，而《肖飞买药》《江姐上船》《许云峰赴宴》《舌战小炉匠》等最受欢迎，可说是百听不厌。一位见过世面的退休老工人说，故事还在其次，就是爱看"老阔"扮演的英雄形象，一身正气，大义凛然。那天，"老阔"刚刚说完《江姐上船》，老奶奶就合掌念佛，说：江姐、许云峰、杨子荣、肖飞是救苦救难的"四大菩萨"现身的。还有一次，我和"老阔"一道，扛着锄头进菜园子铲菜，发现小记工员正在那里模仿他，说肖飞把烟头摔在狗特务的脸上，滋啦一下就烫出一个泡来，狗特务一哆嗦，烟头又顺着脖梗子往下滑，滚到胸脯上，疼得直打激灵。小记工员又学着"老阔"的腔调，问道："没想到吧，何志武？"对方呜啦了一句，心想："我想这干啥？碰上你肖飞，这不倒霉吗？"一举手，一投足，做派、声调，活脱脱一个小袁阔成，逗得大家笑个前仰后合。

在人物个性上下足功夫

"古有柳敬亭，今有袁阔成"之誉，在我国评书界传播已久。关于柳敬亭，明末清初著名学者黄宗羲在其本传中记载，当日柳敬亭拜莫后光为师，师父告诉他，说书应能勾画出故事中人物的性格情态。于是，敬亭退而凝神定气，简练揣摩，经过一个月的刻苦磨炼，前来拜见。师父说："你说的书，能够使人欢娱喜悦，大笑不止了。"又过了一个月，师父听过，说："你说的书，能够令人感慨悲叹，痛哭流涕了。"再回去，又苦练了一个月，师父赞叹："这回行了，已经达到还没有开口，哀乐之情就先表现出来，使听众不能自已的精妙程度。"这里讲了评书表演的三个层次、三重境界。

如何能够撄攫人心，使人喜，使人悲，使人听了无法控制自己的感情？其间，固然需要生动曲折的故事情节，但历史存在，向来都是依人不依事，人是一切的出发点与落脚点，工夫应该下在人物的塑造上，也就是莫后光所说的，"应能勾画出故事中人物的性格情态"。

在农村我曾反复地琢磨过，村里民众对于袁阔成的一些评书段子，之所以听了还想听，要说是缘于故事情节，那早已谙熟于心了，而且，有的也并非特别曲折、复杂。那么，吸引力究竟何在呢？结合我的切身体验，觉得核心在于他刻画的英雄人物智勇双全，充满了人格魅力。记得金圣叹说过，《水浒传》"只是看不厌，无非为他一百零八个人性格都写出来"，"一样人，便还他一样说法"，所谓"各有派头，各有光景，各有家数，各有身份"。

熟悉情况的人都知道，袁阔成不仅表演上出神入化，同时还是出色的作者。可以说，每个精彩的书段中，都饱含着他的深邃的思考和独到的匠心。他善于借鉴、吸收长篇小说的成功经验，一改受中国戏曲影响的传统评书主要是交代故事情节的做法，高度重视细节刻画和心理描写，既细致入微，又合情入理。《许云峰赴宴》中，为了刻画这位英雄人物沉着镇定、处变不惊的气质和心态，评书中摹写了正在精心思谋应敌之策的他眼中所见："休息室布置得很别致，地下铺着地毯，周围摆着几张沙发，对面有一架老鹰牌的大座钟，一人多高，钟砣嘎噔嘎噔地来回摆动，东西两侧有二米见方的两个水晶鱼缸，里边是清凌凌的水、绿莹莹的草，百十条热带鱼，在里面游来荡去……他坐在一只沙发上，若无其事地抬起左腿搭在右腿上面，伸出双手，扯平了长衫的衣襟儿，轻轻地往膝盖上一搭，双手自然地放在胸前，两只眼睛悠闲自得地看着缸里的游鱼。"与此形成鲜明对照的，是写肖飞登上川岛一郎的跨斗摩托车，"头闸拱，二闸拽，三闸没有四闸快""咕嘟嘟，离开药房，冲出东门，再一次经过日军岗哨时，鬼子一瞧肖飞来了，心说：你看怎么样，我就知道是自己人嘛，有急事，把自行车扔在家里，骑摩托来了。肖飞到了眼前，鬼子大喊一声：'乔子开！'（日语，意为立正）肖飞一听，什么？饺子给？燕窝席也没工夫吃了。"二者一静一动，一庄一谐，张弛有致。前者写的是激烈交锋的前奏，"万木无声待雨来"，使听众产生悬念与期待；后者属于闲笔，信手拈来，触处生春，令人忍俊不禁。

一次，我和"老阔"坐着大板车往镁矿职工食堂送菜。路上，我们聊起小说写作有全知视角与限知视角之别，如果是第一人称，当你不在场时，叙述视角就会受到限制。他说，评书的好处，就是全知视角，但在内容方面，有交代故事情节的叙述和描摹故事中人的言行、心理的表述之分。我问：这一叙一表，哪个更难？他说，相对地看，表述的要求更高、更全面。难在人物的声口话语、做派行为与心理活动，都必须充分体现个性化。

我说："你说的评书段子，人物林林总总，八路军将士、知识分子、扛大活的、摆小摊的、大特务、狗腿子、恶霸地主、管账先生……即便同属革命队伍，团政委、大队长、小战士，也是"人之不同，其异如面"。到了你的嘴里，个个特征鲜明，绝不雷同。为了体现个性化，你在表演中像相声大师侯宝林那样，描情拟态，绘声绘色，惟妙惟肖，不仅模仿人的各种动作，令人拍案叫绝；就连开汽车，哪怕是一个挂挡的微小动作也不放过，一听就能分辨出是大型客车、载重货车还是小轿车，简直是'绝了'。"

袁先生说的人物、事件，高度形似中又略带夸张，但能掌握分寸。既真实可信，又突显特点，画龙点睛。对于古代经典小说，学习、借鉴中，他有所扬弃、取舍。比如，《水浒》《三国》中都有过度夸张、渲染以至脱离常态的情况，像鲁智深倒拔垂杨柳、武松空拳打虎、周瑜因气致死等，袁先生都尽量加以避免。

就时间而言，我只是在20世纪60年代中叶跟他有过一段接触，而对他中老年时段的大量代表性作品涉猎不多；就书目讲，这一阶段他主要是说新书，加上限于当时条件，说的多为小段（当然大都是被称为"极品"的小段），这样，我所亲炙的大部头传统书目就很少了。

谦卑自抑　处处从严

1948年，袁阔成刚满19岁，在山海关茶社说《雍正剑侠图》。正赶上解放大军入关，他也参加演出接待。当时，军管会一位负责人在同他谈话中，肯定了他的热情、才干，鼓励他再上层楼，并建议他读些新时代的小说，尝试着说新书。这样，他就说起了赵树理的《小二黑结婚》，"开创了评书说现实题材的先河"。1950年3月，评书《小二黑结婚》在中央广播电台播出，此后便一发而不可收，《灵泉洞》《吕梁英雄传》《新儿女英雄传》《红旗谱》《烈火金钢》《敌后武工队》《创业史》《艳阳天》等几十部，相继播出。

1958年他在营口市曲艺团，以《舌战小炉匠》荣获全国曲艺优秀奖。演出归来，他便走出市区，深入工矿、农村、部队。一天，他在海防前线慰问守岛战士，行走在崎岖不平的石路上，看到小战士吃力地背着表演用的桌椅，汗流浃背，很是心疼；当他走进会场，面对战士们一双双渴望与期待的眼睛，恨不能把自己的全部评书家当和盘托出。可是，眼前却被一台木桌隔离开了，而且，还要安然坐下。于是，他毅然决定，撤掉桌椅，自己要站在战士中间，面对面地表演。这样，一下子就消除了同战士的距离，从而取得了从艺以来最佳的演出效果。也正是从此开始，他断然革新了评书几百年传承下来的以坐相示人、高台教化的半身艺术，转而为手眼身法步全部亮开的全身艺术。

除了袁先生高超的演艺，我觉得最值得看重，或者说最能反映先生本质特征的，还是他的高风亮节，艺品艺德。这里，说的是撤掉场面桌的过程，而我心领神会的却是一位青年艺术家与工农兵心贴心的动人心曲。在我们相处的200多天中，可以说，每天我都感受到他对农民父老兄弟的灼灼爱意、脉脉深情，以及一种天然的亲和力。他宛如鼓足了前进动力的风帆，浑身注满了政治热情与生命活力，决心要倾尽一己之所长，为人民大众说书献艺。由于从心眼里喜欢，庄户院的诸姑伯叔常常不依不饶，说完一段，还得再说，有的还喊起口号："好不好？""好！""再来一个，要不要？""要！"立刻腾起响震屋瓦的掌声。这时候，他感到最为开心。他特别看重听众的反应，经常和我讨论，如何抓住听众，特别是抓住年轻人的耳朵，让他们听得进、受感染。而对自己，则谦卑自抑，处处从严要求。其时，他在评书界的首席地位已经确立，可说是誉满神州，但他从不以权威自居。当听到有人赞颂时，他总是那句话："不要瞎吹乱捧啊！吹捧不好。"

他是"艺以化人""寓教于乐"的忠实维护者，十分反感"听书只图个热闹，只是乐呵乐呵"的说法。我曾听他愤激地指斥（这种情况很少见）："图个热闹——怎么可以这么讲呢？我们不能忘了艺术的价值。"他一贯主张评书是严肃的艺术，提倡高雅，反对粗俗。他尤其重视艺风、艺德，强调"人有人格，艺有艺格"。我注意到，他每次登场，都很重视仪容。即便是在地里干活，休息时应社员请求临时打场，自然来不及换装，但也总要从衣袋里掏出小梳子，拢一拢头发，迅速进入"端乎其形，肃乎其容"的状态。这里反映出，他对于祖国的传统艺术、人民的文艺事业，秉持一种敬畏的心理。

这种内化于心的追求、志趣，支配着、激励着他刻苦钻研、奋力学习。诚然，他的卓越成就的取得，确同"袁氏三杰"的家学渊源、祖传技艺有直接关系，但根本之点还在于他自身的努力。在农村这段时间，他的体力、精力都处在最佳状态。除了像一般工作队员那样干活、开会、同干部社员谈心，还要拿出很多时间表演，付出几倍于他人的汗水与心血，但他从不抱怨，而且多次谈到直接同农民交朋友的收获；当然，个别时候也说过，读书完全放弃了。过后，在几次会面中，他都谈到开卷受益、读书有得的体会。一次，他说，京戏《打渔杀家》是一出"水浒戏"，萧恩就是阮小五嘛！不过我说《水浒传》里可没有记载。他说，类似情况不少，比如《黄鹤楼》和《单刀赴会》，内容大体相同，都是"三国戏"。二者都取材于元人杂剧，但是，罗贯中只选用了后者，所以，《黄鹤楼》不见于《三国演义》。

说到他的学习借鉴，精钻细研，记得有篇文章里讲，他擅长往传统书段里加事添彩。比如，曹操杀孔融，是由御史大夫郗虑（他和孔融有仇口）告密引起的，这在《三国演义》第40回里有记载，但很简单——郗虑所告发的秘事，无非是孔融背后发泄不满，说曹公坏话，并且和祢衡有交情。过去，袁先生也是这么照着说的，但总觉得没能击中要害；于是，就考虑往里加些内容。加什么呢？加了郗虑对曹操说："您还记得您在破袁绍的时候，公子曹丕收了袁绍的儿子袁熙的夫人甄氏，孔融曾经给您写过一封信，信上说到了武王伐纣把纣王的宠妃妲己赐给了自己的弟弟周公旦吗？"可别看轻这句话，其中可暗藏机锋。孔融的真实用意，是说，武王把妲己赐给了周公，其实是他自己看上了妲己。但是，由于妲己毁掉了纣王江山，被视为"不祥之物"，如果武王自己纳了妲己，传出去影响不好，所以，便在名义上把妲己赐给了周公，其实是暗地里留给自己。因为只要把妲己收进自己家里，那人家家里什么事，外人就过问不得了。一言以蔽之，孔融是说：现在您破了袁绍，把甄氏赐给了公子曹丕，其实是您自己把甄氏纳了。这可就扎到曹操心窝上了，坚定其除孔的决心。而这种加事添彩，又并非随意而为，大都有根有据。孔融写信一事，见于《后汉书》本传。只是那里并没说是郗虑讲的；袁先生根据情节发展需要，把它放到郗虑身上了。

和"老阔"一起"越狱"

不知不觉间，6个多月就过去了。工作组总结座谈中，我说，最大的收获是接受实际教育，获得政治思想上的进步。1965年12月18日，我在这里光荣地加入了共产党。其间，听遍了袁先生说的《红岩》《烈火金钢》《林海雪原》《暴风骤雨》《赤胆忠心》《敌后武工队》《野火春风斗古城》等新书中的著名段子，既饱尝了精神滋养、艺术享受，更充分接受了革命传统教育，也从他那高尚的情操、品格、艺德中，认知了一位艺术家所应遵循的正确道路。这对于一个志在献身文学的青年，是至为珍贵的偏得。如果说有遗憾，就是"帮助袁阔成收集、整理一些农村素材，充实、丰富其艺术资源"这项使命落空了。主要是我缺乏应有的主动性；而他也实在太紧张、忙累了，几乎所有业余时间都用来说段子，很难找到倾谈机会。其实，即便时间允许，要给一位艺术臻于至境的名家以"帮助"，又谈何容易！当时我曾表示，回去后想法加以弥补，比如，认真写几篇报道，大力彰扬袁阔成同群众打成一片，充满政治热情，说新书，讲艺德，以及刻苦钻研、精益求精的事迹。没有料到的是，回到市里，我就调离了新闻单位，进入市委机关；不久，"文化大革命"就开始了。而批判"三家村"，新闻单位首当其冲。结果，我又被揪回原单位接受批判。这样，那些报道的构思与设想便付之东流了。

与袁阔成再次见面，是在3个月之后。那天午前9点钟，机关造反派通知我，返回原"四清"单位接受社员批判。上了东窑大队前来接人的拖拉机，一看，"老阔"竟在上面，还有工作组组长老李，和进驻其他小队的两名队员。人并不齐，许是临时没有找到吧？我冲着"老阔"扑哧一笑，抱拳问道："袁兄，别来无恙乎？"他眨了眨眼睛，"哼"了一下，再不作声。这时，我才注意到，副驾驶座上挤着一男一女。到了大队部，拖拉机就突突突地开走了。村里喧闹得很厉害，大喇叭震天响，像是两派在辩论，鏖战方酣。这对年轻男女，像是小学教员，把我们安置在一间闲屋里，他们说去向造反司令交差。屋里没有桌凳，只有几袋水泥和一堆木屑。我们五人站在那里，也不知"司令"何许人也，只好静静地等待着。已经过午了，也不见人来，门却上了锁。我说："坐以待毙吧。""老阔"便问："往哪坐啊？"逗得大家轰然腾笑起来。就这样，又静等了几个小时。眼看天色已晚，肚子饿得咕咕直叫。不知是谁说了一句："咱们干脆跑吧。"原来，后墙上有个方形窗口，上面塞着几片草袋。用手一拉，全部落下。这样，"越狱"行动就开始了。把几袋水泥搬过来垫脚，五人陆续钻出。为了不致被人发现，我们避开大路，穿过收割后的农田，绕到火车站。待到返回市区，已经万家灯火了。

过后，将近3年时间，我在第二纺织厂参加劳动，"老阔"进了市宣传队歌舞连，见面机会不多。粉碎"四人帮"后，一次集会时意外邂逅，当即合影留念，并在当晚做了一次长谈，得偿多年愿望。不久，我便调入省城，而他也进京了。虽然天各一方，晤谈机缘不再，但其潇洒音容，豪迈气度，特别是卓越、超拔的评书艺术，总能从广播、电视里不断地接收到，使我感到十分亲切与欣慰。

《文艺报》2016年12月4日　第8版

执着书写时代与人民的伟大实践

刘文艳文学起步较早，出版过多部作品。但我印象最深，也最为之感动的，是她最近的两部散文集：一曰《爱的诉说》，一曰《一纸情深》。应该说，这两部作品，都是朴实无华，纯任自然的，既无石破天惊、耸人听闻的情节，也没有华丽的辞藻、奇特的结构、精巧的运思；可是，却能牢牢地抓住读者的心，使人动心动容，感发兴起，久久不能放下。在当前市场经济大潮涌动，人心浮躁，一些写作者迷失方向，随波逐流，粗制滥造，或只写一己悲欢、杯水风波，脱离大众、脱离现实的情况下，刘文艳能够独张胜帜，托举出自己的"拿手活儿"，以情而文，以情感人，着实不易，因而也更加难能可贵。关于《爱的诉说》，我说得很多了；现在想就《一纸情深》谈几点看法。

在中华文化传统中，有"文如其人"之说；孟老夫子讲得就更明确了："颂（同诵）其诗，读其书，不知其人，可乎？是以论其世也。"有的论者对此持怀疑态度，还举出一些实例（更多的在西方）。但我还是坚持从总体上考虑，不为个别事例所动，反正我相信鲁迅先生的话："从喷泉里出来的都是水，从血管里出来的都是血。"习近平总书记在中国文联十大、中国作协九大开幕式上的讲话指出："文艺要塑造人心，创作者首先要塑造自己。"要把养德和修艺统一起来。就是说，谈作品绝对不能离开作家。

无论是作为普通作家，还是作为省作协主席，刘文艳都踏踏实实、不折不扣地贯彻习近平总书记关于"胸中有大义、心里有人民、肩头有责任、笔下有乾坤"的指示，突出在两个方面践行：一是让自己的心永远随着人民的心而跳动，始终把人民的冷暖和幸福放在心中，把人民作为文艺表现的主体，对于人民群众怀有深厚的感情；二是坚持不断地深入人民，深入生活，虚心向人民学习、向生活学习，从人民的伟大实践和丰富多彩的生活中汲取营养，不断进行生活和艺术的积累，不断进行美的发现和美的创造。把人民的喜怒哀乐倾注在自己的笔端，讴歌奋斗人生，刻画最美人物。

有了这样的根基、这样的底蕴，或者说这样的原动力，她就能风尘仆仆地走进田间地头，从雪花纷飞到山花盛开，多次走进贫困户"四处透风的三间土房"，与贫困农民结成贴心朋友，为其打井、盖房、治病等种种难心事操心尽力；她就能深入边海防女子巡警队和她们同吃同住，一道执勤，一道演练；她就能在盛夏7月，头顶似火炎阳，进行"爱民固边"巡礼，从黄海之滨友谊桥至渤海之滨止锚湾，在3000多公里的边海防线上，实地考察边防检查站、边防支队、边防机动大队、边防派出所和警务室，切身感受他们火热的战斗生活和精神风貌；她就能重走长征路，沿着当年红二方面军长征路线，从湖南桑植刘家坪出发，经张家界，转云南，走寻甸、禄劝，经丽江、迪庆，一路行军、考察、座谈、采访……已经是"坐五望六"的年龄了，但她常年坚持深入改革建设第一线，不辞劳苦，不避艰险，"从人民的伟大实践和丰富多彩的生活中汲取营养，不断进行生活和艺术的积累，不断进行美的发现和美的创造"。

我敢说，在深入生活、深入实践、扎根基层、向人民学习方面，刘文艳是最踏实、最卖力，坚持得最好的当代作家之一。如果没有对人民、对祖国、对改革开放建设事业的深厚感情，没有树立以人民为中心，把满足人民精神文化需求作为文学创作的出发点和落脚点，把人民作为文学表现的主体的坚定信念，没有对书写时代与人民的伟大实践的执着追求，这是绝对做不到的。此其一。

这就关联到刘文艳散文创作的另一强大支柱：真情实感。文学创作是对生活的审美反映，是审美情感的形象展现。文学作品不是生活的装饰，而是生命的觉醒，它通过所描绘的情感世界传达出一种力量，让我们更自觉地去面对人生。文学作品的创作主体以及对象都是人，人的创作、阅读的过程，是人通过语言文字来表达生活情感、通过作品来唤起情感共鸣的过程。某一个作家将一个故事通过优美、生动的文字讲述出来，不仅仅是作家的生活经验、阅读经验、想象经验的积累，更为必要的是这个故事必须包含一定的情感取向、情感效应。

鲁迅先生说："创作总根于爱。"正是在爱心的滋养下，刘文艳的散文中亲情、乡情、友情浓郁、丰沛，感人至深。她曾说过："平凡而又伟大的母亲，她的爱太凝重，太深沉，不是言语所能表达的，她的爱已经融入了我的整个生命之中，每当我提起笔来写人、写事，我都会记起她，像她那样把真爱投入到里边去。"

在"党员干部走进千家万户活动"中，她先后三次走访贫困户赵恩海家，进行扶贫帮困：请医生为他和他的妻子治病，帮他们收拾住房、购置衣物和生活用品，最根本的是通过耐心细致的关怀、开导点燃起他的生活希望，树立起兴家立业的信心。她在散文《珍贵的回报》中，写了这么一段真情灼灼的话："这些对于我来说，并不难做到，对于我的收入来说，也不是一件力所不及的事情。可是，赵恩海一家给了我深厚的回报：他的感激的泪水、他的弱智妻子有了灵气的眼神、他的女儿甜美的微笑，一家人对生活燃起的希望之火，都深深地印在了我的脑海中。这给了我最大的欣慰，使我感受到助人之后的快乐，感受到真诚感激的幸福。有什么比欣慰、快乐、幸福更厚重的礼物呢？有什么比这些更厚重的回报呢？我的心里充满了对这一家人深深的感激。赵恩海一家的生活将是我永远的牵挂。"

而爱，或曰审美情感的更高体现，是她通过书写这些底层民众的生活困境，想要告诉社会，告诉作家朋友：尽管我们每天都在发展、进步，但是，周围仍有弱势人群，需要关怀，需要支持，需要鼓舞激励。同时，在这些普通人、平凡人的身上，有许多美好的品质，有许多美德的闪光点值得我们学习。我们要学会接受平凡，学会尊重普通人，学会从生活中感悟"仁者爱人"的至理。此其二。

其三，正是源于深厚的生活积淀和深沉的热爱、灼灼的真情，因而作品具有朴挚、厚重和靠事实、靠形象说话的文风，具有浓郁的生活气息，作品的风格与内容完全协调一致。

由于作者所写的人物都是普通劳动者、最底层的民众，或是亲人、乡人，或是残疾、患病人群，或是打工妹、钟点工，或是战斗在第一线的战士、民警，都是实打实凿、勤劳敬业、不尚虚华的，因而作者的文笔也是平实、质朴、亲切的，风格与内容完全协调一致。不像有的作家写的是底层民众，而语言是花哨的，结构是西化的，给人一种滑稽的感觉，像八十老翁戴上一副蛤蟆镜，罩上一件蝙蝠衫，闹噱头，出洋相。记忆中有一首宋诗："一团茅草乱蓬蓬，蓦地烧天蓦地空。争（怎）似满炉煨榾柮（木块），漫腾腾地暖烘烘。"相对于那些追求奢华、过度包装，形式大于内容，热衷于所谓"为艺术而艺术"的作品，这部散文集风格的质朴、气韵的清新，确是显现出鲜明的特色。

作者笔下的人物，呈现出一个有趣现象，一方面是病弱、衰老、残疾人群，一方面是"80后""90后"生龙活虎般的精壮男女、青年民警、战士。可说是两极分明，截然各异。但是，他们又有一点极其相似，那就是刚强、奋进，自强不息。

其四，这部散文集的文体特征也颇具研究价值。

大约同作者曾就职于香港大公报的新闻经历有关，她的散文带有纪实散文、报告文学、文艺通讯的特色，这从许多篇章发表于《人民日报》《光明日报》《中国青年报》等副刊上也可看出。应该说，它是文学性、真实性、新闻性的结合；概言之，一真二新。真实是它的本质性特征，不仅是现象的真实，而且是本质的真实、历史的真实。再就是新闻性。一是事实新、思想新和语言新；二是时间新，讲究新闻由头，需要为此时此刻写这篇作品寻找一个充实理由；三是角度新，即选题角度、立意角度和表现角度新。

宋代著名文学家欧阳修对纪实散文的要求是"事信言文"。也就是真实的纪事，以文学的形式、手法、语言出之。为了实现这一要求，文艳首先在调查采访上下功夫，全面地了解人物、事件的整个情况，充分地把握形象、细节。然后进行细致的构思、剪裁、选择和提炼；动笔之时，心中始终记怀着形象性与情感性。前者是外在的，诉诸视觉；后者是内在的，诉诸心灵。

以文学的笔法写真实的事件，在限制中发挥，于方寸间驰骋。真实性是它的灵魂，文学性是它的资质、风度，共同构成作品的魅力与感召力；反映在创作中，也构成了一种文体的张力。

在谈到文学性、真实性、新闻性的关系时，作家潘向黎认为，在认识到文学性对新闻性的辅助、升华之功能的同时，也应该看到新闻性对文学性的"反哺"：对新闻性的尊崇，既是对文学性的制约，也为文学性更好地走向大众带来新的契机，造就更广阔的天地。因为新闻性的要求，也给"纯而又纯"的文学性注入新鲜血液，带来了风格的微妙变化。旨哉斯言！

（《一纸情深》，刘文艳著，人民文学出版社2017年12月出版）

《文艺报》2018年4月27日　第7版

小说式的真实传记
——读《烽火少年行——林声传》

康启昌的新作《烽火少年行——林声传》是一部小说式的真实传记，有故事、有细节、有情趣、有心理描写、形象刻画，语言生动，一章章地推进，很有吸引力，读着读着，你就会被抓住。

先说传主。林声同志并非普通人，他是一位真正的人才。传记中记述了在他小时候，姑父就慧眼识珠，说他是个人才。2012年，我在一篇文章中讲过：林声同志的才能是多方面的，属于球型、复合型人才。作为卓有建树的党的高级干部，既会管理又擅操作，既能实干又有思想、有远见，尤其重视发现人才，培养人才；作为文化学者，他既熟悉自然科学，又懂得人文科学，举凡小说、诗歌、散文多种文体，书法、绘画、篆刻、碑铭等多门艺术，科学、教育、文化、建筑、工艺美术陶瓷以及现代史等多领域学术研究，都获得了可观成果。现在，"廉颇老矣"，但老马有识途之功，对于如何发展全省的科教、文化事业，他有许多统照全局又很切合实际的想法。

再说作者。康启昌擅长散文写作，《哭过长夜》以情感人，《烽火少年行》以事抓人。评说一位作家的作品，我很重视自我的原始阅读感觉。有如未曾经过理性过滤的"初念"，这种原始阅读感觉，总是更敏锐、更纯真的，尽管并不一定全面、深刻。比如，《哭过长夜》给我的最初印象就是，作家将笔触伸向自己的内心深处，使劲地往外掏，一股脑地抖搂给广大读者，可说是如醉如痴。她的散文写得很恣肆，又很细腻，有时候还很新潮，反正是怎么想的就怎么写出来，率性而作，肆意行文，看不出有什么顾忌。这种赤诚的真实，对于一位有了一大把年纪的女性作家来说，原非易事。

传记写作表面上看比较容易，实际上并不那么简单。除了要讲求章法、结构，匠心独运，还需要处理好文学与史传的关系，客观实录与主体参与、合理重构的关系，历史真实与艺术真实的关系。作者构思时必然要进行素材的典型化处理，在生活真实的基础上，展开想象的翅膀，进行必要的艺术加工。这个尺度是很难把握的，而给林声这样一位综合型人才写传，可说是难上加难。起码需要精通多门类、多学科的学问，否则，莫说创作，即便沟通也存在困难。

在我看来，这部作品获得成功的主要因素首先是作家的文学功力。康启昌虽然已是高龄，但是情感依然充沛，依然丰富；一片赤子之心、纯真之情，而且完全能放得开，特别是散文的语言，那么充满灵性，活泼婉转，跳荡多姿，体现了丰富的文化感染力和生动的艺术表现力，带给读者的是内心智慧被激活之后所产生的审美愉悦。康启昌未尝刻意为文，而文采自现。对她来说，有感而发，要写就写，写既是过程，也是目的。我觉得，这正是她创作成功的所在。

此外，传主林声本身就是诗人、作家，他懂得什么是文学，什么能够撄攫人心，知道什么是作者、读者最需要、最感兴趣的。实际上，他早已打好了腹稿，口述过程本身就是文学创作的过程，这里有选择、有过滤、有升华、有加工，有必不可少的合理想象；因而提供了大量的故事情节、场面描写、心理活动、细节刻画，叙述本身就非常形象生动，亲切感人。这样两个人合作起来，可谓风虎云龙，珠联璧合，相得益彰，最大限度地发挥了良性效应。

第三，作品的成功还得益于真实人物的"原型属性"，人物本身就蕴含着诸多魅力，具备一种文体的张力。从审美的角度看，历史题材具有一种"间离效果"与"陌生化"作用。和现实题材比较起来，历史题材把读者与观众带到一个陌生化的时空当中，这样可以更好地进行审美观照。作家与题材在时间上拉开一定的距离，也有利于审美欣赏。就作者而言，按照黑格尔的说法，诗人、艺术家"特别喜爱从过去时代取材"，因为这可以"跳开现时的直接性""达到艺术所必有的对材料的概括化"。德国戏剧理论家莱辛在《汉堡剧评》中说："诗人需要历史，并不是因为它是曾经发生的事，而是因为它是以某种方式发生过的事。和这样发生的事相比较，使人很难虚构出更适合自己当前目的的事情。偶尔在一件真实的史实中找到适合自己的心意的东西，那他对这个史实当然很欢迎。"落实到《烽火少年行》这一个体文本上，具备着特殊的时代、特殊的环境、特殊的经历、特殊的个性的种种优势，为作品取得成功提供了基础性条件。

《文艺报》2019年8月16日 第6版